アメリカ演劇、劇作家たちのポリティクス

他者との遭遇とその行方

貴志雅之

金星堂

目次

目　次

第Ⅲ部　他者の共同体

序章
アメリカ、劇作家たちのポリティクス

すべての演劇は政治的である。トニー・クシュナー　(Blanchard 42)

本書は、「アメリカ演劇の／によるアメリカ文化研究」の志向性を基調に、アメリカ社会の支配的パラダイムとの対抗／共犯関係から捉えた二〇世紀―二一世紀アメリカ演劇、劇作家たちのポリティクスを、「他者との遭遇とその行方」をテーマに論じるものである。本書において、帝国主義、亡霊、他者、共同体が重要なキーワードとなるとともに、第四部において、ポストコロニアル、ポストヒューマン・エコロジー、災害を生き抜く政治学、そして幸福の追求と他者への寛容性は、今後のアメリカ演劇の課題と方向性を考える上で貴重な道標になると思われる。

アメリカ国内外の政治戦略とアメリカニズムの支配的パラダイムを可視化し、脱構築する二〇世紀―二一世紀アメリカ演劇のポリティクスの営為と方向性を、劇作家と作品を中心に、歴史的社会的文脈から考える。本書タイトル「アメリカ演劇、劇作家たちのポリティクス」研究が本書の底流にある問題意識である。

パターソン・ストライキ野外劇——反逆者たちの蜂起

一九一三年六月七日、ニューヨーク、マディソン・スクエア・ガーデンは熱気と興奮、共感と怒り、そして抗議の連帯感に包まれた。出演者一五〇〇人が実際のストライキ参加者、そして観客一万五〇〇〇人(Heller 226)。凍てつく夜明け、工場に集まる労働者。ストライキの始まりとともに彼らが歌う「ラ・マルセイエーズ」。それに呼応して観客は反逆の歌声を上げる。ピケを張る労働者に向けての警察の残虐行為。市民が流れ弾で命を落とし、葬儀でストライキ参加者が赤いカーネーションとリボンで棺を覆う。やがて、ストライキ集会での観客を巻き込んだ「インターナショナル」、「ラ・マルセイエーズ」の大合唱がこだまする(Prevots 53–56)。ストライキの全容を舞台に再現した巨大ページェント「パターソン・ストライキ野外劇」のインパクトは、凄まじいものだった。

この野外劇の企画・運営・上演に携わったのは、当時グリニッチ・ヴィレッジにあった社会主義雑誌『マッスィズ』の編集者たち、そしてヴィレッジの多数の住人だった。役を演じたのは実際のストライキの参加者たち。組織運営・監督は、後にロシア革命のルポルタージュ『世界を揺るがした十日間』(一九一九)で名をはせる社会主義ジャーナリスト、ジョン・リード。セット・デザインとパンフレットの表紙を手がけたのが、ヨーロッパの新劇作・演出法をアメリカ演劇界にもたらした新進気鋭の舞台美術・照明・衣装デザイナー、ロバート・エドモンド・ジョーンズ。リードと並んで実行委員に名を連ねたなかには、IWW(世界産業労働組合)の創始者メンバーで指導者ウィリアム・D・ヘイウッド、産児制限運動の推進者マーガレット・H・サンガー、社交界の名士で社会活動家、「五番街サロン」の主宰、新たな芸術・政治・文化運動の後援者、メイベル・ドッジがいた。さらに野外劇の当日には、ヘイウッドとともにＩＷＷの主宰エリザベス・ガーリー・フリンがスピーチを行った(Prevots 56)。既存の価値観に代わる「新たな」文化・政治・社会のあり方を発信していった対抗文化運動の旗手たちである。

ことの発端は、この年の二月、ニュージャージー州パターソン市で始まった世界産業労働組合主導の絹織工二万五〇〇〇人のストライキだった。一九一二年一二月『マッスィズ』の新たな編集長に就任し、新生『マッスィズ』を創刊したマックス・イーストマンからリードはさらなる記事を書くようにと依頼を受ける。そして四月、リードがヴィレッジのアパートでヘイウッドから聞いたのが、パターソンで一日八時間労働と労働条件の改善を求めてストライキを行っている絹織工たちの苦境である。ストライキの見物人の一人が流れ弾で命を落とすが、新聞はストライキを記事にもしなかった。リードはすぐにパターソンに赴き、製糸工場の取材を試みる。しかし、警察の退去命令に従わなかったかどで逮捕され、ヘイウッドそしてストライキ参加者とともに投獄される。ＩＷＷの弁護士による保釈金で釈放されたリードは即座にニューヨークに戻り、「パターソンでの戦争」と題する記事を書き、それが『マッスィズ』一九一三年六月号に掲載された(Leach 33)。

その後、資金調達とストライキ労働者の意識高揚を図ろうと、リードはパターソン・ストライキの実態を伝える大規模な野外劇を企画する。実はこの野外劇を提案したのは、メイベル・ドッジだと言われている。ヘイウッドの話をリードが聞いたとき、その場にいあわせたドッジが「大きなホールを借りて、そのストライキを再演したらどう?」と提案。リードが立ち上がり「もちろんやるとも!」

と言ったという。この逸話の信憑性は定かでないが、およそこれが歴史的ページェント「パターソン・ストライキ野外劇」上演の背景である (Leach 32–33; Edmiston & Cirino 55–57)。

「パターソン・ストライキ野外劇」は演劇の持つ政治性と政治的メディアとしての力をニューヨークの中心で衝撃的に具現した出来事だった。それは同じマンハッタンにあるブロードウェイの商業主義エンターテインメントと対極をなす、現実認識に立った抗議と抵抗の演劇実戦だった。隆盛する産業資本主義のもと、政治権力と結託した資本家と企業。その既得権益を守り、市民・労働者を取り締まり、逮捕・弾圧する警察機構。そして、事件報道をも行わず、権力機構の意にそう情報操作を行う新聞社。「パターソン・ストライキ野外劇」は、アメリカ社会に横行する権力機構による暴力と不正をニューヨーク市民の眼前で再現し、事件に関与した企業と警察、行政のあり方を告発し、抗議と抵抗を訴え、正義と平等を求めるセンセーショナルなイベントとなったのである。演劇が報道メディアの役割を担いつつ、大衆の問題意識の覚醒と積極的行動主義を促す政治的パフォーマンス・メディアともなることを社会に知らしめた出来事である。

「パターソン・ストライキ野外劇」が、当時のグリニッチ・ヴィレッジを拠点に、文化・政治・社会、多方面にわたって対抗文化・革新運動を展開していた活動家たちによって企画・運営・上演されたことは注目に値する。野外劇（ページェント）という演劇イベントは、彼らのポリティカルな領域横断的コラボレーションによる反体制的文化社会政治運動の成果にほかならなかった。そして、それを可能にしたのは当時ラディカルやボヘミアンと呼ばれたジャーナリストや芸術家、政治活動家や社会主義者、知識人や作家が集い、「新たな」文化・政治・芸術運動の拠点となっていたグリニッチ・

ヴィレッジの対抗文化的な風土や気風だった。このヴィレッジが、その後のアメリカ演劇のポリティカルな志向性を育む揺籃となる。

グリニッチ・ヴィレッジ、「新たな」運動のフォーカルポイント

南北戦争後の一九世紀中頃から、アメリカは急速に産業大国、世界の列強への道を歩む。その過程で、巨大企業の形成にともなう労働者の過酷な生活状況、政官財の癒着／腐敗など、数々の問題が生じてくる。南北戦争が終わった一八六五年から九〇年代初頭は、物質主義、拝金主義、政治腐敗の風潮から「金ぴか時代」と呼ばれた時代である。世間は活気に満ちてはいたが、金のためには手段を選ばずという風潮が広まり、汚職と醜聞が横行した。貧困は個人の怠惰と堕落の結果だとする古い価値観や、社会の現状を生存競争と適者生存の結果として正当化する「社会進化論」に都合良く自己正当化できるパラダイムを見出した政財界のイデオロギーによって、苦境にあえぐ貧しい一般大衆は一蹴される時代だった。

二〇世紀初頭から一九一〇年代は、こうした社会・体制の悪弊や不合理な束縛、不平等から脱却し、新たな秩序・社会の創造に向けて、さまざまな領域で革新運動が行われた時代である。政治では革新主義を中心に、マルクス主義、無政府主義を叫ぶ急進思想が現われ、社会では、女性参政権／産児制限運動に代表されるフェミニズム運動、黒人公民権運動、労働運動が活発に行われた。フロイトの精神分析が紹介され多くの分野に影響を及ぼし、絵画では後期印象派／キュービズム／フォーヴィ

ズムが衝撃的に登場した展覧会が開かれ、演劇の分野では既存の商業主義的演劇を脱却し、新たな芸術性を目指した小劇場運動が展開する。新政治、新女性、新心理学、新芸術、新演劇とさまざまな領域で「新」が叫ばれ、政治、社会、芸術、演劇など多くの分野で革新運動が同時並行的かつ相互関連的に展開した、アメリカでかつてないほどの文化的動乱期だった。そして、この拠点となったのが五番街の南端に位置する、わずか〇・七五平方キロメートルの地域、グリニッチ・ヴィレッジである。

一九一〇年代のグリニッチ・ヴィレッジに展開したのは「パターソン・ストライキ野外劇」だけではなかった。マックス・イーストマン発行の社会主義雑誌『マッスィズ』は芸術と政治、知識人と労働者、これら双方の関心を合体させ社会主義主張を展開していた。一方、チェコ人の無政府主義者ヒポリット・ハヴェルがコック兼ウェイターを務める「ポリーのレストラン」の二階には「自由クラブ」があった。ヴィレッジの知的交流の中心となっていた「自由クラブ」では、ダンス、詩の朗読会、産児制限から税制、新演劇に至るさまざまな講演や議論がさかんに行われ、クラブの常連には、セオドア・ドライサー、アプトン・シンクレア、シンクレア・ルイス、シャーウッド・アンダソン、マックス・イーストマン、リンカーン・ステファンズ、ルイス・アンターマイヤーらの姿があった (Edmiston & Cirino 55–57)。

パリのガートルード・スタインのサロンと並び称されるメイベル・ドッジの「五番街サロン」には、連日ラディカルな知識人や芸術家、活動家、過激論者、マルクス主義者、アナキスト、資本主義者、前衛画家、マックレーカー、百万長者、ホームレスなど多種多様な人々が集まり、活発な議論が行われた。サロンの話題は、仏教、精神分析、自動書記、ガートルード・スタイン、エマ・ゴールドマンの無政府主義、イサドラ・ダンカンの新ギリシア舞踏など多岐に及んだ（Egan 100–101; Dodge 23)。さらに、「五番街サロン」で計画・立案されたプロジェクトのなかに、ホームレス支援デモ、「パターソン・ストライキ野外劇」と並んで、「アーモリー展覧会」があった。

アメリカ画家・彫刻家協会主催で一九一三年二月一七日に開幕した通称「アーモリー・ショー」で知られる「アーモリー展覧会——現代芸術国際展覧会」、は、三〇〇人を超えるヨーロッパ、アメリカの前衛芸術家の一二五〇点の絵画、彫刻、装飾芸術を展示した画期的なものだった。約七万五〇〇〇人にのぼる来場者が目にしたのは、印象派、後期印象派、キュービズム、フォーヴィズムなど最先端の芸術作品である。セザンヌ、ゴッホ、ピカソ、ゴーギャンから、マティス、デュシャンを含む多数の芸術家の作品が、アメリカの大衆に「新芸術」の到来を鮮烈に印象付け、それが「新たなる精神」という、美術を超えた新思潮として文化・社会に広く波及していく。こうして、様々な領域で「新たな」を合言葉にした運動・価値観が浸透し、展開していった。アメリカのメディアが初めてドッジに注目したのは、彼女がアーモニー展覧会運営副委員長に任命され、この展覧会の企画を担当した一九一三年のことである (Egan 102–103)。

グリニッチ・ヴィレッジは活発なフェミニズム運動を展開した急進的「新女性」たちの牙城でもあった。その事実を声高らかに謳いあげるように、ヴィレッジに拠点を置いたフェミニスト同盟は一九一四年、以下の声明を発表している。「フェミニズムは社会的、政治的、経済的、そしてその他すべての性差別撤廃を要求し、あらゆる領域において個人の能力に基づいたすべての権利と義務を与えられることを要求する」(Rudnick 77)。大半が第二世代のフェミニストたちは、資本主義アメリカの悪弊を非難し、平等主義の強化と女性の権利獲得を求めた。そのなかには、一九一九年、合衆国憲法修正第十九条の通過により認められる女性参政権も含まれていた。前述した産児制限運動の推進者マーガレット・サンガーや世界産業労働組合主宰のエリザベス・ガーリー・フリンの精力的活動のほか、無政府主義者エマ・ゴールドマンは雑誌『マザー・アース』を創刊し、解放思想やフェミニズムを主張。社会活動、産児制限運動を展開し、国家の富と社会権力の基本的な再分配を求めた。無政府主義者のジャーナリスト、ハッチンズ・ハプグッドは次のように語っている。

「世界が変わり始めた頃、変化を求める女性たちはグリニッチ・ヴィレッジと呼ばれる展開の大きな要因となった。そしてグリニッチ・ヴィレッジはニューヨークだけでなく、世界じゅうに存在した」(Rudnick 69)。

二つのアヴァンギャルド劇団

このように一九一〇年代のグリニッチ・ヴィレッジは、「新たなる精神」を旗印に、既存の秩序、価値観、社会システムのあり方に異を唱え、さまざまな領域の革新的・対抗文化運動が領域横断的かつ相互補完的に次々と展開、発信されるフォーカルポイントとなっていった。それゆえに、二〇世紀アメリカ演劇黎明期を築く二つの先駆的アヴァンギャルド劇団、ワシントン・スクエア・プレイヤーズとプロヴィンスタウン・プレイヤーズがヴィレッジに小劇場を構えたのも自然なことである。

「自由クラブ」の会員であったアルバート・ボウニ、エドワード・グッドマン、ローレンス・ラングナー、フィリップ・モラー、アイダ・ローらを創設メンバーとするワシントン・スクエア・プレイヤーズは、一九一四年から一五年の冬、「自由クラブ」に隣接したボウニ書店の裏の部屋で一幕劇を上演し、アドルフ・アッピア、ゴードン・クレイグ、マックス・ラインハルトらによって始められたヨーロッパの新演劇技法を実践し、ブロードウェイが取り上げない作品を上演する本物のプロ劇団を目指した。こうして、イプセン、ショー、チェーホフ、モリエール、エルマー・ライス、スーザン・グラスペル、ユージーン・オニールの芸術性・社会性に優れた作品を上演した (Heller 221, 227; Henderson 238; Fearnow 353–356)。

一方、プロヴィンスタウン・プレイヤーズは一九一五年七月、夏の滞在地として知られ始めていたマサチューセッツ州プロヴィンタウンを訪れたグリニッチ・ヴィレッジの芸術家・作家・政治活動家集団によって始められる。そのなかには、同劇団のカリスマ的リーダーとなるジョージ・クラム・クックとスーザン・グラスペル夫妻、ジャーナリストのハップウッドと彼の妻で劇作家・女優のニース・ボイス、ジョン・リードと後に妻となる劇作家のルイーズ・ブライアント、『マッスィズ』の編集長イーストマンとその妻のアイダ・ロー、そしてあの舞台美術デザイナー、ロバート・エドモンド・ジョーンズがいた (Sarlós 250–51)。その夏四作の一幕劇を上演した彼らは、翌年一九一六年、二度目の夏をプロヴィンスタウンで迎える。その彼らの前に一六作の未上演作品を持って現れたのが若きユージーン・オニールだった。新たな作品の上演を待ちわびていたプレイヤーズは即座にオニールの作品と劇作家オニールの才能に魅了される。オニールのデビュー作となった一幕劇『カーディフを指して東へ』(一九一六) の上演に自信を得た彼らは、九月四日、埠頭劇場の会合を開き、そこで二九人が新生プロヴィンスタウン・プレイヤーズの正会員に署名する。

翌日の集まりでは劇団の基本姿勢を決定する二つの規約が採択された。(1)「劇団の主たる目的は、ブロードウェイに反対し、真に芸術的、文学的、演劇的価値のあるアメリカの演劇作品執筆の助長である。(2)「そのような作品は商業的価値に関わりなく考慮される。本劇団が営利目的の運営を行わない故である」(Heller 230)。真のアメリカ作品を執筆できる劇作家の育成と非営利団体としての劇団の運営方針を明記したこの規約は、ワシントン・スクエア・プレイヤーズを含む他の小劇団と一線を画すものだった。これが後にアメリカ初のノーベル賞受賞劇作家となるオニールを育むプロヴィンスタウン・プレイヤーズのエトスとなる。九月下旬、彼らはグリニッチ・ヴィレッジのマクドゥーガル通り一三九番地にプロヴィンスタウン・プレイハウスを設立、そこに拠点を移す(Henderson 238, 243)。

プロヴィンスタウン・プレイヤーズの功績は、芸術と政治を結びつけ、新演劇技法による演劇的新機軸を展開し、アメリカ独自の演劇の追求と発展に大きく寄与した点にある。それは、既存の社会、価値観、支配的イデオロギーそしてブロードウェイの商業主義演劇体制に対して否と言い、反逆、改革、刷新の姿勢をとる小劇場運動(Sarlós 251)とヴィレッジの「新たな精神」と共振するものだった。アデル・ヘラーによれば、プロヴィンスタウンでの二回の夏とヴィレッジでの六シーズンでプロヴィンスタウン・プレイヤーズは四七人のアメリカ人劇作家による九七作品を上演。出演者全員で全体的効果を上げるアンサンブル演劇演出法、集団の共同作業が果たす創造的機能（集団的創造性）、パフォーマンスのあらゆる要素を統合した舞台創作、社会文化的関心と個人の価値観のつながり、関わりを描き出す努力。これらプロヴィンスタウン・プレイヤーズのレガシーは後の多くの劇団[1]に引き継がれていく。そして、エドワード・オールビー、リリアン・ヘルマン、テネシー・ウィリアムズ、アーサー・ミラーらの劇作家は、プロヴィンスタウン・プレイヤーズの築いた演劇伝統のなかで劇作を行いつづけた、とヘラーは記している。そして、今ひとつ特筆すべき貢献は、オニールの発見と彼の成長の場を提供したことである。劇団規約が謳ったように、プロヴィンスタウン・プレイヤーズは、演出家とともに劇作家に特に配慮し、芸術的関心以外あらゆるものから自由に創作できる環境を提供したのである (Heller 230–31)。

二〇世紀アメリカ演劇黎明期に登場したオニール

以上見てきたように、一九一〇年台、「新たな精神」に喚起され、政治、社会、芸術、演劇など多様な領域で「新」で形容された反体制的革新運動が怒涛のように展開した。その中心となったのがグリニッチ・ヴィレッジである。アナキスト、社会主義者、ジャーナリスト、芸術家、作家、演劇活動家、女性参政権・産児制限運動に代表されるフェミニズム運動の活動家、世界産業労働組合の指導者など、強い政治意識と理念を持ったラディカルやボヘミアンと呼ばれた人々が、互いに領域・分野を超えて運動やイベントを共に企画し、実行した。「パターソン・ストライキ野外劇」、「アーモリー展覧会」がその具体例であったのは見てきたとおりである。しかも、職業・分野を異にする多数のメンバーが、次々と異なるイベントや運動の実行メンバーとして顔を合わせた。彼らの多くが「自由クラブ」やドッジの「五番街サロン」の常連で、社会の現状、既存の制度や価値観に異を唱え、それらを刷新し、「新たな」価値あるものを創造するという熱い思いを共有し、その実行計画に胸躍らせた人々だった。そして、このなかに後のワシントン・スクエア・プレイヤーズやプロヴィンスタウン・プレイヤーズのメンバーとなる人々も多数いた。職種や専門、活動内容が異なっているからこそ、彼らはほかの多様な領域・分野の問題意識を共有し、視座を広げ、互いの領域横断的コラボレーションによる運動を展開できた。それは、体制への反逆精神に突き動かされたラディカルやボヘミアンたちの政治的反乱、彼らの対抗文化政治学の実践だった。グリニッチ・ヴィレッジはまさに対抗文化的運動が渦巻く「るつぼ」と化していたのである。

若き日のオニールはプロヴィンスタウンに初めて赴く以前から、このヴィレッジの反体制的ボヘミアン環境のまっただなかにいた。ヴィレッジの酒場「ヘル・ホール」で、オニールは『氷人来たる』のラリー・スレイドのモデルとなったテリー・カーリンに出会う。アナキストのカーリンが、オニールにイプセンの話を聞かせ、一九一六年の夏、彼をプロヴィンスタウンに連れて行く。その後、『カーディフを指して東へ』上演からプロヴィンスタウン・プレイヤーズ結成を経て、オニールはアメリカを代表する劇作家の道を歩んでいく。注目すべきは、オニールが常連として頻繁に訪れ、一九一五年に会員にもなった「自由クラブ」でヴィレッジのラディカルやボヘミアンたちと頻繁に接し(Ranald 300)、またヴィレッジの対抗文化運動に携わってきたプロヴィンスタウン・プレイヤーズのメンバーからヴィレッジの対抗文化的思想や思いを感じとる機会が日々あった点である。こうして、オニールは今あるアメリカの姿を批判的に見つめるまなざしと、既存の制度や価値観、支配的イデオロギーが孕む問題系に目を開き、それらを改革・刷新する志向性＝政治学を身につけていった。アメリカという国と社会、支配的パラダイムやイデオロギーが孕む問題、矛盾、不合理を見極め、批判的に舞台で再現する。こうすることで、無自覚的にその影響下にある観客の問題意識を覚醒させる。そうした社会政治的意識変化、あるいは気づきを観客にもたらす劇作のポリティクスがオニールのなかで熟成していった。近親相姦、異人種間結婚、人種・移民・労働問題、資本主義、物質主義、帝国主義、アナキズム、信仰に関わる現代人の葛藤と苦悩など、既存の演劇舞台でタブー視、忌避されてきたテーマの作品化や、仮面の使用、語られる思考など斬新な演劇技法の実践は、オニールの劇作のポリティクスの証左である。

社会・政治的コミットメントとなる劇作の政治学に加え、もう一つ別の政治学がオニールのなかで育まれていた。それは、晩年の自伝劇で顕著になるアイリッシュ・アメリカンとしての自身と家族の民族的アイデンティティを核とするパーソナルな問題をめぐる作品創作にかかわるものである。オニールは、アメリカへの同化過程で自身と家族に悲劇をもたらせた悲しきオニール家のレガシーを見つめ直し、劇作を通してアイリッシュ・アメリカンとして彼自身の生と存在を見つめ続けた。劇作家が個人としてのパーソナルな生と劇作する作家としての生、その両者を劇作するなかで反復的に内省し、実践する、言わば、「個人＝劇作家の自己探求のポリティクス」である。やがてオニールのなかで、アメリカという国家・社会に関わる公の問題と、アイリッシュ・アメリカンの自身と家族というパーソナルな問題は相互に密接に結びついたものとなる。一九六〇年代以降のフェミニズム運動のスローガン「個人的なことは政治的なこと」はすでに劇作家オニールについて言えることだった。オニールの劇作営為に見られた二つのポリティクス、「国家・社会を見つめる批判的劇作のポリティクス」と「自己探求の劇作のポリティクス」は、不可分かつ相互補完的にオニールの劇作を動かす力として稼働していたのである。

オニールに見られる劇作のポリティクスは、激動の二〇世紀から二一世紀の今日にかけ、さらに活性化してきたように思われる。この間、外交、経済、文化、社会、科学技術を含むあらゆる領域でアメリカニズムに表象されるポリティカルな力がアメリカ国内外に多大な影響を及ぼしてきた。アメリカ演劇はこのポリティカルな力の介在をどう捉え、どのようなメッセージを発信してきたのか。

アメリカ演劇、劇作家たちのポリティクス
——他者との遭遇とその行方

アメリカ演劇の劇作家たちのポリティクスは、国家と社会、共同体の政治学と同じく、他者との遭遇とその対処のあり方をめぐって展開してきた。独立戦争後の共和国時代、初期アメリカ演劇は旧世界ヨーロッパ、イギリス演劇に依然として依存する文化的従属状態が続いた。しかし、そのなかから、アメリカ独自の演劇作品を生み出す機運が高まり、ロイヤル・タイラーの『コントラスト』（一七八七）、ウィリアム・ダンラップの『アンドレ』（一七九八）、ジェームズ・ネルソン・バーカーの『迷信』（一八二四）など、アメリカ人劇作家によるアメリカ的作品が作り出されていった。彼らの作品は、独立戦争と戦争後の文化状況を背景に、かつての宗主国への精神的文化的憧れと従属、アメリ

カの脅威となる強大な他者への警戒心と対抗意識、これら両者の葛藤・軋轢を背景に、若き共和国アメリカのナショナル・アイデンティティ創造をめぐるアメリカ演劇の政治学を映し出す。そしてアメリカを建国した同胞の子孫が、敵対する他者となり、南北の対立をめぐる南北戦争、さらにネイティヴ・アメリカンと白人との遭遇と交流、黒人奴隷と白人との関係性というアメリカ的題材・テーマを扱った作品[2]が一九世紀アメリカ演劇を特徴づけていった。アメリカという新興国家にあって、他者との遭遇と出会いをめぐる物語は、アメリカ独自の演劇の形成・発展において必然だった。問題は、社会性・芸術性以上にアメリカ演劇が投資の対象となるビジネスとして発展を遂げていったことである。こうして、様々な他者との遭遇を描く作品も、興行成績を第一義とするブロードウェイを中心とした大衆迎合型の商業演劇に道を譲っていく。

しかし、二〇世紀初頭、グリニッチ・ヴィレッジを中心とした新演劇運動は、アメリカ社会と個人のあり方、新たな芸術性を追求しつつ、政治、巨大企業の権力の乱用と不正を告発する新たな演劇を展開し始める。このなかで社会意識に根ざした眼で他者を見つめ直す作品も生み出されていった。この社会意識・政治意識は、劇作家たちの劇作と生き方に密接に関わりながら、アメリカ演劇の底流となって二〇世紀から現在に至るアメリカ演劇に受け継がれている。この底流を二〇世紀から二一世紀アメリカ演劇の劇作家たちの営為とそのポリティクスとして読み解き、明らかにする。これが本書のテーマである。

本書の全体構成

本書は、全四部十五章に加え、序と結論によって構成される。第一部「帝国への政治学」では、帝国化するアメリカと他者との遭遇と対峙をめぐって、帝国主義のイデオロギーに対する共犯と反逆という点からアメリカ演劇・劇作家の政治学を検討する。第一章では理想的アメリカン・スモールタウンを連想させるソーントン・ワイルダーの『わが町』にアメリカニズムの底流を認め、アメリカの第二次世界大戦参戦が予見された時代、アメリカニズム肯定のサブリミナル・メッセージ発信のメディアとして機能した本作のメカニズムと国家的アメリカニズムへの共犯性を分析する。第二章では、テネシー・ウィリアムズがアメリカという国家に対してポリティカルな姿勢を打ち出した二作を扱う。軍産複合体の支配によって帝国化への道をひた走るアメリカと、軍産複合体の国家的陰謀に立ち向かう反逆の戦士となる他者＝クイア、両者の戦いを描く六〇年代中編小説『ナイトリー・クエスト』と、七〇年代の演劇作品『レッド・デヴィル・バッテリー・サイン』である。これら二作を中心に、帝国への道と反逆への道、二つのアメリカン・ロードが交錯するアメリカの姿を作品化し、帝国化するアメリカに対して体制転覆的な作品の創作によって抵抗した反逆の劇作家ウィリアムズのポリティカルな劇作営為を読み解く。そして第三章は、アーサー・ミラー、ユージーン・オニール、アミリ・バラカ、スーザン＝ロリ・パークス、ヴェエリーナ・ハス・ヒューストンらの作品を取り上げ、アメリカ大陸発見・征服から現在ポストコロニアリズムへの歴史的時間の流れを舞台に、アメリカ演劇が映し出す帝国支配の一つの表象として「銃／大砲」を捉え、同時に「他者からの逆襲」のメディアとして正史解体・書き直しを要請する「銃」の記号性を明らかにする。

第二部「亡霊のドラマトゥルギー」では、劇作する作家の営為と生の関わり、謂わば、劇作と生（性）のポリティクスを、アメリカ社会の帝国主義、資本主義、そして支配的イデオロギーと他者の問題系を鋭く照射しながら、作品構想の亡霊に憑かれたユージーン・オニールと、自らの劇作とともに亡霊化するテネシー・ウィリアムズ二人の劇作家の姿を通して考える。その後、三作の演劇作品に浮遊する亡霊に焦点を当て、冷戦からポスト冷戦に至るアメリカ演劇の一つの流れを「亡霊の政治学」として議論する。

まず、第四章では、ブロードウェイに代表される既存の商業主義演劇とメロドラマに抗い、新たな演劇創造を目指して劇作を重ねていったオニールの反逆の演劇の軌跡を追う。そして、反逆の劇作が、建国以来のアメリカの姿を見極める連作劇群「サイクル」という亡霊に憑かれた他者＝劇作家オニールを劇場から遠ざけていくという皮肉な帰結を、逆説の弁証法として論じる。第五章と第六章で、テネシー・ウィリアムズの晩年の亡霊劇に見られる劇作営為をめぐる自己内省のエクリチュールを考察し、亡霊化する他者＝クイア劇作家ウィリアムズのドラマトゥルギーを論じる。第五章では、ウィリアムズ最後のブロードウェイ上演作品となった『夏ホテルへの装い』を取り上げ、「亡霊・狂気・罪悪感」をキーワードとして、ウィリアムズのエクリチュール＝劇作と私（性）生活をめぐる自己内省演劇テクストとして亡霊劇を検討する。第六章は、ウィリアムズ晩年の亡霊劇三部作の最終作『曇ったもの、澄んだもの』を中心に、過去の亡霊との反復的交わりを通して二つの時空を浮遊する亡霊的存在へと変容する劇作家＝ウィリアムズの姿を分析し、エクリチュールと性生活の相互関連的営為をめぐるウィリアムズ最晩年の自己内省的劇作行為を「亡霊のドラマトゥルギー」と位置付け、そのあり様と目的、意義を考える。第二部を締めくくる第七章では、一九九二年一一月、世界初のトニー・クシュナー作『エンジェルズ・イン・アメリカ』第一部・二部同日公演を、エイズ禍の拡大、ベルリンの壁崩壊、ソ連解体から冷戦終結へと急速に進む世界的大転換期とパラレルをなすアメリカ演劇の歴史的転換点として措定し、冷戦当初の五〇年代からポスト冷戦に至るアメリカ演劇のひとつの政治学を、クイア問題をめぐる三作、ウィリアムズの『やけたトタン屋根の上の猫』、デイヴィッド・レイブの『ストリーマーズ』、そしてクシュナーの『エンジェルズ』に焦点を当てて、舞台に浮遊する亡霊の政治学として読み解く。

第三部「他者の共同体」では、四人の劇作家の作品を中心に、支配的パラダイムから周縁化された女性、クイア、民族・人種（日系アメリカ人とアフリカ系アメリカ人）のマイノリティ共同体のあり方を検証し、アメリカが孕む中心と周縁の専横的支配システムの問題系を中心に、支配的イデオロギーとマジョリティに対する他者の共同体の政治学を浮上させる。第八章は、暴力（銃による殺人）、幽閉、狂気、身体をキーコンセプトに、マリア・アイリーン・フォルネスの代表作『フェフとその友人たち』が持つ観客の感情移入を阻む諸要素・デバイスを考察し、ジェンダーをめぐる観客意識／パラダイムの撹乱を図るフォルネスの演劇戦略を検証する。第九章では、ランフォード・ウィルソンの『七月五日』をめぐって、ヴェトナム反戦運動のその後とクイア・アクティヴィズムという二つの政治的志向性を併せ持つタリー家物語を、ワスプ至上の異性愛主義アメリカに対するクイアのポスト・ヴェトナム・ポリティクスとして読み解く。続く第十章では、日系アメリカ人女性劇作家ワカコ・ヤマウチの『そして心は踊る』と『ミュージック・レッスン』を取り上げ、舞台空間に再現される第二次世界大戦前の日系農業コミュニティを日系スモールタウンと措定し、そこに生きる日系農民の妻たちの姿をめぐって、人種、ジェンダー、歴史の関係性を照射する日系スモールタウンの社会・文化的表象性を考える。

そして第十一章は、オーガスト・ウィルソンのピッツバーグ・サイクル劇一〇作中、『大洋の宝石』と『ジョー・ターナーが来て行ってしまった』の二作でのみ言及される「骨の町」と「骨の人々」の表象性をめぐって、これらのヴィジョンを目にし覚醒する者の資質、アーント・エスターが司る「骨の町」への幻想航海が可視化する問題系を検討する。それにより、サイクルが映し出す二〇世紀アフリカ系アメリカ人物語の展開にともなう「骨」のヴィジョン消失の意味を探り、今に至るアフリカ系アメリカ人の姿を見るウィルソンのまなざしを再考する。

第四部は文字通り「他者との遭遇とその行方」をめぐる政治学を四作の作品を取り上げて考える。第十二章は、オーガスト・ウィルソン亡き後、アフリカ系アメリカ演劇を牽引するスーザン＝ロリ・パークスの『アメリカ・プレイ』と『ヴィーナス』を取り上げ、リンカーンに瓜二つの黒人墓掘りファウンドリング・ファーザーと巨大な臀部と特異な性器を持つアフリカ人ヴィーナスを比較検討し、白人との身体的類似性と非類似性を特徴とする二人の主人公の身体を焦点化したパフォーマンス／まなざしをポストコロニアルなスペクタクルという点から考察する。第十三章は、エドワード・オールビーの『海の風景』における人間夫婦と海トカゲ夫婦との遭遇と交流のあり方、舞台となる海辺というドメインの特殊性をポストヒューマニズムとエコクリティシズムを理論的参照項に再検討し、本作当初のタイトルであった「ライフ」に込められたオールビーの生命観・世界観を探る。それにより、オールビー作品の底流をなす詩学の一端を明らかにする。そして第十四章では、トニー・クシュナーのゲイ・ファンタジア大作『エンジェルズ・イン・アメリカ』を取り上げ、世界的な政治の激変期を背景に、天界と人間界の硬直した政治機構に対して、他者化された多様なマイノリティがエイズ、天災、人災という未曾有の災害を生き抜く政治学を検証する。最終章となる第十五章では、エドワード・オールビーの『山羊——シルヴィアってだれ?』において獣姦者を異常者として排斥する社会慣習の問題系と副題「悲劇の定義に向けた覚書」を検討対象に、「幸福の追求と破壊」を二一世紀アメリカの個人と社会が孕む問題と捉え、人間が本来持つ他者を許容する心を蝕む疫病として支配的イデオロギーを炙りだす。そして、寛容性の涵養が他者の幸福の追求と社会的パラダイムのインターフェイス拡大につながる可能性を論じる。

結論では、本書を貫く問題意識を再確認し、今後のアメリカ演劇の課題と可能性を考える。

第Ⅰ部

帝国への政治学

第一章

グローヴァーズ・コーナーズの地政学
――『わが町』に見るサブリミナル・ポリティクス

《スペシフィック→ジェネラル》をめぐる理念と問い

ソーントン・ワイルダーは、エッセイ「劇作についての思考」のなかで演劇が持つ二つの機能として、(1)「観客の想像力の共同活動を喚起し」、(2)「固有から普遍へと作品世界を引き上げる」力を挙げている(701)。また、「『演劇三作集』の序文」では小説と演劇の違いに言及して、演劇の持つ力について以下のように述べている。

> 小説は個別の出来事を描く表現手段として際立っており、演劇は一般化されたものを描くものとしてそうである。舞台に表わされる個々の話を観念、類型、そして普遍の領域へと昇華する力があるからこそ、演劇は私たちの信仰を喚起することができるのである。(685)

つまり、ワイルダーは固有《スペシフィック》なものから普遍《ジェネラル》的なものへと作品世界を昇華し、個々の物語を「観念、類型、普遍概念の領域」へと高める演劇の力に着目する。一幕劇集『長いクリスマス・ディナーと他の一幕劇』（一九三一）に収められた一幕劇『長いクリスマス・ディナー』、『トレントンとキャムデンへの幸せな旅』では、すでに「個」から「普遍」へのベクトルが現れ、『特別列車ハイアワサ号』（一九三一）では、普遍的次元へと作品世界が時空的拡張を遂げるなか、壮大な歴史的、天文学的、神学的宇宙が姿を現す。人知の及ばぬ秩序と意志を持つ宇宙的規模の世界が存在し、そのなかで人間の生と死は循環的に繰り返される。そんな世界観が浮上する。「教訓的」とワイルダーが形容される所以である。

本章で考察するのは、(1)『わが町』（一九三八）の舞台グローヴァーズ・コーナーズというスペシフィックなスモールタウンが、どのようにジェネラルな世界観を表象する演劇メディアとなっているのか、また(2)その世界観とは何か、そして(3)その世界観に底流・付随するイデオロギーとは何か、以上三点である。それにより、『わが町』が観客に対して持つサブリミナル・メッセージとそのメカニズムを読み解くことが本章の目的である。

グローヴァーズ・コーナーズ
――《スペシフィック→ジェネラル》の演劇表象の方法論

ワイルダーは、「固有から普遍・一般へ」という演劇理念を実践する作品として、「『演劇三作集』の序文」のなかで、『わが町』を以下のように位置づけている。「それは日々の生活のなかでどれほど小さい出来事にも計り知れない価値があることを見出そうとする試みである。この主張を途方もない非常識なものにした。というのも、この町の背景を極大次元の時間と空間にしたのである。この作品中に頻出する言葉（ほとんど気付いたものはいないが）は、「何百」、「何千」、そして「何百万」である」(686)。そして、この試みを実践する方法論としたのが、望遠鏡と顕微鏡双方の視覚を合わせ持つ考古学者と社会史学者の視座である。ワイルダーはこう述べている。

> 考古学者の目は望遠鏡の視覚と顕微鏡の視覚を併せ持つものだ。彼は非常に遠いものを非常に小さなものの助けを借りて作り上げる。
>
> まさにこうしたメソッドを私はニューハンプシャーの村にもたらした。（……）そして、考古学者と社会史学者の見方が、この作品の中心テーマとなるもう一つの根強い観念と混ざり始めたのである。一方でわれわれの日常生活にまつわる無数の「取るに足らない」ささいなものごとと、他方で時間、社会史、現在の宗教思想という壮大な展望との間にある関係とは何か？
>
> ("Preface to *Our Town*" 657)

この視座から本作品の中心テーマである「日常生活にまつわる無数の『取るに足らない』ささいなものごと」と「時間、社会史、現在の宗教思想をめぐる壮大な展望」との関係性が精査される。C・W・E・ビグスビーはこの点について、「出来事を併置し、時間を短縮し、些細な出来事の集合体から有意性を構築していくという本作品の方法自体が、作品の中心テーマを反映したものであり、またその実演ともなっている」と論じている (263)。重要なことは、一見取るに足らないと見える個々の出来事の集積として、普遍的重要性を持つものが作り出される「固有から普遍へ」のメカニズムである。

この「固有から普遍へ」の演劇表象に不可欠な要素として、観客の想像力、裸舞台、タイプ化された人物が浮上する。ビグスビーは、演劇が必要とする観客の協力的参加と固有から普遍へと作品世界を昇華する演劇の力に言及し、ワイルダーにとり演劇が基本的に見せかけの芸術であり、その受容のうえに成立している点を指摘する。つまり、観客の協力なくして、演劇は「固有から普遍へ」を表す作品世界を観客に受容されることはない (Bigsby 268)。同様に、M・C・クーナーも、観客協力が観客の想像力を介したものであると指摘する (Kuner 126)。事実、作品中の舞台監督は観客に直接語りかけ、彼らの想像力を喚起することで観客を作品世界に誘導する。たとえば、二幕、夫婦となるジョージとエミリーが初めて愛を確かめ合う場面を前に、舞台監督は観客にこう話す。「二人がそうする前に、みなさんに本当に若いころの様子を思い出していただきたい。とりわけ初恋をしたときの頃をね」(182)。

観客の想像力喚起という点で機能するのが裸舞台である。ワイルダーは舞台背景を取り去り、生活の細部が持つ重要性の回復を図ることで、観客が想像力によって舞台世界を頭のなかで再上演することを可能にすると語る (“Preface to *Our Town*” 658)。また、ブレンダ・マーフィーは、「登場人物が経験する愛、結婚、夫婦生活が人間の普遍的体験の具体例と同時に典型であることを示唆することで、ワイルダーが登場人物を普遍化する」と論じ (Murphy 336)、タイプ化された登場人物の普遍化を指摘している。

本章で引用した「小さい出来事にも計り知れない価値があることを見出す」方法論として提示された、町の背景となる「極大次元の時間と空間」の顕著な例が二つある。その一つが、一幕、グローヴ

ァーズ・コーナーズに関するウィラード教授の科学的・人類学的歴史解説である。教授によれば、

グローヴァーズ・コーナーズはアパラチア山脈系洪積世花崗岩層の上にある。世界最古の陸地のひとつとも言えるものだ。われわれはそれをとても誇りに思っている。デボン紀玄武岩の岩棚がはしり、中生代泥板岩の痕跡や砂岩の露出もみられるが、これはずっと新しいものだ。二、三億年前のものだよ。(159)

ここで、グローヴァーズ・コーナーズは約四億一〇〇〇万年前から三億六〇〇〇万年前のデボン紀にまで遡り、その岩棚のうえに約二億四五〇〇万年前から六五〇〇万年前の中生代泥板岩、さらに約一八〇万年前から一万年前の洪積世という氷河期から人類出現に至る時代の花崗岩層が堆積した上に存在することが語られる。つまり、人類誕生の遥か前、地球規模の太古の歴史的過去のうえに成り立つ特別な町としての特性が付与される。

いま一つの例が、一幕の終わり、レベッカが語るジェーン・クロファット宛の牧師からの手紙を入れた封筒の宛名である。そこには、「ジェーン・クロファット様、クロファット農場、グローヴァーズ・コーナーズ、サットン郡、ニューハンプシャー州、アメリカ合衆国、(……)北アメリカ大陸、西半球、地球、太陽系、宇宙、神の御心」と記されていた(173)。

つまり、ウィラード教授が語るこの町の歴史解説は、数億年前の地球規模の太古の昔＝極大次元を表わし、牧師が記したジェーン・クロファットの宛名では、個から無限大宇宙という時空的広がり、

さらには神の御心と、無数に存在する個と普遍世界との関係性が示される。いずれも、「個と普遍」の対比的関連性、「固有から普遍への」昇華を想起させるものである。後者について、ジョーダン・Y・ミラーとウィニフレッド・L・フレイザーが、興味深い指摘をしている。彼らは、「ワイルダーがグローヴァーズ・コーナーズを宇宙のなかの微小な点でありながら、それ自体のなかにすべての存在を取り込む小宇宙を内包するものに作り上げ、（……）作品舞台をある種の宇宙におき、すべてが数百万年以前に遡るドラマの一部にしたてあげ、悠久の過去と人類の生存を可能にしてきた永遠のリズムを暗示する」と指摘する。その上で、宇宙の一部、小宇宙としてのグローヴァーズ・コーナーズというグローヴァーズ・コーナーズ・シンドロームという見せかけ（＝偽装）が警戒を要するものであると論じている(240)。太古の昔より連綿と行われてきた人類生存をめぐる普遍の壮大なドラマの舞台、グローヴァーズ・コーナーズ小宇宙という焦点化に潜む危険性を察知したコメントである。

《スペシフィック→ジェネラル》の世界観・死生観と目的

「固有から普遍へ」の昇華を示す世界観・死生観として、盲目的に一生を終える人間の姿が挙げられる。三幕終わり、過去の一二歳の誕生日に立ち返り、その後再び墓地に戻った死者エミリーは、生者の盲目性を嘆く。以下の引用はそのときのエミリーと生者の無知と盲目性を揶揄するサイモン・スティムソンの言葉である。

エミリー　わからなかった。（……）あんなふうに時が過ぎていって、わたしたちの誰も気づいていなかったなんて。（……）生きてる間に人生のことがわかる人っているの？　生きている一瞬、一瞬ごとに？（……）人間てそういうものなんだわ！　ただ何も気づかない人たち。（……）

サイモン・スティムソン　（……）それが生きてるってことだった。無知という雲のなかを動きまわって（……）ただ無知と盲目さ。(207–208)

この引用では、ささいなもの、人生のあらゆる瞬間の重要性に気付かず、盲目的に一生を終える人間の姿が語られ、同時にそれが永続的に行われてきた人間の常であることが示唆される。ここに見られる「人間・生命の反復・循環的な歴史観」について、クーナーは、生命のサイクル＝循環を強調する手段として反復の有効性を説いたガートルード・スタインの影響を示唆している(103)。この点に関しては、トマス・E・ポーターも、『わが町』に示される循環的な生命という世界観に着目し、それが蘇生と逃避という原始共同体神話が具現する世界観と類似したものである点を以下のセオドア・H・ガスターの論を引用して論じている。

原始共同体の見解からすれば、生命は揺りかごから墓場へと進むものというより、毎年あるいは定期的に蘇生する一連の命の期間であり、季節の一巡にもっともよく示されている。(Gaster 4; qtd. Porter 222)

確かに、三幕の劇構造自体が、一幕の日常生活、二幕の愛と結婚、そして三幕の死で構成される。これが連綿と続く世代にわたり循環的に反復されてきた生命のサイクルを映したものであるのは言うまでもない。しかも、この生命のサイクルは本作品に底流する「自然」の大いなる力を示す。二幕、舞台監督が牧師役を務めることになるジョージとエミリーの婚礼場面を舞台係が舞台上に登場して準備している間、舞台監督は観客にこう語りかける。

（……）この場面の本当の主人公は舞台にはまったく姿を現しません。それが誰だかおわかりでしょう。（……）世界に生まれ出る子供はみな、完全な人間を作り出そうとする自然の試みだということをね。（……）まあ、このところ自然が懸命にそうしている様子を見てきたわけですが。みなさんもご存じなのは、量というものに自然は関心があるということ。しかし、質にも関心があるとは思いますね。そんなわけでわたしは牧師をやっているわけです。

そうそう、この婚礼に出席するほかの立会人のみなさんのことも忘れないでください。ご先祖のみなさんです。何百万という方々。その大半のみなさんだって二人で人生の船出をしたのです。何百万という人がね。(189)

ここでは、この男女の契りによって始まる人間の生とその集合体となる共同体が、数えきれない祖先に象徴される何世代にもおよぶ家族・共同体のサイクルを含めた自然が司る人間の生のサイクルの一部であることが語られている。

人間の生と死が循環的に反復される一方で、人知の及ばぬ秩序と意志を持つ宇宙的規模の世界が存在するのは、ジェーン・クロファットへの手紙の宛名で見たとおりである。ジェーンという片田舎に暮らす少女のささいな存在が、アメリカ合衆国、北アメリカ大陸、西半球、地球、太陽系、宇宙、神の御心という加速度的に普遍なるものと直接的関係で結ばれ、対象化される。永遠・無限・普遍の宇宙とそのなかにある人間存在の関係性を集約したメッセージである。

以上をまとめれば、考古学者が、望遠鏡と顕微鏡を使い、「身近にある極小のもの」=「人間の生と死」を観察することで、類比的関係にある「遥かかなたのもの」を再現する。この「遥かかなたのもの」=「普遍のもの」こそ、悠久の時間と無限の宇宙にある人間存在を映し出す神話として、劇作家=考古学者・社会史学者ワイルダーが舞台に再現するものだと考えられる。[1]

問題は人間が存在する場所、グローヴァーズ・コーナーズの特殊性、その住人の話題と共通意識にある。その検討により、この普遍神話の底流から一つの強力な固有神話=イデオロギーが浮上する。

グローヴァーズ・コーナーズの地政学

ジョン・A・ジェイクルは『アメリカン・スモールタウン――二〇世紀場所のイメージ』で「理想化された場所としてのアメリカン・スモールタウン」について語り、「典型的なアメリカの町の姿としてスモールタウンを位置づけているが(1)、[2] バーナード・F・デュコアは、「グローヴァーズ・コーナーズがリアルなものではなく原型的なもの、つまり『われわれの』アメリカ的体験を表すフィクションであり、その一部である」としたうえで、「この作品の価値観が第一次世界大戦以前、国際化前の安定した時代における理想的アメリカン・スモールタウンのものである」と論じている（130–131）。

一方、ビグスビーは、国家的神話の核となるスモールタウン・アメリカにこの町が位置すると論じ（262）、文学的パラダイムと民間神話の産物としてグローヴァーズ・コーナーズについて以下のように語っている。

> グローヴァーズ・コーナーズは本質的に文学的産物である。その起源はニューハンプシャーというより文学パラダイムの観念的世界にある。登場人物たちは自意識的に舞台監督の指示にしたがって演劇的役割を演じる。それは彼らが文学的創造物として生まれ、実際にもそうであり、グローヴァーズ・コーナーズが民間神話の産物で、好ましからざる部分は削除され、道徳的にも社会的にも平易につくられた人物たちであるからだ。(Bigsby 266)

こうしたスモールタウン性に着目したのは、この町が持つ「スモールタウン・アメリカの遺産、家族愛の価値認識、勤勉、高い道徳性」に注目したミラーとフレイザー（239）、あるいはエドガー・リー・マスターズの『スプーン＝リバー詞華集』（一九一五）やシンクレア・ルイスの『本町通り』（一九二〇）との対比で本作品を論じたクーナー（129）も同様である。

つまり、これらの先行研究が認めた本作品の特徴が、アメリカの原風景、アメリカ的価値観の故郷となるニューイングランドのスモールタウン性にほかならない。事実、悪人なき善人だけの住人は、理想的アメリカン・コミュニティの表象となる。典型的家族、住人の間の強い結びつきと相互扶助、相互信頼、そして理解と寛容の精神。アメリカの理想的・典型的家族像[3]とコミュニティ像がここにはある。

　これらに加え、アメリカ正史を表象する記号が理想的アメリカン・スモールタウン・イメージを印象付ける。たとえば、一幕で舞台監督が口にするこの町の墓地にある最も初期の墓石。それらはアメリカ独立戦争前の植民地時代の一六七〇年から八〇年に遡り、しかもそこに名が刻まれたグローヴァー家、カートライト家、ギブス家、ハーシー家は今もなおこの町に暮らす (151)。[4]

　さらに、ギブス夫人とウェブ夫人がギブス医師の南北戦争古戦場めぐりの話で口にする南北戦争、アンティータム、ゲティスバーグ (158)[5]、そして、エミリーがスピーチの題材として言及するモンロー・ドクトリンとルイジアナ購入 (162)[6] が挙げられる。

　つまり、アメリカ正史のイコン的町としてグローヴァーズ・コーナーズが提示されるわけだが、さらにこのイコンを未来へ引き継ぐべき遺産として保存するプロジェクトが進行する。カートライト一族が創設する新しい銀行の隅石プロジェクトである。一〇〇〇年後に掘り起こされることを想定し、現代のものを入れるというこの隅石は、タイムカプセルとして機能する。一幕、舞台監督によれば、タイムカプセルには、『ニューヨーク・タイムズ』とグローヴァーズ・コーナーズの新聞『センティネル』、聖書、合衆国憲法、シェイクスピア戯曲集に加え、この作品『わが町』一部が同じ遺産レベルで入れられる。『わが町』がベルサイユ条約やリンドバーグの太平洋横断飛行以上に彼らの生活を一〇〇〇年後の人々に伝えるからという理由である。こうした点に加え、舞台監督の言葉は、バビロン→ギリシャ→ローマに続く人類の歴史的遺産の集約点と、一〇〇〇年後の未来に残すタイムカプセルという過去から未来に向けた壮大な人類史の集約点・定点の役割をグローヴァーズ・コーナーズが担うことを示している（165–166）。舞台監督は以下のように言葉を続けている。

ですから、今から一〇〇〇年後のみなさん、二〇世紀のはじめ、こんなふうにわたしたちはニューヨークの北にある地方で暮らしていたんですよ。わたしたちはこうやって成長し、結婚し、生きて、そして死んでいったんです。（166）

しかも、興味深いのは、同じ内容のメッセージを作者ワイルダーは、読者そして観客にむけて以下のように記している点である。

まあ、今から一〇〇〇年後のみなさん、二〇世紀初め、ニューヨークの北にある地方では、人々は日が昇ってすぐと、正午と、そして日没という具合に、一日に三度の食事をとっていたんです。（"Preface to *Our Town*" 657）

話を再び、この作品に散見されるアメリカ正史表象記号に戻すと、三幕では舞台監督によって、「アメリカ革命の娘たち」[7]、メイフラワー号、南北戦争退役軍人、そして北軍ニューハンプシャーの若者が命を賭けたアメリカ合衆国という国家。さらに、一六二〇年メイフラワー号のピルグリム・ファーザーズから、独立戦争、南北戦争をアメリカ合衆国の名を賭けて戦ったワスプの遺産と伝統を焦点化するワスプ歴史物語が語られていく(196)。しかも、「演出家への示唆」の冒頭で、ワイルダーが特記しているのが、ニューイングランド地方の語り口調の具体例としての「アメリカ合衆国」を連呼する舞台監督の台詞である("*Our Town*: Some Suggestions for the Director" 661)。演出家に指示されるこの「アメリカ合衆国」のリフレインは、明らかに観客への効果を意図したものである。さらに舞台監督は言葉を続け、個人の死から、全人類を取り込み、人類が共有する「永遠なるもの」、誰もが認識していながら、常に失う不可知な存在に対する認識論を語っていく(196–197)。

以上アメリカン・ヘリテジをめぐる議論を経て、グローヴァーズ・コーナーズに関するウィラード教授の科学的歴史解説に再び目を向けよう。強調されるべきは、アパラチア山脈系洪積世花崗岩層の上にある世界最古の陸地を「われわれの誇り」としている点。また、注目すべきは、約四億一〇〇〇万年前から三億六〇〇〇万年前のデボン紀に遡り、氷河の発達とともに人類が出現する約一八〇万年前から一万年前の洪積世に言及することで、人類創生の時代より存在するグローヴァーズ・コーナーズの地質学人類学的特殊性・希少性は、地球レベルのタイムカプセルとしてグローヴァーズ・コーナーズの重要性を強く印象づける。

さらに、植民地時代よりピューリタンの牙城であったボストンを中核とするニューイングランドの典型的スモールタウンであること、ウェブ氏の報告した共和党八六%、民主党六%、社会党四%、残り無関心、そしてプロテスタント八五%、カトリック一二%、残り無関心という政治宗教分布レポート(160)は、グローヴァーズ・コーナーズに表象されるワスプ国家アメリカに、人類誕生に遡る人類史および地球的規模の地質的歴史展開の一つの帰着点、求心点の様相を帯びさせる点は注目に値する。

次に再考すべきは、ジェーン・クロファット宛の手紙の宛名である。先の議論では、グローヴァーズ・コーナーズは、遠大な時空的広がり(無限性)のなかに無数にある個から、普遍へと拡大、遠心のベクトルを示唆した。しかし、ベクトルが逆方向に働けば、無限大の宇宙・普遍に存在する無数の個から抽出される特殊な個としてグローヴァーズ・コーナーズが焦点化され、グローヴァーズ・コーナーズによって表象されるアメリカの存在が大きく浮上する。言い換えれば、遠心運動ではなく、宇宙の求心運動の核としてグローヴァーズ・コーナーズ、そしてアメリカの求心性がクローズアップされる。この点で、ワイルダーがアメリカの体験を「決定的に白人、アングロサクソン・プロテスタント版のアメリカ史でありアメリカ神話」であると捉え、『わが町』でワイルダーがアメリカの価値観を表する明快な演劇的声明となる作品を書いたとするビグスビーの議論(272)[8]は的を射たものである。そして、その価値観は言うまでもなく、ミラーとフレイザーが指摘したワスプ・ワールドのものにほかならない。ミラーとフレイザーは、『わが町』にワスプ・イデオロギーの底流を読み込み、感傷的懐古趣味に隠された現実隠蔽のスモールタウン像の問題点を指摘する(239)。

さらにこの点から、「裸舞台」再考の必要性が生じる。ワイルダーは、『わが町』の映画監督ソル・レスナーに宛てた手紙で、劇場の裸舞台を、観客への直接的語りかけの驚きとともに、合衆国全体の広大さ、雄大さを示唆する表象装置として意図していたと語る("Preface to *Our Town*" 676)。

ポーターは、本作品の究極的「意味」が儀式的様式でなされたアメリカの理想の表現であり、『わが町』の効果は、「アメリカ人の」集団心にある理想に忠実にしたがった結果である」と論じている(223)。このポーターの議論は、これまでの考察と一致したものである。ただし、ポーターはこのアメリカン・アイディアルを表す登場人物に一つの違和感を感じて、次のように記している。「町そのもののように、登場人物たちに何も変わったところはない。ただ、彼らが示す一貫した典型性だけは別である」(205)。この「彼らが示す一貫した典型性」こそ、アメリカン・アイディアル、アメリカニズムの表れ＝記号にほかならない。家族・大人・男女、すべて、閉鎖された安全なコミュニティで暮らす理想的・典型的善人たちの町に、アウトサイダーの姿はない。アメリカの理想的スモールタウンを示す典型的住人たちの一方で、人種、ジェンダーを含む社会問題は、後景化する。ポーターが指摘した「一貫した典型性」こそ、アメリカニズムというワスプ・イデオロギーの表象記号と考えられる。

アメリカ神話普遍化装置

なぜ、アメリカニズムが『わが町』の底流にあるのか。その一つのヒントを、『わが町』上演前後の世界情勢に見られることを、アルバート・ワートハイムの以下の議論は推測させる。

（……）『わが町』の初演は、一九三八年一月。大戦へのアメリカ参戦まではまだ四年近くあったが、ヨーロッパでは軍事行動がすでに展開されていた。『わが町』全体を通して見られるのは、ワイルダーが大戦とおそらくはその大戦にアメリカが参戦するのは避けがたいだろうと考えていたということである。そして彼は、苦心して戦争の意味を考えるうえで有益な展望を観客に与え、近い将来に姿を現すと思われる出来事に対する心づもりを観客に持たせようとしたのである。(19)

つまり、ヨーロッパにすでに現れていた第二次大戦の予兆とワイルダーが見たアメリカの戦争突入への不可避性から、戦争という脅威に対処する精神的準備として、愛国心と誇り、郷愁を喚起するアメリカニズムが本作品に底流したと考えられる。

しかしアメリカに迫る脅威に対する警戒心以上に、ワイルダー自身のアメリカ信奉が『わが町』に流れるアメリカ理想主義・アメリカニズムの源泉になっていた。ガートルード・スタインの『アメリカの地史あるいは人間精神に対する人間の本性の関係』(一九三六)はワイルダーのアメリカ観に多大な影響を与えたが、一九三五年、長年の友人となるスタインにワイルダーは次の書簡を送っている。

何という本でしょう! 本気ですごい書物であると申し上げているのです! この一か月寝ても覚めても、人間の本性と人間精神にかかわる多様な概念、傑作がその明らかな主題に対して持つ関係性について思いが深まるばかりです。こうした事柄は、そう、そしてアイデンティティは、わたしのなかで細胞や髄になり、とうとう今ではいっそう(……)ええ、わたしはアメリカに夢中です。そして、あなたがまた、わたしをそのようにさせたのです。(Haberman 55–56)

「わたしはアメリカに夢中です」という思いはまさにスタインの同著によってもたらされたものだが、この書簡で登場するキーワード、「人間の本性」(Human Nature) と「人間精神」(Human Mind) に関する説明を交えつつ、ワイルダーは「アメリカに夢中」という意味について、一九五三年の『タイム』誌の『アメリカの地史』に言及したエッセイで語っている。それによれば、アイデンティティや時間的空間的な位置に固執する人間の本性と比べ、人間精神は、純粋存在、純粋創造を見つめ、自らが知るものを知ることを認識する。この人間精神こそ、永久的に拡大し続けるものを伝える唯一の存在であり、無限に広がる限りない今を伝える偉大な文学作品においてのみ見られるものである。しかし、またそれは無限性の存在を信じるアメリカにおいても見出しえるのも事実である。アメリカの地理こそ、スタインが語ったように、「放浪への誘い」なのである (Haberman 55)。[9] 重要なことは、無限の「今」と同じく無限性を信奉する点において、ワイルダーが文学の傑作とアメリカを類比的関係で捉えている点である。つまり、「放浪への誘い」とスタインが呼んだ「アメリカの地理・地勢」こそ、無限大に広がる存在に目を向ける人間精神が宿る場であり、そうしたワイルダーの考えをこのエッセイは示している。

ドナルド・ハーバーマンは上記の『タイム』誌掲載のワイルダーのエッセイが示すのが、アメリカ、特に二〇世紀アメリカが、過去の偉大な文学的遺産、神話、歴史をすべて踏襲し、一つの偉大なアメリカ神話として生まれ変わるというワイルダーのアメリカ観を表すとしている (Haberman 56)。つまり、過去のすべての偉大な文学作品、神話、歴史、そしてあらゆる過去が、限りなく広大な二〇世紀アメリカという国家の遺産となり、新たな偉大なアメリカ神話へと作り上げられる。言い換えれば、過去のあらゆる遺産を吸収し、自らの神話を更新し続けるパリンプセスト的神話生産装置としてのアメリカの姿が浮上する。

『神話と現代アメリカ演劇』（一九六九）のなかでトマス・E・ポーターは、「神話・儀式は原型的経験に対するコミュニティが持つ解釈の表現である」と語る(201)。ポーターの議論で興味深いのは、コミュニティという限定的社会の原型体験についての解釈に基づく儀式が、普遍的空間・時間で起こる、言い換えれば、すべての空間を内包する空間＝宇宙の中心で起こり、あらゆる時を含む「現在」で起こるという点である(201)。つまり、一つの社会の原型的世界観は、その社会の範囲を越えて、あらゆる社会・人種にも及ぶ普遍的時空間で展開する物語として儀式化される。自らのコミュニティを無限の宇宙と時間の中心にすえた固有社会（国家・民族）の普遍化神話は、構成員（町民・市民・国民）の属する社会と自身のアイデンティティについての意識の成型と認識の更新を永続的に行う社会システム維持・強化装置だというわけである。

さらにポーターは、『わが町』が「コミュニティによる理想的体験解釈として」神話を形成する姿勢を表現する技法を用いていると言う。つまり、平等の理想、民主主義、そして平凡な人間の意味ある日常生活というアメリカ神話、こうした明確なアメリカ的考え方から発するものを『わが町』が儀式的に表現している、と論じているのである(202)。

この点に関連して、「劇作についての思考」でワイルダーが挙げた以下の「演劇の四つの基本条件」は注目に値する。

1　演劇は多くの共同制作者の仕事に基づく。
2　演劇は集団心理に働きかける。
3　演劇は見せかけの上に成り立ち、まさにその性質ゆえにさらに多くの見せかけを求める。
4　舞台上の出来事は永続的現在で起きる。("Some Thoughts on Playwriting" 694)

いずれも、ワイルダーの劇作理念の根幹をなす条件だが、問題としたいのは第2の条件「集団心理への働きかけ」である。第2の条件に関するワイルダーの見解によれば、集団・群衆による協力がなければ、劇の前提となる第3の条件「見せかけ」(pretense)＝「虚構性」が崩壊し、「見せかけ」に誘発される興奮は、儀式、祝祭の性質を帯びるため集団を必要とする ("Some Thoughts on Playwriting" 698)。言い換えれば、観客となる集団の心理に働きかけ、その想像力を喚起するメッセージを送信することで、劇の虚構世界が成り立つ。この点で、演劇の約束事についてのクーナーの指摘は示唆的である。クーナーは、演劇の約束事が大衆の持つ想像力から発するとし、こうした約束事が観客参加を促し、それゆえに作品世界がスペシフィックからジェネラルへと昇華されるとワイルダーが考えたと論じている (126)。

しかし、ここで観客の想像力により作品世界への参加を促す演劇の約束事そのものが持つサブリミナルに類似する効果を考える必要がある。つまり、観客側に想像力を稼動させる意識的・自発的努力を喚起し、同時に観客自身のノスタルジアと共通体験の記憶・共通意識を呼び起こす情報を意識的に処理する方向へと観客を誘導する。そうしたメッセージを発するのが舞台にほかならない。『わが町』

で舞台監督そして登場人物たちが語るアメリカの歴史と理想はニューイングランドのワスプを中心もしくは拠り所として稼動するアメリカニズムである。固有から普遍へと昇華される作品世界で、アメリカニズムは一時代一国の局所的イデオロギーから、地球的規模の地殻変動と人類誕生からバビロン、ギリシャ、ローマとつづく人類の遺産を継承し、さらに数千年後の未来に遺産を残す、普遍のイデオロギーへと昇華、あるいは偽装される。それが、劇の「見せかけ」「虚構性」の展開に不可欠な群衆＝観客の識閾下、つまり潜在意識に働きかけるメッセージとして作用すると考えられる。

ここで敷衍すべきことがある。それは、『わが町』が観客に発信するメッセージが観客にとり目新しいことではなく、すでに知っている既知の事柄だという点である。クリストファー・ホイートリーは、ワイルダーが劇作家は観客が知っていながらも認識していない事柄を示すと論じている (147)。まさに『わが町』が見せるのは、観客にとっての既知の事柄、ニューイングランドのワスプ・アメリカの正史と、アメリカン・コミュニティ、ファミリーの理想的姿にほかならない。それはアメリカ国民が共有する既知のアメリカ的価値観、アメリカ神話、アメリカニズムというワスプ・イデオロギーを認識・再認識するサブリミナル・メッセージと捉えられるものである。

アメリカ正史として認知を受けた歴史的事件をめぐる複数層の先行テクストを作品テクストに組み込むことで、『わが町』はアメリカニズムを正当化・継承するアメリカ神話のフォーカル・ポイントとして浮上する。もちろん、客席後方の挑発的男性がウェブ氏に問いかけたような社会の不公平・労使間の不平等、あるいはウィラード教授が今や完全に消滅したと語る初期アメリカ・インディアンから連想される白人の西漸運動に伴うインディアンの虐殺と土地強奪など、アメリカ社会が孕む問題が本作品で言及、示唆されるのは事実である。しかし、それらアメリカ社会の諸問題を凌駕する最優先原則としてアメリカニズムと白人アメリカのアイデンティティは識閾下、つまりサブリミナル・メッセージとして観客に送信・受信されると考えられる。

アメリカ神話というサブリミナル・ポリティクス

アメリカの政治学者ダン・D・ニモとジェームズ・E・コムズの共著『サブリミナル・ポリティクス――アメリカにおける神話と神話作者』は、一九八〇年の出版から二一世紀の今日に至るまで、神話研究、政治学、アメリカ外交政策、政治広報、政治神話・言説等についてのさまざまな研究書に参照されるアメリカ政治神話に関する名著である。このなかで、ニモとコムズは神話を次のように定義している。

［神話とは］知覚現実についての信頼性ある劇的かつ社会的に構築された表象であり、現実についての恒久的不変的知識として受容される一方、仮の想像・創作的そしておそらくは虚構的性質は（気づかれることがあったとしても）忘れられるものである。(16)

換言すれば、リアリティーについての社会的に構築された表象、演劇的虚構性を孕む知識である。

この前提でニモとコムズは、大衆文化が政治神話および政治的アイデンティティの輸送装置であり、「共同体をめぐるマクロ神話の正当性を再確認し、変容させ、個人の政治的アイデンティティの観念やイメージを送信する」ものであると言う。そして、大衆文化という「見せかけ・偽りの世界」のなかで大衆の自己形成や変容が行われ、自己認識と政治との関係性が影響を受けると論じている(131–34)。重要なことは、大衆文化を含め、多様なレベルのメディアによって流布した神話、つまり、社会的に構築され演劇的虚構性を孕む表象が、大衆意識、理念、アイデンティティに対して作用する政治的操作装置として機能し、識閾下＝サブリミナルに作用することで、大衆は自らが影響下にあることを意識することはないという点である。[10] しかも、ニモとコムズは、大衆文化による神話の正当性の確認が頻繁に起こるのが、大衆が国家の目的について疑念を生じさせる歴史的動きに巻き込まれたときであると語っている(Nimmo & Combs 138)。[11]

ニモとコムズの議論は、これまで考察してきた『わが町』に底流するアメリカ表象が、アメリカ神話という形で、大衆にアメリカニズムのサブリミナル・メッセージを発信する潜在力の存在を想定させるものである。しかも、初演の一九三八年前後が、アメリカの第二次世界大戦参戦を予感させる世界状況であるとワイルダー自身が感じていたのはすでに見たとおりである。つまり、第一次世界大戦、世界恐慌を経てきた大衆が、新たな世界大戦の迫りくる脅威を前に、国家の目的について疑念が生じてもおかしくない時代だった。ここに、アメリカの人々の郷愁を誘うニューイングランドのスモールタウン、グローヴァーズ・コーナーズは、アメリカの伝統的価値観と美徳を映すアメリカン・エデンとして映ったと考えられる。しかも、このアメリカン・エデン神話はニモとコムズが「アメリカ単一神話」として位置づけたものである(226–27)。[12] 新世界、新たなエデンとなるアメリカの植民地時代から、コットン・マザーが見たアメリカン・ピューリタンの約束された大地への旅路を経て、エデン的スモールタウン田園生活主義神話が培われ、それをアメリカの政治神話作者たちは丘のうえの町、つまり、「アメリカン・エデン」として広めてきたのである。そしていま、「勤勉なアメリカ人が平和に、調和して、穏やかに暮らすこのエデンの共同体は異質な外部勢力の度重なる脅威に対峙するのである」(Nimmo & Combs 227)。

ここで、グローヴァーズ・コーナーズの地政学を思い起こす必要がある。かつてリチャード、インクリース、コットンの三代にわたるマザー王朝が治めたピューリタンの牙城、ボストンを中心にしたニューイングランド＝ニュー・エデンにある町、[13] いわば、アメリカン・エデンを象徴するスモールタウンがグローヴァーズ・コーナーズにほかならない。『わが町』の舞台で示される脅威、ジョー・クロウェルが命をなくした第一次大戦＝アメリカの聖戦、そして、初演時の一九三八年当時における、ヨーロッパでのナチス・ドイツとイタリアのファシストによる侵略[14]および極東アジアの状況（三七年以来の日中戦争）は、ワイルダーに新たな巨大な脅威の訪れを感じさせるものであったにちがいない。こうした状況のなか、「アメリカン・エデン」に謳われたアメリカの理想と美徳、独立精神は、人々の郷愁を誘いながら、アメリカニズム肯定のメッセージをアメリカの人々に発信し続ける。しかもそのメッセージが観客の識閾下、潜在的な認知過程に働き続けると考えられる根拠は多分にある。現代の認知心理学、知覚心理学、認知神経科学における急速な進歩は『わが町』の持つサブリミナルなメッセージ性あるいは政治性を論証するに足りる研究成果をもたらしている。

『わが町』／『サブリミナル・インパクト』／『メディア・コントロール』

カリフォルニア工科大学生物学部教授、下條信輔は、独立行政法人・科学技術振興機構「下條潜在脳機能プロジェクト」（研究期間二〇〇四年一一月〜二〇〇九年一〇月）を統括した心理学者である。一般にサブリミナル＝閾下は、見える限界＝識閾よりも下を示し、閾下知覚、潜在知覚などの用語で使われるが、テレビ・コマーシャルなど閾下刺激として与えられた図形や文字が意識的に認知されない潜在的な認知過程によって、わたしたちの行動や考え方に影響を与えるメカニズムを指す。この考え方について学術的に疑問視する向きもあることは事実である。しかし本章では、知覚心理学、認知神経科学、認知心理学、ニューロエコノミクス（神経経済学）、脳神経科学等相互に関連する学問領域における急速な進歩を背景に、これらの分野での展開を踏まえ、研究成果を発表しつづける国際的認知を受けた下條の先進的研究をきわめて信頼性の高いものと判断し、議論の準拠枠としている。

下條は、脳による情報処理の大半を占めると考えられている潜在的あるいは無意識下における神経情報処理（脳機能）、つまり潜在認知を認知神経科学的観点から研究を展開しているが、「認知過程の潜在性・自働性」について論じた『サブリミナル・マインド――潜在的人間観のゆくえ』（一九九六）のなかで、サブリミナル・コマーシャリズムに関する章を設け、そこで次のように語っている。

マスメディアによる、あるいはマスメディアを通したサブリミナルな操作、という問題が、きわめて微妙で重要な問題をはらんでいると思うのは、ふたつの異なるケースがあり得るからです。その第一は、発言者あるいは制作者が意図的にあるメッセージを潜在化し、巧妙に流した場合です。第二は、当事者自身も潜在的に特定のコトバやシーン、アイテム、ストーリーなどを選択していて、それが結果として、サブリミナルな世論操作や流行操作を成功させている場合です。

ベテランの政治家やマスコミ関係者は、別に心理学の専門家ではありません。また心理学の専門家であっても、サブリミナルなマインド・コントロールが本当に効果を挙げたか否かを、正確に測ることは、不可能に近いのです。しかしそれでも、政治家やマスコミ・広告関係者たちは経験的に、どうやればうまくいくかを知っているように思われます。したがって現実にはこのふたつのケースのうち第二のほう、つまり情報の送り手も受け手も終始無自覚的であるケースがより頻繁におこっているのかもしれません。(二一九―二二〇)

つまり、マスメディアのサブリミナルな操作は第一と第二、二つのケースがあり、メッセージの送信者・受信者双方が無自覚にその操作に関わっている第二のケースがより一般的だと推測されるが、問題はいずれのケースであるのか完全に識別することが困難な場合が多いという点である。これまで論じてきた『わが町』についても、完全にどちらのケースにあてはまるか断定することは困難である。ただ、ワイルダーが提唱した「演劇の四つの基本条件」で明らかなように、演劇は「多くの共同制作者」の力を結集して、劇作家が意図したメッセージを表現する「見せかけの上に」たって、「集団心理に働きかける」とワイルダーは考えていた。言い換えれば、演劇は観客に対するサブリミナルな操作・効果を十二分に実践できる装置であり、さらに「舞台上の出来事は永続的現在に起きる」ものであるという第四の基本条件は、舞台から発信されるメッセージの持つ永続的効果、潜在認知プロセスで観客に影響を持ち続ける効果を示唆するものである。しかも、『わが町』を創作・初演した当時の世界状況と、ガートルード・スタインの影響もあったワイルダー自身のアメリカ／アメリカニズム信奉、そして観客への影響と観客反応を熟知した演劇人としてのワイルダーの力を考え合わせれば、『わが町』は第一のケース、つまり、「発言者あるいは制作者が意図的にあるメッセージを潜在化し、巧妙に流した場合」にあたる可能性が高いと考えられる。

下條は、マインド・コントロールの危険な側面として、(1)巧妙に行われるコントロールに対する人々の抵抗力のなさ、(2)「サブリミナル・コマーシャリズムによる、欲望の『受動化』『画一化』」、以上二つを挙げ、サブリミナルな性質ゆえに、わたしたちがそれに気づいていない状況を問題とする。しかも、これは、「コマーシャリズムだけでなく、遊びや芸術や科学技術にまで、このような制御と均一化の傾向が浸透し、さらに政治的な世論操作や思想統制に直接使われる」という危機意識を示し、「サブリミナル・メッセージによって政治選択をおこなう現代日本人」の問題をも指摘する(『マインド』二二一―二二二)。無論これは現代日本人のみならず多くの国々・社会に生きる人々にあてはまる。そして言うまでもなく、アメリカニズムを掲げるアメリカは、サブリミナル・コマーシャリズムはもちろんのこと、サブリミナル・メッセージによる政治的コントロールを行う国家・政府とそれによって政治選択を行う国民の姿を歴史的に現してきた国である。

『サブリミナル・マインド』から一二年、下條は二〇〇八年『サブリミナル・インパクト――情動と潜在認知の現代』で、情動と潜在認知をキーワードに、認知神経科学的観点から現代社会と個人のあり方をめぐる諸相を検証する。[15] そして、モチベーションに顕在化する情動の役割とマイケル・ポランニーが「人間の知の独特な構造を考察するために導入した概念」として導入した「暗黙知」（『インパクト』二八〇）[16] を考察・援用し、創造性・独創性という新たな人間観を目指している。『サブリミナル・マインド』の続編と呼べるこの著作で問題としたいのは、下條がその中心テーマと位置づけている「マスメディアを通じた大衆誘導や世論操作、欲望の活性化とコマーシャリズム」という「国内政治や国際問題、戦争にまで連なる『情動の政治』」（『インパクト』一〇）である。

下條は、「9・11以降の対テロリスト戦争」をめぐるアメリカ国内における「メディアの報道バイパス」の激化を指摘し、「政府側が『テロとの戦い』のあらゆる分野で厳しい報道管制を敷き、それに応じる形で大手マスメディアが追随したこと」を問題とする（『インパクト』二〇四）。[17] そして、最近のアメリカで、「セキュリティ＝国防＝愛国という反応図式」と「イスラム原理主義＝テロリストというステレオタイプ」が政治的・戦略的に利用され、「繰り返しタイミングよく（……）『愛国』反応図式はますます人々の情動／認知過程に刷り込まれ、思考や批判が停止してしまう恐れ」があるという警鐘をならしている（『インパクト』二一〇）。

つまり、メディアによる政治戦略的な情報操作が大衆・世論操作の効果的装置として作動している危機的現実状況を下條は告発しているわけだが、演劇・文学というフィクションの世界が大衆操作に加担する潜在性を有したものであることを示す事件を挙げている。くしくも『わが町』初演と同じ一九三八年。その年の一〇月、アメリカで「火星人の侵入」の緊急ニュースが突如ラジオから流れ、それを聞いた人々がショックのあまり荷物をまとめて逃げ始めるという大パニックが全米を襲った。実は緊急ニュースとされたのはオーソン・ウェルズのＳＦドラマの冒頭だったが、下條はこの事件が「大衆操作は偶発的とはいえ、マスメディアの威力を知らしめる結果となりました。恐怖の情動を刷り込む、また刷り込んだ情動にトリガーをかけるという点で、マスコミの力は大きい」ことを指摘している（『インパクト』二一〇）。

さらに、下條はエピソードや物語が読者・視聴者に与える効果に着目し、「理屈を超えて、情動に直接訴えかける、読者を説得するという意味で、特定人物のエピソード」が「定番化した効果的なやり方」であり、新聞記事、映像ドキュメンタリー、映画に共通するその効果を指摘する。そして、「否応なく説得されてしまうという意味で、エピソードや物語というのは、情動に特化してアピールするような、よく出来た仕掛け（……）人類が発明した一種の『装置』」であると論じている。そして、文学・フィクションあるいは実在に基づいて誇張なく全体の真実を伝える報道という許容範囲を超えて、この装置が「政治的な世論操作に活用」され、その結果、大統領選挙は「大衆誘導テクニックの渦」になり、アメリカの「政治状況が、極端な広報合戦、人々の潜在認知に働きかける大衆誘導の応酬」、つまり「大統領選キャンペーンや戦争をめぐる応酬が、大衆操作をめぐる政治状況を示している」と分析している（『インパクト』二一三―一四）

下條の議論は、ノーム・チョムスキーが『メディア・コントロール――正義なき民主主義と国際社会』（二〇〇二）で告発したアメリカ政府・国家権力とそれに追随するアメリカ・メディアによる大衆・世論操作とまさに共振する。若くして変形生成文法を確立し言語学会に革命をもたせた一方、ヴエトナム戦争以来、アメリカの帝国主義的対外政策を分析・批判してきたチョムスキーは以下の議論を展開する。つまり、第二八代大統領ウッドロー・ウィルソンの政権時代から、ウォルター・リップマンが「とまどえる群れ」(16)と名づけた「愚かな大衆」(16)を観客席から少数の「責任感のある」「特別階級」(15, 17)、つまり知識階級支配層の責任ある行動・決定を見て、従うだけの「傍観者」にしておくことが民主主義政治学の理念だった(14–17)。この理念のもと、アメリカの政治広報・組織的宣伝は「大衆の考えを操作する」(22)目的達成のために、アメリカニズムを浸透させてきた。彼ら特別階級にとり「民主主義社会のあるべき姿」とは「特別階級が自分たちの主人のために、つまり社会の支配者のために働くことを、教えこむことができる体制でなければならない」社会であり、「残りの人々はいかなる組織にも所属させてはいけない。組織は面倒を引き起こすだけだからだ」という考えに基づく社会である(27)。この民主主義社会を維持・強化するために、「合意のでっちあげ」(18)と「国民を怯えさせることが必要」(30)であり、また「場合によっては、歴史を完全にねつ造することも必要になる」(35)。こうして、戦中戦後の「赤狩り」からヴェトナム、グレナダ、パナマ、ニカラグア、七八年以来のイスラエルによるレバノン爆撃擁護・是認、九〇年以降の湾岸戦争から、友人扱いから敵視へと豹変するアメリカのサダム・フセインへの扱い、さらに9・11からアフガニスタン、イラクへと続く「対テロ戦争」の名のもとにアメリカが展開してきた戦い、つまり「国際テロの模範的例証」(82)と呼びうる国際的テロリズムをアメリカ政府とメディアは隠蔽し、歪め、メディアによる大衆コントロールを試みてきたのである。[18] 以上が同著におけるチョムスキー議論の概要である。

下條とチョムスキーの議論から導き出されるのは、アメリカ政府による国民に対するメディア操作という政治戦略の少なからぬ成功が、潜在認知過程に影響を及ぼすサブリミナルなメッセージを多様なレベルのメディアが日常的に発信し続ける状況維持の強固なシステムによるということである。そして、このなかでは、上述したように、文学・フィクション・映像あるいは報道メディアが持つ特定人物に特化したエピソード性は理屈・理性を超えて、情動に直接訴えかけ、読者・視聴者そして観客に継続的影響を与え続ける。

さて、本論で論じたワイルダーの『わが町』に過激な攻撃性のメッセージは見出しがたい。そこにあるのは、懐かしささえ感じるグローヴァーズ・コーナーズという理想化されたアメリカン・エデンの象徴的スモールタウンである。しかし、このニューイングランドの架空の町から浮上してくるのが、人類史を遥かに超える地球的時間の流れと地球を超えて宇宙から神の御心にまで拡大される超時空性とその逆ベクトルによって焦点化されるこの町の求心性、さらには西漸運動と領土拡大のアメリカ生成の歴史とワスプを中心化した人種的構成要素、アメリカニズムの理想主義を掲げてなされた戦争・侵略行為の正当化ナラティヴであったのは目にしてきた通りである。これらの事柄を考え合わせれば、何世代にもわたり継承されたエデンを生きる人々の共同体意識とその共同体を脅かす脅威・危機からその町を、延いてはその町が表象するアメリカという国家を守ろうとする使命感が、発生し熟成されるのは当然である。そして同時に、アメリカの対外政策はその国を守り、発展させ、国の理想である民主主義=アメリカニズムを世界に広めるという高邁な精神によって行われ、その行為を阻害するものがあればそれを悪、あるいは「テロ」と見る精神性が育まれるのも不思議ではない。それが『わが町』が潜在的に持つサブリミナルな影響力であると考えられる。

9・11を経験してもなお、その教訓から自らの国家的暴力を顧みることなく、アメリカは「対テロ」戦争という名の「国際テロ」を継続し続けていく。そのアメリカとアメリカの姿を多様なプリズムで伝える国内外のメディアが発信するメッセージに対して、アメリカ国民、そして外国人である世界の民は、わたしたち日本人を含めて、どのように向き合っていくのか。そのヒントとなることを、下條は『インパクト』のなかで、次のように語っている。


現代人は、過剰と誘導と操作と制御とに晒されています。マスメディアと大衆誘導技術の発達が、潜在認知というパンドラの函《はこ》を開けてしまいました。集合的、情動的、反射的、無自覚的という特徴を持つチャンネルが、開放されたのです。

コマーシャリズムの世界では、脳内の報酬系がターゲットにされ、政治の世界では情動系、ことに恐怖の中枢（たとえば扁桃核）が狙われています。私たちはそれに対して（定義上）無防備です。その結果、近代社会の根幹をなす「自由で責任ある個人」の理想像がゆらぎはじめています。（……）

ただ唯一対抗できる策があるとすれば、まずは情動と潜在認知の仕組みを知ることです。そして、知るだけでなくて、潜在レベルで対抗する策を自覚的に講じることです。

そのようにしながら、世の中の流れを注意深く見つめていきたいと思います。（二三六―三七）

冷戦終結後、9・11を通過し、世界的テロリズムと金融危機、ＩＴの加速度的進歩と国際資本、国家間・地域間政治権力、こうした力の介在によってマスメディアと大衆誘導技術は想像を超えた力（コントロール）をわたしたちに及ぼし続けていくことだろう。そしてまた、演劇・文学・映像を含む多様なメディアもまた大衆誘導の共犯者／エージェントに容易になっていく危険性は多分にある。眼前に開かれたこの「パンドラの函」にどう対処していくのか。それは多くの人々と同様に、むしろ彼ら以上に、アメリカ演劇・文学研究者が真摯に勇気を持って立ち向かっていくべき問題のように思われる。

第二章
帝国化するアメリカ、反逆する他者
――テネシー・ウィリアムズ、SF、黙示録的政治劇

帝国への道と反逆への道

一九五〇年代、赤狩りを告発する『るつぼ』（一九五三）でマッカーシズムに果敢な戦いを挑んだのはアーサー・ミラーだった。非米活動委員会の軍門に降ることなく自らの信念を示す彼の姿勢は政治意識・行動力の劇作家ミラーのイメージを定着させた。一方、四〇年代に『ガラスの動物園』（一九四五）、『欲望という名の電車』（一九四七）で演劇界に不動の地位を築いたテネシー・ウィリアムズは目立った政治的演劇活動を展開していない。そのため、ウィリアムズは非政治的な、リリシズムの劇作家という見方がなされた時代があった。しかし、ウィリアムズは一九七五年初演の『レッド・デヴィル・バッテリー・サイン』のリハーサルビデオで自分がミラー以上に社会意識を持った作家だと語っている (Cohn 233)。ミラー以上であったかどうかは別として、ウィリアムズがエッセイ、インタビュー、書簡で自らの政治的社会意識・信念を語っていたのは事実である。革命家、社会主義者、人道主義者と名乗る彼は (Raus 292, 293; *Where I Live* 60)、社会的政治的圧制、ヴェトナム戦争、人種差別、同性愛者迫害に対して強い反対の意を唱えてきた (Savran 79)。一九七五年の『回想録』出版以

後、ウィリアムズは一九八三年逝去の年まで自らの劇作活動と私生活の関係性をめぐる自己内省的作品を創作していく。その営為はセクシュアリティを秘密裡のパーソナルなものから、人種、ジェンダー、主義主張あらゆる点で個人を規制・周縁化し、抑圧する社会・国家の支配的イデオロギーに対する抗議というポリティカルなメッセージ発信の行為でもあった。「私的なものは政治的なもの」というスローガンで評される姿勢 (Savran 79) が彼の劇作の核となっていった。一方、南部女性の悲哀と光と影を謳い上げるリリシズムの作家という初期ウィリアムズ批評の潮流は、やがて政治的、あるいは「社会政治的」(Adler 1994: 132; Saddik 124) な視点からウィリアムズ作品を捉え直す社会政治的批評へと大きく道を譲っていった。[1]

本章で論じるのは、ウィリアムズがアメリカ国家に対するポリティカルな姿勢を打ち出した二作である。軍産複合体の支配により帝国化への道をひた走るアメリカと、軍産複合体の国家的陰謀に立ち向かう反逆の戦士となる他者、両者の戦いを描く六〇年代中編小説『ナイトリー・クエスト』(一九六六)[2]と、七〇年代の演劇作品『レッド・デヴィル・バッテリー・サイン』(一九七五) である。これら二作を中心に、帝国への道と反逆への道、二つのロードが交錯するアメリカのあり様を作品化し、帝国化するアメリカに対して「体制転覆的」な作品創作によって抵抗した反逆の劇作家ウィリアムズのポリティカルな劇作営為を読み解く。

軍産複合体支配に挑む反逆の騎士／クイア
——ＳＦファンタジー『ナイトリー・クエスト』

『ナイトリー・クエスト』は、アメリカ政府・国家権力をも操る巨大軍需企業「プロジェクト」に対するクイアと女性の戦いを描く異色作である。[3] 舞台は「プロジェクト」の拠点となるアメリカ南部の都市。社長ブレンドン・ピアスは、父の死後、母親と結託。数年間海外遊学中の兄を除外し、父の「レッド・デヴィル電池工場」を（核）爆弾製造工場「プロジェクト」に作り替え、アメリカ国家さらには世界制覇を目論む。そこに数年ぶりに兄ゲヴィナーが帰郷。弟ブレイドンの野望を知り、ブレイドンから阻害された妻ヴァイオレットとその友人グラディスとともに、「プロジェクト」を爆破、宇宙人の宇宙船で未知の惑星へと旅立つまでを描く。

本作品で際立つのが、巨大軍需企業と抵抗勢力の対立構造である。人類を消滅させる核兵器の研究開発生産を行う「プロジェクト」は、核軍備増強と軍需産業の躍進を前景化する。

プロジェクトは昼夜を分かたず人類絶滅の驚くほど不可思議な兵器の開発に取り組んでいた。（……）多数の科学者や技術者、高級将校に下級将校、諜報部員、腕のいい熟練工に普通の職人、上から下まであらゆる階級の人間が、プロジェクトの操業にかかわっていた。

(*The Knightly Quest* 8–9)

この「プロジェクト」の姿は、第三四代大統領アイゼンハワーの退任演説を思い起こさせる（Kolin 48–49）。一九六一年一月一七日の退任演説でアイゼンハワーは、軍産複合体の存在を初めて公にし、軍需企業、軍（国防総省）、政府が形成する強大な経済・政治・軍事連合体である軍産複合体が、強大な権力を持って国家のあらゆる意志決定に影響を及ぼす危険性を告発した（Eisenhower）。

アイゼンハワーの予見した脅威が本作品では大いなる具体性を帯びた「プロジェクト」として出現する。プロジェクトは冷戦下アメリカの国家権力を掌握し、市民を完全な監視下に置くファシスト的支配体制を敷く。第一に、徹底した監視と異分子排除システム。「プロジェクト」の職員と町の住民は、私服警官と盗聴装置による監視システムの下に置かれ、不適者・異分子は、隔離・処分される。常にスパイの監視下にあるという不安が、「プロジェクト職員の職業病」となり、敷地内の神経科専門病院で問題ありと判断されれば、「精神安定キャンプ」に送られ、二度と帰らぬ人となる。そこでの予測可能な暴力と死の恐怖により、「プロジェクト」は職員及び町の住人すべてを支配する。このスパイによる監視状況に言及して、ブレンダ・マーフィーは住民の主たる不安がマッカーシー時代の文化的パラノイアを捉えたものであると指摘する（Murphy 45）。確かに、互いの密告者となることを国民に強いて、共産主義者と同性愛者摘発・弾圧を行ったジョセフ・マッカーシーと非米活動委員会による五〇年代の赤狩りだけでなく、第一次世界大戦直後ミッチェル・パーマー司法長官による「赤の恐怖」＝赤狩りをも思い起こさせる。また不適者の隔離・処分も、二〇世紀初頭アメリカを席巻したハーバート・スペンサーの社会進化論から発した論理、社会学者ウィリアム・グラハム・サムナーの不適者・弱者処分論理と連動する。つまり、両世界大戦直後に行われた二つの共産主義者弾圧と社会効率偏重による不適者処分の思想を合わせたアメリカ国家権力による歴史的な思想統制と弾圧のシステムを、「プロジェクト」は踏襲、強化した組織として姿を現す。

第二に、大統領をも操作するプロジェクトの総帥ブレイドンが具現する巨大軍産複合体企業の国家的陰謀が挙げられる。ブレンドンは自らホワイトハウスに据えた大統領シチュー・ハマースミスと空軍准将を操り、利益誘導目的でヴェトナム戦争遂行状況を操作し、アメリカ国家そして世界制覇を目論む。さらにカトリックとプロテスタント（メソディスト）両教会をも支配下におく。ブレイドンの配下、ビリー・スパングラーは、この「プロジェクト」の姿に「偉大なる社会変革」と新たな宗教の波を感じ、人類の進歩を導く「プロジェクト」の中心、「ザ・センター」を白人信仰の新世界創造の拠点であると確信する。こうして「プロジェクト」は疑似宗教化した白人至上の全体主義軍事帝国の様相を呈していく。

「プロジェクト」に抵抗する三人は最終的にその破壊に成功する。重要な点は、彼らが社会の不適者／アウトサイダーであり、ゲウィナーがクロゼットのホモセクシュアルである点である。グラディスは伝書鳩に託して、次のようなメッセージをゲウィナーに送っている。

> あなたにはっきりと伝えておいたほうがいいわね。「夜の探求」のかわりに「気高き騎士の探求」という言葉を使うのは、単に言葉のうえの気まぐれじゃない。それは世界のあらゆるところで、最も重要な意義を持つことなの。肉体の牢獄に捕えられた人間が精神を思い起こすことができさえすればね。(*The Knightly Quest* 85)

人目を忍んで、夜ごと相手探しの「夜の探求」(the Nightly Quest) に出ていた彼が、「プロジェクト」の実像を前に反乱の騎士となって、「気高き騎士の探求」(the Knightly Quest) に身をゆだねる。それは、彼が「気高き騎士の探求」に身を捧げた騎士ドン・キホーテと自己同一化し、変身するプロセスでもある。ここでアメリカとドン・キホーテの関係性が重要になる。次の引用は、永遠のドン・キホーテ的冒険心によって発見・建国されたアメリカが資本主義に乗っ取られ、冒険心が追放された今もなお、ドン・キホーテの気高い探求心は人の心に息づいていることを示している。

もちろん、アメリカは、特に南部諸州は、元来ロマンティックな思いを具現したものだ。アメリカは人間が絶え間なく変化するなかで永遠に変わることのないドン・キホーテによって発見され、建国された。もちろん、それから実業家が乗っ取り、ドン・キホーテは母国で追放者となった。少なくとも、フロンティアがなくなったときには追放の身となっていた。しかし、追放されてもその軽妙な精神を失うことはない。（……）彼は物静かな英知をもって騎士の探求の旅先で訪れた世界のあり様について語ってくれるだろう。(*The Knightly Quest* 81)

一方、現在のアメリカを築いてきたものが、他者をないがしろにする虚栄心に満ちた人間のパラノイアだとする議論も示される。

アメリカは多数の平凡な人間より自分は優れているんだと考える者たちのパラノイアで築かれ

た。彼らは死の恥辱を気にも留めず、神秘なものを見ながら、卑下することも、立ち止まって自らの夢の虚栄を考えることもなく、結局は虚栄の夢を実行に移したものたちだった。(*The Knightly Quest* 82)

無論、後者の行き着く先がブレイドンの「プロジェクト」による世界制覇の野望とそこに展開するディストピア状況にほかならない。しかし、ドン・キホーテとサンチョ・パンザによって人間が本来持つロマンティックな精神性＝冒険心としてデモクラシーの精神がゲウィナーに呼び起こされる。資本主義の暴走による覇権主義で失われたアメリカのデモクラシー復活をかけて、巨大支配システムに戦いを挑む現代のドン・キホーテになることで、ゲウィナーはプロジェクトに反乱をしかけるのである。ゲウィナー、ヴァイオレット、グラディスは首尾よくプロジェクトの爆破に成功。その後、宇宙人が操縦する宇宙船、「ノアの箱舟」をもじった「宇宙の箱舟」に乗って地球を離脱、未知の惑星に向かうところでこの小説が終わる。[4] 同性愛者が、反乱の騎士となって帝国化する軍産複合体の巨大企業を打倒し、地球を後にする結末は注目に値する。しかし、「プロジェクト」破壊後の世界を顧みず、別惑星へ脱出するという行為は人類に対して責任ある行動とは言い難く、それ以上に突如出現した宇宙船による地球脱出はあまりに荒唐無稽で突拍子もない、ファンタスティックすぎるものである。帝国化へのロードをアメリカに歩ませる軍産複合体の陰謀と、それを阻止すべくクロゼットから出て現代のドン・キホーテとなるクイアの対決を描き、軍産複合体支配のアメリカを告発する作品が、最後にはＳＦファンタジーに変容してしまう。それは現代のドン・キホーテになりきれなかった当時クロゼットの劇作家ウィリアムズが選んだ苦肉の策のカモフラージュだったのかもしれない。

逃亡者から反逆の雌オオカミへ
——黙示録的政治劇『レッド・デヴィル・バッテリー・サイン』

『ナイトリー・クエスト』から九年。『回想録』出版と同じ一九七五年、ボストンで初演を迎えた『レッド・デヴィル・バッテリー・サイン』は、『ナイトリー・クエスト』から派生した演劇作品である。しかし、その結末はＳＦファンタジーと大きく異なり、アメリカの黙示録的光景を前景化するものとなる。

舞台はケネディ暗殺後のダラス。主人公はヴェトナム戦争をめぐる国家的陰謀の機密文書を握る女性、匿名性を強いられたウーマン・ダウンタウン。レッド・デヴィル・バッテリー社の追っ手が迫るなか、彼女はワシントンの公聴会で証言すべくイエロー・ローズ・ホテルに身を隠す。その後、マリアッチ（移動楽団）のリーダー、キング・デル・レイと恋に落ち、自らの命を犠牲に彼女を救ったキングによって難を逃れた彼女の前に現れるアウトロー少年集団。ダラス郊外に広がる荒地、「ザ・ホロウ」（谷間）を拠点に当局への抵抗を続ける彼らのリーダー、ウルフは彼女を「シスター・オブ・ウルフ」と呼び、彼女が少年たちの母になると公言する。キングの遺体を前に雌オオカミの挑戦的叫び声をあげるウーマン・ダウンタウン。舞台は鳴り響く爆裂音と閃光のなか、反逆の雌オオカミとなったウーマン・ダウンタウンとウルフ、少年グループとザ・ホロウの住人たち全員が身じろぎもせず、立ち続ける姿で幕となる。反体制少年組織の母として巨大軍産複合体企業レッド・デヴィルに反逆の戦いを挑む女性戦士「シスター・オブ・ウルフ」の姿を予見させる幕切れである。

まず問題としたいのは、ウーマン・ダウンタウンが可視化する軍産複合体企業の国家的陰謀と支配のあり方である。彼女はレッド・デヴィル関係者が頻繁に出入りする夫の大農場で、ヴェトナムの大量殺戮が投資と利潤追求目的であることを記した青写真を発見。その時の様子をキングに語る。

何しろ莫大な秘密の投資を守らなくちゃならなかったの――哀れなほど腐敗した体制はね……そう、アジアとの戦いは神と時間との戦いみたいなもの。でも奴らは考えた。ただ、やってしまえばいい。大したことじゃないってね。あの、宣戦布告なしの利潤目的のジェノサイドを。――どう？――びっくり仰天じゃない？　どう、そうじゃない？　信じられないって感じね。起こってもいないことを、なぜ信じなきゃならないかって？　そう、私は前もって知っていたの。正確に予測できるの。だって、ラ・ハシエンダで描かれた青写真、見たのよ。（……）そこにあった青写真を見ることができたの。民主主義を武力政治の陰謀の支配に引き渡す計画をね。

(*The Red Devil Battery Sign* 337)

しかし陰謀の発見により、ウーマン・ダウンタウンは拘束、監禁される。そして電気ショックの拷問に晒される寸前、彼女の名付け親コリスター判事が彼女を救出。現在匿名のままダラスのイエロー・ローズ・ホテルに身を隠している。判事とともにワシントンの公聴会で証言するためだが、その判事は殺され、彼女の持つ機密書類を奪還すべく送り込まれたエージェントに襲われた時、キングに救われる。

ウーマン・ダウンタウンの話は、ヴェトナム戦争をめぐるレッド・デヴィルの陰謀と諜報・機密維持・漏洩処理システムの実態を可視化する。それはまたアイゼンハワーが恐れた軍産複合体の脅威を映しだすものである。しかし、レッド・デヴィルのさらなる陰謀の可能性が複数の研究者から指摘されている。本作品の上演史分析と草稿研究を行ったウィリアム・プロッサーは、ボストン初演の翌年一九七六年、完売の成功を収めたウィーン公演のスクリプトが、ウーマン・ダウンタウンの夫、つまりレッド・デヴィルの総帥と思われる人物のケネディ暗殺への関与を強く示唆するものになっていたと報告している (Prosser 141)。しかもこのウィーン・ヴァージョンを踏襲した一九七九年ロンドン公演ヴァージョン (Prosser 145) が、本作品の決定版テクストになっていることから、ウーマン・ダウンタウンの夫によるケネディ暗殺関与は明らかだと判断される。事実、作品舞台は一九六三年ケネディ暗殺直後のダラスであり (Schlatter 94; Prosser 129)[5]、ウーマン・ダウンタウンも「暗殺」という言葉を口にする。

さらに歴史的事実からもこのストーリーには説得性がある。ケネディはヴェトナムからの早期撤退を計画中の一九六三年一一月二二日に暗殺され、これにより撤退計画が頓挫する。次の大統領リンドン・B・ジョンソンは、逆にヴェトナム戦争介入を活発化させ、ヴェトナム戦争の泥沼化を招く。興味深いことに、『ナイトリー・クエスト』で、レッド・デヴィル・バッテリー社の社長ブレイドン・ピアスによって大統領に据えられたシチュー・ハマースミスは、ジョンソン大統領を思わせる人物だ

った (Murphy 44)。さらに狙撃された知事の臨終にブレイドン親子が向かう話があるが、暗殺されたこの知事はケネディと容易に重なる。つまり、六六年出版の『ナイトリー・クエスト』の時点で、レッド・デヴィルは大統領をも挿げ替える支配力を持つ組織に設定されていた可能性が高い。

この関連でボストン初演の前年一九七四年、本作品についてのインタビューでウィリアムズは、ケネディ兄弟暗殺者はサーハン・ベシュラ・サーハンやリー・ハーヴェイ・オズワルドではなく、真犯人はほかにいて、その背後に何らかの存在、国家的陰謀の影を真剣に疑うコメントを残している (Brown 252)。さらに、一九七二年ウォーターゲート事件公聴会の時に本作品が着想されたとするジェイムズ・シュラターの指摘 (Schlatter 94) は、ウィリアムズの別のコメントに注目を惹く。ブラウンによる同じインタビューで、ウィリアムズはウォーターゲート事件公聴会で時の人となったマーサ・ミッチェルに言及し、ニクソンによるケネディ暗殺関与をアラバマ州知事ジョージ・ウォレスが彼女に語ったと述べている (Brown 252)。ウィリアムズはミッチェルの話を半ば小馬鹿にするように語ってはいるが、彼女がウーマン・ダウンタウンのモデルであると断定する研究者は複数いる。その一人、コルビー・H・カルマンはミッチェルがウォーターゲート事件公聴会の期間中、彼女による秘密漏洩を恐れた当局によってワシントンのダウンタウンにあるホテルに隔離されていたと報告し (Kullman 194)、また『レッド・デヴィル』が疑惑と陰謀のウォーターゲート時代から生まれたと論じるフィリップ・C・コリンも、ミッチェルが夫の陰謀を知ったためにワシントンのホテルで監視下に置かれたと伝えている (Kolin 49)。

以上を考え合わせると、ウィリアムズは、ケネディ暗殺、ジョンソンによるヴェトナム戦争続行、そしてニクソンのウォーターゲート事件を結ぶラインを、アイゼンハワーがその脅威を明らかにした軍産複合体の陰謀に見出した可能性が極めて高い。つまり、ウーマン・ダウンタウンに込められたストーリーラインからは、アイゼンハワー、ケネディ、ジョンソン、ニクソンという第三四代から三七代アメリカ大統領の時代、五〇年代から七〇年代に政府・国家に絶大な支配力を持った軍産複合体の陰謀が浮上してくるのである。

新人類の起源神話

強大な軍産複合体企業に戦いを挑むのが、社会に周縁化された男女、そしてアウトロー少年集団であることは注目に値する。彼らが併せ持つ周縁性と革命力は、個人とアメリカ社会、政府、国家の関係性を見るウィリアムズのまなざしを可視化するものである。

ウーマン・ダウンタウンは情婦と暮らす父の農園で孤独な少女時代を過ごし、一二歳の時、初潮のショックで自室に閉じこもり、父に精神障害扱いされ、精神障害児特別学校に入れられる。やがて父の政略の道具となり、レッド・デヴィルの総帥となる男と結婚。軟禁状態同様の生活を送る彼女がレッド・デヴィルの陰謀発見後どうなったか、述べた通りである。彼女は孤独、監視、監禁、搾取を受けてきた影の世界に生きる逃亡者だった。

一方、スパニッシュとネイティヴ・アメリカンの混血であるキング・デル・レイは、脳腫瘍のため妻パーラの病弱な扶養家族の立場に甘んじている。妻子とウーマン・ダウンタウンの狭間で葛藤しつつも、脳腫瘍による死期を悟ったキングは自らの命を犠牲に彼女を救う。ウィリアムズ作品におけるヒスパニックの存在に着目したコリンは、キングをもっともよく造形されたヒスパニック・キャラクターだと評し、彼の脳腫瘍が「レッド・デヴィル世界の悪意」を反映したものだと論じる (Kolin 48)。コリンによれば、ウィリアムズにとってヒスパニックは、他者性と抵抗、革命のシニフィアン、革命的な野生の思考を表現し、アメリカの革命化を可能にするメディアだった (Kolin 36)。人種的他者性と抵抗、革命のシニフィアンとして、キングはウーマン・ダウンタウンを救い、レッド・デヴィルに抵抗する戦士となるべく創作された人物だと考えられるのである。

キング死後、ウーマン・ダウンタウンに手を差し伸べる野生児アウトロー集団とそのリーダー、ウルフはさらなる他者性と反逆性を示す。ブレンダ・マーフィーは彼らの拠点「ザ・ホロウ」を「アメリカ文明の掃き溜め」と呼び、そこを拠点に反体制の戦いを続ける彼らの姿が冷戦期の最も深刻な文化的不安、社会秩序破壊の可能性と文明の終焉の際立ったイメージであると捉えている (Murphy 47)。また本作最終場の光景をジェームズ・シュラターは黙示録的と評し、ウルフ率いる野生児アウトロー集団を若きプレデター（捕食動物）にたとえ、彼らの「母」と命名されたウーマン・ダウンタウンが、この原初的種族を育て上げる「雌オオカミ」(she-wolf) になると論じている (Schlatter 99)。彼らの原初性に着目したトマス・P・アドラーも、文明は「野蛮状態からの痛みをともなう新たな進化を始め、家父長制の価値を家母長制が転覆し、取って代わってこそ初めて回復する」と語っている (Adler 1995, 664)。さらにマーフィーはアドラーの議論を援用し、終幕場面が「文明の終焉と人間に秘められた原始的・動物的本生への回帰を肯定する」と指摘。ウーマン・ダウンタウンとウルフの姿が、現在の人類より優れた「新たな社会組織」、「新たな種を築く」という「新人類の起源神話」を示唆すると論じている(Murphy 49)。こうした先行研究の議論は、帝国化する今日のアメリカを根本的に転覆・解体し、原初の姿に回帰した新たな種による新たな社会・国家創世を託すエージェントとしてウィリアムズが反逆の「他者」を捉えていたことを物語る。

レッド・デヴィル、ドクター・フィールグッド、パラノイア

シュラターは、一九七〇年代アメリカの政治文化を斬る本作品の政治的想像力に着目し、本作品を「神話的政治性を持つ」("mytho-political") ものだと呼んだ (Schlatter 94)。確かに、ケネディ暗殺直後のダラスを舞台にディストピア化した風景のなか、国家を背後で支配する巨大軍産複合体組織レッド・デヴィルに立ち向かう「シスター・オブ・ウルフ」と若き反乱軍の姿は、アメリカが辿る近未来をも予測させる黙示録的神話性がある。しかし、それもアメリカが歩んできた軌跡故のことである。ケネディ暗殺を契機に本作品を創作したと語るウィリアムズ (Smith-Howard and Heintzeiman 219–20) は、[6]朝鮮戦争に始まるアメリカの道徳的退廃と死の商人に変貌したアメリカ人の姿を非難する。チャールズ・ラウスとのインタビューで、マッカーシズムの魔女狩りで最も動揺したことは何かと聞かれ、ウィリアムズはこう答えている。

アメリカの道徳的退廃だね。それが本当に始まったのは朝鮮戦争のとき、ケネディ暗殺より

はるか前だ。ヴェトナムにアメリカが関与した主な理由は二〇〇〇億ドルの設備が破壊される可能性があったからで、そうなればまた買わなければならなかったからだ。我々は世界の死の商人になったというわけだよ。かつて偉大で美しかったこの民主主義国家がね。「こんなことを言うと」みんな私が共産主義者だと思うだろう。しかし、私は官僚主義やすべてのイズムが嫌いなだけだ。私は革命家なんだよ。それも唯一こうした陥穽から我々が脱出するのを目にしたいという意味でね。（……）

フロンティア内部に留まることができなくなったとき、我が国は問題を抱えるようになった。ほかの大陸に拡大せざるを得なくなったとき、それが我々の道徳的崩壊の始まりだった。

(Raus 292)

そして一九七八年のエッセイで、ウィリアムズはこの道徳的退廃の始まりを広島と長崎の原爆投下に辿り、悪魔の工場で作られた核兵器という、すべての知的生命体を抹消しうる新しい玩具を使いたい一心でアメリカは全面降伏を考える日本に原爆を投下し、その時、アメリカの道徳的退廃が始まったと語っている (*Where I live* 170)。そして、そんな「誤った政府、もしくは政府という仮面をかぶる権力合同体」に対して、芸術家は常に革命家であらねばならないと記している (*Where I live* 160, 170)。一方、アリシア・スミス゠ハワードとグレタ・ハインツァルマンは、『レッド・デヴィル』が描く重要な現代的社会問題として現代世界を動かす物質主義的軍事産業文化の脅威を指摘する (Smith-Howard and Heintzelman 126)。それは、ウィリアムズが指摘したアメリカの腐敗と道徳的退廃、暴力そのものであり、その意味で本作品はC・W・E・ビグスビーがウィリアムズ作品の特徴として挙げた「国家的陰謀に対する抵抗」(Bigsby 43)を顕著に示すものである。

ドナルド・スポウトウは、[7]レッド・デヴィルが、ウィリアムズが亡くなるまで服用し続けた鎮痛剤セコナールの俗称であり、同時に点滅するネオン広告で有名だったレッド・デヴィル電池の名称でもあったと指摘。点滅する電池のネオンが、ウィリアムズの命にかかわる鎮痛剤服用の危険性を警告するサインとして彼の心に響き、本作品着想の契機となったと語っている(Spoto 312)。[8]

この関連でシュラターーは、七〇年代アメリカの政治社会現象ともなった「ドクター・フィールグッド」と呼ばれた医師マックス・ジェイコブソンに言及している。彼はハリウッドの有名人、ロックスター、政治家とその妻たちにアンフェタミン（中枢神経刺激剤・覚醒剤）を含む多様な鎮痛剤、催眠剤を過剰に処方し、そのなかでセコナール、つまりレッド・デヴィルは一般的だった(Schlatter 94)。しかも、患者のなかには、ウィリアムズと一九六〇年代初めに彼の治療を受けたケネディ第三五代大統領も含まれていた。レッド・デヴィルは、ウィリアムズとJFKを結びつけ、さらに政治的道徳的退廃、国家的陰謀と暴力を表象する記号、鎮痛効果によって市民にパラノイアと幻想を与え、陰謀と腐敗を覆い隠す隠喩的表象性を帯びたイコンとして浮上してくるのである。

二つのアメリカン・ロードが交錯するバトルフィールド＝アメリカ

『ナイトリー・クエスト』と『レッド・デヴィル』は、アメリカが辿ってきた二つのロードを映し出す。その一つは両作品で強大な力を持つレッド・デヴィル・バッテリー社に表象される軍産複合体支配の帝国化と「世界の死の商人」となるアメリカの道徳的退廃への道である。ウィリアムズがその元凶を、朝鮮戦争、さらにはフロンティア消滅後の国外への拡張政策（Raus 292）に、あるいは広島と長崎への原爆投下（*Where I live* 170）に見出したのは、すでに見てきたとおりである。『ナイトリー・クエスト』と『レッド・デヴィル』が可視化した軍産複合体の陰謀のストーリーラインから浮上したアイゼンハワー、ケネディ、ジョンソン、ニクソンに、原爆投下を決定したハリー・S・トルーマンを加えれば、第三三代から三七代大統領にいたる時代、第二次大戦終結前後から七〇年代の冷戦前半期におけるアメリカの軍事帝国化の道程が現れる。一方、その帝国化のロードをさらなる過去に辿れば、一八九〇年フロンティア消滅後の米西戦争（一八九八）、さらには一七世紀から一九世紀末の白人によるネイティヴ・アメリカンのジェノサイドとなったインディアン戦争、そしてヨーロッパによるアメリカ大陸発見・征服にまで遡る。つまりアメリカ大陸征服の時代からアメリカに移植されたヨーロッパ帝国主義・植民地主義が、二〇世紀の両世界大戦を経たアメリカで軍産複合体支配の新たな帝国主義へと進化してきた歴史的アメリカン・ロードの軌跡が浮上してくるのである。

この帝国化の道に対峙・対抗するもう一つのアメリカン・ロードが、帝国への反逆と抵抗の道であるのは言うまでもない。クイア劇作家ウィリアムズにとり、個人の権利と自由を制限し、剥奪する支配体制と帝国主義は同一の悪しき権力機構、彼が戦うべきものとなる。『ナイトリー・クエスト』と『レッド・デヴィル』で、周縁化されたもの、クイア、女性、ヒスパニック、アウトロー少年集団が、帝国化する国家体制と陰謀に挑戦する反逆者となる。ウィリアムズは周縁化されたものこそ、帝国化勢力を打破し、革命・変化を引き起こす潜在性を持つものとして、彼らに反逆のロードを託したのである。

自ら革命家と称するウィリアムズにとって、革命による新世界の創造は、硬直・退廃した既存世界の根源的解体・崩壊と、狼に表象される野生・野蛮からの再出発によってのみ達成されるものと映ったように思われる。カルマンによれば、「自らを政治的作家だと考えるウィリアムズが、社会的大変動に向かって動く歴史の流れを認め」、それが「『レッド・デヴィル』で鮮やかに強調されるテーマ」となった(Kullman 195)。事実、一九八三年ウィリアムズ死後、彼の読みはソ連解体、冷戦終結、そしてポスト冷戦時代の9・11となって噴出し、今もその変動の余震は衰えてはいない。

ウィリアムズにとり、「私的なものは政治的なもの」とはクイアのエンパワメントだけを指す言葉ではない。あらゆる領域、あらゆるメディアで、個人を抑圧・支配する国家体制は、強大な軍産複合体帝国の様相を呈する。個人の問題はまさに国家・社会という政治的問題にほかならない。ウィリアムズはこうした帝国の体制を孕むアメリカが向かう先に黙示録的世界を可視化する。『レッド・デヴィル』が描き出した荒涼たる世界で、軍産複合体と対峙する反乱軍の女戦士、「シスター・オブ・ウルフ」となったウーマン・ダウンタンの挑戦的姿は、決して一つになることのない二つの道、帝国の道と反逆の道が向かう地平を映し出す。それは、アメリカの帝国化勢力に反逆の戦いを挑む現代のドン・キホーテ、ウィリアムズのまなざしに映る黙示録的光景、二つのアメリカン・ロードが交錯するバトルフィールド、ケネディ暗殺後のダラスに焦点化されるアメリカの姿であったと思われる。

第三章
帝国支配の記号学
――舞台の上の銃と他者

アメリカ大陸発見・征服から
――帝国支配の表象としての銃／大砲

二〇〇三年六月、ケンブリッジ大学出版からエロール・ヒルとジェームズ・V・ハッチによる大著『アフリカ系アメリカ演劇史』が刊行された。くしくも、共著者の一人、ヒル逝去の年の出来事である。「初の決定版アフリカ系アメリカ演劇史」と銘打たれた同書は、地理的には北アメリカ大陸をターゲットとしながら、カリブ海英語圏地域出身の移民劇作家・俳優、さらにヨーロッパ、オーストラリア、アフリカへ巡業したアフリカ系アメリカ劇団をも扱う。そして、地球規模の地理的射程から、多様な黒人パフォーマンスを包含しつつ、ジェンダー、階級、人種を問題化する二世紀半に及ぶアフリカ系アメリカ演劇・パフォーマンスの営みを映し出していく。膨大な公文書（記憶）の発掘作業に裏打ちされた本書は、人種をめぐる社会環境の変化、差別問題だけでなく、異人種間のパフォーマンス文化交流が創造・発展させたアフリカ系アメリカ演劇の特異性・多様性を詳細かつ包括的に語る、類を見ない射程のアフリカ系アメリカ演劇文化社会史として大きな足跡を刻む。そこには演劇を介して人種的歴史を見つめなおす共著者の思いが息づいているのは言うまでもない。

今ひとつ、本書について特筆すべきことがある。ヒルとハッチが、アメリカ大陸発見に伴い被征服民となった「アメリカ先住民」("Amerindians")と奴隷化されたアフリカ系アメリカ人との類比的関係に着目し、ヨーロッパ植民地主義・帝国主義によるアメリカ征服をアフリカ系アメリカ演劇史編纂の起点とした点である。

本章では、『アフリカ系アメリカ演劇史』の著者二人のこの問題意識を指針とする。そして、アメリカ大陸発見・征服から現在ポストコロニアリズムへの歴史的時間の流れを舞台に、アメリカ演劇が映し出す帝国支配の一つの表象として「銃／大砲」を捉え、同時に「他者からの逆襲」のメディアとして正史解体・書き直しを要請する「銃」の記号性を浮上させることを目的とする。まずは、ヨーロッパによるアメリカ大陸発見・征服にさかのぼり、コルテスによるアステカ帝国征服物語を描くアーサー・ミラーの『黄金の時代』(一九八七)から議論を始めていくことにする。

アステカ征服のキャノンボール
――『黄金の時代』

わずか五百の軍隊が数十万を擁する帝国を征服する。これが、スペイン人エルナン・コルテスによるアステカ帝国征服の骨子である。アステカの王モンテスマ二世はコルテスをアステカの神ケツァルコアトルの再来と信じ、スペイン軍への攻撃を遅延しつづけ、帝国滅亡を早めたのである。このアステカ征服物語を、ウィリアム・H・プレスコットの研究を基にアーサー・ミラーが一九四〇年に書き上げたのが『黄金の時代』（一九八七）である。[1]

作品は、スペインとアステカという二つの帝国の出会い、二つの神話の出会いを描きつつ、コンキスタドールの大砲を、他者を見るまなざしを表象する記号として映し出していく。十字架の下、植民地獲得と黄金の奪取を目的に進軍するコルテス軍。一方、神話と予言により、侵入者コルテスの神格性を読み解こうとするモンテスマ。大砲は、コルテス軍にとり新大陸征服と黄金奪取という植民地神話を実現する手段にほかならない。一方、ケツァルコアトル再来神話に根ざしたアステカにとって、大砲は超自然的力を具現する神話世界のアウラに映る。ツヴェタン・トドロフは『他者の記号学』で、スペイン人の「人間対人間」、アステカ（インディオ）の「人間対世界」という二つのコミュニケーションの衝突を提示し、前者の後者に対する「優越性」が西洋文明の勝利をもたらしたと論じ（九四、三四九）、またトドロフの同著作を論じたアッシュクロフトらは、前者が後者を凌駕する「〈コミュニケーション手段〉の支配」が植民地支配の特徴であると指摘する (Ashcroft, et al. 144)。言い換えれば、突如侵入してきた他者に対処する現実認識に欠ける、神話に根ざしたアステカの儀礼的口承文化の脆弱性に対する、ヨーロッパ文字言語（エクリチュール）の優位性である。トドロフによれば、当時の「他者中心的」ヨーロッパ文明（一五二一）が対他関係を記述する概念を生み出し、その進化を要約するものとしての文字言語の優位性が、文字言語を持たない文化に対するヨーロッパの勝利をもたらしたのである（トドロフ　三五〇、及川他「訳者あとがき」三五七）。[2]

神話により世界を見たモンテスマが、コルテスという他者の実像を見誤ったのに対し、コルテスは、アステカ人の心理と世界観を分析し、大砲によって自らをアステカ神話の神へと作り上げていく。事実、一幕二場、アステカ帝国の首都テノチティトランに進軍するコルテス軍の前に立ちふさがる王国の王シコテンガは、大砲の轟音と威力に驚愕し、コルテスを「太陽神」と崇め、一万の兵力を差し出す(38–39)。この様子に、コルテスの参謀の一人、アールヴァラードが「ああ！　われわれはそうなるのだ、太陽神に。すごいじゃないか！」と叫び、歓声をあげる兵士たちにコルテスは、歓喜に満ちてこう告げる。「そして、われわれは神々のように振舞うのだ。今宵から、スペイン人はメキシコの神なのだ！」(40)。

さらに、三幕三場、スペイン軍司令部で、スペイン兵が十字架を横へ押しやり、大釜にモンテスマの黄金の美術工芸品を投げ込み、スペイン国王の顔を刻印した金の延べ棒を生産する場面が展開する(84)。絵文字しか持たないアステカの歴史と文化を刻む黄金の工芸品は、歴史を記し・蓄える歴史テクストである。この場面で、歴代の皇帝が身に纏い、あるいは使用した黄金の腕輪、杯、しゃくなど、アステカの黄金の装飾品・美術品が金塊へと鋳造されている様子を見て、モンテスマはこう訴える。「お前たちが引き裂いているのは、黄金ではない。お前たちがここで略奪しているものはメキシコなのだ。金ではないのだ」(88)。問題は、金の延べ棒鋳造に没頭する兵士たちが、「外の大砲と戦争の轟音によって駆り立てられんばかりに（……）熱に浮かされたように働いている」(84)点である。大砲は延べ棒鋳造を促すことで、アステカの歴史テクストを溶解し、スペインの黄金へと再利用処理を稼動する。キャノンとキャノンボールは、十字架の下に征服した他者を支配し、その文化を破壊するヨーロッパ帝国主義のヴァンダリズムと略奪性、そして空虚な旗印に堕したキリスト教の無力と十字架の偽善性を映し出す記号となるのである。

ここで、アステカ帝国崩壊を引き起こしたモンテスマとコルテスの関係性を、大砲を基点に確認しておこう。モンテスマがアステカ神話の帰還した神と捉えたコルテスは、その神話と神話に根ざした帝国を滅ぼす。「コルテス」というシニフィアンに「再来した神」というシニフィエを読み込んだモンテスマは、「侵略者・征服者」というシニフィエを読み取ることはできなかった。この「現実の侵略者」＝「神話上の神」という等式をモンテスマにもたらせたものこそ、コルテスが東方より来たという事実とともに、コルテス軍の大砲に象徴される火器だった。大砲の破壊力と発射音は、アステカの世界観に基づく現実認識を超えた、この世のものとは思えぬ威力を発揮し、コルテスを神話的存在へと変身させたのである。大砲という現実の西欧の武器は、アステカの神話世界を現すシニフィアンとして機能したのである。

一つ敷衍すべきことがある。『黄金の時代』が、ファシストの世界的勢力拡大とそれに手をこまねく民主主義諸国という世界状況へのミラーの危惧から生まれた作品だという点である (Miller "Introduction": vii–viii)。ミラーは、畏怖のまなざしでコルテスを見たモンテスマの姿に、ヒトラーを神話化・崇拝し、ナチズムに驚愕する一方で魅了される大衆の姿を見た。[3] この点で、『黄金の時代』のキャノンボールは、一六世紀から二〇世紀へと帝国支配の弾道を延ばすものだと言える。

黒人皇帝の「銀の弾丸」神話
──『皇帝ジョーンズ』

アメリカ大陸発見・征服によって、アメリカの地に移植されたヨーロッパの白い帝国主義を真似た黒人皇帝を描く作品がある。ユージーン・オニールの『皇帝ジョーンズ』（一九二〇）である。

西インド諸島のとある島（おそらくハイチ）を舞台に、ブルータス・ジョーンズが皇帝の座を奪われ、逃亡の末、殺害される物語が展開する。問題としたいのは、黒人皇帝ジョーンズ誕生の経緯と彼の帝国支配戦略である。アメリカで殺人を犯し、監獄の看守を殺害して逃亡、二年前に密航者としてこの島にたどり着いたジョーンズは、酋長レムの暗殺計画を生き延び、権力を掴む。レムが送った刺客が一〇フィートの距離からジョーンズを撃ち損ね、逆にジョーンズが刺客を返り討ちにする。「奇跡」を見たかのように跪いた迷信深い島民に、「オレには呪いがかかっていて、鉛の弾丸は通用しない。銀の弾丸でないとやられない」(1036) という「銀の弾丸」神話を言い聞かせ、皇帝の座についたのである。

五発の鉛の弾と自殺用の一発の銀の弾丸を装填したリボルバーは、この神話を纏うジョーンズの神格性・魔性性を具現するエンブレムにほかならない。そのリボルバーが、森のなかを逃走するジョーンズの人種的記憶への旅を作動するメディアとなる。一発の銃弾の発射ごとに、過去の殺人、監獄の労役、一八五〇年代の奴隷オークション、さらに中間航路の奴隷船へと遡り、最後の銀の弾丸は古代コンゴの呪術師が呼び出した悪の神の化身ワニに発射され、すべての銃弾が使い尽くされる。六連発回転式のリボルバーは、一発に六〇度回転し、六発で一回転する。ジョーンズが見る人種的記憶は、リボルバーと銃弾の回転と連動して、スパイラル状に時を逆行し、リボルバーが三六〇度回転したとき、突如、起点に戻る。その直後、島民が島の銀貨を溶かして作った銀の弾丸数発を浴び、ジョーンズは命尽きる。

「銀の弾丸」神話によって自らを魔物化したジョーンズの帝国奪取は、大砲によって自らを神へと演出したコルテスのアステカ征服戦略の変奏だと言える。問題は、黒人であるジョーンズが、白い帝国支配システムをなぜ持ちえたか、という点である。一言で言えば、白人から学んだのである。ジョーンズは、白人貿易商スミザーズにこう語っている。

> (……) よく聞け、スミザーズ。お前がやってるのはせこい盗みだ。そして、オレはデカイ盗みだ。せこい盗みをすりゃあ、遅かれ早かれ、刑務所行きよ。デカイ盗みをするだろう、そうすりゃ、皇帝になって、お陀仏しても栄誉の殿堂入りってわけだ。(回顧的に) 特等寝台車に一〇年乗って白人の高級な話を聞いて習ったことが一つあるとすりゃあ、そのことだ。それを使うチャンスを手にして、二年でオレは皇帝になった。(1035)

アメリカで特等寝台車ポーターとして働いた一〇年間に聞いた「白人の高級な話」が、白い帝国の支配システムをジョーンズに教えたのである。銃をたずさえ、白人を真似て同じ黒人の支配を図る。しかし、それが猿真似であることを、ジョーンズの軍服は露呈する。真鍮ボタン、金の組紐で装飾した青いジャケットというヨーロッパ専制君主的上半身、横にストライプの入ったズボン、真珠の握りのリボルバーと真鍮の拍車のついたエナメル・ブーツという西部開拓時代のガンマンを思わせる下半身。ヨーロッパとアメリカ、二つの帝国をデフォルメした不釣合いな服装（Floyd 203）は、黒人皇帝ジョーンズの白人ミミクリーを際立たせる。

一九二〇年代、最も流布した軍服姿の黒人「皇帝」のイメージとしてマーカス・ガーヴィーが挙げられる（Pfister 129）。ジャマイカ人ガーヴィーは、一九一六年からニューヨークを拠点に、象徴的な軍服姿とダイナミックな弁舌で、アメリカの黒人に祖国の地アフリカに帰ることを促す「アフリカ回帰」運動の推進者、黒人民族主義の旗手として絶大な支持を得ていた。しかし、ガーヴィーの仰々しいほどの装い（軍服姿）は、白人が顔を黒塗りにして黒人に扮するミンストレル・ショーで戯画化される黒人の姿を連想させるものでもあった。こうしたショーでは、白人扮する黒人が誇張された立派な衣装・名前をつけて登場する。それがかえって黒人のパロディ化と黒人への嘲りを助長した。白人のものまねをする愚かで滑稽な黒人というイメージを強化していったのである。その意味で、皇帝もどきの軍服を身に纏い「アフリカ回帰」の熱弁を振るうガーヴィーの姿に、ミンストレル・ショーで戯画化される黒人イメージを重ね合わせ、嘲笑した白人の数は少なくなかったと思われる。

さらに、『皇帝ジョーンズ』初演の一九二〇年当時、武器を手にした黒人指導者を、「ブッシュ・ニガー」のパロディだと見る傾向が白人の間にあった。ジョエル・フィスターは、「ジョーンズが迷い込む『黒い』サイコジャングルは、実際、一九二〇年代に白人、黒人ともに大衆化した黒い原始主義の文化言説だった」と指摘し、当時の劇評家の多くが、見かけはヤンキー帝国主義者の才覚はあっても、ジョーンズの深層には、もう一人の「ブッシュ・ニガー」がいると感じ、黒人は「原始的精神性」故にしくじるというアメリカの「人種心理学」を本作品が確証すると考えていた、と報告している (Pfister 130)。また、ジョーンズの人種的記憶の遡及的再現も、人種的に退化するアメリカ黒人を描くオニールの意図だったとする劇評さえ現れた。白人・黒人双方に流通した黒い原始主義を裏書した本作品が、人種心理ゆえに知的社会的仕事に黒人は不向きだという言説を助長する、と恐れた二〇年代黒人知識人の懸念は当然のことだったのである (Pfister 131)。

つまり、こうしたコンテクストから言えば、銃を手にした皇帝ジョーンズの姿は、「原始的精神性」から逃れられない黒人のパロディとして解釈され、人種的劣等性をハイライトするリボルバーは、白人の支配システムを映す記号となっても不思議ではない。[4] しかし、皇帝ジョーンズは本当にパロディに過ぎなかったのか。今一度、ジョーンズの死と「銀の弾丸」神話との関係性を考えてみる必要があるだろう。

ジョーンズの最期をもたらしたのは、島民が銀貨を溶かして作った銀の弾丸数発だった。最終八場、森から数発のライフルの銃声とともに雄叫びが聞こえ、鳴っていた太鼓が突然止む。ジョーンズを討ち取ったことを確信した酋長レムが、「奴を捕らえた。奴は死んだ。」と言うと白人商人スミザーズは、「どうしてそれが奴で、奴が死んだとわかるんだ?」と問いかける。その後の酋長レムとスミザーズのやりとりである。

レム　兵士は銀の弾《たま》、詰めてる。鉛の弾、奴を殺せない。奴、強い呪い、もってる。現金《かね》を溶かして、銀の弾、作らせた。こっちも強い呪いにした。

スミザーズ（仰天して）一晩中、そんなことしてたのか？　銀の弾ができるまで、怖くて奴を追えなかったって？

レム（ただ事実を語って）そうだ。奴、強い呪い、持ってる。鉛、だめ。

スミザーズ（ももを叩いて、ばか笑いをして）ハッハ！　目いっぱいやらないと駄目ってわけか。（それから落ち着きを取り戻して、嘲笑するように）あいつらが撃ったのは奴じゃない、この大ばか！　(1061)

ここで酋長レムの兵士たちがジョーンズの遺体を森から運び出してくる。満足げに遺体を調べるレムのよこで、スミザーズが「怯えて畏敬の念に打たれたような口調で」次のように最後の台詞を語って幕となる。

まあ、奴らはあんたをちゃんと片付けてくれたってわけだ、なあ、ジョーンズさん！　完全に死んじまってるよ！（嘲るように）あんたのえらそうで、もったいぶった格好はどこに行っちまったんだよ、皇帝陛下様よ？（そして、にやりとして）銀の弾丸か！　ちくしょう、でも、ともかく、あんた、最高にかっこよく死んだよ。(1061)

こうして最終場、ジョーンズの「銀の弾丸」神話は、島民、レム、そしてイギリス商人スミザーズによって現実化する本物の神話として共有され、おそらくは語り継がれていく。ジョーン自身の創作した「銀の弾丸」神話が、銀の弾丸による彼の死によって、生前以上の魔性性を皇帝ジョーンズに付与し、神話的皇帝として歴史に名を刻むことになる。ガブリエル・プールは、こう表現している。「彼を殺した銀の弾丸は、彼自身の銀の弾丸と象徴的に一致し、英雄の死という印象を強化する。スミザーズの結びの言葉が明らかにしたように」(Poole 34)。

ジョーンズの帝国の支配下にあった島民だけでなく、白人のスミザーズ自身、「銀の弾丸」神話を信じかけて幕となるのは注目に値する。スミザーズは「銀の弾丸」物語が、島民を支配するためにジョーンズが捏造した作り話であることを知っていた。その点で、彼はジョーンズと共犯関係にあって、ジョーンズ帝国の恩恵に与り、同時にジョーンズの作り話に翻弄される島民を嘲笑していたに違いない。最終場で、ジョーンズが銀の弾丸で射殺されたというレムの言葉を小馬鹿にしたのもそのためである。

しかし、ジョーンズの遺体を前に、スミザーズは島民と同様に黒人皇帝ジョーンズ神話を共有し始める。コルテスがアステカ神話のテクストを読み込み、その神に自らを装い、他者であるモンテスマ率いるアステカ帝国征服の戦略としたのと異なり、白人スミザーズが、他者であるカリブ海の島民（＝黒人）支配の道具であった神話に自らが改宗し始める。白人の話から帝国支配のノウハウを学んだジョーンズが、迷信深い島民＝他者の心理を読み込み、島民世界で有効に作用する神話を作りあげた。言い換えれば、ジョーンズを媒介にして白人世界＝西洋が、他者に仕掛けた作り話＝捏造した神話である。そして、今、スミザーズに代表される白人の西洋世界が、自らの仕掛けた他者の神話テクストに、逆に取り込まれるのである。

この点で、他者に対する西洋モダニズムのアンビヴァレンスを論じるプールの議論は示唆的である。プールはアッシュクロフトらの『ポストコロニアルの文学』の議論を援用して、西洋とアフリカとの出会いが相反する二つの態度を生み出した点を明らかにする。その一つは、アフリカから「インスピレーションを得たモダニズムの芸術家たちが、これまでの様式にかわる、根本的に『非リアリズム的』な芸術のイメージを創造する試みへと」向かう態度 (Ashcroft et al. 154-55)。もう一つは、こうした態度・観点につきまとった、「もっと根本的で恐怖心をはらんだ複雑なヴィジョン」である。すなわち、アフリカの「この『原始的』な芸術を、ヨーロッパの文明化された精神の『裏面』、人間の『暗黒』面をあらわした芸術と捉える視点」で、「コンラッドの『闇の奥』のような作品に表現されているのは、まさにこのような恐怖心」だった (Ashcroft et al. 156)。つまり、新たな創造性へのイノセンティヴと人間（西欧の白人）の心の闇に潜む暗黒面への恐怖、以上二点である。アッシュクロフトらのこの議論に言及した後、プールが指摘したのは、コンラッドの『闇の奥』がストリンドベルイの『ダマスカスへ』とならんで、オニールの『皇帝ジョーンズ』創作にもっとも大きな影響を与えたという点である。さらに、「これら二作品の影響を通して、『皇帝ジョーンズ』が、最終的には上記に概説されたアフリカに対する二つの態度の双方を併せ持つものとなり、モダニズムのアンビヴァレンスを示す際立った実例となった」(Poole 34) と論じている。

この点から言えば、白人スミザーズは、モダニズムがアフリカに対して持ったアンビヴァレンスの一つの変奏を最終場で示しているかもしれない。スミザーズが目にしてきたのは、カリブ海の島民の迷信深さからインスピレーションを得て、ジョーンズが帝国支配というリアリスティックな目的のために「銀の弾丸」神話という「非リアリズム」のナラティヴを創造（捏造）・実行する姿だった。そして、最終場、ジョーンズの死によって現実化され、彼の魔性性・神格性を歴史伝説の領域に刻み込んだ「銀の弾丸」神話は、ヨーロッパ人スミザーズが西洋文明精神の裏面＝他者という「暗闇」に、これまでにない怯え・畏怖とともに言い知れぬ魅力を感じる出来事となった。この意味で、カリブ海の島で六連発リボルバーを身に纏う皇帝ジョーンズが創造した「銀の弾丸」神話と銀の弾丸による彼の死は、他者を支配したと考えるヨーロッパが、他者の底知れぬ深みと新たに出会い、ヨーロッパにはない黒い神話の誕生と遭遇する事件だったと言えるだろう。

黒人奴隷の逆襲
――『奴隷船』／『奴隷』

皇帝ジョーンズの人種的記憶が映し出した幻覚の一コマ、奴隷船を現代のパラレルとして描いたのがアミリ・バラカの『奴隷船』（一九六七）である。劇場内部全体が奴隷船を形取り、奴隷船中心部を表わす四角い空間を囲んで観客席となる厚板のベンチが設置される。こうして観客は奴隷船内部に身を置く。『奴隷船』はアフリカからアメリカに向かう中間航路の奴隷船を舞台に、白人によるアフリカ人＝黒人の拉致、閉塞空間で苦痛と恐怖を黒人に強いる奴隷船によるアメリカへの強制移動、そしてその後のプランテーションでの搾取から奴隷農場での反乱蜂起へと、時空を超えて黒人の受難と抵抗の歴史的断章を再現していく。副題が「歴史ページェント」とされる所以である。

舞台冒頭、劇場全体をつつむ漆黒の闇。そこに鳴り響く船のうなり、軋み、揺れる音。次第に劇場内部に立ち込める海のにおいとざわめき。香をたく匂い、鼻をつくばかりの小便、汚物、死の臭い。悲鳴とうめき、鞭打つ音。しだいに高鳴るアフリカのドラム。視覚を閉ざした暗闇で、臭覚と聴覚に訴える熾烈な舞台効果が観客を襲い、過去の奴隷船へとトランスポートする。そこにこだまする「アアイイイイイイイ」という苦悩の叫びが、閉塞空間の闇のなか、恐怖に怯え、憤る人々のイメージを喚起する。しかし、次の瞬間、その叫びは時鐘に打ち消され、帆を揚げ船出する白人船長と船乗りの声が響きわたる。

声1　さあ、行こう！　黒い黄金満載だ。行こう！　西へ向かって！　目指すは西だ。
（長く続く笑い）西の国の黒い黄金。船荷は満載だ。
声2　アイ、アイ、船長。出航。必ずや、富はわれらがものに。
声1　そうだ、富はわれらのものにならん。出航だ。いざ、アメリカへ！（笑い）（133）

この言葉とともに仄かな照明が、アフリカのドラムにあわせて踊る黒人たちの姿を映し出す。しかし、しだいにそれは、「神さま、私たちは何処に？」という恐怖におののく声に、そして「アアイイイイイイイ」という苦悩の叫びへ変わっていく。

開幕時から、奴隷船に捕らえられたアフリカ人の恐怖、悲惨、苦悩と、黒人奴隷を巨万の富を生み出す黄金の商品になぞられる白人の飽くなき欲望が、奴隷貿易・人身売買に邁進する白いアメリカ資本主義の原風景を前景化する。そして、このなかで、鎖や鞭とともに、奴隷船に配備された銃と弾薬筒は、黒人奴隷を恐怖によって支配・搾取する白人資本主義・植民地主義の「力」の表象として奴隷船＝劇場空間に存在する。

バラカはこの作品の意図が、「正確に奴隷船の現実がどんなものであったか、そして多くの意味でいかにアメリカがその奴隷船の延長であるのか」を示し、「アメリカが変わっていないということを説明する」ことにあった（Frost 62）と語っている。ニルグーン・アーナードウルー＝オクーは、「バラカの究極の関心がつねに演劇の持つ政治的機能にあった」と指摘し、演劇の主たる目標が「幻想を取り去り、現実によって置き換える」ことであるとした上で、バラカの強みが、「眠っている人々［アフリカ系アメリカ人］を覚醒させ、幻想を捨て去ることを教え、内部から変革を引き起こす大いなる責任を担うように仕向ける能力にあった」（Anadolu-Okur 98）と論じる。『奴隷船』は、過去の奴隷船の現実と、現在なお奴隷船状況に黒人を置くアメリカを告発し、アフリカ系アメリカ人＝黒人の民族意識の覚醒と白人社会への徹底した抵抗運動を喚起する、極めてラディカルなブラック・パワー・ポリティクスの演劇作品なのである。

舞台の展開につれ、黒人を奴隷化・搾取する白人＝「ホワイト・ビースト」（135）の圧制のもと、虐待され苦悩する黒人の民族意識と怒り、反乱への意志は、アフリカのドラムのビート、ヨルバ・ダンス、女たちが歌う「アフリカ哀歌」（134）、自由のため「戦士」となって戦う男たちが発する「シャンゴ」、「オバタラ」、「オリシャ」（134）というアフリカの神々の名前、さらには甦る「古代アフリカの戦士の太鼓」(137) によって、次第に迫り来るうねりとなって高揚していく。こうして、奴隷船の劇場空間で、アフリカ人という人種的ルーツ、アイデンティティのもとに結集し、白人と、白人の下僕となったアンクル・トム的黒人牧師に対し反乱と抵抗への参加が観客に訴えられる。最終場、高鳴る「我らが立ち上がるとき」の歌声と、アフリカのドラム、奴隷船の声、叫び、わめきがうねりとなり、奴隷たちは踊りながら、黒人牧師とキリストの表象である「白い声」(White Voice) に死をもたらす。そして、劇場全体が観客を巻き込んだ祝祭となった時、突如、黒人牧師の首がステージ中央になげこまれ、暗転。幕となる。

ハリー・エラム・ジュニアは、アントナン・アルトーの「残酷演劇」との類似性に言及し、投げ込まれた黒人牧師の首が暴力と残虐のイメージを喚起し、観客に戦闘的アクティヴィズムへの現実参加を促し、いまだ実現されない公民権運動のレガシーに目を開くと論じる (Elam 93)。一方、テジュモカ・オラニヤンは、アフリカ系アメリカ人の文化的民族主義の中心にある「結束したアフリカ系アメリカ人共同体」の理念に触れ、黒人集団から離反した「裏切り者、トムたち」(Toms) は、「自らが組みした圧制者によって侮蔑的で恩着せがましい扱いを受けるだけでなく、自らの民族の怒りによって最初に焼き尽くされるものとなる」と指摘している (Olaniyan 84)。その上で、この作品の訴えが「黒人、白人を問わず、すべての敵の破壊と、既存の圧制状況の根絶である」とまで論じている (Olaniyan 84)。白人だけでなく、白人に迎合する黒人牧師の裏切りは死に値することを実感し、人種闘争の正当性に目覚め、社会行動へと観客を駆り立てる。これが、先鋭的な社会抵抗パフォーマンスの主宰バラカの戦略である。

この舞台で、銃はその表象性を変化させていく。奴隷船に配備された銃は、黒人奴隷に対する白人の抑圧と暴力、恐怖による支配の歴史表象にほかならなかった。しかし、舞台の進展とともに、銃は奴隷たちによって白人の手から奪いとられ、白人に対する反逆の手段となる。白人による黒人支配の表象＝銃が、逆に黒人による白人への抵抗と反逆の表象的手段へと変容する。現代アフリカ系アメリカ人の先鋭的プロテストと抵抗を喚起するバラカの鮮烈なメッセージである。

今ひとつ敷衍すべき問題がある。それは、今日まで続くアフリカ系アメリカ人の奴隷船状況を引き起こしてきたものが、アメリカ資本主義システムと破綻したキリスト教倫理との共犯関係であるとバラカが見ている点である。事実、奴隷船の白人水夫、プランテーションの白人所有者が黒人奴隷を嘲笑して勝ち誇って発する高笑い「ハーハーハー（……）」(135)／「アハハハハー（……）」(137) と同じ笑いを蜂起した奴隷に向けるのが、黒人を隷属化する白人の精神性を集約した「白い声」である。しかもこの「声」は、自らを「神」と名乗り、「おまえたちは白いイエス神を殺せはしない」(145) と公言し、自らの命を奪おうとする黒人奴隷の前で懸命に虚勢をはる。

さらに、白人の嘲笑を一身に浴びながら、白人に哀れなほど追従するアンクル・トム的黒人トム・スレイブは、キリスト教倫理の堕落と偽善をいっそう強化する。彼は、黒人奴隷の反乱計画を白人に密告し、反乱鎮圧の勝利に酔いしれる白人の笑い声が響くなか、投げ与えられたポーク・チョップをむさぼり喰う。その彼がタイムスリップ後の奴隷農園で、ビジネス・スーツに身を包み、黒人奴隷に白人への非暴力を訴える説教を行う似非牧師となって、奴隷制維持を図る。エラムが指摘したごとく、「本作品は、圧制的な合衆国資本主義システムを、人種差別を促し、合法化する精神的に破綻したキリスト教倫理を永続化させているとして、告発する」(Elam 89)。そして、アメリカ資本主義、キリスト教倫理の腐敗、レイシズム、これら黒人を奴隷状況下に置く三位一体の力を表象し、同時にその抑圧への反乱と怒りを表象する強力な記号として、奴隷船と同様に、銃はその存在感をいっそう強く訴えかけてくる。

『奴隷船』の三年前、一九六四年にバラカは人種間戦争を描く『奴隷』を発表している。プロローグの農場奴隷が、一幕で現代人種間戦争の黒人軍司令官ウォーカー・ヴェッスルズに変身。戦争勃発前夜、白人の前妻グレースの家に押し入り、その夫で英文学を教える白人大学教授イーズリーを射殺。最終場で再び老いた奴隷に戻り、幕となる。爆発音と閃光で始まる一幕の冒頭、浮かび上がる「銃」を持つウォーカーのシルエットが、即座にグレースとイーズリーの恐怖の的となり、怯える二人との言葉の応酬が展開する。一幕始まりから、ウォーカーの手に握られた銃は、作品タイトル『奴隷』の象徴的イコンとして舞台に浮上するのである。

ウォーカーがなぜ奴隷なのか。バラカはあるインタビューでこう説明している。

この作品は、ご存知のように、アメリカでの黒人と白人の人種間戦争を描いています。(……)その黒人、ウォーカー・ヴェッスルズが依然として奴隷であるのは、彼がこの黒人軍を指揮しているはずの時に、ずっとこの白人男性［イーズリー］に向かって話しているという意味からです。だからこの作品を『奴隷』と呼ぶわけです。第一、彼はそこにいる筋合じゃない。仲間

といないとだめだったんです。(Smith and Thorn 14)

バラカの言葉を解釈すれば、黒人軍の指揮を放棄してまでウォーカーがイーズリーに話し続けるのは、白人社会の認知を求める彼の鬱積した意識・願望ゆえであり、その点で、ウォーカーは白人の「奴隷」である、ということになる。

C・W・E・ビグスビーは、開戦前夜に自軍を離脱し前妻の家に向かったウォーカーの行為は「前妻との関係の純粋さを認めるもの」であり、「彼女の夫と論争を行うことは、言葉［文学］の魅力を依然感じていると認めること」であると指摘する。その理由として、黒人反乱軍にコミットすることでウォーカーが犠牲にした二つの事柄を挙げている。(1) 妻と子どもたちとの関係、(2) 作家として彼の現在の意味づけとなる文学伝統に対する敬意、以上二点である (Bigsby 287)。つまり、喪失したこれら二つのものへの追慕の念ゆえに、ウォーカーは黒人軍司令官の義務を放棄した。重要なことは、白人の妻と混血の二人のわが子、そして文学伝統＝白人文学キャノンという公私にわたって彼の生活形成の糧・核となった二つが、白人および白人文学伝統である点である。この点からも、白人への隷属を拭いきれない精神的「奴隷」のイメージをウォーカーは確かに示す。しかし、だとすれば、イーズリー射殺は白人への精神的隷属を撃ち砕く象徴的行為となるはずである。[6] しかも、前妻グレースは爆発により致命傷を負って最後に息を引き取り、舞台に登場することのない二人の娘、キャサリンとエリザベスも殺されたとウォーカーは死ぬ寸前のグレースに告げている。ウォーカーを縛る白人の血も文学伝統も彼は葬り去ったことになる。にもかかわらず、最後にウォーカーは再び前世紀の農場奴隷に戻る。この結末をどう捉えるべきなのか。

ビグスビーが示唆したように、作家＝詩人としての文学伝統への敬意ゆえに、ウォーカーはイーズリーと論争する（Bigsby 287）。ここでイーズリーが投げかける罵声「へぼ詩人はいつまでたってもへぼ詩人……たとえ人種差別主義者の仮面をかぶっていても」（50）に対し、ウォーカーは、こう応酬する。「たとえ人種差別主義者の仮面をかぶっていても……わたしはへぼ詩人であり続ける。聖トマスはそう言わなかったか？　へぼ詩人はいつまでたってもへぼ詩人だと……それともカール・サンドバーグだったか、何かの告白で？」（50）。黒人反乱軍司令官であるウォーカーが、おぼつかない記憶を紐解いて、聖トマス（＝R・S・トマス）やカール・サンドバーグという白人キャノンを拠り所に、反駁を試みる。しかし最後には、白人英文学教授に対し、言語・詩作によって対抗するのでなく、銃によって白人教授を殺害し、そのテクストを破壊する。それは、黒人の声、テクストを恐怖と力で抑圧してきた白人植民地主義の暴力の再現にほかならない。命を落とす前妻グレースと二人の娘へのウォーカーの仕打ちもまた同様である。黒人を隷属化してきた白人の暴力を黒人であるウォーカーが踏襲していたのである。最終場で、ウォーカーが見せる奴隷への遡及的変身は、銃によるイーズリー射殺行為そのものが、ウォーカーに内在する白人キャノンへの心理的隷属の現れであることを示している。

しかしこれは、劇中人物ウォーカー・ヴェッスルズの問題にとどまらず、作者アミリ・バラカ自身の葛藤を投影する。『奴隷』は、一九六五年に破局に終わるユダヤ人女性へティー・コーエンとのバラカ自身の異人種間結婚を反映し、また詩人から黒人民族運動の劇作家へ転身する彼の葛藤を映し出している。『奴隷』初演の翌年、一九六五年二月二一日のマルコムX暗殺を契機に、バラカは妻と別れ、グリニッジ・ヴィレッジからハーレムに移る。そこで、黒人民族主義の「狂信的憂国の士」と呼んだ「黒人芸術レパートリー・シアター・スクール」を創立(Bigsby 285)、リロイ・ジョーンズからアミリ・バラカへ改名し、白人文学キャノンと決別した民族運動の先鋭的アクティヴィズムを展開していく。バラカはこう語っている。「『奴隷』という作品は、人種戦争の直前に白人の妻から分かれた黒人革命家となる人物を描いているが、〔妻は〕『ロイの悪夢』と呼んだものだ。私たちの実生活にとても似ていて、本物の生活の生き写しで満ちていた」(Baraka 1984: 196)。

ウォーカー・ヴェッスルズが手にした銃は、白人の妻と離別し、英語名からブラック・モスレムの名前に改名、白人社会と文学キャノンに対して抗議・抵抗し、ラディカルな黒人民族運動の旗手となっていくアミリ・バラカの抵抗と闘争の意志の表象に映る。しかし、同時に自らの黒人民族主義活動のなかに、依然白人キャノンへの隷属の痕跡を認めるバラカのアンビヴァレンスを銃が投影していることも記憶に留めておかなければならない。

黒いリンカーン暗殺ショー
――『アメリカ・プレイ』／『トップドッグ／アンダードッグ』

皇帝ジョーンズの白人模倣、そしてウォーカー・ヴェッスルズの白人キャノンへの心理的隷属。その二つを併せ持つ人物がスーザン＝ロリ・パークスの『アメリカ・プレイ』(一九九三)に登場する。しかし、彼のパフォーマンスは、白人の作り上げた歴史表象を戯画化、攪乱・転覆し、歴史テクストの恣意的な可変性を暴露、テーマ・パーク化した歴史の姿を再現する。

これが作品の黒人主人公ファウンディング・ファーザー（建国の父）ならぬファウンドリング・ファーザー（捨てられた［拾われた］父、以下ＦＦと略）である。墓堀のＦＦは、妻子を後に残し、新婚当時、妻と訪れた「歴史の大穴」(The Great Hole of History) の正確なレプリカを作ろうとアメリカ西部の何処ともわからぬ地に「大穴」を掘る。この「大穴」を舞台に、リンカーンに瓜二つのＦＦが、リンカーンに扮し、客に暗殺者ジョン・ウィルクス・ブースを演じさせ、リンカーン＝自分を撃たせる暗殺劇再現ショーを繰り返す。彼の死後、妻ルーシーと息子ブラジルが彼の痕跡を探してこの穴を掘る。すると、事実、伝説、作り話がない交ぜになった過去の「ささやき」、「こだま」、「驚異」と呼ばれる雑多なものが次々と浮かび出る。そこに死んだはずのＦＦも登場し、妻と息子の前で再びリンカーン暗殺場面を演じて息絶える。父に「生き写し」の息子が、この歴史の大穴で歴史的偉人の仲間入りをした新たな「驚異」、「偉人その人」として父を紹介し、その死を悼む国民の嘆きを伝え、別れを告げて幕となる。

問題としたいのは、「歴史の大穴」の正確なレプリカである大穴という空間、そしてこの空間で黒人であるＦＦが拳銃を使って白人大統領リンカーンの暗殺劇を演じる／真似る／偽装する意味・効果である。

ＦＦの息子ブラジルは両親が見た「歴史の大穴」をこう語っている。

毎日さあ。その穴を覗き込むだろう。うううー。何でもでてくるんだ。いつもお出ましのアメリゴ・ヴェスプッチだろ。マーカス・ガーヴィー、フェルディナンドとイサベル、スコットランドの女王メアリー！　類人猿の王ターザン！　ワシントン、ジェファーソン、ハーディング、そしてミラード・フィルモア。ミスター・コロンブスだって登場する。すべての偉人がお目見えだ。歴史の大穴じゃ、毎日パレードやってんだ。(180)

歴史上の偉人たちが日々パレードを繰り返す壮麗なページェント。それが「歴史の大穴」の圧巻だった。過去の人物・出来事を歴史表象的イコンとして複製化し、ラインナップした歴史絵巻は、復元・複製された歴史的建物とともに、テーマ・パークの大きな特徴をなす。つまり、歴史テーマ・パークが見せるのは人為的に作られた歴史、国家的意志を反映した白いアメリカの「正史」である。言わば、「黒人体験を除外したアメリカ史の偽造のリアリティ」(Fuchs 40) をテーマ・パークは映し出す。[7]

重要なことは、歴史テーマ・パークの「正確なレプリカ」をFFが作り、そこで演じる点にある。「アメリカ史の偽造のリアリティ」の「歴史の大穴」のさらなる模倣＝偽造という点で、舞台となる「大穴」は、二重の偽造世界である。ここでFFはリンカーン暗殺劇という物まね＝偽装を演じ、白い歴史に介入する。

リンカーンが撃たれたのは、一八六五年四月一四日（翌朝一五日に死亡）、ワシントンD・Cにあるフォード劇場。トム・テイラー作、喜劇『我らがアメリカのいとこ』（一八五八）上演中のことである。第三幕二場、主人公エイサの滑稽極まる台詞に観客がどっと笑った瞬間、ボックス席に忍び込んだ暗殺者ブースがリンカーンの頭部めがけて発砲。その直後、ブースは舞台に飛び降り、観客を前に

「これが暴君の報いなり！」(165) と叫んで逃走する。名優ブースが大統領暗殺劇という一大パフォーマンスを喜劇上演中の劇場で実行し、舞台で大見得を切って出奔する。この演劇的事件は、鮮烈な歴史的演劇スペクタクルとなって流布し、新聞の挿絵に加え、当時リンカーン暗殺場面を描く夥しい絵画が出回り、暗殺者ブースを名乗る者も複数現れる。[8] つまり、劇場で演出・実行（＝上演）された国家的人物の演劇的暗殺事件が、シミュラークル的自己増殖と逸話・伝説化を経て、国家的歴史ナラティヴへと変換される。この歴史生成プロセスこそ、リンカーン暗殺劇が表象するものにほかならない。

リンカーン暗殺劇のクライマックスこそ、ＦＦが、「歴史の大穴」レプリカで日々繰り返したパフォーマンスである。ここで、黒人であるＦＦが暗殺される白人大統領を演じる／真似る／偽装する意味・効果が問題となる。息子ブラジルは「墓堀りで親父は飯を食ったが、偽造が親父の天職だった」(179) と語る。肌の色以外、リンカーンに生き写しの彼は、人種越境的類似性を強調して、顎に付け髭、頬に付けイボ、フロックコートを身にまとい、「リンカーンが帽子なしじゃみんな喜ばなかった」(168) として、シルクハットをかぶる。しかし、偽装で強化された類似性は、白黒の差異をいっそう際立たせる。リンカーンとの違いであるＦＦの黒人性が強調され、「アフリカ系アメリカ人がアメリカ史に繰り返しリンクされ、彼らの歴史的不可視性が歴史的可視性として再定義」されていく (Frank 15)。そして、リンカーンの白人性を黒人性で置換することで、ＦＦは「人種そのもののパフォーマティヴィティを実演し」、「リンカーンという伝統的イメージと権威を再表象する」(Elam and Rayner 182)。彼の黒い肌が白い正史を侵犯・攪乱し、再表象化を促すのである。

リンカーンとの容姿の類似と肌の違いを併せ持つＦＦは、黒人の世界と非黒人（＝白人）の世界、二つの世界を越境的に表す二重の表象性を備えた「ハイブリッド」、あるいは「ノマド（遊牧民）的主体」（Dixon 217–18）だと言える。キンバリー・D・ディクソンは、「黒人の移動の歴史の産物であり、移動、流浪、可変的アイデンティティをめぐるポストモダン的関心の表現」としてパークスのノマド主義を捉え、ノマド的主体が想像力を稼動させ、既存の思考の枠組みに反逆して新たな認識論を演劇的かつパフォーマティヴに展開すると指摘。ノマド的意識の根幹が「思考とアイデンティティの超移動性」だと論じる（Dixon 214）。つまり客に銃で自分の頭を撃たせるFFによるリンカーン暗殺の再現ショーは、黒人と非黒人（＝白人）世界／歴史の枠組みを越境・解体・侵犯しつつ、白いアメリカ正史に自らの新たな認識論を埋め込んでいくノマド的行為であり、拳銃と弾丸はその表象的メディアなのである。

一方、ブース役を演じる客の台詞は、言語として存在し、常に改訂される歴史（Chaudhuri 264）の「テクスト性」を演劇化する。ブース役の客は、リンカーンの肖像が刻印されたペニーを代金として払ったあと、実際に暗殺で使われたデリンジャーだけでなく、数種類ある拳銃のなかから好みのものを選ぶ。そして椅子に座ったFF演じるリンカーンが、「ハッ、ハッ、ハッ、ハッ」（164）と笑った瞬間、彼の頭部目がけて発砲。それがキューとなって、客は歴史的人物の「有名な（最後の）言葉」を発する。客によって、必ずしもブースの言葉を言うとは限らず、まったく別の人物の異なる状況下で発せられた言葉を口にするものが現れる。しかし、客が使うフレーズはどれも脚注で、どの歴史的人物の言葉か明示されている。[9] こうして、歴史的人物の言葉が別の人物の言葉によって次々に置換され、歴史テクストに縫いこまれ、繰り返し上書きされ、歴史テクストが次第にずれていくのである。[10]

このプロセスを稼動しているのがリンカーン暗殺劇再現ショーで使われる銃と銃弾にほかならない。ヘイク・フランクは、客が発する交換可能な歴史的フレーズを反復し続けると、暗殺ショーは滑稽で非現実的なものに思えてくると指摘する（Frank 15）。この観客参加型の暗殺劇再現ショーの会場がテーマ・パーク「歴史の大穴」のレプリカだということに着目すると、歴史的神話となったリンカーン暗殺は、アミューズメント・パークの出し物へと転位し、歴史的イコン、リンカーンは、リンカーン暗殺エンターテインメントのキャラクターにデフォルメされる。事実、主人公エイサの滑稽極まる台詞を聞いた時に発したリンカーン生前の最後の笑いのみが抽出され、「ハッ、ハッ、ハッ、ハッ」と芝居じみた笑いに脚色されて、銃弾発射の暗殺の歴史的瞬間をパロディへと結晶化させる。まさに、「歴史はたやすく市場化できるセンセーショナルなスナップショットへと還元されてしまうのである」（Frank 14）。

こうしてリンカーン暗殺事件の表象とテクストは次々にずらされ、上書きされる再テクスト化が進行する。しかもこのプロセスは終わることなく更新される。最終場、父に「生き写し」のブラジルがリンカーン暗殺劇再現ショーを継承していくことが示唆される。白人大統領に酷似する身体的類似性を持つ黒人の父から子へのノマド的偽装の連鎖は、歴史表象リンカーンの白人から黒人への人種的転位を増強し、新たな歴史テクスト・神話を織り上げていくのである。

「劇は歴史を創造し、書き換える方法」であり、「劇場は、歴史を作る申し分のない場」だと言うパークスにとり、祖先の声を聞き、書き留めることは、劇作家としての大きな仕事である（"Possession" 5）。「書くことは考古学ととても似ている」、「リンカーンのような大きな歴史上の人物が好き」（Savran

161）と語るパークスが、歴史を掘り起こし、新たな歴史テクストを創造するのは当然だと言える。重要なことは、発掘した歴史を、パークスが「反復と改訂」（"Rep and Rev"）によって脱構築、再テクスト化し、同時に、歴史・正史の恣意性と偽造性を照射する点である。二幕、FFの跡を探して「大穴」発掘を試みるブラジルとルーシーが遺跡を掘る考古学者と発掘品から歴史を再構築する歴史家の役回りとなる。浮上する過去の「ささやき」、「こだま」、「驚異」を前にルーシーが問題とするのは「本物」と「本物でないもの」の見極めである。歴史が偽装・偽造・模倣で作られ、いつ何時にもオリジナルなき歴史表象が別のものと置換されうる恣意性と偽造性を暴露するのである。

断片的歴史表象テクストの置き換えの反復によって、正史の恣意性をあばき、不可視なアフリカ系アメリカ人の姿を可視化して、歴史テクストの揺らぎを増幅させ、白い正史に黒い歴史を刷り込みながら改訂を加えてゆく。暗殺手段の銃は、リンカーン神話のリサイクルによる歴史の再テクスト化を起動するメディアとなる。

二〇〇二年、パークスにアフリカ系アメリカ人女性劇作家として初のピューリッツァー賞をもたらした『トップドッグ／アンダードッグ』（二〇〇一）は『アメリカ・プレイ』から生まれた。登場人物は黒人兄弟二人。父親の冗談で、長男がリンカーン、次男がブースと名づけられた。リンカーン＝トップドッグは、顔を白塗りにしてリンカーンに扮し暗殺再現ショーで生計をたて、ブース＝アンダードッグは、かつて兄がしていた、いかさまスリーカードをする腕もなく、万引きで暮らしている。十代で両親に捨てられた兄弟が語る過去の話と並行して、暗殺ショーのリハーサル、トランプゲームの練習が展開する。そして、恋人グレースを撃ち殺したと告白したブースが、それぞれに両親が残した五〇〇ドルをかけたトランプゲームにリンカーンを誘い、それに勝ったリンカーンを射殺。遺体を抱きしめて、すすり泣く場面で幕となる。

ここでは、リンカーン暗殺事件が、黒人の兄弟殺しとなって再現される。もはや、暗殺劇再現ショーではすまなくなる。ディクソンは、ポストモダン・ポストコロニアル言説において、「圧制者―被圧制者、自己―他者の関係性はもはや永久的なアイデンティティではない」と指摘する(Dixon 216)。ロバート・フェイヴルも、「犠牲者」と「圧制者」の二項対立モデルが、人種の多様な問題理解には有効性を欠くとした上で、『トップドッグ／アンダードッグ』の二人が、ブースのリンカーン殺害という歴史ナラティヴを書き換えるチャンスがあったと指摘。黒人ブースによる黒人リンカーン殺しは、黒人間暴力の責任は黒人自身にある、という黒人個人の責任を問題化していると論じている(Faivre)。パークス自身、白人からの抑圧と白人へのオブセッションという「あの同じ昔の馬鹿げた状況」とは決別し、アフリカ系アメリカ人の劇的コンフリクトを描くドラマを目指すと語る("An Equation" 20)。リンカーン暗殺事件という白い歴史表象の黒人の兄弟殺しへの置換は、銃による殺人＝暴力を、レイシズムだけでない黒人自身の選択と意志の問題として捉えなおし、「抑圧―被抑圧」の古い人種表象を脱却、新たな黒人のあり方・歴史を映す再表象化の試みと言えるのである。

リンカーンの頭蓋骨に開いた銃弾の穴は、FFによって掘られた「大穴」という超時空的歴史テーマ・パークと連動し、その意味合いを変えていく。FFが自らの頭部を目がけて繰り返し撃たせる弾丸は、リンカーンの頭部に別次元の穴を開け、白い頭蓋(＝歴史)に黒い歴史の銃弾を撃ち込んでいく。そして、FF＝リンカーンの頭部から進入し、「歴史の大穴」レプリカの「大穴」を貫通したFFの銃弾は、リンカーン暗殺の一九世紀から二〇世紀を超えて、二一世紀の黒人兄弟殺しの凶弾となって飛び出してくる。そこには黒人＝人種問題が、リンカーンの予想をおそらく超えた展開を迎えているのである。FFがパフォームするリンカーン暗殺劇再現ショーで発射され続ける黒い銃弾は、世紀の壁を超え二一世紀に貫通し、白い歴史の流れに黒いテクストを撃ち込み続けていく。

戦争花嫁の銃弾
――『ティー』

ヨーロッパから新大陸アメリカのアステカ帝国、カリブ海の皇帝ジョーンズ帝国、大西洋の中間航路の奴隷船とアメリカの人種間戦争、そしてアメリカ西部の「大穴」と、西に進路を取りながら、舞台の上の銃（そして大砲）と他者の関係性を見てきた。最後にアメリカ大陸からさらに西、太平洋を渡りアジアに目を向ける。焦点はアメリカとアジアの戦争と戦後。日本人戦争花嫁を描くヴェリーナ・ハス・ヒューストンの『ティー』（一九八七）を題材に、銃が投影する他者と白いアメリカの関係性を考える。

第二次大戦後、アメリカ進駐軍兵士と結婚し、渡米した数多くの日本人戦争花嫁は、米軍の再定住政策により、僻地の駐屯地に住まわされる。こうして生まれた日本人「戦争花嫁」共同体は、アメリカ国家権力が生み出した、もう一つの日系人収容所だった。

『ティー』の舞台は、一九六八年、カンザス州ジャンクション・シティ。フォート・ライリー陸軍基地に隣接する町である。一人の戦争花嫁ヒミコの自殺を契機に、彼女の家に四人の日本人戦争花嫁が集う。米兵の戦争花嫁である以外、日本での出身地、生い立ち、夫の人種、社会的身分、生活状況も異なる女性たちが、ヒミコを偲ぶお茶を通して、亡霊ヒミコとともに過去から現在に至る体験を遡及的に語りあい、再現し、共有する。

作品冒頭の「劇作家の注釈」には、「この劇がカンザスに二〇年から四〇年暮らす日本人『戦争花嫁』コミュニティについての、公文書には事実上記載されていない歴史的事実に基づき」、その歴史的事実が、カンザス在住の日本人戦争花嫁五〇人に対する広範なインタビューとヒューストン自身の家族の歴史から得られたものであることが明記される (162)。事実、一九八七年一〇月六日初演のマンハッタン・シアター・クラブ公演のプログラムで、ヒューストンは日本人戦争花嫁の母と、アメリカ・インディアンとアフリカ系アメリカ人の混血であるアメリカ人兵士の父を持ち、「アジアに対するアメリカ初の戦争から生まれたアメラジアン」として、アメリカの正史に容易に埋没する日本人戦争花嫁の歴史を「日本が回避し、アメリカが知ることもなく、知ろうともしなかった歴史」と記し、その復権を訴えている (Uno 155)。公文書の国家的正史にはない、もう一つの歴史が、戦争花嫁となった女性たちの記憶から口承ナラティヴとなって紡ぎだされ、舞台上に再現される。『ティー』とは、戦争花嫁共同体についての「口承歴史プロジェクト」(Uno 158) の帰結として創造された作品なのである。

プレリュードより、ヒミコの変身が、過去と現在、冥府と現世、日本とアメリカという対位的時空・次元の瞬間移動を可能にし、双方を同時照射する。暗闇のなか、抑揚のないアメリカ人女性の声で歌われるアメリカ国歌。次いで流れる日本のメロディー「さくら」。ほのかに映し出される冥府。開幕時より、冥府においてなお「二つの国の狭間でさまよう」(163) ヒミコの姿が舞台上に浮かび上がる。「女性的な神秘的ドレスの上に、色の乱れた着物をはおり」、血の気のない、か弱い姿のヒミコが、夫、娘、母という先立った肉親に語りかけ、手にした拳銃を咽喉元に当てる。次の瞬間、ブラックアウトと銃声。その直後、耳を劈く原爆の爆発音とたなびく煙。その後、薄明かりのなかを登場するテルコ、アツコ、チズエ、セツコの語りの後、再び現われた亡霊ヒミコは、手にしたレイバンのサングラスをかけ、両腕を広げ、観客にこう告げる。「さあ……お茶の時間よ」(165)。そして、携えてきた長いブロンドのカツラをヒミコがつけると、舞台はヒミコの現世の家とクロスフェードする。こうして、プレリュードで亡霊ヒミコが再現する拳銃自殺が、過去へのタイム・トラベルへと戦争花嫁たちを誘い、時空を超えた記憶を再現する花嫁たちの人種・ジェンダー越境的な変身を誘発する。そして、一九六八年のヒミコの家と冥府からなる舞台空間は、国家的歴史から抹消された他者＝戦争花嫁の歴史(＝記憶)を様々な主体の多元的視点から年代順に映し出していく。

問題は、自殺で使った同じ拳銃で、ヒミコが夫ビリー・ハミルトン陸軍上級准尉を二年前に射殺(169) していた点である。ビリーは、ヒミコを日本との戦争の「戦利品」、「黄色い肌で切れ長の目」(191) の「オリエンタル」と見なし、「ただで、いいメイドが欲しかった」から結婚したと言い (168)、彼女に極度の身体的精神的虐待・暴力を加えていた。それはアジアを見るアメリカのオリエンタリズムと植民地主義的ファロセントリズムの現れだった。

重要なことは、銃が日本を占領したアメリカの力を示すイコンだという点である。[11] 銃はヒミコを敗戦国、日本からアメリカに連れ帰り、軍事基地共同体で搾取される状況を生んだ。軍人の夫を射殺すること、それはアメリカ内部の戦争花嫁収容所に幽閉された日本人女性の反逆と抗議にほかならない。しかし、舞台となるジャンクション・シティを付属共同体とするフォート・ライリー陸軍基地の歴史的表象性を考えると、ヒミコの行為はさらなる重要性を帯びてくる。

一八五二年建設のフォート・ライリーは、アメリカ領土膨張主義思想による西漸運動の時代から西部開拓の前線基地、南北戦争、インディアン戦争で軍事的重要拠点であり、カスター将軍の第七騎兵隊に代表される「騎兵隊揺籃の地」(the "Cradle of Cavalry") として知られ (Alford)、アメリカの第一次世界大戦参戦で、国内最大規模の戦時軍事訓練センターとしての役割を担った (McKale and Young 125)。以後、第二次大戦を経て、一九五五年から九六年三月まで、「ビッグ・レッド・ワン」として知られる第一歩兵師団の駐屯地になり、冷戦下から現在に至るまで軍事訓練センターを兼ね、「アメリカ陸軍発祥の地」と呼ばれる重要な陸軍基地である (McKale and Young 125, 130–33)。[12]

西部開拓当時、砦は西部開拓路と白人移住者を守り、フロンティア精神、マニフェスト・デスティニー（「明白なる天命」）による西漸運動の維持・加速を促す前線基地だった。それが同時にネイティヴ・アメリカンに対する土地強奪・強制移住行為、そして虐殺という植民地主義的侵略行為のエージェンシーとなってきたのは言うまでもない。フォート・ライリーはまさにそうした象徴的砦だった。フォート・ライリーは、西漸運動当時からマニフェスト・デスティニーを掲げ、他者（ネイティヴ・アメリカン）を侵略・周縁化する白人支配の植民地主義とオリエンタリズム的イデオロギーの暴力を正当化するアメリカの生成・発展・膨張の歴史を支えた代表的軍事拠点としての役割を担い、表象性を帯びてきた。そして、こうした白人の砦・軍事拠点の力を行使する象徴的武器として使われてきた銃は、ネイティヴ・アメリカンを駆逐し、植民地化した白人至上のアメリカ帝国主義の力と支配の表象となってきたのである。

戦争花嫁たちが米軍の再定住政策と国家権力によって夫、家族とともに移り住んだのは、まさにフォート・ライリーのような軍事基地を支援する共同体だった。[13] つまり、アメリカの領土拡張主義を刻む歴史的軍事拠点に、アジア進駐のエクゾティックな戦利品として連れてこられた日本人戦争花嫁の共同体が築かれたのである。ここに至り、彼女たちの記憶は、米兵と結婚し越境した国家アメリカの「内なる植民地」(Takaki 99)[14] の変奏に生きた戦争花嫁の記録に留まらず、太古の昔（紀元前二万五〇〇〇年から一万二〇〇〇年頃にかけ）同じアジアから移住してきたアメリカ・インディアンの受難と抵抗と忍耐の歴史、彼らへの侵略行為に始まる白いアメリカ帝国主義の歴史をも映し出す。

ヒミコはアメリカ軍人である白人の夫ビリー・ハミルトンによって、植民地化された東洋人女性に対する植民地主義的暴力と搾取を受けた。そして、自らの意志と主体を表現する言葉を奪われる。「銃」は、日本を占領し、日本人女性を領有して「黄色いメイド」という「戦利品」としてアメリカに連れ帰り、その声を奪った白いアメリカ帝国の暴力の象徴だと言える。銃によるヒミコの夫殺害と自殺は、他者を侵略・支配し、アメリカ先住民の領土略奪をはじめとして膨張を遂げてきた白い帝国を、他者が帝国支配の手段＝銃によって逆に帝国を中心部から内破する試みだった。ヒミコの言葉と主体を略奪した銃は、ヒミコによって白い帝国アメリカへの逆襲のメディアとなったのである。

同時にヒミコの拳銃自殺が、戦争花嫁たちに集い、語らい、記憶を再現・共有した新たな共同体意識に至るコミュニオン形成の契機を与えたことは注目に値する。現世（＝現在）に生きる四人の女性に向かうべき方向性を示唆したのはヒミコの霊である。それは、過去に生きた戦争花嫁の記憶が現在と断絶したものでなく、現在に生きる者の記憶と意識、そして未来に向かう糧となる共同体意識を覚醒し、更新し続けることを意味する。同時共存する現在と過去の記憶が、記憶のナラティヴを共有する女性たちの「語らい」（＝口承）によって初めて伝えられ、共同体を育む核となる。トリン・T・ミンハは、「女性の記憶と語りによる記憶の伝達」について次のように記している。

この世の最初の古文書館、図書館は女の記憶だった。口から耳へと、体から体へと、手から手へと、辛抱づよく伝達された。語りのプロセスのなかでは、話すことと聞くことは、想像力だけにかかわる現実ではない。語りは見られ、聞かれ、嗅がれ、味わわれ、触られる。それは破壊し、生命を産み、育てる。女はだれも、連綿とつづくこの守りと伝達に加担している。

(Trinh 121)

戦争花嫁たちの変身劇による記憶の再現は、トリンの言う「見られ、聞かれ、嗅がれ、味わわれ、触られ（……）破壊し、生命を産み、育てる」語りにほかならない。語りによる記憶の共有、連綿とつづく記憶の守りと伝達を担う共同体意識と意志を覚醒する場が「お茶」であったと言える。

しかし、戦争花嫁たちに「女性の記憶と語りによる記憶の伝達」の場＝「お茶」をもたらしたものが、ヒミコの拳銃自殺であったことを再度思い起こす必要がある。ヒミコが自らの喉元を撃ち抜いた銃弾は、他者からのアメリカ帝国への逆襲の一撃であると同時に、戦争花嫁たちの間にあった壁を撃ち抜き、互いの戦争体験とアメリカ国内での受難の生活の記憶を語り合い、次世代へと伝達する契機を生む。彼女の銃は、記録ではなく、記憶された戦争花嫁の歴史を語り継ぐことで、白いアメリカ正史の書き直しを要請していく場を築いたのである。

帝国神話のスパイラル

ヨーロッパによるアメリカ大陸の征服から、アフリカと西インド諸島、アメリカを結ぶ中間航路の奴隷貿易、そしてマニフェスト・デスティニーによる西漸運動からアジアへの進出。地球を西回りに覇権を拡大した白い帝国主義は、他者を征服・支配し、スパイラル状の軌跡を残してきた。そのプロセスで、さまざまな神話の衝突、新たな神話の誕生が白い歴史というテクストに刻まれ、あるいはテクストから消し去られてきた。

銃／大砲はヨーロッパによるアメリカ大陸征服から続く帝国の植民地支配の象徴的手段となってきた。同時に、過去から現在に至る帝国の軌跡を時空を超えて再現するメディアとして、銃／大砲がアメリカ演劇の舞台で浮上する。その姿を私たちは見てきたわけである。そして、地球を西回りに進む帝国のスパイラルが、逆に回る他者の力で反撃され、内側から揺さぶられるのは、アフリカを目指すアフリカ系アメリカ人の動き、アジアからアメリカに来た戦争花嫁物語に示されたとおりである。

そして今、西と東へ向かう二つのベクトルがぶつかり合うなかで、パークスが提示したように、支配と被支配、抑圧者と被抑圧者の二極構造の枠組みを出た、新たな人種のテクストが編まれようとしている。しかし、それも現代に至るまで何世紀にも及ぶ帝国と他者の歴史の上にたってはじめて成り立つものである。その歴史をどう捉えるか。それは新たな課題として、銃／大砲が時空を超えた帝国支配＝神話のスパイラルを浮上させるメディアであったことを指摘して、本章の結びとしたい。

第Ⅱ部

亡霊のドラマトゥルギー

第四章

ユージーン・オニール、反逆の演劇の軌跡
――詩人、所有者、憑かれた者たちの弁証法

詩人、所有者、憑かれた者たち

自らを含む家族を描いた晩年の自伝劇『夜への長い旅路』（一九五六）を、オニールは「妄想に憑かれたティロウン家の四人すべてに対し、深い憐れみと理解、寛恕の思いをもって」(*III*: 714) 書きあげた。『氷人来たる』（一九四六）と『日陰者に照る月』（一九四七）同様、『旅路』はオニールが未完に終わる連作劇群サイクル、「自己を喪失した所有者の物語」の創作に行きづまり、サイクル構想を一旦棚上げにした時期に執筆される。物欲・所有欲による自己の喪失という人間のドラマを独立戦争から二〇世紀に至るヤンキー・アイリッシュ一族の年代記として描くサイクルは、アメリカとアメリカ人の根源的問題を問い直す巨大構想だった。これらオニールが晩年取り組んだ家族の物語とサイクルに描かれる国家の物語には、ある共通項が存在する。それは初期から後期に至る作品群に散見される詩人と所有者、そして「憑かれた者」の自己喪失のモチーフである。これらが個人、家族、一族、さらにアメリカという国の物語を結ぶキー・コンセプトとして底流する。

プロヴィンスタウン・プレイヤーズと活動をともにした若き日のオニールは、既存の商業主義演劇

に対峙・対抗する小劇場による「新演劇」、言わば体制への反逆の演劇の旗手として劇作家の道を歩み始める。そのオニールが晩年に至って自身の家族とアメリカという国家を扱う二つの物語を作品化するなかで、何らかの欲望や観念に憑かれたアメリカ人の姿が前景化する。それは何を意味するのか。

本章では詩人と所有者、憑かれた者たちの問題系を軸に、オニールの創作テーマ、ドラマトゥルギーの軌跡を検証する。この検証のなかでオニールと家族の関係性、一九一〇年代のグリニッチ・ヴィレッジの対抗文化的風土と精神性は有意義な指標を与えてくれるに違いない。これらの検証を通し、アメリカに憑かれた劇作家オニールの「反逆の演劇」とその軌跡を再評価し、アメリカを見たオニールのまなざしを考える。

詩人と物質主義者・所有者の系譜学

オニール作品に見られる「詩人・ドリーマー」と「所有者・物質主義者・ビジネスマン」の対立・葛藤構造を指摘し、初めて体系的にその構造を分析したのは、オニールの実証的草稿研究の業績を遺した故ヴァージニア・フロイドである。フロイドは、まず初期一幕劇『命に代える妻』（一九一三脱稿）、『蜘蛛の巣』（一九一三脱稿）、『渇き』（一九一六）における物質主義とロマンティシズムの対立構造を認める。そして、船の難破後の救命ボートを舞台とする『霧』（一九一七）について、極限状態における詩人（オニール最初の自画像）とビジネスマンの対立のなかに、オニールが主張する詩人の道徳的優位性と、社会的経済的不平等に対する彼の抗議声明を読み取っている (Floyd 1985: 38, 54–58)。

オニールに初のピューリッツァー賞をもたらした『地平線の彼方』（一九二〇）のロバートとアンドリュー二人に表わされる詩人とビジネスマンの構図を論じたのもフロイドである (Floyd 1985: 141)。三幕一場、生まれついての農夫であったアンドリューが、かつて畑で作っていた作物を投機対象にして失敗する。本来、土に生き、作物を育てる農夫であったアンドリューが、農作物を投機の対象とするような物質主義者に変貌していたのである。その変貌をロバートは非難する。[1] その一方で、ロバート自身は不向きな農場経営がうまくいかず、家族を困窮生活に追い込んでいた。しかし、そうした現実を直視せず、詩人のごとく「地平線の彼方」に浮かぶ神秘に憧れたまま、この世を去る。

『地平線の彼方』で示された理想主義者＝詩人と物質主義者＝ビジネスマンの二項対立の構図は、『長者マルコ』（一九二八）と『偉大なる神ブラウン』（一九二六）でさらに追究される。一三世紀のマルコ・ポーロとその一族に現代アメリカの物質主義者のあり方を映し出す『長者マルコ』[2] では、富の略奪を目指した中国への旅でマルコは詩人気質を失う。そして、富と権力の奪取にのみ邁進する、貪欲な商人へと変貌する。また、『偉大なる神ブラウン』では、詩人ダイオン・アンソニーとビジネスマン、ウィリアム・A・ブラウンの対立・葛藤を中心に、自己の素顔をペルソナで偽装し、自己分裂に苦しみながら、自らを失っていくアメリカ人の姿を描く。[3]

これらの作品では、詩人と物質主義者の対立以上に、一人の個人のなかに存在する両者の闘ぎ合い、もしくは詩人から物質主義者への変容が焦点化される。二項対立以上に、個人が持つ二面性、アンビヴァレンスが問題となる。一方、『楡の木陰の欲望』（一九二四）、『喪服の似合うエレクトラ』（一九三一）では、男女の愛憎と資産争奪をめぐる物欲が相互に増幅する。その結果、所有欲が個人と家族、一族の運命を左右する力として作用する。無論、舞台に不在のゴードンをめぐるニーナと四人の男たちの物語『奇妙な幕間狂言』（一九二八）に、他者の愛を執拗に渇望し続ける所有欲の底流があるのは言うまでもない。こうした所有欲と理想主義者＝ドリーマーの詩人気質、この両者の闘ぎ合いを個人、一族、そして国家の物語として構想されたのが、一一作よりなる未完の連作劇群サイクル、「自己を喪失した所有者の物語」である。唯一完成した『詩人気質』（一九五八）のタイトル・キャラクターとなる詩人、そして、所有者が前景化されるサイクル総称に、詩人気質と所有欲という二つの力の攻防と葛藤の歴史がアメリカを今の姿にしたというオニールの問題意識が込められている。

以上のように、初期一幕劇から晩年の巨大構想に至るまで、詩人と物質主義者、さらに強力な所有者の対立と葛藤、変容の構造が基調にある。それは何を表し、なぜオニールはこの二つの力の闘ぎ合いに生涯こだわったのか。その謎解きの鍵を、サイクルと同時期に執筆された自伝劇『夜への長い旅路』に求めていく。

シェイクスピア劇から『モンテ・クリスト伯』へ
——父ジェイムズへの反旗

オニールの父、ジェイムズ・オニールがエドウィン・ブースと並び称されるシェイクスピア俳優となれるだけの才能を代償に、『モンテ・クリスト伯』(*The Count of Monte Cristo*) のヒットによる安易な金儲けと名声に屈したことはよく知られる。しかし、それは貧しいアイリッシュ移民の子であった幼い頃、一ドルの重みを知った故の貧困への恐怖と富への渇望によるものだった。『旅路』の四幕、ティロウンが語る半生は、一ドルの重みが骨の髄まで染みつき、富と引き替えに自らの才能を枯渇させてしまった男の物語を映し出す。機械工をやめ、大部屋役者から始めたティロウンは、やがてブースに比するまでの名優となる。一八七四年、ブースのシカゴ公演で、ブルータスとカシアス、オセロとイアーゴーを、一晩ごとにブースと交互に演じ、シェイクスピア役者としての将来を嘱望されていた。聖書代わりにシェイクスピアを読破し、強いアイルランドなまりを矯正した涙ぐましい努力の賜物だった。しかし、ある芝居の上演権を二束三文で買ってから、すべてが狂い始める。この芝居は、毎シーズン三万五〇〇〇から四万ドルの純益をもたらすという濡れ手で粟の金もうけとなり、ティロウン演じる役柄も観客がティロウン自身と思いこむほどの当たり役となる。以後、「この芝居の奴隷」となった彼は、この役しか演じなくなり、その膨大な才能を喪失していく。ティロウンは息子にこう語る。「あの忌まわしい芝居」("That God-damned play") が自分を駄目にしたのだと (*III*: 807–10)。

ジェイムズの回想は息子と同じ詩人気質を持ちながら、財産と地位への欲望の虜となって、生まれ持った詩人気質を封じ込め、『モンテ・クリスト伯』がもたらす富によって、自己を喪失した老優の無念を映し出す。その父の悲しき姿の哀れなパロディをオニールは『詩人気質』のコーネリアス・メロディの姿に描いている。鏡を前にマチネ・アイドルさながらに、バイロンの「チャイルド・ハロルド」を朗唱しながら、将校時代の深紅の軍服に身を包み、「もと国王陛下の第七近衛竜騎兵連隊配属、コーネリアス・メロディ少佐」の自画像に陶酔するコーン・メロディの姿である (*III*: 202–03)。

幼い頃の貧困への恐怖から、ジェイムズは極度に金を惜しむ癖が身につき、オニールの出産後、体調の悪かった妻をホテル付きの藪医者に任せた。その医者の安易なモルヒネ処方によって母エラはモルヒネ中毒となり、後に自殺未遂をも引き起こす。ジェイムズは吝嗇ゆえに妻のモルヒネ中毒をもたらした。若きオニールが父ジェイムズと彼のヒット作『モンテ・クリスト伯』が象徴する大衆迎合型の商業演劇に反感を持ったのも不思議ではない。また、厳しい罪と罰の戒律で人を縛りながら、母を中毒から救うことのなかったカトリック信仰をオニールは放棄する。父の職業、守銭奴まがいの生活、信仰への失望がオニールのジェイムズに対する反逆精神へと収斂されていった。そう複数の研究者（Brietzke 174; Alexander 12）が考えるのも頷ける。

しかし一方で、作品中ティロウンの半生を聞いたエドモンドが、「（心を動かされ、思いやりのまなざしで父を見つめて、ゆっくりと）この話してくれてよかったよ、父さん。今じゃ、父さんのこと、ずっとよくわかったよ」（*III*: 810）と語るように、息子の父への共感と同情も描かれている。事実、ジェイムズは劇作家という息子の職業と結婚に理解を示し、経済的にもオニールを支援し、[4]『地平線の彼方』の成功を喜んでいた。ドリス・アレクサンダーは、俳優としての才能を安易な金儲けと名声のために売り払ったとして、父ジェイムズに対して若きオニールは反感を抱いていたが、晩年には父親への愛と共感を取り戻したと報告している（Alexander 12–13）。さらに、ティロウンが必ずしもジェイムズの実像を反映していないとして、ジェイムズが『モンテ・クリスト伯』と同時期に演じた多数の作品リストを提示し、彼が富と人気に屈することなく、悲劇を重視した俳優であったと論じている（Alexander 112–14, 115, 118）。

オニールが抵抗したのは、父ジェイムズその人ではなく、アイリッシュ移民であった父を貧困に追い込んだワスプ支配のアメリカのレイシズムと、父の詩人気質[5]と才能を圧倒し、富と成功への欲望を煽る『モンテ・クリスト』という甘い罠をかけた当時の商業主義メロドラマの姿だった。ここに、父の挫折と母のモルヒネ中毒を引き起こし、オニールの家族に悲しみと苦悩をもたらした元凶として、ワスプ至上のアメリカ資本主義・物質主義のイデオロギーとそのイデオロギーを集約した飽くなき「所有欲」が浮上する。それこそが劇作家オニールが告発し、抵抗する悪しき力になっていった。

新たな演劇を目指して
——プロヴィンスタウン・プレイヤーズとグリニッチ・ヴィレッジの対抗文化を経て

こうしてオニールは、既存の価値観に抵抗し、そこからの離脱を図った若き日の放浪生活のなかで社会の底辺となる人々、アウトキャスト、ミスフィットとされた人々との交流を通じ、アメリカの価値体系と社会システムの問題を実体験・実感していく。アメリカを見つめなおすオニールの視座は、アメリカ人に憑く「所有欲」をめぐるテーマの熟成とともに、物質主義と資本主義を表象する興行成績本位の大衆迎合型ブロードウェイ演劇に対抗し、社会意識と芸術性に根差した劇作家意識へと育まれていった。一九一一年、ダブリンのアビー座のアメリカ公演にオニールは触発され、特にジョン・ミリントン・シングの『海に騎り行く人々』（一九〇四）に感銘を受ける。一九一一年から一五年にかけてハーバード大学のジョージ・ピアス・ベイカー教授の英語四七番劇作ワークショップ（“47 workshop”）を受講。やがてテリー・カーリンを介してアナキズムに触れ、プロヴィンスタウン・プレイヤーズとの出会いを経て、反体制的小劇場・新演劇の運動に身を投じていく。当時、グリニッチ・ヴィレッジは政治・芸術・演劇・女性運動・精神分析を「新《ニュー》」の合言葉で結んで展開した一九一〇年代の対抗文化運動のフォーカル・ポイントだった。[6]この運動の渦中に身を置いたオニールが、アメリカを見据え告発していく演劇運動に表現と抵抗の場を見出していったのは当然のことだった。「新《ニュー》」に形容される多様な政治、文化、労働、ジャーナリズム、女性と黒人運動と連動した小劇場運動に、オニールは領域横断的にネットワーク化するポリティカルなメディアとしての演劇の力を体感していったと考えられる。

この演劇文化活動のなかで、オニールは既存の演劇の枠を超え、因習的価値観を揺るがすラディカル、あるいはタブーとされるテーマをヨーロッパから紹介された「新劇作・演出法」(New Stagecraft)[7]によって作品化していった。それが、「背後の力」(*Selected Letters* 195)と言われる根源的テーマをはじめ、人間の帰属、人種、中絶、不義(不倫)、エレクトラ・コンプレックス、エディプス・コンプレックスという近親相姦的愛欲、家族問題、階級闘争、ヤンキー・アイリッシュの対立、あるいは神の代替物の模索、[8]そして詩人と物質主義者・所有者の対立と葛藤、所有欲の破壊的影響力などのテーマだった。そして、これらのテーマを舞台上で具体化する先進的な演劇表現となったのが、語られる思考・内的独白と言われる脇台詞(aside)、ギリシア的コロスの導入、表現主義、仮面劇、ギリシア神話・悲劇の応用、現代心理学の導入、急速な舞台変換等による演劇実験であったのは言うまでもない。

こうして、個人の精神性＝詩人気質を犠牲にする所有欲の脅威と両者の葛藤による個人の苦悩と自己喪失は、アメリカ人が陥る罠としてオニールが初期から中期にかけて問題化していくテーマとなる。それが詩人と物質主義者・所有者の鬩ぎ合い・葛藤の構図となってオニール作品群の底流となる。つまり、これが詩人と物質主義者、さらに強力な所有者の対立と葛藤、変容の構造とそれらの力の鬩ぎ合いにオニールが生涯こだわり続けた理由である。

そして、この両者の相克とアンビヴァレンスは、個人に留まらず、家族、一族から、さらにはアメリカという国家の姿、アメリカが歩んできた歴史的軌跡の表象化へと射程を伸ばす。それが、サイクル、「自己を喪失した所有者の物語」構想である。

アメリカ、「自己を喪失した所有者の物語」
――詩人、所有者、憑かれたる者の弁証法

「サイクル」は、ニューイングランドの旧家ハーフォード一族の一七五五年から一九三二年にわたる数世代の一族史を一一作で描く連作劇構想だった。アメリカ産業資本主義のもと、富と権力への欲望に駆られ、自己の魂を喪失する人間のドラマを、アメリカを象徴する一族の歴史を通じて描く。それが「サイクル」である。オニールとシェイクスピアについてノーマンド・バーリンが指摘したように、家族と国家のパラレル関係、あるいは「国家の大きな運命を反映する小宇宙としての家族」が描かれる(Berlin 136, 140, 144)。

オニールはサイクル創作の意図について折に触れて話している。たとえば、一九四六年、『氷人』

に関する記者会見で、当時九作の連作劇として構想されたサイクル創作の意図について、こう説明している。

私が信じている説は、合衆国が世界で最も成功した国ではなく、最大の失敗国だというものだよ。（……）最大の失敗国であるのは、アメリカがあらゆるもの、どんな国よりも多くのものを与えられていたからだ。これまでアメリカは急速に動いてきたが、確かな根を持つことがなかった。問題は、己の魂をそれ以外のものを所有することで所有しようとする終わりのない闘争なんだよ。それによって己の魂も、その外にあるものも失う。アメリカはこの最たる例だ。なぜなら、こうしたことがあまりに急速に、あまりに莫大な資源を使って起こったからね。これは実際、聖書ではもっとうまく書かれている。「たとえ全世界を手に入れようと、それで己の魂を失うなら、なんの得があるのだろう？」[9] 私たちはそれ程多くのものを持っているんだから、どちらの道にも進むことができたということだよ。(Wilson 164–65)

また、生前最後となったインタビューで、オニールはサイクル創作の基本概念として、物欲の夢、アメリカン・ドリームと、その代償を払う世界最大の失敗国アメリカの姿について語っている。同インタビューは、ハミルトン・バッソウによって一九四八年に行われ、その内容は雑誌『ニューヨーカー』に「人物素描——悲劇観」と題して、一九四八年二月二八日、三月六日、一三日と三度にわたって連載された。以下はその最終三回目の連載記事に記されたオニールの言葉である。

いつか（……）この国は報いを受けるだろう。本当に受ける。我々はあらゆるものを持って歩みだした――何もかもだよ――しかし必ず報いが来る。世界中のあらゆる国と同じ利己的で、欲深い道を我々は歩んできた。アメリカン・ドリームを口にして、世界にアメリカン・ドリームの話をしたがる、しかし、その夢とは何だい？　たいていは物質的なものの夢じゃないか？　時に思うんだがね、合衆国は、こういうわけで、これまで世界が目にしてきた一番の失敗国なんだよ。この国じゃあ、自分の魂を買うのに結構な代償を払ってきた――おそらくは、これまで支払われた一番高い値段だ――でもあなた方はこう思う。ずっと年月が過ぎきて、いろんなことを経験してきたのだから、我々はもう十分な分別を持っているだろうとね――我々みんながだよ――だから、人間の幸福の秘訣は詰まるところ、子供でもわかる一文で要約できるってことを理解しているとね。その一文かい？「たとえ全世界を手に入れようと、それで己の魂を失うなら、なんの得があるのだろう？」(Basso 230)

アメリカは所有欲に任せて多大なものを獲得し、今に至ってきた、まさにその行為によって、自らの魂を失ったアメリカは世界で最も失敗した国家である。アメリカン・ドリームという富の奪取と蓄積に終始する夢を追い続け、自己の魂をその代償とする。「たとえ全世界を手に入れようと、それで己の魂を失うなら、なんの得があるのだろう？」。このマタイによる福音書第一六章二六節で示された過ちをアメリカ人は犯してきた。子供でもわかるこの真実に、今こそアメリカ人は気づくべきである。これがサイクルにオニールが託したアメリカとアメリカ人に向けた警鐘である。

しかし問題は、サイクルで自己の魂を失うのが、詩人気質を持ちながら所有欲に憑かれ自己を喪失する男たちに著しく限られる点である。一方、ハーフォード一族の女性・妻たちは、圧倒的な所有者として登場する。

一八二八年を舞台とする『詩人気質』で舞台に不在のサイモンは、ニューイングランド・ヤンキーの財閥、ハーフォード一族の長男でありながら、詩作に没頭する若者である。その彼がアイルランド人の旅籠の亭主コーネリアス・メロディの娘サラと恋に落ちる。四年後一八三二年に始まる『さらに大いなる館』(一九六七)では、サイモンはサラと結婚し、ハーフォード一族の企業経営者として辣腕を振るっている。しかし、実業家の所有欲と自らのなかの詩人気質、母デボラと妻サラ両者への思いに葛藤のすえ精神的破綻をきたす。そして次作一八五七年の快速帆船を舞台とする未完の『南回帰線の凪』で他界する。サイモンに代わって、したたかな所有者の姿を現すのは妻サラである。男性と女性の力関係の逆転、マーサ・ギルマン・バウアーの言う「ジェンダー・ロール・リバーサル」)がここに始まる (Bower 4)。そのサラに潜む物欲・所有欲に駆られた狡猾な娘の姿を、『詩人気質』で父コーン・メロディはすでに見抜いて、あからさまに娘にこう語っている。

> はっきり、きついことを言うとなあ、わしの目には、おまえが品のない、欲深くて、ずる賢い、狡猾な百姓娘にしか見えんのだ。考えてることといやあ、金のことだけ、恥知らずに若い男に媚を売るのも、奴の家族がたまたまわずかばかりの財産と身分があるってためだ。(*III*: 242)

そのサラがサイモン・ハーフォード夫人となった『さらに大いなる館』のエピローグで息子四人の将来を次のように計画する。

すばらしい子供たち、どの子もそう。この世でこれ以上のすばらしい息子たちを持っている女性はいないわ！　強い身体に頭もいい！　それぞれが頑強な自分の意志を持っている！　一人前の男になったら、人生で好きなものを手に入れさせればいいわ！　このちっぽけな農場じゃ、あの子たちを長くは置いておけない！　イーサンは、そう、自分の船団を持つの！　そしてウルフは銀行を持つわ！　それでジョニーが鉄道！　それからハニーはホワイトハウスに行って、それで上がり、たぶん！　そしてどの子も富と権力、壮大な屋敷を持つの——（*III*: 559）

イーサンは船団、ウルフは銀行、ジョナサンは鉄道を所有し、ハニーはホワイト・ハウスに入り、各自が富、権力、広大な屋敷を所有する。一族で海運、金融、鉄道、政治と、政財界を支配するダイナスティを築く構想をサラは抱くのである。

さらに『南回帰線の凪』の一幕二場、サイモンが亡くなった直後、サラは夫の死で自由になった今、四人の強い息子とこの世の富、権力、望むものすべてを手中に収めようと決意する。

新しい生活が始まる、もう好きなようにするわ。いつも望んでいたように、四人の強い息子たちが私と働いて、私を助けて、この世の富と力、そして夢見るものすべてを手にするの。

(*The Calms of Capricorn* 25)

長男イーサン死後、次男ウルフは銀行家に、三男ジョナサンは鉄道王へ、四男ハニーは政治家への道を進んでいく。こうしてサラは自らの野望を息子たちによって実現させていく。

サラに加え、『南回帰線の凪』のリーダ[10]はインディアンの血を継ぎ、「異教の女神」として創造され、人間の「生への欲望」を掻き立て煽り、支配する所有者として登場する。

リーダは後にウルフと結婚。ウルフ自殺後、ハニーと再婚し、二人の孫として誕生するのが巨大企業の女帝となるルー・バウエンである。ここに、サラ、リーダからルー・バウエンに至る「所有者＝女性」の家母長制ラインが形成される。バウアーはサイクルの男たちが現実問題（責任・社会・女性）から逃避傾向にあると指摘し、オニールがサラ・メロディーに始まり、サラの曾孫ルー・バウエンに結実する悪徳資本家の女性バージョンを作り上げていたと論じる (Bower 143)。特筆すべきことに、サラによって、ワスプのハーフォード一族にアイリッシュの血が混ざり、リーダによってネイティブ・アメリカンの血が加わり、ハイブリッド化が進行する。この血の混交がハーフォード歴代で最強の女性所有者ルー・バウエンに結実する。

「サイクル」最終作「迎え酒」の最終幕、物欲に憑かれた人間の性《さが》を「迎え酒」にたとえて、一〇〇歳のハニーは息を引きとろうとする。そのハニーに、孫娘ルーが「駄目よ、また始めるの」(“No, Start again.”) と叱咤する。その途端、臨終の床にある祖父は、「ああ。迎え酒さあ――気づいたらまた酔っぱらって頭痛も忘れとるわい」(Za/O'Neill/99: “Last Play”)[11] とつぶやき、この世の物欲闘争の夢を再び呼び覚ます。ハーフォード歴代の女たちの所有欲と力を一身に受け継いだ、したたかな女帝の新たな物欲闘争の始まりでサイクルは幕となる。

こうして、ハーフォード一族の物語は、男の力を領有し、富と権力を手中に収め続ける歴代の女性＝所有者たちが舞台前景にその圧倒的存在感を残したまま終わりを告げる。強烈な欲望の主体である女たちは、ワスプ至上の家父長制資本主義を転覆させ、政財界を支配する巨大複合企業を構築する女系一族物語が完結する。[12] 詩人気質と所有欲の狭間で苦しみ、女たちに屈服し、自己を喪失する男たちに対し、サイクルの女たちは物欲・所有欲の赴くまま他者を支配し、富と権力を奪取する飽くなき所有者として舞台前面に現れるのである。

「たとえ全世界を手に入れようと、それで己の魂を失うなら、なんの得があるのだろう？」このマタイによる福音書の言葉に込められたオニールの当初の意図とは乖離する方向にサイクルのベクトルは動き続けた。そして、まったく逆の家母長所有者一族物語という新たなアメリカ神話に生まれ変わる。無論、ワスプ家父長制に支配・領有され、声を奪われてきた女性たちに力と所有欲を逆に領有された男たちは自らのこれまでの行いに対する報いを受ける。こうした解釈も可能である。しかし、所有欲・物欲の国家的教訓物語にしては、新たな所有者＝女性の力はあまりに強大であり、その存在感は舞台全面を支配するまでに強い。

劇場から遠のく劇作家
――アメリカに憑かれたオニール

サイクルは作者オニールが当初意図していた方向とは逆の方向に向かった。しかもそれは、オニールがサイクル創作に没頭するにつれて加速度的に進行した。逆方向へのベクトルは、四作構成からスタートしたサイクルが、五作、六作、七作、八作、九作と作品数を増やし、最終一一劇サイクルへと急速な拡大を遂げていくのと比例した。一一劇となった時点で、舞台となる年代は独立戦争当時から一九三〇年に至る一五〇年あまりに及ぶ期間となっていた。オニールがサイクル創作に没頭すればするほど、構想は急速に拡大し、構想の肥大化に比例してオニールは劇場から、そして劇場で上演する作品創作という意図から遠のく。もはや劇場も観客も頭のなかにしか存在しない次元へとオニールは向かって行った。現在のアメリカに警鐘をならす新たなアメリカ神話の創造は、劇を書けば書くほど劇場から遠ざかる逆説をオニールにもたらした。世間・友人との接触を断った孤独な隠遁生活へと追い込まれたオニールの様子を複数の知人が証言している。一つは一九三五年四月一六日にオニールのジョージアの邸宅、カサ・ジェノッタを訪れたシャーウッド・アンダソンが、四月二四日、友人に宛てた書簡である。ここにオニールの状態を次の様に記している。

　ジーンは病人だよ。本人は、ずっと具合がかんばしくなかったが以前に比べると良くなったと言ってはいるし、僕に巨大構想の話もしてくれた。連続して八劇から成るシリーズだ。（……）

確かに極めて野心的な構想だが、うまくできるんだろうか？　彼はとても好感の持てる、りっぱな男だ、しかし彼の高価な大邸宅に僕は死の気配を確かに感じた。彼は引き籠って、あの孤独な家で暮らして、実際、誰とも会っていない。友人が必要なんだ。何か哀れになるほど僕にしがみついてきた気がしたよ。(Arthur and Barbara Gelb 794)

そしていま一つ、ノーベル文学賞受賞後、オニールは親友、ケネス・マクガワンに宛てた三六年一一月一五日付けの手紙で自身の精神状態を打ち明けている。

たぶんこんなふうに言うと、少しばかり陰鬱になり過ぎ、落ち込み過ぎだって思うだろうな。でも、たぶんそうなんだ。本当のところ、僕は肉体的に疲れ果てて、絶対安静にしないとどうしようもない状態だ。僕の忌まわしいサイクルにずっと係りきりでね。一日の休みもとらず七か月間毎日――ジョージアの桁違いに暑い夏の間中ずっとだよ――九月が終わる頃には、神経はズタズタ、いつ何時にも十二指腸虫にやられても不思議じゃなかったよ。(*Selected Letters* 454)

所有者となって自己を喪失するアメリカ人とアメリカの壮大な叙事詩的物語は、全体構想の巨大化を招く。同時に、オニールを劇場と世界から遠ざけ、孤独へと追い込んでいった。そしてオニールは頭のなかの劇場で、壮大なアメリカ人一族物語、「自己を喪失した所有者の物語」の執筆に埋没していった。これは皮肉なことだった。

若き日、オニールは父の才能を奪ったブロードウェイに代表される商業主義演劇とワスプ至上の資本主義イデオロギー、そしてレイシズムに反旗を翻し、グリニッチ・ヴィレッジの対抗文化運動のうねりのなかに身を投じた。そして、社会意識と芸術性を目指して「新演劇」と実験的小劇場運動に携わるなかで、新たな演劇の可能性を追求し、様々な実験演劇を試みてきた。その点で、確かにオニールは旧態依然とした演劇と支配的イデオロギーに対抗する「反逆の演劇」の旗手だった。

しかし、アメリカとアメリカ人の在り方に深く根差したテーマの追究は、やがて小説的規模のドラマにオニールを向かわせる。[13]結果、彼の作品は読み物としてよく売れる現象を招く。[14]しかしその一方で、ロナルド・ウェインスコットが明らかにしたように、上演時間は四時間、五時間、さらには構想された『さらに大いなる館』では九時間に及び、上演上の技術的問題を伴う、上演困難・不可能なものになっていった。[15]反逆の演劇からスタートしたオニールのドラマトゥルギーは、テーマと作品構想の巨大化、そして上演問題への配慮を欠いた劇作の軌跡を辿ったのである。

アメリカの過去から現在に至る歴史的歩みは、詩人気質と所有者の鬩ぎ合いと飽くなき所有欲に憑かれたアメリカ人の姿、そしてその両者が招いた危ういアメリカの方向性をオニールに示すものだった。しかし、自己を喪失した所有者＝アメリカ人とアメリカの姿を追究すればするほど、オニール自身がその所有者の姿と所有者が前景化するアメリカの風景に陶酔していく。サイクル全作を通じ、所有者たる女性が存在感を示し、最終作でハーフォード最強の所有者＝女帝となるルー・バウエンの新たな闘争の姿でサイクルの幕が降りる。ルーに象徴される、飽くなき所有者たちが舞台中央を占める国の姿こそ、詩人気質の劇作家オニールが魅入られ、憑かれたアメリカの姿であった。

第五章
エクリチュールと私生活をめぐるウィリアムズ晩年の亡霊劇
――亡霊・狂気・罪悪感

「追憶の劇」から「亡霊劇」へ

一九四五年三月三一日、「追憶の劇」、『ガラスの動物園』ブロードウェイ初演によって、テネシー・ウィリアムズはアメリカ演劇界の表舞台に華々しいデビューを飾る。そして、一九七五年の『回想録』出版後の七〇年代終わりから最晩年の八〇年代初頭、ウィリアムズは再び過去を顧みる。言わば、ウィリアムズの劇作家人生は、回想に始まり、回想に終わる。しかし、そこには一つの変化が見られる。もはや存在しない過去を現時点から回想する追憶の劇から、自らの劇作活動と私生活の関わりを過去と現在の密接な関係性のなかで内省・反芻する自伝劇へのシフトである。一九三八年冬から三九年春、フレンチ・クオーターでの同性愛劇作家テネシー・ウィリアムズ誕生物語を描く『ヴィユ・カレ』（一九七七）、そして一九八〇年九月に生きる作家オーガスト（＝ウィリアムズ）が四〇年九月を回想・内省し、二つの時空が交錯する形で舞台が展開する『曇ったもの、澄んだもの』（一九八一）。両作品はいずれも、『ガラスの動物園』では現れることのなかった劇作活動（エクリチュール）と同性愛の関係性を顧みる劇作家＝同性愛者ウィリアムズの自己内省を遂行する自伝劇である。そして、両作は亡霊または亡霊的存在として登場人物が描かれる点でも特徴的共通項を持つ。ここで、これら二作の間に創作・上演された『夏ホテルへの装い』（一九八〇）は重要な意味を呈する。本作品はスコット・フィッツジェラルドと妻ゼルダをめぐる半伝記的作品である。その点で自伝的である右記二作と異なる。しかし、小説家夫妻の物語のなかに、ウィリアムズが自らのエクリチュールと性生活、そして姉ローズを含む親密な人々との関係性を読み込んだ点で、自己内省をめぐる自伝劇の変奏と捉えられる。さらに、副題の「亡霊劇」に前景化される通り、『夏ホテルへの装い』は『ヴィユ・カレ』、『曇ったもの、澄んだもの』を含む、過去を現在との関係性のなかで反芻する自己内省の亡霊劇というウィリアムズ最晩年の三作の演劇的特徴を象徴的に表象する。

本章では、『ガラスの動物園』[1]から、自己のエクリチュールを内省する最晩年の亡霊劇へのシフトに着目し、生前のウィリアムズ最後のブロードウェイ上演作品となった『夏ホテルへの装い』を中心に、「亡霊・狂気・罪悪感」をキーワードにウィリアムズのエクリチュールと私生（性）活をめぐる自己内省演劇テクスト＝亡霊劇のあり方について読み解き、劇作家ウィリアムズの営為を考える。

作家夫婦物語
——エクリチュールになった私生活

『夏ホテルへの装い』の舞台は、ノース・カロライナ、アッシュヴィル近郊のハイランド病院。四〇代で亡くなった当時のままの姿のスコット・フィッツジェラルドが入院中の妻ゼルダに会いに来る。二人の夫婦関係を中心に、過去と現在を行きかう形で舞台は展開する。「亡霊劇」である本作の登場人物すべてが亡霊であり、作品タイトルは西海岸からゼルダを見舞いに来たスコットが身に着けている秋に似つかわしくない夏服に由来する。開幕当初の舞台の時は特定困難だが、ウィリアム・プロッサーが推測するようにフィッツジェラルド逝去の年一九四〇年と見るのが妥当であるように思われる (Prosser 160)。[2]

まず問題としたいのは、スコットによるゼルダの創作活動阻害である。一幕一場冒頭、精神病院のゲートで足止めされたスコットに旧友ジェラルド・マーフィーが声をかける。マーフィーが語るのは正気を失い、インシュリン治療で体重の激減したゼルダが、日々バレエの練習に打ち込む痛ましい姿である。その原因をマーフィーが口にしようとした時から、以下のやり取りが展開する。

スコット　作家として成功した僕と彼女が張り合おうとするのをやめさせないといけなかった。（……）彼女の書いたもの見たかい？

マーフィー　ああ、あれは彼女の才能だよ。聞いたよ、君の『夜はやさし』が出版されるまで、彼女に『ワルツはわたしと』を出版しないと約束させたって。

スコット　弁解はしない。そうさ。彼女の治療費をださないといけなかったのは僕じゃないか。娘のスコッティのヴァッサー大学の学費とそれに――僕が払ったんだよ。ゼルダの題材の大半は僕のものだった。それを彼女は自分の小説に使ったんだ。美しいが、曇ってぼやけた鏡みたいに映していたのが――

マーフィー　君のもの。（顔をそむけて）思うにプロの作家はみな自己防衛するものだよ。最初から――たぶん最後だって……（舞台裏へ向かっていく）(5)

この場面が示すのは、ゼルダの執筆活動を阻害し、延いてはゼルダが自分の題材を使ったとして、『夜はやさし』（一九三四）の発表前に彼女が『ワルツはわたしと』（一九三二）を出版することを阻止しようとしたスコットの姿である。病院での作業療法で何をしているのかと訊くスコットに対してゼルダは次のように訴える。

ゼルダ　あなたが私に書くことを禁じたから、やり始めたことよ。
スコット　物を書くには規律がいるんだ！　ずっとだよ！
ゼルダ　それにお酒も、ずっと？　いいえ、物書きのあなたが優先することは尊重してるの。ただそれが先に来て、私の書き物は影が薄くなったけど。あなたのためにそんな犠牲を払って、選んだのがバレエよ。(13–14)

スコットの著作活動の犠牲になり、執筆の機会を奪われたゼルダがバレエに（やがて絵画に）のめり込んでいくしかなかった経緯が映し出される。アルコールに依存しながら『グレート・ギャッツビー』（一九二五）の著者としてのプライドと名声、ゼルダへの嫉妬ゆえに、スコットは彼女に作家活動を禁じ、その結果ゼルダは正気を失う。

一九二六年に時を遡った一幕二場、ゼルダの創作活動を認めず、夫と子供に献身的に仕える南部貴婦人のジェンダー・ロールを彼女に押しつけようとするスコットと、自らの著作活動の重要性を訴え、夫が用意した鋳型にはまることを拒絶するゼルダの姿が再現される。

ゼルダ　（……）私の最初の質問に答えてほしいの。「私の仕事はどうなるの？」
スコット　君は高い敬意を払われ、作家として成功した人間の妻なんだ。しかも、その男は君を養おうと昼夜をおかず仕事して――
ゼルダ　（言葉をかさねて）どうしようもない状況で？　そう、そうよ、そうしてくれてるわ。あなたが懸命になって仕事に打ち込んでいるのをとやかく言うつもりはないわ。あなたの仕事よ！　でも言わせてもらうけど、「私の、私の仕事はどうなの？」――答えは？　なし？――あなたはグラスを投げ捨てて、ボトルから飲んでるのよ。
スコット　（ボトルを投げ捨て）君の仕事は南部のご婦人方誰もがいつかできればって夢見る仕事なんだ。つまり、献身的な夫と子供といい暮らしをするってことだよ。
ゼルダ　本当にそう思うの、スコット？　夢見る若い南部婦人のタイプに私がおさまるって？　とんでもないわ、スコット。悪いわね、サイズ違いよ。窮屈なの！　――そんな靴、履けやしない、きつすぎるのよ。（35–36　傍線引用者）

二幕一場半ば、[3] 舞台は再び一九四〇年ハイランド精神病院に戻り、ここでスコットと言葉を交わすドクター・ゼラーは、ゼルダの小説『ワルツはわたしと』にはスコットの作品以上に心に響く描写と熱情があると指摘する。

ドクター・ゼラー　（……）すぐれた書き物を読むのが好きでしてね。奥様の小説『ワルツはわたしと』は――こう申し上げてもお気になさらないと思いますが、この小説には、心を打つ抒情詩を思わせる描写がいくつもあります。時には、あなたのもの以上に。

スコット　出版社と私があの本を編集したんです！――もっと一貫性を持たせようとしてね。

（……）

ドクター・ゼラー　そうですか――フィッツジェラルドさん。思うに、私がわかっているように、あなたはうすうす感づいておられるでしょう。ゼルダが作品のなかで時として輝きを放つことを。――申し上げにくいですが、あなたの作品に、いや、あなたの作品でさえ、それに匹敵するようなものは何も見つかりませんでした。（55　傍線引用者）

以上の議論は、スコットが自分にはない、自分とは異なる優れた作家能力を有するゼルダから作品創作という自己実現の機会を奪い、結果として彼女の狂気を誘発したことを物語る。しかし、ゼルダの狂気には、さらに重要な問題が潜む。作品化される私生活と作品題材となる個人の領有問題である。

ゼルダの領有とヒロインへの成型

ナンシー・ミルフォードは著書『ゼルダ』（一九七〇）で、スコットが作品の原材料としてゼルダの生活を使う権利を有していたと記している（Milford 115）。すでに見たように、一幕一場冒頭でスコットはゼルダの小説の題材が大半は自分のものだと訴えていた。しかし、ゼルダの題材と彼女の書き物を盗作し、自らの作品に意識的に使ったのはスコットの方である。ミルフォードによれば、一九二二年のスコットの小説『美しく呪われし者』では、結婚後すぐに紛失したゼルダの日記や手紙が剽窃されていたことを、ゼルダ自身が旧姓で執筆した書評に記している（Milford 89）。さらにゼルダの短編小説をスコット自身の名で出版することもあった。[4]

しかし、スコットによるゼルダ領有はこれだけでは済まなかった。彼は妻の人格をも領有し、作品のヒロインの鋳型にはめて成型しようとする。二幕一場、ゼルダは自分をスコットの妻、彼の作品のヒロインと呼び、また、「ミセス・F・スコット・フィッツジェラルド」という役割がなければ、自分は無名の存在であると語っている（44）。そして先に引用した一幕一場冒頭場面とともに、以下の二つの引用箇所では、ゼルダの人生を思い通りに描き、自ら定めた鋳型にゼルダをはめようとしてきた夫スコットに対しゼルダは辛辣な皮肉を浴びせている。

ゼルダ　本当にあなた、スコットなの？　私の法的な夫、あの著名なF・スコット・フィッツジェラルド、私の人生の作者なの？　（9）

ゼルダ　（……）その青年と私はスコットに対する初めての不義を犯したの。青年に私を愛人として与えたのよ。「高名な作家―夫人」という存在の影であり続けるよりましだったから。（59）

トマス・P・アドラーは、「芸術家としてゼルダに嫉妬するスコットが彼女の創造性を制限し、（……）自らのキャリアを追求する自由を求めるゼルダはスコットの餌食となって食いつくされ、彼のヒロインのモデルとして（……）彼の芸術のために領有されていると感じて」いたと論じている（Adler 1994: 177）。

スコットに対するゼルダの最も鮮烈な抗議は、一人の女性・個人としてゼルダを直視せず、神話上の生き物サラマンダー（火のなかに棲むという火とかげ）へと彼女を成型するスコットの身勝手な行為に向けられる。[5]

ゼルダ　**私はサラマンダー！――**
インターン　サラマンダー、って彼女、言った？
スコット　サラマンダーは存在しない、したこともない。それは神話上の生物で火のなかでも生きて、苦しむことも、傷つくこともない（……）
ゼルダ　私はサラマンダーなんかじゃない、聞いてる？　あなた、私の魂を肉体と取り違えたのよ！　私の魂が火のなかで存在するからって、この風の吹きすさぶ丘のうえで、鉄格子の扉と

窓に囲まれて火事が起こったとしても私の体は燃え尽きないってことにはならないのよ。(22)

無論サラマンダーは、スコットが意のままにゼルダを変容させ、作り上げた作中人物という虚構の存在を示す比喩的表現である。しかし、皮肉にもゼルダ自身が予言したように、彼女は一九四八年三月一七日夜、ハイランド精神病院の火災により焼死する。彼女がいた最上階の病室の部屋はドアが施錠され、窓には鎖がかけられていた(Milford 383)。[6]

一方、スコットによるゼルダ領有はヘミングウェイからも指摘される。ただ、その指摘はスコット作品に顕著なゼルダのヒロイン化と作家のジェンダーの二重性という問題に波及する。

ヘミングウェイ　君と僕の感性はまったく違うよ、スコット。

スコット　それでも——僕ら二人について言われるのは、いつも同じ女性を描いてるってことだ。君は様々に偽装したレイディ・ブレット・アシュレイを描いて、僕は——

ヘミングウェイ　ゼルダ、ゼルダ、さらにゼルダだ。まるで君が領有したがっているのが彼女のアイデンティティと、そして彼女の——

スコット　そして彼女の?

ヘミングウェイ　すまない、スコット、ただ僕が言いかけたのは——ジェンダーだ。(……)作家によってはジェンダーの二重性がうまく働く場合があるんだ。(64　傍線引用者)

ヘミングウェイによれば、スコットが描く女性はゼルダばかりで、まるで彼がゼルダのアイデンティティとジェンダーを領有したいかのようである。無論ゼルダのジェンダーは女性であるから、スコットの望むのは男性と女性の二重ジェンダーということになり、それが創作に役立つ作家もいるという。この言葉の直後、ヘミングウェイはスコットとの間に潜む感情に慄く。互いに対する潜在的ホモセクシュアリティを感じ取ったゆえの恐怖である。

問題は、ゼルダをヒロインとして作品化し続けるスコットのエクリチュールに、彼自身の性的志向性／嗜好性ゆえの深いゼルダ領有願望が存在する点である。彼の願望の独善的暴力性は、その犠牲になり、正気を奪われたゼルダが最終場面でスコットに突きつける最後の言葉「私はあなたの本じゃない！　もうこれ以上！　もうあなたの本にはなれない！　自分で新しい本を書いて！」(77) から鮮烈に伝えられる。この言葉を云い放ってゼルダは病棟に入っていく。そして病院の黒い鉄扉は、スコットの眼前で閉じられ、彼を一人残し幕となる。

二重ジェンダーの作家

スコットのゼルダ領有願望とともに浮上してきたのが、スコットとヘミングウェイの同性愛感情と、心的両性具有性を内在化するスコットの二重ジェンダーの問題である。前述のヘミングウェイの言葉「作家によってはジェンダーの二重性がうまく働くんだ。」(64) にあったように、二重ジェンダー、あるいは心的両性具有性は小説創作に有利に働く。問題は異性愛夫婦の夫であるスコットの女性性と同性愛的志向性が、彼の男性性以上に反復的に言及される点である。以下の二つの引用はゼルダが語るスコットの性判別不可能な美しさ、言い換えれば、スコット自身に内在する同性愛を示唆するものである。

ゼルダ　私はきれいじゃない、そう思われてるだけ。(……)でも、あなた、あなたは本当にそうよ。
(……)
スコット　「きれい」という形容詞が使えるのは女の子か、きれいな男の子で――ジェンダーがあいまいな(……)(30)

ゼルダ　思うんだけど、女性についてうまく描くには、そんなところがないとダメ。少しはね、作家自身に。でも、ありすぎるとよくないの。ありすぎたら人生を渡っていくのにまるで――
スコット　ホモみたいに?
ゼルダ　スコット、あなた、彼らにきつすぎるわ。どうして? あの人たち、あなたをずっと追い回してるわけ? あなたがあんまりきれいで、彼らの隠れた仲間だって思ってるから? (31)

先に言及した作家にとってのジェンダーの二重性がヘミングウェイによって指摘されたスコットとヘミングウェイの対話は、彼ら二人で行ったフランス、リオンへの旅行の思い出話をする場面のものである。この話の後半でスコットはヘミングウェイも彼と同じく二重ジェンダーの持ち主であり、二人は互いに「本当の親密な友人」だと語る(65)。その後、話題はリオンの次の訪問地シャロン＝シュル＝ソーヌでの夜の出来事に移る。以下はその場面である。

スコット　どこだったか、どうだっていいよ。僕は肺炎になって、君が面倒をみてくれた。あのやさしさっていったら――
ヘミングウェイ　（急いで口をはさんで）あの夜？――スコット？　君の肌は少女のよう、口元も少女、優しい目だって少女のようだった、君は――君はやさしさを求めていた。僕はそうしただけ、そうさ、君のか弱さはいじらしいほどだった。
スコット　ああいうところが、僕のなかに本当にあったら――
ヘミングウェイ　本当にあったさ。
スコット　それで、そんなのは――君、いやだった？
ヘミングウェイ　不安になったよ。
スコット　どうして？
ヘミングウェイ　理由はあまり詮索したくないんだ。(66)

肺炎にかかったスコットを看病するヘミングウェイにとり、スコットは少女のように胸を打つほどか弱い存在に映った。しかし、その理由をヘミングウェイは考えようとはしない。互いの潜在的同性愛感情を察知してのことである。[7] 作者ウィリアムズはインタビューのなかでヘミングウェイとフィッツジェラルドの同性愛と二人の同性愛を参考に行った『夏ホテルへの装い』のリライト作業について以下のように語っている。

ヘミングウェイは、同性愛者でない男にしては驚くほど同性愛に興味と理解を示していた。ヘミングウェイもフィッツジェラルドも同性愛の資質があったんじゃあないかな。そのことを『夏ホテルへの装い』の書き直しでかなり使わせもらった。（……）ヘミングウェイの『海流のなかの島々』の最終行で、一人の男がもう一人に愛してるって言う。二人が同性愛の関係にあったということじゃない。もっともガートルード・スタインはヘミングウェイがそうだったと言ってはいるがね。しかし、それがどうだっていうんだい？　どうでもいいじゃないか。

彼がフィッツジェラルドのことをどう言ったと思う？

ヘミングウェイはこう言ったんだ。「フィッツジェラルドは綺麗だった。初めて会った時、彼の口元といったら、こっちをどぎまぎさせるようでね、しかも時間が経てば余計にそうなんだ。」フィッツジェラルドはプリンストンのトライアングル・クラブで主演の女性役を演じた。女装した彼の写真があるが、どんな女性より女らしいんだ。(Rader 347–348)[8]

同性愛作家ウィリアムズにとり、フィッツジェラルドとヘミングウェイという二大小説家の潜在的同性愛とエクリチュールの関係性は、自らのエクリチュールを内省する大きなヒントとなったに違いない。しかし、なぜウィリアムズがスコットとゼルダという作家夫婦の葛藤とゼルダを狂気へ向かわせるスコットの創作行為にこれほどまでこだわったのか。それはスコットとゼルダのエクリチュールのあり方、作品の題材となる他者を見る作家のまなざしに起因する。

作家というプレデターと狂気にいたる女性

一幕一場、ゼルダは突然言葉を荒げ、「あなたにとって大切なのは、吸い尽し、食い尽すことだったのよ！」(11)とスコットを激しく非難する。作品素材としてゼルダの人生を領有し、搾取し、消費してきたスコットの行為を、「吸い尽し、食い尽す」プレデターに譬えた非難である。しかし、その後すぐゼルダが語るのは、夫と同じくプレデターである肉食鳥の鷹の眼を持つ自身の正体である。

ゼルダ　いっしょに過ごしたあの数年間、あなたは決してわからなかった。私が鷹の目を持ってるっていうことを。人の人生を我が物にして自分の書き物のネタにする夫みたいに肉食本能を持った鳥よ。(12)

ここで問題となるのは、スコットとゼルダが互いに相手を捕食する肉食鳥であるとゼルダが感じている点である。プロッサーは、ゼルダの「鷹の目」発言[9]からウィリアムズ自身が意識的にほかの作家を領有していたに違いないとして、ウィリアムズの視点が自分と他者を作品創作のために使う芸術家＝作家の捕食性にあると論じている (Prosser 184–185)。

プロッサーの見解と共振するアドラーの議論は注目に値する。アドラーは本作品が親密な人々を題材化する作家の裏切り行為を描くとして、『ヴィユ・カレ』の語り手の言葉「作家は恥知らずのスパイなんだ」(*Vieux Carré* 95) を引用し、他者を傷つけ、裏切ることで作品を創作する「恥知らずのスパイ」が本作の描き出す作家像だと捉えている (Adler 1987: 15)。同様の見解は、本作品テーマが芸術創造の代償としての裏切り行為だとするルビー・コーン (Cohn 1984: 343) からも提示され、またリンダ・ドーフもゼルダを作品主題として搾取したスコットの執筆プロセスに対する作者ウィリアムズの告発を問題としている (Dorff 165)。[10]

ここで問題となるのがゼルダの狂気である。創作の自由を奪われスコットの作品素材となったゼルダによって、彼のエクリチュールの罪が直接本人に跳ね返ってくる。この点から、狂気に至るゼルダと舞台となる精神病院の重要性は、プレデター＝作家のエクリチュールが孕む罪を考える上でおのずとクローズアップされる。ジャクリーン・オコナーは本作品が女性の狂気を焦点化している点に着目し、[11] 自ら望む生活／人生を獲得できない場合、女性が余儀なくされる生活／人生の制限性＝監禁性こそ女性を狂気に追い込むと言う (O'Connor 56, 59)。事実、二幕二場のゼルダの言葉は、創造的営為を否定されれば狂気に至るほかはない女性の姿を映し出す。

ゼルダ　(……) 幼児が初めて泣いたときから死ぬ間際の最後の喘ぎに至るまで——全部が決ま

った形の――定められたものへの服従なの。狂気か創作活動へと逃げ込めば別だけど……二つ目のオプションは私には否定されたわ、スコット。ここから一〇〇〇マイルも離れていない人によってね。（71）

本作品の舞台となる実物大に作られたハイランド精神病院正面とゴシック風の黒い鉄製ゲートは、狂人へと追い込まれた人々を隔離・監禁する支配力の威圧性を思わせる。と同時に、ゼルダから小説家の人生と正気を奪い、ここに閉じ込めたスコットの贖いきれない罪をすでに死者となっているスコットに突きつけてくるのである。[12]

敷衍すべきことがある。一九七九年のジョン・ヒックスによるインタビューで、ウィリアムズは夫と同等の才能を持つゼルダが精神分裂であったとした上で、分裂症患者が時として卓越したエクリチュール能力を有すると語っている。そして、ゼルダの『ワルツはわたしと』が自伝的であるのに対し、スコットの『夜はやさし』はゼルダの人生そのもので、それを知ったゼルダが自分の人生を書物にできるのは自分自身であると感じるのは当然だった、と述べている。興味深いのは、この言葉の直後にウィリアムズが「悲しげな笑み」を浮かべたとヒックスが記している点である（Hicks 322）。ゼルダの人生を自らの作品創作のために領有し、犠牲にしたスコットの姿をウィリアムズはゼルダに非難させる。しかしこれはスコットと同じく、親密なる者を犠牲にした自身のエクリチュールの営為に対する自責の念と、そうせざるえないクイア劇作家としての悲哀の現れと解せられる「笑み」ではなかったか。

ゼルダ、スコット、ヘミングウェイ
――ウィリアムズ自己内省モデルとしての作家物語

『回想録』でウィリアムズは姉ローズとの「稀なほど親密な関係」が肉体的なものではないとしながら、ある鋭敏な劇評家が彼の作品の真のテーマは「近親相姦」だと語った、というエピソードを記している (*Memoirs* 119–120)。アドラーはこの点に着目して姉との近親相姦的衝動を描いた作品として『ガラスの動物園』、『浄化』(一九四四)、『叫び』(一九七一) に言及する。そして物理的監禁状態のイメージと近親相姦的愛情を描く作品に感情的封じ込めが見られると指摘した上で、『叫び』が『ガラスの動物園』と『夏ホテルへの装い』を結ぶ作品であるとしている (Adler 1987: 9–10)。

一方、ドナルド・スポウトウは一九三七年のローズのロボトミー以降、初期一幕劇から最晩年に至るまで作品に見られる薔薇＝ローズのイメージについて相当数の作品例を挙げ (Spoto 60)、興味深い報告をしている。一つは、『夏ホテルへの装い』がフィッツジェラルド夫妻ではなく、ウィリアムズ自身と姉ローズの話であるとするプロデューサーの言葉である。

> プロデューサーのマーティンが確信をもっていたのは、ほとんど誰もが、たとえ作品［『夏ホテルへの装い』］を読み違え、聞き違えしようと――容易にそうなるのだが、こう言葉を付け加えるだろうということだった。つまり、「それはフィッツジェラルド夫婦の話じゃなくて、弟と姉の話、ウィリアムズと彼の姉の話だよ。精神病院のイメージがすべてを包んでいるだろう。

ある種のパラノイアが転写された作品なんだ——ローズの状況からウィリアムズ自身の状況へとね。彼は［苦痛に喘ぎアル中になってるF・スコット・フィッツジェラルドとまったく同じように］自分の失敗を批評家やメディアのせいにしていたんだ。」(Spoto 345)

そして今ひとつは、本作品が『二人だけの劇』（一九七三）からのウィリアムズの私的内省を引き継ぐテクストである点である。そのポイントは以下の三点である。⑴六〇年代以降、ローズがウィリアムズのあらゆる作品の素材、着想の源泉として使われた。⑵フィッツジェラルドはウィリアムズ自身をモデルにし、ゼルダとともに、ウィリアムズが知る芸術家の苦しみ、精神分裂、くじかれた野心を具現する。⑶ゼルダのモデルはローズである (Spoto 345)。つまり、スポウトウはアドラーと同様、ローズをウィリアムズ作品に流れる重要なイメージと捉え、本作品中のスコットとゼルダがウィリアムズとローズのパラレルであると論じている。しかし、二組のペアにはさらなる共通項が存在する。

かつてローズを罵倒した残酷な行いとロボトミーからローズを救えなかった事実は、ウィリアムズに姉への深い罪悪感を刻み込んだ。[13] しかし一方で、自分が置き去りにした悲しき姉の姿を描いた『ガラスの動物園』で劇作家としての成功への道を歩み始める。ウィリアムズのこの行為は彼に新たな罪悪感をもたらしたに違いない。[14] 本作でローズとパラレルをなすゼルダが狂気となってスコットを告発する姿は、作者ウィリアムズ自身の罪意識の現れではなかったか。

親密なるものを題材化するエクリチュールの始まりは、彼が同性愛作家テネシー・ウィリアムズとして誕生した時期に遡る。その原点を内省した『ヴィユ・カレ』は一九三八年冬から三九年春、ニューオーリンズのフレンチ・クオーターを舞台に、主人公の作家が無垢な青年から作品素材となる人々を冷徹に見る意識を持った作家へと変貌し、旅立つ姿を描く。作品化された人々は、自らの私生活を舞台で暴かれ、作家に捨て去られていく。彼らの多くが結核、栄養失調、白血病などなんらかの病いに冒されて死に直面し、衰えていく一方、主人公は非情な作家の目を持った者として旅立つ。ウィリアムズの劇作プロセスの原点を象徴的に再現した作品である。

『夏ホテルへの装い』のスコットとゼルダの姿は、エクリチュールが孕む罪をその犠牲となったゼルダの狂気を通して映しだす。姉との関係性を含め、題材になった人々との関係性から自らのエクリチュールを内省する、その格好のモデルをウィリアムズは二人に見出したのである。

一方、スコットとヘミングウェイに見られた両性具有的資質、潜在的同性愛感情とエクリチュール行為の関係性は、ウィリアムズに自らの同性愛遍歴とエクリチュールのかかわりを捉えなおす契機を与える。[15] それを一歩進めて行ったのが次品、『曇ったもの、澄んだもの』である。舞台は、マサチューセッツ、プロヴィンスタウン。一九八〇年九月に生きる作家オーガストが四〇年九月を回想・内省し、同時共存する二つの時空を行き交うなかで、フランク・マーローらが亡霊となって登場する。かつての愛人たちの脳腫瘍や末期癌という「絶望的急迫状況」が彼らを領有、消費、廃棄してきたオーガスト、つまり作者ウィリアムズ自身の罪を表象する。

『ヴィユ・カレ』で同性愛劇作家の原点を見つめ直そうとしたウィリアムズにとり、スコットとゼルダのエクリチュールと私生活はウィリアムズ自身の問題を内省する上で、さらなるヒント、絶好のケース・スタディを提供するものだった。その結果生まれたのが本作であったと思われる。『夏ホテルへの装い』を経て、ウィリアムズは、『曇ったもの、澄んだもの』で自らのエクリチュールの営為をめぐるさらなる反芻、再内省を行っていく。

亡霊劇
——時空を超える自己内省

なぜ『夏ホテルへの装い』が亡霊劇であるのか。これが本章で最後に取り組むべき課題である。テクスト初めに付された「著者の註——これは亡霊劇である」でウィリアムズは以下の三点を明確にする。(1)すべての劇は亡霊劇である。(2)精神病院を舞台とするため、時間と場所の制約は受けることなく、自由に時空を操ることで登場人物の内的真実を深く探究することが可能になる。そして(3)時間・空間の操作可能性こそ本作の重大な目的である。このように説明された本作＝亡霊劇の時空間の特徴として、コーンは二〇年代と四〇年代を行き交う時間移動の流動性が本作を『ガラスの動物園』あるいは『ヴィユ・カレ』と差異化するものだと論じている(Cohn 1997: 242)、またアリシア・スミス＝ハワードとクレタ・ハインツェルマンは本作と『曇ったもの、澄んだもの』がともに過去から現在へ向かう時間の流れに縛られず、過去と現在が共存する時空間で生者の間を逍遥する亡霊の存在に着目している(Smith-Howard & Heintzelman 67)。

こうした亡霊劇の時空間表象についてさらに詳細な分析を行っているのが、ジョージ・W・クランデルである。クランデルは本作の演劇的時間表象のあり方がクロノロジーの流れを転覆させ、リアリズム演劇の歴史的時間・空間の設定の限界を越えたものだと指摘する。『ガラスの動物園』、『カミノ・リアル』のような初期作品では、想像力が記憶や夢の形をとってクロノロジーの流れと異なる舞台上の時間を表す手段となった。しかし、『二人だけの劇』、『夏ホテルへの装い』、『曇ったもの、澄んだもの』など後期作品では、ウィリアムズは歴史的時間に代わるオールターナティヴな時間性と仮想現実の探究を可能にする時間表象を用いる。それをクランデルはある種の「審美空間」と捉えている。クランデルによれば、この「審美空間」は現実世界を模倣するものではない。「審美空間」は時間・空間をかつてあったように再構築するものではなく、過去の出来事を重要な意味を持つ事件へと変容させる視座を提示するものである。時系列的過去を構成する断片的物事は再整理、再＝提示され、現実世界で不可視な「真の」世界 (that *real* world)、という隠蔽された真実が照らし出される (Crandell 169–70)。

自己内省行為とは、過去と現在の往復運動によって行われ、その運動はあらゆる時間的空間的制約を受けない。自己内省世界では、あらゆる時間空間が同時共存するなかで意識が飛び交い、登場人物はすべての物理的法則に支配されないゴーストとなる。『夏ホテルへの装い』の「著者の註――これは亡霊劇である」でウィリアムズが記しているように、「もちろん、ある意味ですべての演劇作品は亡霊劇である。役者は実際には彼らが演じる人間ではないのだから」にほかならない。執筆活動の自由を奪われ、スコットの作品創作の犠牲となって正気を失ったゼルダの意識・魂は何の制約を受けることなく時間・空間を駆けめぐる。それはウィリアムズの自己内省と共通する審美空間における運動である。本作品に込められたウィリアムズの意図あるいは目的は、親密なるものを犠牲にして成立するエクリチュールの営為とその罪の認識から生まれる罪悪感の作品化であり、さらにはエクリチュール自体を作品化することでしか自らのエクリチュールを内省しえないウィリアムズ自身の姿を見つめ直すことであったように思われる。ここに「亡霊・狂気・罪悪感」はウィリアムズの劇作行為をめぐる自己内省を表す言葉として前景化する。ウィリアムズ自身のエクリチュールと私生活の関係性をめぐる自己内省行為を映しだすメタ・エクリチュールのドラマとして本作品が、登場人物すべてが作者の内省行為の世界にしか存在しない亡霊劇となったのは必然のことだった。[16]

ここに、『ヴィユ・カレ』、『夏ホテルへの装い』、そして『曇ったもの、澄んだもの』というエクリチュールと私生活の自己内省をめぐるウィリアムズ晩年の亡霊三部作と呼びうるラインが形成される。これがウィリアムズ最晩年の演劇エクリチュールの方向性だったと考えられる。

第六章
テネシー・ウィリアムズ、亡霊のドラマトゥルギー
――記憶、時間、エクリチュール

亡霊のドラマトゥルギー

テネシー・ウィリアムズは晩年、自身の劇作活動と同性愛遍歴を内省する二作『ヴィユ・カレ』（一九七七）と『曇ったもの、澄んだもの』（一九八一）を創作する。問題は、両作の間に創作されたフィッツジェラルドと妻ゼルダをめぐる『夏ホテルへの装い』（一九八〇）を経て、現在と過去の時空を超えた往復運動のなかで自己内省を図る亡霊劇へとウィリアムズが向かった点にある。これら亡霊三部作と呼びうる三作のベクトルは、『曇ったもの、澄んだもの』に至り、過去の亡霊との反復的交わりを通して二つの時空を浮遊する亡霊的存在へと劇作家＝ウィリアムズ自身を変容させる。本章では、『曇ったもの、澄んだもの』を中心に、エクリチュールと性生活の相互関連的営為をめぐるウィリアムズ最晩年の自己内省的劇作行為を「亡霊のドラマトゥルギー」と位置付けて、そのあり様と目的、意義を考える。

追憶と亡霊
――『ヴィユ・カレ』から『曇ったもの、澄んだもの』

『ヴィユ・カレ』と『曇ったもの、澄んだもの』はいずれもウィリアムズがクイア劇作家となる人生の節目を振り返り、自らのエクリチュールとセクシュアリティの関係性を見つめ直した作品である。『ヴィユ・カレ』の舞台はニューオーリンズのフレンチ・クオーター。時は一九三八年暮れから三九年春。実際にウィリアムズが初めてニューオーリンズを訪れ、放埒なボヘミアン環境のなかでゲイに目覚め、トマス・ラニア・ウィリアムズから初めて使うペンネームの劇作家テネシー・ウィリアムズに変身した場所と時間である。以下の作家の言葉から舞台が始まる。

作家（スポットライトを舞台前方で浴びて）　かつてこの家は生きていました。かつては人が住んでいたんです。僕の記憶のなかでは、まだそうです。ただ、住んでいるのは幽霊に似た影のような人たちです。いま、かれらが僕の記憶のもっと明るいところに入ってきます。(5)

開幕冒頭、作家が「幽霊に似た影のような人たち」と呼ぶ住人が登場する回想劇が映し出すのは、若き作家が無垢な青年から自らの題材となる人々を秘密裏に観察し、作品化する非情な意識をもった作家へと変貌して旅立つ姿である。一方、影の世界へと彼をイニシエイトした人々は、自らの私生活を作品舞台で暴かれ、作家の過去の一コマとして捨て去られていく。登場人物の大半が結核、栄養失調、白血病などなんらかの病いを患い、死に直面し、急速に衰えていく。それはウィリアムズの劇作と性生活のために消費され、捨て去られた人々が亡霊となって舞台に蘇ってくる姿である。本作は、親密なものを犠牲にして獲得するウィリアムズの劇作活動のプロセスを舞台に再現していく。ただ本作では、過去を回想する作家の姿は舞台冒頭と閉幕時のナレーターとしての語りによって示されるにとどまっている。しかも、過去の亡霊は記憶に残ることはあっても、作家が今、目にする下宿屋にはもはや存在しない、追憶のなかだけの存在として舞台の幕は下ろされる。

みんな僕の後ろに消えていきます。去っていくんです。いろんな所でみなさんがご存知の人たちもそうです。みなさんが去るときにかれらも去っていく。大地がまるで彼らを飲み込んで、壁が彼らを湿気のように吸収する、残るのはただ亡霊だけ。彼らの声はこだまとなって消えていきながら、思い出となっていく。

（ふたたびクラリネットの響き。かれは戸口で一瞬ふりかえる。）

この家にはもう誰もいない。

完　(116)

一方、一九八一年初演の『曇ったもの、澄んだもの』では、過去の亡霊は追憶のなかに留まらず現在の作家に影響を及ぼす。本作の舞台は一九八〇年九月と一九四〇年九月、異なる二つの時代のプロヴィンタウンの浜辺。八〇年九月に生きる作家オーガスト＝ウィリアムズが四〇年九月を回想する。

この二つの時を行き交うなかで、作家は過去と現在のエクリチュールとセクシュアリティの相互関連的な営為をめぐって、現代に至る自身の在り方を見つめなおす。つまり、現在進行形の作家の内的思考活動が舞台上に展開する。「四〇年後という時から思い起こされる、遠い過去の時間と場所が持つ亡霊的なもの」(*Something Cloudy, Something Clear* x) を感じさせる舞台設定が示すように、四〇年後の今から回想される一九四〇年九月は、作家の記憶の深層に存在する時空間の亡霊性を漂わせる。そこに次々と登場するのは、この当時プロヴィンタウンの浜辺にいた人々だけではない。さらに異なる過去の時空間から呼び出され、作家とかつて深い関係にあった人々の亡霊である。一九四〇年九月の出来事が八〇年から回想する作家の意識を巻き込む形で舞台が展開する。

同時共存・交錯する現在と過去
——病いと死、亡霊たちとの対話

一九四〇年九月と一九八〇年九月、二つの時の出来事はどう関連しあい舞台に再現されるのか。その一つのカギは、実名のまま登場する親密な人々＝亡霊の記憶と彼らに対する作家の罪悪感である。作家オーガストの初の恋人となるキップ・カーナンは、徴兵を逃れ、アメリカに不法入国したカナダ人ダンサーで、今は脳腫瘍に冒されている。一方、キップと旅をともにする女性クレアは二つの時間の自由なタイム・スリップを可能にし、作家の内省を際だたせる装置となるべく創造された人物だが、彼女もまた重い糖尿病と腎臓病を患う。キップとクレア、二人の命は長くなく、当初より舞台には病いと死の影が漂う。

まず問題としたいのは、一九四〇年九月のキップが一九六三年に他界するフランク・マーロー、つまり、ウィリアムズの一六年来の同性愛パートナーの亡霊を呼び出す契機となる点である。この場面では、キップが脳腫瘍の兆候で一瞬意識を失う姿を作家オーガストが目にする。次の瞬間、一九六三年に肺癌で他界したフランクが看護師に押された車いすに座った姿で登場。場面はそのまま六三年死の病床にあるマーローの病室にワープし、オーガストが呼吸困難で酸素を求めるフランクと言葉を交わした直後、再び時は一九四〇年九月に戻る。つまり、キップとフランクという、ウィリアムズの愛人となって彼の貪欲な欲望に領有され、最後には彼のもとを去った、あるいは冷遇され他界した、かつての恋人二人が、一九四〇年九月、プロヴィンスタウンの浜辺の小屋に登場する。しかも、そのワープを体験する作家の意識は、一九八〇年、一九四〇年、一九六三年、すべての時空が同時共存的に連動した次元を漂い、クロノロジーに縛られることはない。

しかし、どの時空間にワープしようと別の時空の意識が介入してくる。タルラ・バンクヘッド[1]は長年ウィリアムズと親交があった女優だが、ウィリアムズ作品に出演した彼女の演技をめぐってウィリアムズと愛憎関係を繰り返した。そのタルラの亡霊が登場する場面に異なる時空の意識が介入する具体例を見ることができる。

オーガスト　花束か、そう、そして君の崇拝者たち、そうなんだ！——君が誰だか知っている人はいたかい？——僕は知ってた。ずっと、後のことだけど、古い家族の手紙で僕らは血が繋がってるって知ったんだ。それを誇りに思うよ、タルラ、そして後になって、君がマンハッタンの病院で人工呼吸器をつけているとき、彼らが君に言ってたのは、「何が欲しい？」――君の返事は、「バーボン、コデイン！」――君の最後のリクエストさ……

（潮騒が聞こえる。女優は誇らしげな顔をわずかに伏せてから、たかだかと顔をあげて、背を向ける。）

女優　それより後、後のことよ、ずっと後じゃないけど、後のこと。まあいいわ、おやすみなさい――あなた。帰るわ。そう、あなたの作品を内陸に持って行くわね。寝てちょうだい。フランキーに車で家まで送らせるから。気をつけて送って行かせてね――愛してるわ……（彼女は舞台後方の砂丘から降りて行く。）

オーガスト（空を見上げて）生きるってことはすべて――一度だけ。結局はすべてが一時に起こってくるように思える。(59)


ここで、オーガストは一九四〇年にタルラと話しているにもかかわらず、彼女がマンハッタンの病院で死の床にあって呼吸器に繋がれている様子を過去に起こった出来事かのように語っている。タルラがマンハッタンのセント・ルーク病院で両側肺炎によって亡くなるのは一九六八年。つまり一九八〇年に意識のあるオーガストは、一九六八年に起きたタルラ最後の姿を一九四〇年九月の自身の口からタルラに語り、タルラも後に起こる自らの死期の状況を可視化している場面である。さらに、タルラにフランキーと呼ばれるフランク・マーローは、一九四〇年の時点ではウィリアムズと出会っていない。彼とウィリアムズの出会いは一九四七年夏のプロヴィンスタウンのことであり、彼と再会し、ともに暮らし始めるのは翌四八年一〇月。つまり、それ以降六一年に二人が別れるまでの特定不能な過去に、タルラはマーローに向けてのメッセージをオーガストに託していることになる。言い換えれば、一九四〇年九月に登場したタルラとオーガストの意識は、同時に一九六八年と特定不可能なもう一つの過去の一点に存在し、それらの異なる時空の出来事が今、同時に一時に起こっている。この引用最後のオーガストの言葉、「生きるってことはすべて——一度だけ。結局はすべてが一時に起こってくるように思える」(59)はまさにすべての時空の出来事が一時に起こる状況・次元を集約した言葉である。しかし、なぜ一九四〇年九月が複数の時空の出来事が同時発生するフォーカル・ポイントになりえるのか。

セクシュアリティとエクリチュール
——絶望的急迫状況と条件交渉

一九四〇年九月、プロヴィンスタウンでウィリアムズの劇作家人生の節目となる二つの出来事が起こる。一つは、初のプロ劇団（シアター・ギルド）による上演作『天使の戦い』(一九四〇)の原稿書き直し作業。いま一つはウィリアムズ初の恋人となるカナダ人ダンサー、キップとの出会いとひと夏の情事である。問題は、この二つの出来事が展開する舞台で、プロの劇作家としてのエクリチュールと同性愛の営為がいずれも「絶望的急迫状況」と「条件交渉」(vi)という二つのキーワードで評される類比的関係にある点である。

オーガストは月一〇〇ドルの正規の原稿執筆料ではなく、その半額の五〇ドルの支払いしか受けておらず(37)、所持金も枯渇しようとしている。しかし、原稿の催促に来たプロデューサーであるモーリス・フィドラーとその妻セレスト[2]に月一〇〇ドルの原稿料への値上げとその前借要求を認めさせるには、不本意な原稿書き直しを承諾せざるをえない。オーガストはその急迫状況を打破するため、自らの作品原稿を売買対象にした「条件交渉」によるほかに術はなく、最終的に原稿書直しを承諾する。

一方、キップは、不法入国者であるため職につけず脳腫瘍に冒され、クレアもまた重度の糖尿病を患う。死に至る病いと経済的困窮というまさに「絶望的急迫状況」のなかにある二人は、キップの身体を同性愛者オーガストに委ねることで、彼から保護を獲得する「条件交渉」に踏み切る。

注目すべきは、力関係で優位にあるプロデューサーが不本意な原稿書直しをオーガストに迫ったように、オーガストもまたキップとクレアの「急迫状況」に乗じて、「条件交渉」によってキップを性的に領有し、彼の肉体を貪った点にある。それはオーガストのなかに、芸術に誠実であろうとする姿と性的欲望充足のために他者に権力＝暴力を振るう姿、その二つの自己が存在していることを物語る。これが、ウィリアムズがプロの劇作家として初の本格的仕事に取り組んだ当時の出来事、エクリチュールとセクシュアリティの営為という生涯続く問題を照射した一九四〇年九月の出来事である。一九八〇年から回想する作家は、この出来事を見つめ直す今もなお、かつて領有し・破棄した亡き恋人たちが他界した後も作品題材として彼らを消費し、新作を執筆する自身の姿を目にしていく。ここで、オーガストは同時共存する二つの時空と二つの自己を重ねて映し出す。それが、同性愛の劇作家ウィリアムズが見る自身の姿を表すキーワード、二重写し・二重露出 (Double Exposure) である。

二重写し

『曇ったもの、澄んだもの』の前書きで、演出家イヴ・アダムソンはウィリアムズの二重写しを以下のように解説している。

写真の二重写しは曇っていると同時に澄んでいるとも叙述できるが、二重写しはこの作品のキー・メタファーとなっている。二つの時間、二つの自己、二つの感受性が同時にオーガストのなかで存在する。しかしまた、この劇詩全体に漂い、浸透しているものが、テネシー・ウィリアムズの二重写しである。つまり、芸術家とその芸術、人と演劇人、即時性と回想、時の停止と時の流れである。(Adamson vii)

本作のキー・メタファーである写真の二重写しは、曇ったものと澄んだもので示される二つの時間と二つの自己、そして二つの感受性がオーガストのなかで同時共存する状況を表象する。また同時に、この二重写しが劇作家ウィリアムズの二面性を映し出す。それがオーガストの語る「現在と過去、そう、ある種の二重写し」(38) あるいは「人生はすべて――ただ、一度だけ。最後にはまるですべてが一度に起きるようだ」(59) に示される過去と現在が同時発生するヴィジョンにほかならない。[3] 重要なことは、過去と現在という二つの時間とともに、劇作家ウィリアムズが持つ対照的な二つの自己と感受性を二重写しが表していることである。ウィリアムズはこの点について本作タイトルの説明として次のように語っている。

わたしが『曇ったもの、澄んだもの』というタイトルを好むのは、それがわたしの目のことを言っているからです。わたしの左目は当時、白内障で曇っていました。でも、右目は澄んでいました。まるでわたしの性質の二つの面のようでした。異常なまでの同性愛、性への強迫的なまでの関心を持っている一面。そして、当時の温和で、思いやるのある、瞑想的な一面。ですから、しっくりくるタイトルなのです。(*Rader* 346)

この言葉はウィリアムズの二重人格的な二つの自己を映し出す。曇った目に象徴される異常なまでに他者を貪るプレデターのような同性愛者の性欲と、澄んだ目に表されるやさしく、思いやりがあり、瞑想を好む穏やかな人柄。前者は貪欲に性の相手を探し求め、暴力的に性欲を満たし、その欲望が飽和点にくれば、相手を冷遇し、捨て去る。一方、後者は社会の周縁化を受ける人間の状況に対する理解と共感を持つ真摯な姿勢を示す。ブルース・J・マンはウィリアムズ作品がこれら二つの力が衝突するバトルフィールドだと論じている (Mann 147)。問題は、白内障で曇った目に象徴される貪欲な同性愛者の欲望・行為が、ウィリアムズが批判・告発する権力、暴力そして道徳的退廃と同じ曇ったものであることを、彼の澄んだまなざしが捉えているという点である。二重写しで表される複眼的ヴィジョンを、ウィリアムズは過去と現在が同時共存する世界で時空を超えた亡霊との交わりを通して身に纏っていく。注目すべきことに、彼と出会う亡霊の多くが、ウィリアムズの性的欲望、作品創作のために利用され、消費・廃棄されていった他者、かつての恋人、隣人、家族という親密な人々だった。[4]

この点で、本作の前年一九八〇年に発表され、フィッツジェラルドと妻ゼルダをめぐる「ゴースト・プレイ」、『夏ホテルへの装い』は重要な意味を持つ。同作はクロノロジーを解体した過去の複数の時空が交錯する世界で、作家とその作品題材となった犠牲者の思いを対峙させ、エクリチュールが孕む暴力を検証した作品である。舞台はノース・カロライナ、アッシュヴィル近郊のハイランド病院。ここに入院中の妻ゼルダに会いに現れるのが、すでに他界し亡霊となった夫フィッツジェラルドである。ゼルダも含め登場人物すべてが亡霊である作品世界で明らかになっていくのは、生前ゼルダから作品創作の機会を奪い彼女を狂気へと追い込み、彼女の小説を剽窃し、その人生を領有して作品化していった小説家フィッツジェラルドの行為である。

本作品でウィリアムズは、歴史的時間・空間の推移では出会うことのない複数の人々＝亡霊たちの交わりと彼らの思い・見方という複眼的ヴィジョンを創造することで作家夫婦のエクリチュールと私生活をめぐる隠れた物語の再創造を試みた。あらゆる時間・空間の同時共存する世界・次元で、異なる時空間を移動し、遍在する亡霊によってウィリアムズは作家のエクリチュールの在り方を再検証するドラマトゥルギーを作りあげていった。そして、ウィリアムズがこの手法を援用して、クイア劇作家としての自身の生を内省する追憶の亡霊劇として作り出したのが『曇ったもの、澄んだもの』だった。

亡霊化するオーガスト
――審美空間における記憶と時間

多様な時空間から現れる亡霊との交わりを重ねながら自己内省を進めるなかで、オーガスト自身も時空を超えた遍在性を持つようになる。そして、当初の観察点であった一九八〇年九月から離脱し、複数の過去と現在の間を逍遥する亡霊的存在となっていく。アリシア・スミス＝ハワードとクレタ・ハインツェルマンは『夏ホテルへの装い』と『曇ったもの、澄んだもの』で過去と現在が同時共存する時空間を浮遊する亡霊の存在に着目しているが (Smith-Howard & Heintzelman 67)、亡霊となったフィッツジェラルド同様、自己内省の主体オーガストは、自らが出会う亡霊の一人となることで自己内省行為を推し進めていく。

ジョージ・W・クランデルは『夏ホテルへの装い』と『曇ったもの、澄んだもの』で、ウィリアムズが歴史的時間に代わるオルターナティヴな時間世界を用いるとして、その時間表象をある種の「審美空間」と捉えている。クランデルによれば、「審美空間」は過去の出来事に新たな意味を付与し、重要な意義を持つ事象へと変容させる視座を提供する。時系列的過去の断片は再整理、再提示され、現実世界では不可視の隠蔽された真実（＝物語）が照らし出される (Crandell 169–170)。

自己内省行為は過去と現在の往復運動によって行われ、その運動はあらゆる時間的空間的制約を受けない。その意味で自己内省はクランデルの言う「審美空間」における運動・活動である。あらゆる時間空間が同時共存するなかで意識が飛び交い、登場人物はみな物理的法則に支配されないゴーストとなる。『夏ホテルへの装い』の「著者の註――これは亡霊劇である」でウィリアムズは以下のように記している。

　著者の註――これは亡霊劇です。

　もちろん、ある意味ですべての演劇作品は亡霊劇です。というのも役者は実際には彼らが演じる役柄ではないからです。わたしたちが時と場所を自由に変える理由は、精神科病院やその敷地ではこの種の自由が普通に見られるためです。またこうした自由によって登場人物の真実だとわたしたちが信じるものを掘り下げて探求することができるのです。

　ですから、みなさん、どうかわたしたちが本当に重要だと考える目的のために破格の表現を行うことをお許しください。(“Author's Note”)

つまり、「ある意味ですべての演劇作品は亡霊劇である」。『夏ホテルへの装い』でフィッツジェラルド夫婦のエクリチュールと夫婦関係をめぐる省察は、『曇ったもの、澄んだもの』で自らを亡霊化し、過去の亡霊たちとの再会を通し、自身の劇作と同性愛の営為を見つめ直す契機をウィリアムズに与えたと考えられる。

亡霊に憑かれた舞台、記憶、ゴースティング

演劇理論と西欧演劇史研究の世界的権威、マーヴィン・カールソンは、その著『亡霊舞台――記憶機械としての劇場』（二〇〇二）冒頭で、演劇作品特有の普遍的亡霊性を指摘し、演劇／劇場が「かつて見たことを目にしている」という印象を観客に与え、反復的に同じ経験を引き起こす場であるとして、演劇作品がすべて亡霊性を帯びたものであると明言する。

（……）すべての演劇作品は一般に亡霊劇 (Ghosts) と呼びうるものである。ハーバート・ブラウが挑発的に述べたように、パフォーマンスの普遍的特質の一つが、東西を問わず、亡霊性、回帰の感覚であるためである。つまり、「わたしたちはかつて見たものをいま見ている」という、パフォーマンスが観客に与える不気味で避けがたい印象、（……）劇場にいて何かを反復のように経験するこの妙な感覚である。(Carlson 1)

すべての演劇文化は何らかの形でこの亡霊性という、何かが劇場では戻ってくるという感覚を認めてきた。そのために、演劇と文化的記憶の関係性は深く、複雑である。ちょうど、あるゆる演劇作品が亡霊劇と呼びうるのと同じ理由で、あらゆる演劇作品は記憶劇だと言える。演劇

は、それ自身が文化的歴史的プロセスの類像《simulacrum》として、すべての人間の行動を物理的分脈のなかで描こうとしてきた（……）。演劇は文化的記憶の保管庫であるが、個人の記憶のように、新しい環境や分脈のなかで呼び起こされると、絶え間ない修正や変更も受けるのである。(Carlson 2)

ここでカールソンは、過去に見た、もしくは経験したことを再び劇場で体験する、というデジャヴ的感覚、既視感、既視体験を観客に喚起する特徴が演劇の亡霊性であると語る。こうした既視感、既視体験は文化的記憶に刻まれたものであり、演劇と文化的記憶の関係性から、演劇作品すべてが記憶に基づく反復的デジャヴ体験を与える点で「追憶劇」であり、「亡霊劇」であると言える。

ただ、「追憶劇」と「亡霊劇」には違いがある。「追憶劇」で記憶された過去の出来事を回想する主体は、記憶世界の影響を免れた、言わば安全な観察ポイントから過去を追憶する。一方、「亡霊劇」では記憶された人や事物・出来事は、回想する主体の「今」に迫ってくる。回想の主体が回想により呼び起された亡霊に取り込まれ、亡霊と同じ次元、つまり、物理的法則とクロノロジーが作用しない世界に入り込む。回想される記憶世界と回想する主体が存在する世界の境界は曖昧になり、過去と現在のリニアな時系列次元は解体する。そして、過去と現在、さらには過去と現在の融合による仮想・幻想世界の同時共存的混在化のなかに回想する主体は身を置くことになる。このとき、主体は過去と現在の往復運動だけでなく、物理的法則に縛られることのない時間・空間の融合によって、交錯するはずのない時間と場所に存在した／する個人・状況と接触・交渉を持つ。こうした次元は、物理的法則が支配する世界のどこにも存在しない。しかし、どことも繋がる異次元である点で亡霊的次元であり、ここに入る主体は亡霊的存在となる。

亡霊劇の亡霊的次元とは、多様な時空が交錯する間テクスト的次元である。そのなかを逍遥する主体は亡霊的存在となって、間テクスト的な新たなテクストを編み上げていく。そして、自己内省的エクリチュールという亡霊劇に携わる劇作家もまたこの亡霊的間テクスト性の世界で逍遥する亡霊的主体になる。

カールソンの演劇亡霊論で重要な概念がゴースティング＝亡霊化である。ゴースティングは、観客がかつて遭遇したものと同一のものを、コンテクストをわずかに変えて提示する。類似性ではなく、同一性の認識が受容プロセスの一部となり、その結果、このプロセスがより複雑化する(7)。過去に遭遇した出来事・事象の記憶を使って、我々は新たに遭遇する出来事・事象（記憶のものと異質でありながら明らかな類似性をもつ出来事・事象）の理解・解釈を行う。この記憶による認知プロセスが演劇では重要な役割を果たす。この認知現象の変奏がゴースティングと呼ばれる現象である。記憶された人物・事象と同一のものでありながら、どことなく異なる属性が付与された人物・事象の出現、つまり亡霊、もしくは亡霊的存在との遭遇を生む現象がゴースティングと解釈されるものである。

注目すべきは、ゴースティング機能が間テクスト性と密接に結びついている点である。間テクスト性の議論では、文学テクストは先在する、かつて読まれた他のテクストの要素を紡ぎ合わせるリサイクルと記憶のプロセスに焦点が向けられてきた。カールソンは、演劇テクストがこのプロセスに特に自意識的であり、先行テクストが演劇テクストに亡霊のように取り憑いていると指摘する。そして演劇が大衆にとって宗教的、社会的政治的に重要な意味を持つ物語の反復的書き直し・改作と結びついている点で、演劇には文化的記憶の永続的再循環メカニズムが存在すると論じている（Carlson 8）。[5]

カールソンによるゴースティングと間テクスト性の議論は、ウィリアムズの『曇ったもの、澄んだもの』の亡霊性を考える上で一つの指針を与える。一九七五年出版の『回想録』は、六〇年代以降のウィリアムズ作品以上にセンセーショナルな話題を提供し、赤裸々な同性愛を告白したショッキングな内容は広く内外に流布した。つまり、『曇ったもの、澄んだもの』初演の一九八一年には、ウィリアムズの放埒な性の営みについて先在するテクストである『回想録』が提供した情報は、ウィリアムズに対する観客の固定的イメージ・先入観を生み、クイア劇作家ウィリアムズ物語を形成していたと考えられる。当初より本作品舞台はウィリアムズ自身が流布した自伝物語に憑かれたものとなっていたのである。言い換えれば、ウィリアムズは自身の伝記物語を意識的にリサイクルした、ポストモダン演劇戦略によって自己内省的亡霊＝追憶劇である本作を創作したと言える。

さらに作品内部でなされる作家オーガストの自己内省は、過去の記憶が、再修正、再混合され、本作でリサイクルされている点において間テクスト的である。つまり、リサイクルされた過去の記憶テクストが絶え間なく更新される。この亡霊／追憶劇においてオーガストは、記憶・体験のリサイクル行為の主体であると同時に客体である。その意味でオーガスト（＝ウィリアムズ）は亡霊的存在となる。

記憶・時間・エクリチュール
――ダブル・ヴィジョン、亡霊のドラマトゥルギー

かつてウィリアムズは、「劇という時を超えた世界」（一九五一）と題するエッセイのなかで以下のように語った。

この絶え間ない凄まじい時の流れはあまりに激しく、叫び声をあげているようだ。それが、私たちの現実生活から多くの威厳と意味を奪う、そして、おそらくは他の何よりも、完成した芸術作品のなかで生まれた時の停止《the arrest of time》こそ、ある劇作品に深みと重みを与えるものである。（……）熟考とは、時間の外に存在するが、悲劇感もそうである。たとえ、実際の商売の世界でさえ、他人の不幸な状況に対する感受性を持ち合わせている人たちもいる。そうした関心と共感の能力は、ビジネス活動という現在の目まぐるしく回る金網の檻の外にある、もっと優しい時代の生活から生き延びてきたものである。(59)

つまり、我々の生活から尊厳と意味を奪う激しく疾走する時の流れに対し、完璧な芸術作品では時の流れが止まり、作品に深みと重みを与える。思索や悲劇感もまた時の流れの外に存在する。さらにウィリアムズはこの引用箇所に続く文章で、『セールスマンの死』（一九四九）のウィリー・ローマンに言及して、「時のない世界」においてこそ、人間の尊厳と意味、他者の不幸に対する細やかな感受

性、気づかいと思いやりの心が現れてくると語っている（"The Timeless World of a Play" 59）。『曇ったもの、澄んだもの』で自己内省する作家が身を置いた世界は、まさにこうした時のない世界である。作家の記憶の断片から現れる亡き人々の亡霊は、時の流れを超えた作家との邂逅を生み、作家の意識は亡霊とともに過去と現在の異なる時空を逍遥する。しかし作家オーガストが見たヴィジョン「生きるってことはすべて——一度だけ。結局はすべてが一時に起こってくるように思える」(59) が示すように、すべてが一つの時、つまり時間の流れが止まった世界、あらゆる時間が同時共存する世界に収斂する。[6] そして、この世界に身を置くことで作家オーガストもまた多様な時空を逍遥するゴーストとなる。

亡霊化したオーガストが見出していったのが、二重写しによるダブル・ヴィジョンであるのは見てきたとおりである。それは二つまたはそれ以上の時空が同時共存する世界を浮遊し、曇った目と澄んだ目に表象される二つの自己のヴィジョンである。そして、時空を超えた自己内省の亡霊世界で自らのエクリチュールとセクシュアリティの相互関連的営為をダブル・ヴィジョンによって見る自らの姿を描くドラマを演じ、書き続けるエクリチュール、それが『曇ったもの、澄んだもの』に託されたウィリアムズの「亡霊のドラマトゥルギー」と呼びうるものであったように思われる。

一九七七年五月八日、ウィリアムズは『ニューヨーク・タイムズ』に発表した「私は作家の亡霊として広く見なされている」と題するエッセイで以下のように記している。

もちろん、私が作家の亡霊として広く見なされているということを、私以上に敏感に意識している人はいないでしょう。その亡霊はいまだに目に見えて、肉付きは良すぎて、おそらくは歩き回りすぎるほどですが、たいていは一九四四年から一九六一年の間に上演された作品で思い起こされる作家なのです。(184)

ここでウィリアムズは、四五年の『ガラスの動物園』から六一年の改訂版『イグアナの夜』にかけての作品によってのみ人々の記憶に存在する、昔活躍した作家の亡霊という今の自分の姿を自虐的に語っている。このエッセイの翌年一九七七年初演『ヴィユ・カレ』を皮切りに、八〇年『夏ホテルへの装い』、そして八一年に『曇ったもの、澄んだもの』を発表。作家の亡霊と称したウィリアムズは、自ら亡霊となることで、自身をメタシアトリカルに映し出す自己内省の亡霊劇を創作していった。九〇年代以降、これらウィリアムズ晩年の亡霊劇は、フィリップ・C・コリン、ウィリアム・プロッサー、ブルース・J・マンらに代表される研究によって、優れたポストモダン演劇作品(Kolin 1998: 38–40)、ウィリアムズ最晩年の円熟作(Prosser 244–45)、ウィリアムズ作品の中心をなす内的世界への扉を開く重要作(Mann 139)として高い再評価を得ていく。[7] この亡霊のドラマトゥルギーに憑かれたウィリアムズが、一九八三年二月二四日、自ら本当の亡霊になることを予見できたかどうかは定かでない。

第七章
アメリカ演劇、亡霊の政治学
——冷戦・クイア・ポスト冷戦

『エンジェルズ・イン・アメリカ』の亡霊

究極的に僕たちアメリカを定義するのは、人種じゃなくて、政治なんだ。
ルイス (*Angels in America I*: 90)

一九九二年一一月、第一部『至福千年紀が近づく』、第二部『ペレストロイカ』が世界初の同時上演を迎えた『エンジェルズ・イン・アメリカ——国家的テーマに関するゲイ・ファンタジア』は、ピューリッツァー賞、トニー賞をはじめとする数々の賞を独占。一躍、作者トニー・クシュナーを世界演劇のスターダムに押し上げた。八〇年代エイズ（ＡＩＤＳ）禍の急速な拡大。ベルリンの壁崩壊、ソ連解体と冷戦終結に向けて急速に進む世界変化。この大転換期に、『エンジェルズ』はクイアによる異性愛主義ワスプ主導型「正史」の読み直し・書き直し、新たな歴史認識の構築、多元文化共同体形成に向けた変化を舞台化する。エイズを病む身体は、アメリカの国家的政体の腐敗を投影し、人種、宗教、政治をめぐる歴史パラダイムを攪乱するクイア・ポリティクス実践のメディアとなる。一方、降臨した天使に預言者と名指されたエイズ患者プライア・ウォルターを中心に、地上と天国、幻想空間を舞台に展開するゲイ・ファンタジアというフォルムそのものが、既存秩序の解体と歴史認識の読み直しを要請するクイア・ポリティクスを自己参照的に映し出す。

デイヴィッド・ロマンは九二年アメリカ大統領選の直前の一一月一日世界初の第一部・第二部同日公演となった『エンジェルズ』マーク・テーパー・フォーラム公演を取り上げ、エイズ禍をめぐる本作品の政治的重要性を力説する。エイズ危機をなおざりにしてきたレーガン、ブッシュの共和党政権が破れ、クリントンが九二年の選挙で勝利し、九三年一月大統領となる。エイズをめぐる運動の活性化と時を同じくしてアメリカに政治的変化が生まれる。この状況をもたらし、同時に反映するクイア・ポリティクスのエージェンシーとしてロマンは『エンジェルズ』を論じる (Román 204–05)。また、デイヴィッド・サヴランは、『エンジェルズ』を「アメリカ演劇における決定的な歴史的転換点を記す記念碑」と位置づけ、その成功の要因が「アメリカ政治劇の美学全体の綿密かつ過激な再考」だというフランク・リッチの言葉を引用して、本作で多様なレベルで作用する「政治的無意識」を問題にする (Savran 1997: 13–15)。その他、『エンジェルズ』に底流するクイア・ポリティクスを認める批評家、研究者は数多い。

『エンジェルズ』で問題となる一つのキー・コンセプトが「移動・変化」である。第二部五幕、ハーパーが天国で出会ったプライアーにこう語る。「すべてのモルモンの活力の秘密がとうとうわかったの。荒廃よ。それが、人々を移動させ、いろんなものを作らせる。傷心の人も、愛を失った人もそうするのよ」(*II*: 119)。[1] つまり、「荒廃」・「喪失」が人々を「移動」＝「旅路」へ向かわせ、新たな時代を切り拓く「活力」、「変化」をもたらす「活力」を生む。この《荒廃―移動―変化》のシークエンスが、「変革」を恐れる旧ソ連のボルシェビキ世界最長老プレラプサリアノフ、アメリカのワスプ特権的「正史」と覇権体制に脅威となる「変化」を拒むワスプの政治意識、さらに反移動の使徒書を掲げ、神の大いなる計画の解体と世界の崩壊を阻止し天界の秩序維持を図る天使たち、という冷戦下の東西、そして地上と天国の「変化」を忌避する硬直した支配体制と対極をなす。

支配的イデオロギー体制を攪乱・刷新する変化こそ、クイア政治学の目標と手段となるが、変化に関連してサヴランは九〇年代以降のブッシュ親子のアメリカ対外政策を論評する。九二年ソ連崩壊時、パパ・ブッシュ (George H. W. Bush) は、大きな変革と進歩、新世界秩序を謳ったが、十数年後息子ブッシュ (George W. Bush) は父親の言説を極端にリサイクルし、9・11に対するテロ戦争を旗印に帝国拡大に邁進し、冷戦終結後もアメリカ帝国の覇権主義に変化はない。こう論じてサヴランは、9・11以来、アメリカによる「過去のおぞましい反復」で歴史がゾンビのように再来するデストピア的世界像を描く。そして、多数の亡霊が登場するアメリカ演劇の舞台を政治とのパラレルで議論し、亡霊を私的記憶の産物であると同時に、「社会的、政治的、経済的支配力を具現化するもの」、「歴史を作る衝突を想起させるもの」と捉えている (Savran 2003: 82–83, 92)。

本章では、亡霊を「変化」との関係で捉え、『エンジェルズ』に至る二〇世紀アメリカ演劇のクイア政治学を検証する。この検証作業の出発点として、エセル・ローゼンバーグの亡霊に憑かれたロイ・コーンが権力中枢の一角をなした時代に目を向ける。赤狩り当時、ローゼンバーグ夫妻をスパイ容疑で死刑台に送り、マッカーシーの右腕として権力を奪取したコーンは、マッカーシー失脚後も政界・法曹界に影響力を持ち続ける。彼はクラウト＝政治的影響力によって同性愛を否定し、権力を渇望し続ける生きた亡霊である。コーンは、ユダヤ人・同性愛者という自らのアイデンティティを否定し、支配体制の変化と移動を阻止する力として存在する。エイズによるコーンの死とともに冷戦は終結を迎え、新たな共同体形成に向けた変化が始まる。この大転換点に至るプロセスを、コーンが権力を奪取した五〇年代に遡り、『エンジェルズ』に至るアメリカ演劇クイア・ポリティクスの変容と方向性を、「亡霊の政治学」をテーマに検証する。

テネシー・ウィリアムズ『やけたトタン屋根の上の猫』
――クイア・カップルの亡霊と二つのヴァージョン

五〇年代、ロイ・コーンが一役を担ったマッカーシズムの総帥ジョセフ・マッカーシーと非米活動委員会が、共産主義者と同性愛者の繋がりを訴え、同性愛者に厳しい弾圧を加えていた当時、アーサー・ミラーは一七世セイラム魔女裁判のパラレルとして赤狩りを告発する『るつぼ』（一九五三）でマッカーシズムに果敢な戦いを挑んだ。一方、『ガラスの動物園』（一九四五）、『欲望という名の電車』（一九四七）ですでに不動の地位を築いていたテネシー・ウィリアムズは目立った政治的演劇活動を展開していない。しかし、彼に二度目のピューリッツァー賞をもたらせた『やけたトタン屋根の上の猫』（一九五五）が、当時クローゼットの同性愛者ウィリアムズと異性愛主義ブロードウェイの演出家エリア・カザンとの攻防と妥協の産物であり、カザンがかつて非米活動委員会の軍門に降っていたことを考えれば、同性愛をめぐる五〇年代アメリカ演劇の政治力学を浮上させる演劇テクストとして『やけたトタン屋根の上の猫』の重要性は自ずとクローズアップされる。ここでは、第二幕のト書きに作者が記した本作品執筆テーマ「共通の危機という嵐のただなかにある生きた人間の相互作用」(114) の意味を、「クイア」、「亡霊」、「欺瞞」をキーワードに読み解き、政治戦略的演劇テクストとして本作品を読み直す。

『やけたトタン屋根の上の猫』は大腸癌で死期が近いビッグ・ダディの所有する巨大プランテーション相続問題をめぐる長男夫婦と次男夫婦の相続争いを背景に、次男ブリックと妻マギーの夫婦関係、ブリックと今は亡き彼の親友スキッパーとの同性愛疑惑をめぐる父と子の真情の吐露を中心に展開する。ブリックとマギーの嫡子誕生がプランテーション相続レースの勝利を意味するが、夫婦の営みをブリックは拒否し、酒浸りの生活を送る。かつて、夫とスキッパーの同性愛を疑い、スキッパー排除を画策したマギーが、スキッパーに自分と性交渉を持てば同性愛者でないことを立証できると持ちかける。しかし、マギーとの性交渉に失敗し、ブリックへの同性愛を自覚したスキッパーは、ブリックに告白。彼に拒絶され、最後にはアルコールで身を持ち崩し、自己破壊的な死を迎える。これがブリックの現在の停滞状態を生んだトラウマ的事件の顛末である。

まず着目するのは、二幕、ビッグ・ダディとのやりとりで噴出するブリックの「メンダシティ」(“mendacity”)＝「欺瞞」に対する嫌悪とホモフォビア、そして彼の自己嫌悪の関係性である。ブリックはメンダシティが「嘘と嘘つき」(106) と同意語で、「すべて、何もかも」欺瞞だ (107) と答える。ここで、ビッグ・ダディは長男夫婦の見せかけと嘘、ビッグ・ママへの自分の見せかけの愛情に言及して、メンダシティとともに生きる以外に道はないと息子を諭す(108)。事実、ビッグ・ダディの末期の大腸癌と遺産相続をめぐって、偽善、欺瞞、嘘を含めメンダシティは家族の人間関係に遍在する。

ウィリアムズは第二幕ト書きでブリックのメンダシティを分析して以下のように記している。「スキッパーが死んでまで否定しようとした」二人の同性愛が「実在したとして、彼らが生きる世界で、『まことしやかな顔をしている』ためには、それを否認するしかない（……）という事実が、ブリックの『欺瞞』」の核」にあり、「その欺瞞に対する自分の嫌悪感（……）がブリックの挫折感の根源にあるのだろう」(114)。このト書きの後、ビッグ・ダディにその真実を突き付けられ、逆襲したブリックが口にするのが、父親の末期癌とそれを偽ってきた家族の欺瞞である。

問題は、スキッパーとの「純粋な友情」が純粋性ゆえに「ノーマルとは言い難いほど稀有なものだった」(120–21)とブリックに思わせた異性愛主義イデオロギーである。それがスキッパーの告白と彼との潜在的同性愛へのブリックの自己嫌悪と罪悪感を引き起こしたのである。そしてまた、スキッパーの死に対する自らの道徳的関与を隠蔽するという行為の欺瞞性、それに付随する罪意識と潜在的同性愛への恐怖と罪悪感は、ブリックの強い同性愛嫌悪となって表面化する。

しかし忘れてならないのは、相続争いの対象となるプランテーションの創設者＝経営者ジャック・ストローとピーター・オチェロが同性愛カップルだったという点である。ジョン・M・クラムは、「財政的・性的な点から、この二人の恋人の遺産が本作品の中心にあり、妥協的異性愛関係に対峙する」と指摘し、巨大プランテーション経営という男性的事業に成功することで、二人が男の言説と力の世界に結びついていると論じる(Clum 128)。さらに二人は、有能で彼らと近い性的嗜好性を持つビッグ・ダディを寛容な心を持つ継承者とする。この意味で、ストローとオチェロは寛容と愛を併せ持つファウンディング・ファーザーズとして、死してなおその精神（＝霊）が舞台となる寝室とプランテーションに宿る。こうして、異性愛主義イデオロギーの抑圧的・偽善的力と、同性愛創始者カップルの寛容と愛の精神、二つの勢力がせめぎ合う場として、遺産となるプランテーション、延いては『やけたトタン屋根の上の猫』の作品テクストが浮上する。そして、このせめぎ合いは、作品の上演と出版をめぐる二つのテクスト・ヴァージョンの戦いへと波及していく。

本作品をめぐって必ず指摘されるのが、演出家エリア・カザン指示によるブロードウェイ上演用の第三幕書き換え問題である。[2] この書き換えがなされた「ブロードウェイ・ヴァージョン」は、六九四回の上演を記録し、ピューリッツァー賞とニューヨーク劇評家協会賞を受賞する。しかし注目すべきはウィリアムズがこのブロードウェイ・ヴァージョンと自ら上演を望んだ「オリジナル・ヴァージョン」の両方を同じく五五年にニュー・ディレクションズより出版された初版テクストに併載した点である。問題となるのは三幕、マギーが嘘の妊娠宣言をする時のブリックの態度である。オリジナル・ヴァージョンでは、マギーの妊娠発表を嘘だと決め付ける兄グーパー夫婦の非難にマギーが曝されている間、ブリックは一貫して沈黙。二人になった寝室で、ブリックが必要としている愛情を持つというマギーに、悲しげな笑みを浮かべ「それが本当だったら、妙なことにならないかい」という彼のシニカルな言葉で幕となる(165–66)。これに対し、ブロードウェイ・ヴァージョンでは、兄夫婦の攻撃からブリックが妻マギーを擁護。最後は寝室で、ブリックの横に跪いたマギーをブリックが讃え、その彼の頬をマギーが撫でる姿で幕となる(215)。この変更はウィリアムズの作品構想を一八〇度変えるものだったに違いない。この変更により、ブリックは妻の愛で同性愛トラウマを克服。次期家父長として巨大プランテーションを継承するという、家父長を頂点とした異性愛主義一族継承物語が成立するからである。

一方、「やけたトタン屋根の上の猫」のように、懸命にポリット一族の家にしがみ付いてきたマギーは、ブリックの治癒を促した貞淑な妻、巨大農園の次期ファースト・レディとなるアメリカン・シンデレラ・ストーリーのヒロインへと変身する。スキッパーの同性愛と死は、家父長制一族を襲って駆逐された疫病の寓話として後景化し、ブリックとマギーの契りによって回復する異性愛秩序の前景化が図られる。この点で、ホモフォービックなブロードウェイ観客層を見越したカザンの読みが当ったのは言うまでもない。また、カザンが非米活動委員会に屈した転向者であったことを考え合わせれば、[3]ブロードウェイ・ヴァージョンは国家権力による同性愛者弾圧・取締の政治力学とブロードウェイ・コマーシャリズムの政治学、両者によって改変された支配的イデオロギー迎合型の異性愛主義テクストとしての様相を呈する。この点で、ウィリアムズの意に反した書き換えについて、利益のために芸術的全一性を犯したと酷評する批評家もいた (Murphy 99)。ウィリアムズ自身もまた登場人物と同様にメンダシティ=欺瞞を免れないわけである。

しかし、隠れクイア劇作家の意識・無意識的願望と商業主義的成功願望の両者にどう折り合いをつけるのか。確かに、同性愛カップルへの言及と彼らの亡霊が漂う寝室は、依然としてクイアの残像を舞台に残す。しかし、それ以上にウィリアムズがクイア演劇戦略による逆襲を図ったのは、二つのヴァージョンを併載した出版テクストにほかならない。

ウィリアムズは「作者の弁明」のなかで、書き換えを行った事情を記し、改めて読者にオリジナル・ヴァージョンの優位性を示唆する。また、この出版テクスト冒頭に付されたエッセイ「人と人」[4]で、作品が作者の人格と志向性を収斂・結晶化した創造物であると力説する(3)。これによりウィリアムズは、オリジナルに込めたクイア劇作家としての真意と、誰よりも作品を熟知する作家の存在を訴え、演出家カザンと劇作家である自分自身との関係性、さらにその背後に潜むホモフォービックなアメリカ政治・文化状況と支配的イデオロギーを告発する。

五五年の初版以降、自らの全集に二つのヴァージョンを併載したウィリアムズの行為からは、ヘテロ社会からの逃亡者(fugitive)となりながら、ホモセクシュアルの存在＝亡霊をヘテロのテクストに滑り込ませる劇作家ウィリアムズの巧妙な戦略が浮上してくる

五〇年代赤狩りとともになされた国家権力による同性愛者摘発と弾圧は、より強固なホモフォビアを一般市民と共同体に植え付けた。それは、規範的性的嗜好性と異なる個人の差別化・排除というアメリカ国家権力による「共通の危機という嵐」をもたらす。『やけたトタン屋根の上の猫』は、民主的共同体意識そのものを侵食するこの「嵐」と、その象徴的舞台となったブロードウェイに対するウィリアムズの状況と反体制的クイア言説の実践をメタフォリカルに映し出す。この作品世界で「クイア」、「亡霊」、「欺瞞」という三つのキーワードがどのように作用したかは見てきたとおりである。なかでも、「欺瞞」は、作品内世界で展開される「メンダシティ」だけでなく、現実の上演・制作そして出版にかかわる「メンダシティ」、さらに政府の冷戦政策とその下で生きるアメリカ国民の「メンダシティ」をも示唆する。

確かに「猫」のマギーは、ブリックを異性愛主義に引き戻す力に映る。しかし、「やけたトタン屋根の上」にいる彼女の状況は、異性愛主義イデオロギーの監視下でホモセクシュアル・テクストを作品に刷り込ませようと苦闘する作者の悲壮な姿と類似する。「ブランチは私だ」と語ったウィリアムズにとり、ブリック、スキッパー、そしてストローとオチェロと並び、マギーもまた彼のもう一つの分身だと言える。性的アイデンティティを隠蔽し、同性愛言説をカモフラージュしつつ演劇テクストに忍ばせ、ブロードウェイという巨大プランテーションの継承権を懸命に守ろうとする、もう一人の「やけたトタン屋根の上の猫」、作者ウィリアムズ自身の姿が浮上する。しかしそれだけではない。クイアが生きる上での精神的支柱となる言葉も舞台に残る。二幕でビッグ・ダディがブリックに語る「大きな土地で育てるもので綿以上に大事なものが一つある。寛容だ！　わしはそれを育ててきた」(120) にイタリックで示された「寛容の心」である。それをビッグ・ダディはストローとオチェロ二人から学んだに違いない。その言葉は、クイアとヘテロの差異を越えて、社会的パラダイムのさまざまな制限・圧力をも吸収し、自らの内部にある他者と異なる異質性・逸脱性を受け入れ、生きるに必要な「メンダシティ」をも許容する大いなる「寛容の心」である。ホモフォビアの世界にあって、それは作者自身が養うべき心、また性的・人種的に異質な個人が互いに持つべき心としてウィリアムズが願いを込めた精神性だったと思われる。そして、ビッグ・ダディの後継者となる嫡子誕生に向けて、ストローとオチェロがベッドを共に過ごし、二人の「稀に見るやさしさ」が刻まれた寝室で行われていくブリックとマギー夫婦の営みに、同性愛カップルのセクシュアリティと寛容の心が刷り込まれ、ブリックの次の継承者へと引き継がれていく。

ブロードウェイ上演で異性愛主義テクストへと取り込まれたかに見えたストローとオチェロの「亡霊」は、出版テクスト・オリジナル・ヴァージョンのなかで寛容というゴスペルを持ったウィリアムズのクイア言説を運ぶ新たなシニフィアンとなって遍在する。初演・初版から半世紀以上が過ぎた二一世紀の現在、出版流通のグローバル・ネットワークを通してホモフォビア社会へと浮遊・侵入し続け、さらなる潜在的クイア共同体をつなぐメッセージと性的志向性の違いを受容する「寛容の心」を発信し続けていく。ここに死してなお浮遊する亡霊＝クイア劇作家ウィリアムズの巧妙な演劇テクスト『やけたトタン屋根の上の猫』の政治学が浮上する。

デイヴィッド・レイブ『ストリーマーズ』
――ヴェトナム戦争とクイアに見る「他者の政治学」

六〇年代、アメリカが国家的プロパガンダの偽善と帝国主義をしだいに露呈していくヴェトナム戦争に対し、国内外で反戦運動が展開する。リチャード・G・シャラインは、六〇年代反戦劇を「政治的かつ文化的・美学的現象」と呼び、観客参加を特徴とする演劇（反戦劇）と政治学の関係に注目し、戦争行為を見世物的スペクタクルへと作り上げ、大衆操作を図る政府の政治的操作システムを、反戦運動が対抗的スペクタクルによって転覆し、その実態を暴露しうる可能性を見出したと論じている (Scharine 116–18)。[5]

七〇年代、ヴェトナム劇はしだいに反戦から焦点をヴェトナム戦争の余波をめぐる問題にシフトし、現実的政治参加を促す演劇から、ヴェトナムがアメリカ国民の意識、価値観、自己認識にもたらした変化を見つめなおし、政府のみならず国民と共同体自身の自己反省を促す方向へと向かう。その流れのなかで、ヴェトナム復員兵士問題が大きく取り上げられていった。大半が教育を受けていない低所得者層で、多くが人種的マイノリティの復員兵は、帰国後、戦争犯罪者あるいは負け犬として非難され、社会復帰も困難で、従軍経験による心的外傷後ストレス障害に苦しんだのである (Scharine127)。

七〇年代、こうしたヴェトナム復員兵問題を焦点化した『パブロ・ハメルの基礎訓練』（一九七一）、『棒切れと骨』（一九七二）、『ストリーマーズ』（一九七六）から成るデイヴィッド・レイブのヴェトナム三部作は、アメリカ国民に反省と現実認識を促すものだった。『パブロ』と『ストリーマーズ』が兵役中の兵士の日常を描き、『棒切れと骨』では盲目となって帰還した復員兵とヴェトナムに無関心なアメリカ市民の不毛で残酷な精神性が対比される。そして、もう一つ特筆すべき特徴が現れる。それは、『ストリーマーズ』の中心となる兵士の同性愛問題である。本節では、六九年のストーンウォール暴動以来、七〇年代のレズビアン／ゲイ解放運動の活発化のなか、ヴェトナム戦争をクイアの視点から再検証した一九七六年ニューヨーク劇評家協会賞受賞作品『ストリーマーズ』の政治学を検証する。

舞台は、ヴェトナムへの派兵が急増した六五年、アメリカ国内の軍事基地。この兵舎の一室でヴェトナム行きの恐怖に苛まれる新兵たちの日常と殺人事件に至る経緯が、同性愛問題を中心に展開する。問題としたいのは、白人と黒人、異人種混成の軍隊組織における同性愛表面化とそれに起因する兵士間殺人の背景・経緯・帰結、その意味と表象性である。

レイプのヴェトナム三部作に関してよく指摘されるのが、「男のアイデンティティ」、特に戦争と男性性の関係である。この点で、マーク・ガーゾンとタニア・モドレスキーの研究を接合したカーラ・J・マクダナの議論は興味深い。要約すれば、戦争映画によって、軍隊と戦争に結びつけられた「男性性・男らしさ」の文化的イメージが、(1)英雄行為による美女との恋愛成就という性的欲望と英雄願望を満たす男らしい兵士の英雄神話と(2)英雄を目指す若者の師となる大いなる父親像を大衆に植え付け、戦争行為の美化とそれによる歴史改竄を図った、というものである(McDonough 105)。つまり、海外派兵・侵略というアメリカ帝国主義が自己正当化目的に男性エトスを育む土壌を映像メディアによって形成してきたメカニズム、政治戦略的メディア・コントロールの作動状況である。

同性愛がこうした国家戦略的軍隊組織にとって、好ましからざる攪乱分子となることは、容易に推測がつく。しかし、『ストリーマーズ』の新兵部屋で起きるホモセクシュアル黒人兵士によるヘテロ白人兵士二人の殺害事件は、単にヘテロとホモのセクシュアリティをめぐる問題だけに還元されるものではない。それは、人種とセクシュアリティ、階級、家族が交錯するアメリカ社会内部の瓦解とアメリカの支配的イデオロギーの関係性を浮上させる。

黒人、白人、クイア、ヘテロ。人種とセクシュアリティの点でアメリカ社会の中心と周縁を形成する兵士が登場する舞台には、人種差別とホモフォビアが存在する。この部屋の住人三人のうち、ビリーとリッチーは白人、ロジャーは黒人で、部屋への侵入者である黒人カーライルを合わせれば、ビリーとロジャーがヘテロ、リッチーとカーライルがホモセクシュアルである。この新兵共同体において、ビリーとロジャーは軍隊の男性性神話を信奉し、リッチーとカーライルは反旗を翻す。つまり、人種とセクシュアリティが交錯する形で軍の男性性神話の信奉者と反逆者が提示される。注目すべきは、全員がヴェトナムの恐怖に怯える一方、悲しき子供時代の記憶と疑似家族形成願望を共有する点である。ホモセクシュアルになった友人フランキーの強迫観念が拭えないビリーは幼くして父に棄てられ、無法者と凶暴な同性愛者が身近にいる場所で育った黒人ロジャーは殺人現場にも遭遇する少年時代を過ごす。裕福な家庭のリッチーは、同性愛体験に苦しみ、その誘惑から逃れようと志願し、カーライルは人種、階級、セクシュアリティすべてで疎外を受けてきた。彼らから見えてくるのは、家族を核とした個人が育つ環境の頽廃・瓦解であり、それは男性性と英雄神話を触発する軍隊エトスと著しい対照をなす。

C・W・E・ビグスビーはこの新兵部屋を彼らの「家庭」（ホーム）と呼ぶ (Bigsby, 1999: 275)。確かに、新兵たちは人種と性的嗜好の違いを越えて疑似家族形成願望を共有する。特にカーライルはこの部屋に住む三人のホモソーシャルな結びつきを羨み、疎外感の解消と他者とのつながりを求めて三人との疑似家族関係に憧れ、また彼の代替家族形成の話に三人の兵士も魅かれていく。ホームへの憧れは、互いの壊れた家族の代償行為、代替願望であり、家庭喪失者の疎外感からの逃避と他者との交流渇望の反映である。しかし、疎外感と恐怖による他者との結びつきを求める代替家族の形成は、支配的な性的・人種イデオロギーである異性愛主義ホモフォビアとレイシズムによって当初より内破的因子を孕んでいる。

アメリカ中産階級の価値観と軍および社会のホモフォービックな家父長制イデオロギーを体現するビリーは、同性愛の魅力・吸引力に抗しながら、ヘテロとしての男性性を脅かす同性愛者リッチーに対して、マッチョな虚勢を張る（Vorlicky 1995: 156）。男性性を堅持する兵士にとり、クイアは最大の脅威、タブーにほかならない。こうした新兵同士の関係では「戦争・軍隊＝男らしさ」というパラダイムが機能不全に陥り、その歪みを表出させるが、それは兵士のロール・モデルとなるべき父親的人物の瓦解にも見られる。

二人の軍曹、ルーニーとコークスはかつて共に朝鮮戦争で戦い、今はヴェトナム戦争に従軍して一時帰国している。その二人が新兵たちの前で、対アジア人戦争で挙げた武勲を男の勲章とばかりに誇らしげに口にする。しかし、肥満で、だらしなく酩酊し、アジア人への暴力と殺戮行為を大言壮語するアル中同然の二人の姿は、新兵の嫌悪と嘲笑を呼び、英雄的兵士たる大いなる父性的存在の姿にはほど遠い。

新兵と二人の軍曹の姿は「戦争・軍隊＝男らしさ」の国家的英雄神話の幻想を瓦解させるものだが、これがリベラルな観客から拒否反応を引き起こしたことは注目に値する。レイブは本作品を含むヴェトナム三部作がアメリカ国内どこで上演されようと観客の拒絶に遭遇したとして、それがヴェトナム帰還兵の美化物語を望むリベラルな観客の願望によるものだったと述べている（Savran 1988: 196）。観客の拒否反応は「兵士＝男らしい英雄」という国家的家父長制異性愛主義がリベラルな大衆に浸透していたことを物語る。

酩酊するルーニーとコークスは、朝鮮・ヴェトナム両戦争での敵のアジア人＝「他者」に対して行った戦闘行為＝暴力と殺戮を誇示するが、アジアの他者はアメリカ国内の他者、軍にとっての破壊・転覆分子となる同性愛者と一つのパラレル関係を結ぶ。公然と同性愛を表明し、その行為に及ぼうとする白人リッチーと黒人カーライルは、軍隊の規律・秩序を侵犯する他者にほかならない。しかも、白人と黒人という人種越境的同性愛行為はホモフォビアとレイシズムの二重侵犯という点で、その脅威は増幅する。それに対し、ビリーとロジャーが嫌悪と恐怖を感じ、その阻止を試みるのは当然である。一方、社会・軍隊で他者化されてきた同性愛者リッチーは、その苦しみの理解を黒人ロジャーに求める。レイシズムを被ってきた黒人なら、彼の苦悩が理解できると信じた故である。しかし、セクシュアリティと人種という周縁化の苦悩を知るマイノリティ同士の共感への訴えも、ロジャーのホモフォビアを凌駕するものではない。人種差別を越える差別意識と恐怖を軍隊内のクイアは喚起するのである。

このようにクイアは軍にとって排除すべき脅威だが、その軍隊はそもそも本作品でどのように表象されているのか。それを検討することで、クイアとアメリカ軍、ヴェトナム／朝鮮というアジア人との関係性が浮上してくるはずである。

一幕、ビリーは北朝鮮による韓国攻撃をヒトラーによるポーランド侵攻に喩え、それを契機にホー・チ・ミンと第三六代大統領リンドン・B・ジョンソンのいずれが現代のヒトラーかという話題に移る。そして、軍隊の男らしさのエトスに従順だったビリーが、正義なき戦いに赴く恐怖を感じ、敵のホー・チ・ミンではなくアメリカ大統領をヒトラーに譬え、「俺たちの戦争じゃねぇ。だって俺たちの国じゃねぇんだ。」(18) と言うカーライルの思いを共有する。それは独裁者ヒトラー、そして敵の指導者ホー・チ・ミン以上の残虐行為を、ジョンソンに代表されるアメリカが行っているとする自覚である。

事実、一九六八年三月一六日、南ベトナム・クアンガイ省ソンミ村ミライ集落でアメリカ軍兵士が非武装ヴェトナム民間人を虐殺したソンミ村虐殺事件は、世界の非難を浴びた米軍の残虐行為としてあまりに有名である。ビグスビーは、この虐殺事件により「アメリカは善と真実の守護者としての自己像をも殺した」と評し (Bigsby 2000: 261–62)、スコット・シェパードは、アメリカ兵をナチス・ドイツ兵に喩え、「どうしてアメリカのボーイ・スカウトのような一〇五人の若者がそれほどの残虐行為を行うことができたのか」という軍事史研究家スティーヴン・アンブロウズの疑問を呈している (qtd. in Roudané 159)。

アメリカの標的となったアジア人と性的人種的周縁化を被るクイアと黒人は、いずれもアメリカ帝国主義とファロセントリズムの暴力を受ける国内外の「他者」である。この点で、クイアの黒人カーライルによるビリーとルーニー軍曹刺殺は、特殊な表象性を帯びてくる。カーライルはビリーの「サンボ！」という罵りに激昂し、彼を刺殺する。その言葉は白人の潜在的レイシズムと偏見、そして黒人が白人と交わる同性愛に対する人種差別的ホモフォビアという白人家父長制イデオロギーの現れである。カーライルによるビリーとルーニー軍曹刺殺事件は、周縁化と抑圧、殺戮の暴力を受けてきた者からの異性愛主義とレイシズム、アメリカ帝国主義いう支配的イデオロギーの暴力に対する反撃・報復である。と同時にアメリカ社会の人種・ジェンダー・セクシュアリティ・階級にわたる文化社会的歪みの決壊という表象性を帯びてくる。こうした支配的アメリカニズムの実像の暴露と告白に底流する政治性が、演出家ジョー・パップが望んだ「新しいアメリカの政治劇」(Savran 1988: 197) に合致していたからこそ、パップは同作品上演を決定したと思われる。

支配的イデオロギーがもたらす文化社会的歪み現象を見つめなおし、オルターナティヴな道を伝える人物がいる。最終場、ルーニーが殺されたとも知らず、クイア故に泣いているというリッチーに語りかけるコークス軍曹である。クイアよりずっと悪いものがある。死に至る白血病だ。もし自分がクイアだったら、白血病にもならず、全く違う人生を歩んでいただろう。そう考えると全く違うものの見方ができる。こう語るコークスが思い起こすのは、一人の朝鮮兵のことである。かつて朝鮮兵が潜むスパイダーホールに手榴弾を投げ込み、ホールの蓋を閉め、その上に腰を下ろした。朝鮮兵は出してくれ、と蓋をたたき、泣き叫んだが、無様に転げまわるチャップリンのように滑稽だった。やがて爆発。そう回想するコークスは今なら奴を穴から出してやると言う（81–82）。そして、奴はチャーリー・チャップリンだったと語るコークスもまた、チャップリンだったんだとロジャーが言う（83）。差別化されたクイアと、死に至る白血病を病む自分自身、敵国の朝鮮兵、これら周縁化と死で結ばれる三者を接合しながら、コークスは映画のなかで滑稽にぎこちなく懸命に生きようとするチャップリンに他者を譬え、また自らもチャップリンに譬えられる。そんな同朋意識に目覚め始めたコークスが最終場で口ずさむのが、手榴弾爆発までの刹那、朝鮮兵が歌っていたとする朝鮮語版「ビューティフル・ストリーマーズ」である。

作品タイトルとなった「ストリーマーズ」は、開かないまま落下傘部隊員の頭上をたなびいていく落下傘のことで、無論、隊員はまっさかさまに地上に墜落死する。一幕、ルーニーとコークスが語る亡き戦友オフラナガンの話に「ビューティフル・ストリーマーズ」の歌が登場する。冗談好きのオフラナガンは落下傘降下訓練中、地上五〇〇フィートで落下傘を切り離し、再び落下傘の紐を掴んで降下するという離れ業に挑戦する。しかし、紐を取り損ない、頭上二〇フィートでもつれて開かない落下傘をしり目に墜落して地上に突き刺さった。この時オフラナガンが歌う余裕すらなかったろうという歌が「ビューティフル・ストリーマーズ」(32)、開かない落下傘に何とか開いてくれと祈る落下傘部隊員の歌である(34)。ビグスビーはストリーマーズの象徴性が、単にヴェトナムでの迫りくる死の脅威だけでなく、すべての登場人物が自らの置かれた環境と偶然性・運のとりことなり、手に届くパラシュートもなく、ただ落下し最終的な死刑宣告を受けるという不可避のアイロニーであると論じる(Bigsby 1999: 276)。敷衍すれば、それは人種、性的嗜好性、国家社会のイデオロギーの差異を越えて、権力のもとで周縁化され、あるいは交換可能な戦争の道具として消費される者同士が共有する悲しき、アイロニカルな運命論の表象である。

最終幕コークス軍曹は同じ落下傘部隊員の祈りの歌を、爆死した朝鮮兵の朝鮮語をまねて歌い、その歌にリッチーとロジャーが聞き入る姿で幕となる。そこでは「戦争・軍隊＝男らしさ・英雄」という国家的神話の影は薄らぎ、盲目的に戦場に送られる者、不条理な周縁化と暴力を被る他者が互いに持つ、はかなき同朋意識の残像がゆらめく。それは支配的イデオロギーのなかで生きていくオルターナティヴな「他者の政治学」、朝鮮兵士とオフラナガン二人の亡霊に憑かれたコークスから若きリッチーとロジャーに引き継がれてゆく「ビューティフル・ストリーマーズ」というゴスペルの姿である。

アメリカの天使と亡霊、女性とクイア
――時代の終わりと始まり

『やけたトタン屋根の上の猫』と『ストリーマーズ』から『エンジェルズ』を隔てる大きな要因がある。八〇年代のエイズ出現である。ジェームズ・フィッシャーは、エイズがゲイの劇作家たちをさらなる政治的志向性へと向かわせたと指摘する（Fisher 69）。ＨＩＶ同性愛患者切り捨てのレーガンからブッシュに続く共和党政権とアメリカ社会へのクシュナーの抗議・告発（Pacheco 58–59）と、九二年一一月、世界初の『エンジェルズ』第一部・二部同日上演（非公式には一一月一日、公式オープニング一一月八日）がパパ・ブッシュをクリントンが破ることになる大統領選挙（一一月三日）とほぼ同時期に行われたことは、『エンジェルズ』の政治性を象徴的に物語る。エイズに侵されるクイアを基点に、アメリカの国家的政体の病いを可視化し、乗り越える試みである『エンジェルズ』で問題となるのは、ヴァルター・ベンヤミンの「歴史の天使」に由来する歴史観である。パウル・クレーの「新しい天使」（"Angelus Novus"）を見て、ベンヤミンは以下のように記している。

天使は目をみはり、口は開き、翼を広げている。（……）天使の顔は過去へと向けられ、我々が連綿とつながる出来事に気をとめるところ、天使はただ一つのカタストロフィーをみつめる。それは廃墟に廃墟を積みかさね、それを天使の足元へと投げつけてくる。天使はそこにとどまり、死者を起こし、粉々につぶされたものを集めて一つにしたいと思う。しかし、強風が楽園

から吹きつけ、天使の翼に激しくあたり、もはや翼をたたむこともできない。この強風に抗うこともできず、天使は背を向けた未来に運ばれてゆく。その一方で、天使の前の瓦礫の山は空高くと伸びてゆく。この強風こそ我々が進歩と呼ぶものである。(Benjamin 257–58)

ベンヤミンが進歩と呼ぶ強風こそ「歴史の廃墟を代償にした進歩」(Fisher 54) のあり方を示す。『エンジェルズ』で降臨する天使は、人間の移動と変化で神が姿を消した天界の秩序を回復すべく、人間の進歩の阻止を図る。一方、天使に預言者と名指されたエイズ患者プライアーはトランスポートした天国で天使と直接交渉し、神に抗議して変化＝進歩を稼動させ、天使はもはやその変化＝進歩に抗うことができなくなる。忘れてならないのは、過去の廃墟＝失敗を見つめることが変化＝進歩をもたらす点である。その変化のエージェントとして亡霊が立ち現われてくる。プライアーの祖先で疫病のため亡くなった一三世紀のプライアー1と一七世紀プライアー2の亡霊、そしてロイ・コーンの前に登場する亡霊エセル・ローゼンバーグである。

ハンナ役の女優が演じるエセル・ローゼンバーグは、マッカーシー旋風の五〇年代、夫と共にソビエトへ核兵器の秘密情報を流したコミュニストとして逮捕され、五三年に処刑される。コーンにとり、エセル抹殺は自らのユダヤ人アイデンティティを葬り、同時にワスプ権力機構の中核に参入する絶好の手段だった。キャサリン・R・スティンプソンは、ローゼンバーグ夫妻が現代文学に亡霊のように影を落とすと主張し、アメリカの一つの象徴となってロバート・クーヴァの『公開火刑』(*The Public Burning*, 1976)、E・L・ドクトロウの『ダニエル書』(*The Book of Daniel*, 1971) に登場すると

指摘している (Stimpson, 1062)。『エンジェルズ』でエセルの亡霊は、国家権力の暴力の犠牲の象徴として現れる。[6] その彼女がコーンの罪の告発にとどまらず、かつて犯された悪を含め、過去が現在に常に影響を及ぼし、過去の罪の贖いなくして現在が存在しないという過去と現在の連動関係を可視化するエージェントとしての役割を担う。

『ペレストロイカ』五幕三場、ロイ・コーンの病室。ロイの遺体を前にベリーズが、「赦しは愛と正義が最後に出会うところ」(*II*: 122) と語り、ルイスにカディッシュを唱えるように促すが、祈りの言葉を知らないルイスにカディッシュを唱えさせるのは亡霊エセルである。エセルの赦しはコーンの非道を赦すものではない。それは偽善と抑圧、裏切りと腐敗に対峙し、それらを超える資質として新たな社会に必要な構成要素となる。コーンの罪の大きさを上回るエセルの寛容と赦しは、社会／政治の支配的システムの悪弊と陥穽を凌駕する力であり、カディッシュを通してその心はルイスに伝えられる。こうして亡霊エセルは一つの時代に終止符を打ち、新たな時代への橋渡しをする役割を担うのである。

クイア、亡霊とともに、時代の転換期に重要な役割を担う人物がいる。クイアに目覚めた夫ジョー・ピットから離脱し、モルモンのポストモダン版大移動へと旅立つ女性ハーパーである。ハーパーは、ヴァリウムに誘発された幻覚のなかで南極にトランスポートし、そこで地球の保護膜であるオゾン・ホールの危機を可視化する。そして「どこへ行っても、いろんなものが崩壊し、嘘が表に出て、防衛システムが崩れていく」(*I*: 17) という黙示録的ヴィジョンを目にする。スタントン・B・ガーナーは、『エンジェルズ』が終末論特有の終息感と大変動のヴィジョン、絶滅とユートピア的変身という二元的展望を再現すると論じ、「ハーパーの修辞的表現が映し出すのは今世紀［二〇世紀］終焉に特有の終末論的不安、つまり、地球温暖化、核戦争、エイズだ」と指摘する。ガーナーによれば、オゾン・ホールについてのハーパーの懸念は、地球的規模の生態系異変を具現し、『システムが崩れていく』という彼女の強迫観念は、大気圏内核攻撃（スター・ウォーズ・パラノイア）についての冷戦不安と身体の免疫システム溶解のイメージを合体させる」(Garner 177)。

ハーパーが可視化するオゾン・ホールのイメージは、地球と人間魂のコズモロジカルな関係性を描き出す。最終場に近い第二部『ペレストロイカ』五幕一〇場、死者の魂が酸素原子三個からなる分子（オゾン）となって壊れたオゾン層の外縁へと吸収され、オゾン層を新たに修復するヴィジョンをハーパーは目にする。スティーヴン・クルーガーによれば、「自己という壁を越えて人間の努力が結合する姿である。つまり、身体の保全性を失くし、自らを守る肌を剥ぎ取られたものが、世界の肌であるオゾンを補充するという逆説的合体である」(Kruger 160)。肉体に宿っていた魂が、地球という身体を保護するオゾン層というコズミックな皮膚として再生される光景こそ、ジャンボ機で飛翔するハーパーが目にするもの、「何も永遠に失われたりしない。この世にあるのは、痛ましい進歩。過去に残してきたものを恋しく思い、そして未来を夢見るの」(*II*: 142) という世界観にほかならない。

クシュナーは作品の重要テーマとして「想像力」を挙げ、「信じがたいほど強力な想像力を持つ」ハーパーを『エンジェルズ』の一部と二部を通じて「このテーマを伝える人物」だと説明する (McLeod 81)。魂が新たなオゾン層となっていくヴィジョンを見るハーパーの想像力は、リアリティの問題を洞察し、「荒廃と、荒廃に直面してもなお前進し続ける精神」(McLeod, 82) をコズミックなイメジャリーへと昇華するデバイスとなって、《荒廃—移動—変化》のシークエンスを可視化する。彼女のヴィジョンは、荒廃・喪失を通過した者／周縁化された者が、規範的秩序と支配体制の壊滅と解体という新たな時代への扉を開く変化・変革、つまり「ペレストロイカ」をもたらすエージェントとなることを表象する。

ハーパーもまた亡霊と同様、時代の大転換期に向けた変化を担うのである。エイズに冒されながら預言者となって天国で天使と交渉し、変化を稼働させるクイアのプライアーを中心に展開するゲイ・ファンタジアで、亡霊と女性、そしてユダヤの歴史的旅路を再現したサラの生涯、ノルマンによるワスプ征服物語を綴るバイユー・タペストリー、ワスプとアイリッシュの暴力的ヒエラルキーを映すプライアーの祖先の話、モルモンの大陸横断物語を描くモルモン・ヴィジターズ・センターのジオラマは、ワスプ特権的正史の裏側と権力の犠牲者の姿を映し出す。『エンジェルズ』は正史を築き上げてきた支配的パラダイムを脱構築する展開を示していく。

第二部『ペレストロイカ』のエピローグ、一九九〇年二月、セントラルパークのベテスダの噴水。冷戦終結に向かう世界的変化の波のなか、ゲイ男性三人（プライアー、ルイス、黒人ドラァグクイーンのベリーズ）と預言者プライアーの力を見抜いたハンナが集う。ウーナ・チュードゥリーは、四人の語らいから流れ出る新たな歴史が、マスター・ナラティヴという支配的声ではなく、多様な声からなる対話的なものであると指摘する（Chaudhuri 261）。バフチンの言う対話性、ポリフォニー、ヘテログロシアである（Bakhtin 67）。重要なことは、この状況が、マージナルな人々が生きるコミュニティの根幹的要素、クシュナーが言う「人間相互の結びつき」(interconnectedness) を生み出すという点である。ベテスダの四人は、政治的権力に対峙し、その無力化を促す力として、周縁的人々の協調と連帯、コミュニオンを図る共同体として浮上する。これがクイア政治学の一つの到達点『エンジェルズ』が提示する多人種多元文化相互扶助共同体の姿である。観客はこの共同体の姿とともに、九二年アメリカ大統領選挙がもたらす政治的変化、パパ・ブッシュを破るクリントンの姿を目撃したのである。

亡霊、クイア、そして演劇の政治学

『やけたトタン屋根の上の猫』、『ストリーマーズ』から『エンジェルズ』に至るクイアをめぐる演劇の流れは、クローゼットの同性愛者から、支配的セクシュアリティ／ジェンダー・パラダイムに挑戦するクイアへの変容プロセスを映し出す。それはゲイだけでなく、レズビアン、バイセクシュアル、トランスセクシュアルを含む性的少数派の連帯による政治的志向性へのプロセスでもある。しかしそれだけではない。『エンジェルズ』最終幕四人が形成するクイア・ヘテロ・女性の共同体が表象するように、異性愛と同性愛、男性と女性の二項対立的枠組みを流動化し、人種、宗教、民族の多様性を許容・尊重する共同体を目指す一つの政治的意識のエージェントとしてクイアは舞台に姿を現す。

ただ疑問が残る。『エンジェルズ』は確かにスーザン・ソンタグの論じた「キャンプ」を洗練したゲイ・ファンタジアに創造し、クイア・ポリティクスを鮮烈に、効果的に訴えた。しかし、ワイヤーで宙吊りの天使のはでな降臨、それを見たプライアーの「まるでスティーヴン・スピルバーグ」という叫び、チャールトン・ヘストン演じる映画『十戒』(*The Ten Commandments*, 1956) のモーセさながららの預言者の衣に身を包むプライアー、一九〇六年大地震後のサンフランシスコに酷似する天国など、超時空的ゲイ・ファンタジアの過剰なまでのスペクタクルは、ブロードウェイ・コマーシャリズムを想起させる。それは資本主義ビジネス戦略を巧みに取り込んだゲイ・ファンタジア・ショーではないのか。だとすれば、ベテスダの噴水に形成される共同体も、正史脱構築ヴィジョンというクイア・ポリティクスも、巨大な資本主義メカニズムに回収されるパロディにほかならない。リンダ・ハッチオンは『ポストモダニズムの政治学』でポストモダニズムの特徴として「批判的共犯性」を挙げた。『エンジェルズ』は、支配的イデオロギーと結びつき＝共犯し、その表象システムと方法論を領有することで、そのパラダイムを攪乱・転覆させる共犯的な政治・文化批判パフォーマンスとは言えないか。そんなポストモダン・クイア演劇の政治学が浮かび上がる。

問題は、批判と共犯、そのバランスにある。「脱ドクサ化」という批判のモメント以上に過剰な共犯性が強ければ、支配的イデオロギーを攪乱・転覆するどころか、逆に吸収され批判対象の再強化を促す。この危ういバランスのなかで、女性とクイアの多元多人種共同体という一つのユートピアが最終幕の舞台の中心に形成される。しかし、フレドリック・ジェイムソンが言うようにイデオロギー的なものがユートピア的であり、またその逆も真なら、この共同体もまた一つのイデオロギー、しかも支配的イデオロギーとの共犯関係を保ったまま危うく成り立っているイデオロギー／ユートピア共同体になる。事実、『エンジェルズ』の共同体は、それ以後の湾岸戦争、9・11、イラク戦争、そしてテロとの戦いを旗印にしたアメリカ覇権主義政策の継続を考えれば、舞台上の絵空事に過ぎなかった感はある。演劇というメディアによる政治的アクティヴィズムの有効性は、興行的成功なくして成立しえない演劇の商業性によって、阻害されざるえないものなのか。

ここに一つの希望があるとすれば、舞台に可視的・不可視的に浮遊する亡霊の遍在性と浸透力かもしれない。実体のないシニフィアンとなって、演劇興行をめぐる資本主義システムとアメリカ覇権主義、家父長制異性愛主義とレイシズムという硬直した社会政治的パラダイムの強固な障壁をすり抜ける。そして舞台のみならず、多様な映像メディア、インターネット、書物という紙媒体に乗って流通し、拡散する。時空を超えて、支配的イデオロギーの暴力と偽善、それによって歪曲された歴史と言説、そのほか社会的・文化的・政治的な歪みをめぐる人間の営為を告発し、変化・変革への可能性と志向性を示すエージェントとなって、観客を含む多様な人々の意識あるいは識閾下に浸透し、作用する。それがクイアをはじめ、多様な人種的性的マイノリティによるアメリカ演劇に見る「亡霊の政治学」と呼びうるものかもしれない。

第Ⅲ部

他者の共同体

第八章
パラダイムの逆襲
――『フェフとその友人たち』に見るポリフォニーの幻影

謎めいた幕切れ

マリア・アイリーン・フォルネスの代表作『フェフとその友人たち』（一九七七）の難解さは、多数の研究者が指摘してきた。そしてこの難解さを生む最大の要因は作品の幕切れにある。

突然の銃声。額を手で押さえるジュリア。やがてその手がゆっくりと下がり、額に血がにじみ、頭部がのけぞる。そこに「仕留めたわ……撃ったの……やったわ……ジュリア……」と叫びながら、仕留めた白いウサギをかかえて戻ってきたフェフは、ジュリアの様子に気づき、手にしたウサギを落とす。そしてジュリアの椅子の後ろに行き、彼女を見つめる。ロビーからスーとシンディ、台所からエマとポーラ、外の芝生からクリスティーンとシシリアがつぎつぎと現れ、ジュリアを取り囲み、溶暗。(61)

このショッキングで、謎めいた幕切れが、『フェフ』研究に大きな課題を残し、さまざまな分析・

解釈をもたらしてきた。事実ヘリーン・ケイサーは、「観客のほとんど誰も（同作品について二〇年来執筆してきている批評家を含め）、この結末が何を意味するのか意見の一致をみていない」（Keyssar 189）と報告している。この結末こそ、『フェフ』解釈を困難にする最大の難問であり、初演後四〇年あまりたった現在もなお解釈が定まっていない論点である。

本章では(1)作品に登場する女性八人の言説と相互関係および劇構造を検証し、(2)家父長制パラダイムとポリフォニーの対抗関係から、女性集団内部の相互関係性をフェフとジュリアを中心に考察する。そして、これらの議論を踏まえて、最終場のフェフによる象徴的ジュリア殺しの表象性と曖昧性の意味を再考し、本作品の新解釈と再評価を試みる。

『フェフ』が示すポリフォニー／ヘテログロシア

一九三五年春、ニューイングランドにあるフェフの家。ここにフェフを中心とした八人の女性が、教育集会のリハーサルをすべく集う。『フェフ』は、正午（一部）から午後（二部）、そして夜（三部）にかけて展開するこの日の出来事を再現した作品である。

登場人物は女性ばかり八人。フェフの夫フィリップが言及されるが舞台には登場しない。つまり、同じ目的を持った女性だけの集会＝舞台である。しかし舞台が映し出していくのは、一つの共通の目的を持った女性たちの一体感あるいは統一的問題意識ではない。個々の女性の意識、個性、考え方、感じ方が前景化されていく。正午から夜への時間の推移とともに、多様な意識と声が舞台上で交錯、共振、対立、衝突を繰り返し、冒頭で示した最終場を迎え、溶暗＝沈黙へと収束していく。言い換えれば、『フェフ』は女性の異なる多様な声と意識の混成と対立を演劇化した作品なのである。この意味から、バフチンの対話性、ポリフォニー／ヘテログロシアは『フェフ』分析に大きな有効性を持つ。

かつてバフチンは、小説の本質的特長を、単一の作者の意識・視点によって統一されるモノローグ的ジャンルと対比して、多様なイデオロギー的立場を表す複数の意識、声、視点や意味が、作者の単一的支配を否定するポリフォニー（多声性）を生み出す「ヘテログロシア」であるとした（Bakhtin 67）。つまり多元性、意見の異なる言語が混在し、支配権を求めて対立・衝突し、相互作用・相互活性化を行う「混声的言語状況」である。別の言い方をすれば、バフチン自身が「ポリフォニー小説全体がそもそも対話的なのである」と語ったように（バフチン　六二）、「対話的／対話性」（dialogic/dialogism）ということになる。「バフチンの理論においては、『ポリフォニー的』は実質的に『ダイアローグ的』と同義である」と指摘したデイヴィッド・ロッジは、対話性が作品内の「話す主体と主体との間の、作品と読者との間の、テクストとテクストとの間の、ダイアローグ的相互作用」だと論じる（ロッジ　一五六）。つまり、「作品と読者との相互関係性」をも含めた間テクスト性の相互作用を包摂する概念、理論的枠組みである。そして言うまでもなく、ポリフォニー、ヘテログロシア、対話性は密接に連動した三位一体のバフチンの脱／抗モノローグ理論なのである。

したがって、バフチンの対話性を援用して『フェフ』の基本構造を分析したケイサーの先駆的研究は的を射たものだったと言える。対話性の具体例として、ケイサーは開幕当初から際立つ「女性たちの意見の違い」、女性たちすべてが持つ「独自の声、独自の欲望、他者との差異」、「自律性と多様な見方」に注目している（Keyssar 186）。

女性たちの多様な対話性が顕著になるのは、四つの場面で構成される第二部である。ここで観客は四つのグループに分割される。各グループは異なった四つの場面のいずれか一つの空間＝場面に導かれ、その場の登場人物の話を聞く。その場面が終わると次の場面に移動し、観客全員が四つの場面すべてを見終るまでこのプロセスは繰り返される。こうして観客は固定的な観客席から移動し、単一の見方や意識ではなく、さまざまな立場・見方から、異なる声を聞く対話的プロセスを通過する。この反復を通して、観客は「作中人物および彼らが持つさまざまな意味と自分との関係性を見直していく」（Keyssar 187）。しかも、この対話性のプロセスは一定ではない。第二部に関して、マーク・ロビンソンは、「『フェフとその友人たち』の第二部は四つの場面で構成されているから、四つの異なった知覚様式があることになる。話の展開を見る順序はどの観客席にいるかで決まる。一連の場面を見る「正しい」方法というものはない。（……）意味は上演のあいだ流動的で、常に解釈されるのを待っている。」と論じて、観客が見る場面の順序が異なれば、それを見る観客の解釈、受容も変化する点を指摘している（Robinson 105–06）。

ケイサーとロビンソンの議論から見えてくるのは、劇中の異なる女性間の対話および対話によって変化する相互関係性を見る観客が、自分自身の考え方を見直していく対話的プロセスの進行である。つまり、舞台上での対話と舞台と観客との対話（ポリフォニー／ヘテログロシア状況）が同時進行する第二部の構造が浮上する。しかも見る場面順序の可変性により、観客の対話的プロセスは流動化し、意識と受容のあり方は常に変化・更新する。さらに舞台上にまで観客が移動することで、舞台と観客席の境界は曖昧になる。この「舞台＝客席」空間で、二つのポリフォニー／ヘテログロシアはいっそう多声化・混声化し、変化・更新を遂げていく。

ただここで忘れてならないのは、第二部を含む『フェフ』の作品世界で展開するポリフォニー／ヘテログロシア状況が、教育集会を推進する女性集団内部の対話、さらに言えば、支配的家父長制パラダイムと対照をなし、対抗する女性集団内のポリフォニー状況だという点である。言い換えれば、抗・家父長制ポリフォニーということになる。その顕著な例は第三部、スーとエマが言及したジュリー・ブルックスとグロリア・シューマンの話に見られる。美しいゆえに二八人の男性からデートの誘いを受け、その結果、大学当局から呼び出され、自分に問題があるのではないかと悩んだジュリー。一方グロリアは優秀な心理学の論文を書きながら、教授会から剽窃だと決め付けられ、最後には精神科医に送られる。しかも精神科医でさえ、女性である彼女が論文を執筆したとは信用しなかった(56)。これらは、女性蔑視の大学の家父長制体質を批判する対話にほかならない。

しかし問題は女性たちの対話が、家父長制への対抗言説に終始するものでなく、女性同士の関係性、相互の理解と無理解、疑心暗鬼、非難、さらには拒絶から支配をも含むものとなる点である。そしてそれは第一部当初より、フェフが端的に語っている。

女同士っていうのは、落ち着きがなくなって、電流の流れた電線みたい……ただ馬鹿話して、本当にふれあうのを避けたり、しゃべらないなら、目をそむけてさぁ……オルフェスみたいに……神様がむかし言ったように「そして彼らが互いをわかったなら、世界はバラバラに吹き飛んでしまう」ってね。女はいつだって男が来るのをしきりに待ってる。（……）男といたら安心できるし。（……）男は絶縁体なのよ。危険が去ったら、代償は心と魂ってこと……高くつくけど……（15）

しかも、男性は、女性の対抗勢力ではなく、女性間の関係性安定化のための「絶縁体」として機能する。ジョセフィン・リーが指摘したように、フェフの言葉が示すのは、「女性同士の共感の中心にある転覆的エネルギー」(Lee 13) にほかならない。つまり、女性間の率直な対話が世界をも吹き飛ばすという転覆的エネルギーを孕んだ女性間の危険な関係性である。しかし、ここで一つの問題が浮上する。一見して家父長制パラダイムに対抗する女性集団のポリフォニーが、舞台冒頭から女性ポリフォニーを危険視するフェフの台詞によって否定されている点である。それでもなお、女性間のポリフォニーに終始するこの作品をどう捉えればいいのか。対話で浮上する彼女たちの相互関係性を考察することからこの問いを解く鍵を探っていく。

ポリフォニーが示す関係性
——特異な存在としてのフェフ

さまざまな考え・思いを語りあう女性同士のポリフォニーは、彼女たちの相互関係性を映し出す。たとえば、第二部「台所」で、ポーラとスーのレズビアン関係が二人の対話で明らかになり、第三部、女性集団で唯一貧しい家の出であるポーラは、富める者の偽善と略奪、女性間に存在する貧富の格差による不平等と不正を訴える。対話化される多様な声が、同じ女性集団内部に存在する立場の違い、プライベートな関係性を映し出すのである。しかし、話されるのは個々の問題だけではない。会合目的となった教育集会リハーサル以上に共通の関心事となって浮上する話題が二つある。一つは、主催者フェフの特異な言動、もう一つはジュリアの下半身麻痺と狩猟事故との関係性である。しかも、二つの問題は単に話題にのぼるだけではない。女性たちは二人の問題を語り合いながら解釈・分析する対話的解釈行為を行う。同時に、二人の問題と比較・対照して、男女あるいは女性同士の関係性や、社会規範と女性・個性など自らの問題を内省する。つまり、フェフとジュリアをめぐる解釈行為を中心に、女性たちが自らの問題を相互に内省し語りあう女性間対話が展開する。そして注目すべきは、フェフとジュリアという二つの共通の話題を中心に女性間の対話が進行するのと並行して、話題となるフェフとジュリアが、互いに交錯・衝突し、前者が後者の死を引き起こす幕切れへと舞台が進む点である。女性間対話の話題となる二人のうちの一方が他方を破壊する形で、舞台の照明が落ちるのである。

開幕当初から、フェフの特異な言動は、他の女性たちの驚きと不信感を招く。「女っていうのは嫌なもの」(8)というフェフの言葉を聞いてシンディとクリスティーンは「常軌を逸した・とんでもない」考えとして否定する(9)。しかし、この「女っていうのが嫌なもの」という「不快な」考えが、「刺激的」だという理解困難なコメントを発するフェフは、石の裏に潜むうじ虫のメタファーを使ってこう説明する。

あのね、外部にさらされているもの……はすべすべで乾いて、きれいなの。そうじゃないもの……下にあるものはね、ぬるぬるしてカビがいっぱいで、うじ虫がうようよしてる。それって、私たちがはっきりと見せる生活の裏側にあるもう一つの生活。確かにあるのよ。石の下にうじ虫がいるみたいにね。それに気づかなかったら……（ささやいて）それに食べられちゃうから。そう思うわ。（……）(10)

この直後、フェフは舞台には登場しない夫フィリップに向かって銃を発砲。驚愕するクリスティーナとシンディに、「銃声を聞いたら夫が倒れる」「夫婦でやるゲーム」だとフェフは説明して、舞台に不在の夫に手を振る (11)。この一連のフェフの言動が、女性二人には「狂ってる」としか思えない (11–12)。

注目すべきは、石の裏に潜むうじ虫のメタファーに表象される人間が営む生の二面性と、フェフが嫌悪しながら「魅力を感じる」という (10) 影の部分の話である。それは、忌み嫌われる女性のイメージとパラレルをなす。女性の影の面が、石の裏に潜むうじ虫のように嫌悪の対象でありながら、魅力もあることを意味する。これに女性を電線に喩えた先のメタファーを合わせて読み解くと、石の裏に潜むうじ虫が石のなめらかな表面に浮上する、言い換えれば、女性の影の生（性）が日の目を浴び、女性が相互に認識しあうと世界は崩壊する。それを回避するために男性が絶縁体になっている、という読みが可能になる。そして、ここで重要性を帯びるのが、夫射殺ゲームである。

恒常化した夫射殺ゲームは、絶縁体である男性の擬似的排除の象徴的行為と解釈しうる。つまり、絶縁体である男性（夫）を抹消することで、嫌悪と魅力を感じる女性の隠された部分が可視化される。しかし、フェフのあこがれを表象するこの行為が、現実の夫射殺ではなくゲームである点が、フェフをとらえるアンビヴァレンスである。一方で女性の隠された姿にあこがれながら、その姿を直視することへの恐怖があり、他方で「心と魂」(15)と引き換えに、家父長制の妻として、女性の隠された生（性）にコミットすることなく生きていく。そうせざるをえないフェフの生き方の現れである。つまり、フェフが示すのは、夫に表象される家父長制の社会規範という「すべすべで乾いた、きれいな石」の下で、可視化されずに身を潜める女性の抑圧された性（生）の光景にほかならない。

フェフは、家父長制の下で拘束された女性の生（性）のあり方、女性の多様な個性、あるがままの生（性）を語り合う女性同士の対話＝ポリフォニーに怯えながらも魅力を感じる。しかし、その対話にコミットする恐怖が、女性間のポリフォニーを阻む抑止力として作動する。第二部「芝生」で、エマが語る性器と肉体の話、天界で審判を受ける（天使が審判を下す）現世の性的営みの話を聞いてフェフが怯える(29)のは、そのためである。この場面で、エマは「善行が天国、悪行が地獄へ」という「一般に信じられている」社会通念を口にする。しかし、この正統テクスト以上に真実性を示す言説としてエマが語るのが性器と肉体、現世の性的営みを裁く天界の話である。つまり、家父長制の社会通念に対抗するテクスト＝声にフェフが怯えるのは、女性同士の対話により、「石」で表象される社会通念の裏に隠された女性の生（性）に直面せざるをえなくなるためである。

ジュリアの病いと狩猟事故

フェフの言動の特異性とともに作品展開を促すもう一つの共通話題であるジュリアの下半身麻痺と狩猟事故の関係性は、難解な謎を提起し、解決不可能な謎解きの迷宮へと舞台上の女性たち、さらには観客を巻き込んでいく。第一部、フェフの特異行動を話していたシンディとクリスティーンの前を、車椅子に乗ったジュリアがフェフとともに通り過ぎていく。二人がジュリアの話をするのはこの直後である。シンディが語る狩猟事件の骨子はこうだ。

かつて猟師が鹿を撃った。その瞬間、近くにいたジュリアまでもが倒れる。意識を失ったジュリアは、死にいく鹿と同じように、痙攣していた。鹿は死に、ジュリアは命を取り留めた。猟師の銃弾は彼女に当たってはいなかったが、ジュリアは額から出血。その後ジュリアは譫言を言う。明らかに脊髄神経に損傷があった。頭部打撲による脳震盪だった。しかし、ジュリアは、脳内部の傷、つまり、てんかんの発作で、意識を失うことがある。(17)

この事件をめぐってシンディとクリスティーンは、いくつか興味深い話をしている。(1) 猟師が撃ったのは確かに鹿だったが、ジュリアには弾丸の傷があった（クリスティーン）。(2) 猟銃を放ったのは猟師でなく、フェフではないか（クリスティーン）。(3) フェフがその場におらず、またかつてのように狩猟もしていない。だいいちフェフは動物愛好家だから、フェフが撃った可能性はない（シンデイ）。⑷ジュリアの怪我の様子を調べた猟師は、自分が撃っていないと言いながら、実際に傷跡があることを認めている（シンディ）。⑸ジュリアを傷つけたのは猟師以外の人物だ（シンディ）(17)。

さらに重要なことはジュリアが言った譫言の内容である。シンディはこう説明する。ジュリアは「彼ら」によって迫害され、拷問をうけた。裁きにかけられ銃殺刑となった。生きたいがため、自分の誤りを認めて撤回した。もし彼女がそれを誰かに話せば、更に拷問と死刑が待っている。こう語ってシンディは、ジュリアを心配するあまり、この話を誰にも打ち明けたことはないと言う(18)。さらに興味深いのは、話の辻褄が合わないと言うクリスティーンにシンディが説明しようとした瞬間、突如登場したフェフがシンディに近づき彼女を抱きしめ「誰が彼女を傷つけたの」と聞いて、シンディは話を逸らしてしまう。フェフ退場後、この事件が一年少し前に起こったことが明かされる。無論、この事件以後、ジュリアは歩行困難となり車椅子生活のまま今に至っている。

以上がジュリアの狩猟事故と下半身麻痺の関係性をめぐるエピソードである。この話は、鹿を狙った銃弾が、鹿だけでなくジュリアにも外傷を負わせたという不可解な事件の謎を、舞台と観客席に投げかける。しかし同時に、謎解きのヒントをも匂わせる。つまり、ジュリアの狩猟事件へのフェフ関与の可能性である。しかし、問題とすべきは、フェフがジュリア殺人未遂事件の真犯人であることを科学的に実証することではない。第二部の結末、屋外でフェフがウサギを撃ち殺したときに、家の内部にいるジュリアが額から出血し息絶えるかに見える幕切れからも、ジュリア殺害（未遂）の犯人としてフェフを特定するのは困難であり、またそうすることにどれほどの研究上の意味があるのかも疑問である。そもそも現実に起こった事件としてこの出来事を捉えることにも問題がある。むしろ考えるべきことは、ジュリアの病いと狩猟事故およびフェフ関与の可能性にかかわる物理的因果関係ではなく、隠喩レベルでの関係性・記号性であり、その意味をめぐる暗号解読作業である。

精神と身体の間テクスト性
――ジュリアの病いと幻覚

狩猟事件でのジュリアの譫言内容は、第二部「寝室」でジュリアの幻覚となって彼女自身によって詳細に語られていく。以下がおおまかな内容である。

私［ジュリア］を棍棒でたたき、頭をわり、意志をくだき、手を潰し、目をえぐり出し、声まで奪った裁判官たち。でも私の心には何もしなかった、だって心を持ってなかったから。誰にも微笑み続けた。やめると棍棒でたたかれたわ、だって彼らは私を愛しているから。彼らに女性の体の臭い部分（肛門、口、脇）が大切だと教えた。彼［裁判官］は女性のそういうところは清潔にして片付けておかないと駄目だと言い、女性の内臓がなにより重いと言った。そのほか、女性の肉体、臀部など、イサドラ・ダンカンを例にあげて話した。

彼は私が賢くなりすぎたから罰せねばならないと言った。私は賢くないし、フェフだってそう。彼ら［裁判官たち］と言い合いする気はないから、望むことを言ってやった。そしたら彼らは私を殺して、私は死んじゃったの。弾丸は私じゃなくて、鹿に命中。でも私が死んで、鹿は死ななかった。それから私が悔い改めると、鹿が死んで、私は生きた。裁判官らは言った。「不具のまま暮らせ、もしお前が言ったら……」なぜ、フェフを殺すの？　と言うと、「殺すんじゃない、治す。彼女を治すんだ」と彼らは言う。彼らはあなた「フェフ」の光、大切な光を求めているの。(33-34)

この後、「人間は男性で（……）女性は悪であり人間でない」、そして「男性のセクシュアリティは肉体的なものだから男性の精神は純粋で、（……）女性は死後もセクシュアルな思いをもってあの世に行き、天国を汚して、地獄に送られ、そこでの苦しみを経て、そうした感情を洗い流して、男として生まれ変わる」という女性蔑視の世界観・人間観が語られる(35)。注目すべきは、第一部で語られた狩猟事故とジュリアの譫言が、第二部の幻覚で女性を迫害・差別化する男性裁判官によるジュリアへの裁きとして語られ、その裁きが依拠する世界観として、善悪とセクシュアリティの規範であり人間の正統的姿とされる男性と、穢れた性として現世と来世を汚染する女性(35)、という男女の性の二極化した階級システムが提示されている点である。忘れてならないのは、ジュリアの幻覚が現実の出来事ではなく、現実世界の在り方に対して彼女が受容したイメージ・認識・意識の現れであるという点だ。つまり、ジュリアの身体／身体意識は、彼女の意識と精神を物理的に投影するメディア、あるいは精神のメタファーとして機能していることになる。

ここで敷衍すべきことがある。メタファーとしての身体に映されるジュリアの意識が反映するのは、彼女が見た現実世界だけではない。彼女の思考・意識に重ね書きされていくイデオロギーや言説をも反映する。その意味で、身体と意識、意識とイデオロギー／言説との間テクスト的／パリンプセスト的関係性が存在する。他のテクストと相互依存関係にあって別の種類の言説（の意味）が次々に重ね書きされるテクスト同様、別の言説がジュリアというテクストに重ね書きされ、それがジュリアの身体／身体意識に置換＝重ね書きされる。ジュリアの身体の損傷と機能不全は、ジュリアというテクストに重ね書かれた別の言説が、彼女の言説とは相容れない敵対的言説であることから生じた歪み・破損である。そしてその敵対的言説が、ジュリアの譫言と幻覚で浮上した迫害・陵辱・拷問のエージェント、支配的家父長制イデオロギー＝パラダイムにほかならない。

しかし、新たな問題が生じる。テクストの相互依存性を意味する間テクスト性／パリンプセストは、多様なテクストとの交換・混交を介したテクストの可変性・変容性をも前提とするものではなかったか。だとすれば、ジュリアの身体に損傷を与え、下半身麻痺を引き起こしたパラダイムは、間テクスト性とは逆の効果を生む。つまり、パラダイムによる他者テクストへの侵犯、侵略、支配と、その支配体制の固定化である。そしてこのパラダイム支配の流れは、第二部から幕切れに至る第三部への劇展開となって現れてくる。

第二部から第三部へ
――狂気にされる個性

社会の規範のために、他者とは異なる自分自身の独自性が抑圧され、多数の他者と異なると自分が

「変な／妙な」と感じ、ほかの人々と違う考えを持つことを恐れるようになる(44)。こう語るシシリアの話に女性たちが聞き入るところから第三部は始まる。重要な点は、「独自なもの」で言及される危機に瀕した個性の重要性を訴える話で始まる第三部と第二部の関係性である。第二部は、異なる登場人物が語り合う四つの場面を、四つの異なった観客集団に見せることで、同じ目的を持つ女性たちの間に底流する「違い」、「個性」を前景化していた。つまり、第二部から三部への流れは、ポリフォニー状況にいる個々の女性たちの違い＝個性が、社会的規範の下で否定的に「変な／妙な」もの、あるいは「狂気」として排除され、死滅させられる方向に向かう展開を示唆していると言える。事実、第三部冒頭のシシリアの話の直後、ジュリアが再び語る幻覚の話は、狂気とも正気とも診断されず、その規制の枠外に排除され、孤独に陥り、死に至る個人の姿を映し出す。

死んでしまう気がするの。（……）幻覚は本物なのよ。（……）実際、入院させてって頼んだわ。他の狂った人たちといっしょになれるようにね。でも医者は承知しない。私の診断がつかないのよ。それでももっと孤独になるの。（一瞬の沈黙）ほら、たった今の瞬間だって、ひどいものよ。だってみんな何て言って、どうしたらいいかわからないでしょ。もし他の人たちといれたら、幻覚を見る人たちね、みんな言ってくれるわ。「ああ、そう。ええ。ひどいわね。ばかな人たち、あの人たちには何も見えない」ってね。(44)

「ばかな人たち、あの人たちには何も見えない」という言葉が示すように、幻覚をリアルと感じる者の見方や独自性は、社会規範を形成する多数派、権威、支配層には見えない。注意を要するのは、パラダイムの形成・支持母体が家父長的男性に限られたものではないという点である。ジュリアの幻覚で言及される「医者」（複数形）の性別は不明で、男性とは限らず、女性医師であることは十分ありうる。さらに、彼女の話に沈黙する同じグループの女性たちですら社会的規範のバイアスの目でジュリアを見ている。「幻覚＝狂気」として扱われるのは、パラダイムと相容れない個性・考え、パラダイムの問題・不合理性に覚醒した個人の意識にほかならない。第二部のポリフォニー／ヘテログロシア状況は、第三部で社会の規範＝パラダイムによって、終焉へと追い込まれていく。そのなかで、パラダイムの意志を背負わされた人物としてフェフが現れてくる。

フェフによる象徴的ジュリア殺し（1）
――先行研究の議論

フェフによる象徴的ジュリア殺しとジュリアを囲む女性たちの姿という幕切れが、『フェフ』解釈最大の難問であり、定説的解釈がいまだないのは、冒頭で述べた通りである。しかし、逆に言えば、フェフのジュリア殺しの意味をめぐって、多様な解釈がなされてきたのも事実である。トビー・シルヴァーマン・ジンマンは、幕切れの曖昧性を認めながらも、「戦って、ジュリア！」と叫んでフェフがジュリアを救おうとしたにもかかわらず、弱さと恐怖ゆえにそうできず、家父長制権力にただ服従するだけのジュリアに見切りを付け、その結果、ジュリア殺害にいたると論じる (Zinman 212)。

一方、ゲイル・オースティンは、ジュリアが「守護者」と戦うことによって、抑圧に苦しむ、怒りに満ちたフェフの一面を演じるフェフの分身だと捉え、終幕のジュリアの死がフェフを解放すると考える (Austin 79)。しかし、ジュリアを殺してフェフ自らが解放されるという議論は、ジュリア殺害を肯定したフェフ偏重の恣意的見解である。またオースティンが言うようにジュリアは「守護者」と戦うわけではない。「守護者」は第三部でジュリアが口にする言葉だが、戦いの対象ではなく、「守護者たちに助けられてきたの」(52) とジュリアが言うように、文字通り守護する存在として言及される。オースティンの説明はテクスト内容と相容れないのである。

ケイサーは、フェフが自らの意識を脅威から死守する最終手段としてジュリアを殺害し、「モノローグの首位権を再構築する」と論じる (Keyssar 189)。ケイサー自ら援用したバフチンの「対話」に対立する概念、単一言語状況モノグロシアを考えれば、他者の議論を凌駕する「モノローグの首位権」へのフェフの渇望という分析は示唆的である。

ジョセフィン・リーは、ジュリアの死が孕む決定不可能な多義性を認めつつ、複数の解釈を提示する。まず、家父長制による女性たちの精神的トラウマをジュリアが身体的に病む点で、ジュリアのスケープゴート性を指摘した後 (Lee 182)、フェフのジュリア殺害をリーは論じている。要約すると次のような議論である。

フェフはジュリアに致命の一発を撃つことで、「女性同士が互いに分かり合えば世界が吹き飛ぶ」という彼女自身の言葉を現実のものにする。夫殺害を望むフェフの願望はウサギへと置換され、暴力的殺人行為はジュリアの身体に犯される。この場面についてもっとも肯定的な読みは、フェフがジュリアを苦痛と圧制者の監視の目から解放するという安楽死説である。もう一方の解釈は、自分の苦しみを他の女性に語るジュリアに対して死刑宣告する象徴的男性裁判官の役割をフェフが演じ、罪のない動物を殺し、ジュリアに最後の刑を加えることでフェフが自らの痛みから逃れようとする、というものである。いずれの解釈でも重要なことは、フェフが自分たちを捕らえる恐怖に対して共に戦うようジュリアを説得できなかった点である。最後の発砲の直前、フェフはジュリアに「私といっしょに戦って、ジュリア！」と訴えるが、ジュリアは恐怖と弱さから、ただフェフの庇護を祈るばかりである。二人は共通の苦しみを共有しながら、いずれも相手を救うことができない。(Lee 183)

興味深い論考だが、ジンマン同様、ジュリアを救おうとしたフェフが、ジュリアの弱さと恐怖心のためにそうできなかったとする前提は問題である。しかもこれが疑いの余地のない重要な事実かのように語られる。しかし、この場面で、「怖いのよ。（……）あなたに見つめられると勇気がなくなる」(60)と恐怖をあらわにするのはフェフの方である。ジュリアが弱さ、恐怖を示す台詞もト書きもない。この問題も含め、フェフによる象徴的ジュリア殺しの表象性と曖昧性の意味を再考していく。

フェフによる象徴的ジュリア殺し(2)
——パラダイムの弾丸

一心不乱にフェフがジュリアに「戦って!」と訴える場面で、まず明らかになるのは、フェフとフィリップとの夫婦関係の破綻である。しかし、自分から心が離れた夫への想いを訴えた直後、ジュリアの目を覗き込むフェフが目にするものこそ、「戦って!」と叫ばせたもの、「死」である。問題は、それがジュリアの見た「死」であるという点である。それはいったいどんなものか。

この場面に至る前、ジュリアが死の強迫観念を語る場面がある。「守護者」と「死」が問題となる場面だが、ここでジュリアは常に死に脅かされる恐怖がある一方で、絶えず私たちを救ってくれる「何か」=「守護者」の存在と「守護者」への感謝を語る。死は、「気持ちが死んでいること」だとして、その状態にあってもジュリアは守護者たちによって救われてきた。守護者は、生命、太陽、見ると嬉しく美しく感じるもの、窓から差しこむ日光、人間を守る白血球や抗体、そして、「人間も愛を与えるとき、お互いの守護者になっている」と言う。ただ、最後に不吉な予感を語っている。「でもね、自分が死んだように感じるときがあるの。怖いけど、いつか守護者が来るのが間に合わなくて無防備になってしまう気がするの。死んでしまうのよ……はっきりとした理由もなくてね」(53)。

ここで、さまざまな形をとって顕現化する守護者は、大いなる自然とその生命の治癒力だと考えられる。重要なことは人間を守護する自然と自然に抱かれる人間との関係性、愛によって結ばれる人間同士の関係性が、私たちを守っている守護者となっている点である。そして、それらが無くなったとき、死が訪れる。それは身体的物理的な死よりも、その前の死＝精神の死である。この死は、自然と人間、他者への愛と尊重による人間関係の消滅によって引き起こされる。そして、精神と連動した肉体は、精神の死とともに死する。守護者に守られた世界の対極にあるのが、支配的イデオロギー＝パラダイムが統治する世界である。多様な個人による互いの個性と考え方への理解と愛は、パラダイムによって規制され、抑圧され、無効化される。しかも、それは私たちの知らぬ間に私たちを支配していく。パラダイムが浮上するのは、無意識裡にその脅威を感じる個人の幻覚や悪夢においてである。

ジュリアの幻覚とシンディの悪夢に現れる裁判官や医者、秘密警察による暴力と死の恐怖は、このパラダイム世界のディストピアを映し出す。それがジュリアの見た守護者不在の世界とそこに遍在する「死」のアウラである。フェフがジュリアの瞳に見たのは、この「死」の世界だったに違いない。にもかかわらず、フェフはジュリアを狂人扱いして、「あなたから伝染するのよ。私まで狂っていく」(59)とジュリアを恐れる。そのフェフが、ジュリアに「私といっしょに戦って！」(60)と執拗に訴えるのはなぜか。

その謎を解く手がかりが二つある。一つは第一部でフェフが語った女性を電流の通った電線とするメタファーである。そこでは女性が「互いをわかったなら、世界はバラバラに吹き飛んでしまう」から、そうならないために男性が女性間の「絶縁体」として機能する。そして女性同士の対話・交流の回避／阻止の「代償は心と魂」(15)だった。代償となって消える「心と魂」のパラレルを、第三部でジュリアが語る「精神の死」に見ることができる。フェフの言う「心と魂」の代償とは、ジュリアが見た人間の精神、心、意識の死、さらに言えば、自然の守護のもとに生きる人間が他者への愛と尊重によって築く人間関係が消滅することで引き起こされる精神の死にほかならない。つまり、フェフは代償としてきた「心と魂」の消失した姿を、ジュリアの瞳に映る精神の「死」として認識したのである。しかし、自分の生き方を揺るがす光景を直視できず、否定しようとさえするフェフはジュリアを狂人扱いし、ジュリアの狂気に感染したために「死」が見えたと口走る。しかし、同時にフェフは「死」のパラダイム支配を乗り越えるチャンスを目にする。それこそ、謎を解く二つ目の手がかり、第三部でフェフが見る幻覚と関係する。

フェフの幻覚はこうだ。歩行不能のはずのジュリアがゆっくりと歩いてコーヒー・テーブルまで行き、シュガーボールを持ち上げてフェフの方に向ける。そして、ボールのふたをとって、またふたをして、台所へ歩き去っていく(55)。この直後、舞台は現実にもどりジュリアが車椅子に座って他の女性たちと登場する。家父長制パラダイムに起因する身体的麻痺から回復し、ジュリアが立ち上がり、フェフに合図する。それはパラダイム支配に対して共に反逆の旗を揚げようとする女性＝ジュリアの象徴的姿に映る。しかし、これがフェフ自身の幻覚だという点に着目すれば、フェフが自らのパラダイムに対する怒りと反逆の意識をジュリアに投影したイメージ＝幻覚であることは言うまでもない。

したがって、リーとジンマンの前提に真っ向から対立する読みがここに成立する。つまり、最後には「車椅子を揺さぶり、車椅子からジュリアを引きずりおろして」まで「戦って、ジュリア！」というフェフの叫びは(60)、ジュリアを救うためのものではない。それは、ジュリアを媒介に自分を従属させてきた家父長制パラダイムへの反逆と自らの解放を実現すべく救いをジュリアに求めるフェフの悲壮な叫びに響く。しかし、ジュリアは戦えない。パラダイムによる責め苦と痛みに苛まれ、心身ともに傷つきながら活動を共にする女性たちにさえ彼女の声は届かない。彼女たちですらジュリアの言葉を正気と受け取れないほど、パラダイムの浸透力と支配力は強い。ジュリアに残されているのは、ただフェフの無事を祈ることでしかないのである。

クリスティーンの登場で、ジュリアを放したフェフは「ああ、やってしまった。そうよね。私って、モンスターだって思うでしょう」(60) と言って、許しを請う。「許すわ」というジュリアの言葉を聞いてフェフは銃を取って、外へ出て行く。その後の顚末は本章冒頭で示したとおりである。ジュリアに対する常軌を逸した仕打ちから自らを自虐的に「モンスター」と呼び、ジュリアに謝罪するフェフの姿は、哀れなほど痛ましい。悔恨の情と謝罪の心に偽りはないだろう。白ウサギを仕留めて戻ってきたフェフの興奮した言葉からも、獲物をジュリアに見せて喜ばせたかったに違いない。問題は、白ウサギを撃ち殺す行為が結果としてジュリアの死に結びついた点にある。そして、先述したように、それは物理的科学的因果関係で捉えるべき問題ではない。

ここで再度言及すべきは、ジュリアの語った守護者と精神の死の話である。太陽、日光、さらに白血球や抗体、愛を与え合う人間同士など、大いなる自然のさまざまな姿となって守護者は顕現化する。最初の狩猟事故のとき、仕留められた鹿とともにジュリアが負傷する。第二部「寝室」の幻覚で、ジュリアは冷酷な裁判官たちに「悔い改める」ことで生きながらえ、彼女の裁きの身代わりとなった鹿が死ぬ (34)。鹿が守護者となってジュリアを救ったのである。そして今、白ウサギをフェフが仕留めたとき、ジュリアは裁判官たちに「悔い改める」、つまりパラダイムに屈することはせず、フェフの無事だけを祈る。それゆえに、守護者である白ウサギ同様、ジュリアは死する。フェフは自分に愛を与えた守護者ジュリアを自らの手で葬り去る。結果として、フェフは、パラダイム支配の死の世界に対する警鐘を発していたジュリアを抹消するエージェントとなっていたのである。白ウサギ目がけて放った弾丸は、パラダイムと戦った守護者を葬る致命の一撃となったのである。

「寝室」のジュリアの幻覚で、裁判官たちはフェフにこう語っていた。「殺すんじゃない、治す。彼女を治すんだ」(34)。彼らはフェフを治し、フェフの「大切な光」を取り込んで、パラダイムのエージェント＝「モンスター」に作り上げた。そして、呆然とジュリアを見つめるフェフを尻目に、額に血をにじませ、頭部をのけぞらせたまま車椅子で身じろぎもしないジュリアの周りにスー、シンディー、エマ、ポーラ、クリスティーンそしてシシリアが集まり、舞台の照明が落ちていく。もはや女性たちのポリフォニーは存在しない。あるのは、精神の死が漂う沈黙と光が薄れ暗闇が覆い尽す世界、パラダイム支配のディストピアにほかならない。

迷宮からの出口へ

第三部、フェフの家に集まった八人の女性が、本来の目的である教育集会のリハーサルを行う場面がある。そのハイライトとなるのが、エマのスピーチである。『フェフ』に付された脚注によれば、このスピーチでエマが語るのは二〇世紀初頭ニューヨークで子供たちに演技を教えたエマ・シェリダン・フライの著書、一九一七年出版の『教育演劇』のプロローグからの引用である(46)。「社会は私たちを制限し、学校は私たちに拘束服を着せ、文明が私たちを沈め、不自由が私たちを苦しめ、贅沢が私たちを甘やかす」状況に対して、「環境が五感の入り口をノックする」(46) のに気づき、「本当の生命の力 (life force) を司る法則を探り、それらが本来の力を発揮し、創造、発展、再構築するものとなるようにする。眠っている生命を目覚めさせる」(47) ことである。そして今、私たちの五感の「扉は閉ざされた」まま、「死という無関心に捕らえられている」(46)。言い換えれば、社会・学校・文明というパラダイムに制限・支配され、その自覚もないまま本来備わった生命の力を見出すこともできない「無関心」という「精神の死」の虜になっているのである。

エマの口を通して伝えられるフライのゴスペルは、『フェフ』に見る女性たちの状況に重なる。つまり、教育集会リハーサルとして演じ／語られるこのスピーチは、作品全体を自己参照的に映し出すメタシアターとして機能する。しかしそれだけではない。W・B・ウォーゼンは、このエマ・スピーチが、「登場人物たちに対する家父長制イデオロギーの［思考／理性］麻痺効果」および「現実世界の威圧的『基本原則』におけるこのイデオロギーの反復再生の度合いを示唆している」(Worthen 73) と論じている。劇場を離れた現実社会の状況をも映し出しているわけである。つまり、観客が舞台に目にするのは、観客自身がこれまで見たことのない自らが暮らす現実世界の状況である。しかし、社会のパラダイムが浸透し、規範的な考え方しかできなくなった観客には、それすら理解するのは容易なことではない。女性登場人物だけのフェミニズム演劇だと考えて『フェフ』を見てきた観客が、フェフによる象徴的ジュリア殺しを見て戸惑うのはそのためである。しかし、同時に、不可解な幕切れの提示こそ、観客がパラダイムの支配に目覚める最初のステップとなる。なぜなら、既存の原則、価値観、考え方では解読不能となる謎を前に、私たちは考え、テクストと、そしてさまざまな人々との対話を通じて、問題解決の糸口を探っていこうとするからである。そこには、パラダイムのモノローグではなく、多様な声がそれぞれの主張を展開するポリフォニー／ヘテログロシア状況が展開してくるはずである。そして、それが次のようにフォルネスが語る所以である。

> 私の作品では、みんないつも解決策を探しているわ（……）。私の作品には解決策が示されてないって言う人もいるけど。でもその理由は私がこう感じるからなの。登場人物は［問題からの］出口を見つけ出す必要はない。出ていかないといけないのはあなたなの、ってね。(Savran 55)

「芸術は究極的には教師だと感じる」フォルネスにとり、「演劇はレッスンとして存在する」(Savran 56)。つまりフォルネスの演劇作品は、生きるための授業、教訓を伝える教育だということである。そんな「フォルネスから学んで、劇作を戯れでいて厳粛な道徳的責任だとみなすようになった」(Kushner 131) とトニー・クシュナーが言うのも不思議ではない。また、フォルネスと長年の親友であったスーザン・ソンタグが「教えを求めたり与えたりするのはフォルネス劇ではよくある状況である」(Sontag 8) と語るのも当然だろう。『フェフ』に残した難解な幕切れこそ、フォルネスが見るものに贈る最高の授業課題にほかならない。フォルネスが“get out”するのは「あなた」だと観客に言うように、文字通り劇場から出て、ポリフォニー／ヘテログロシアが展開する対話の舞台に出ることで、彼女が仕掛けた謎の迷宮からどれほどの人が出てこられるのか。二一世紀の今、改めてこの疑問が頭をもたげてくる。

第九章
クイアのポスト・ヴェトナム
――ランフォード・ウィルソンの『七月五日』をめぐって

ヴェトナム戦争の余波
――身代わりの山羊となった復員兵とその後

六〇年代、米ソのヘゲモニー闘争の局地戦となったヴェトナム戦争は、共産主義から世界を守る十字軍的聖戦とするアメリカの国家的プロパガンダの偽善と裏切り、アメリカ帝国主義の残虐さをしだいに露呈していく。アメリカ国民は疑念と幻滅、さらには憤りを募らせていった。民主主義陣営の盟主アメリカによるヴェトナム介入と人種的・性的少数派への差別と抑圧という国内外の諸問題・矛盾は、黒人公民権運動を中心とする多様なマイノリティの権利獲得運動、そしてヴェトナム反戦運動という一連の反体制・対抗文化運動となって噴出する。この対抗文化運動と連動してアメリカ演劇の世界では、体制的ブロードウェイに反旗を翻す「反既成演劇」（オルターナティヴ・シアター）が展開する。オープン・シアターのミーガン・テリーの『ヴェト・ロック』（一九六六）、ジャン＝クロード・ヴァン・イタリーによる『アメリカ万歳』（一九六六）、リヴィング・シアターの『アンティゴネ』（一九六七）、エル・テアトロ・カンペシーノの『ヴェトナム・カンペシーノ』（一九七〇）、パフォーマンス・グループの『コミューン』（一九七〇）など、反既成演劇がヴェトナム戦争を問題とした反戦劇、社会変革劇を世に送り出していったのも演劇の政治性を考えれば自然なことだった。

リチャード・G・シャラインは、当時の反戦劇の特徴を「政治的かつ文化的・美学的現象」としたうえで、六〇年代演劇が、アーチ型の前舞台や言語の制限から演劇を解き放ち、演劇形式および演劇的世界認識そのものを革新することで社会変革を達成しようとし、そのもっとも顕著な特色が観客参加であったと述べている（Scharine 116–17）。さらにシャラインは、演劇性と政治学の関係を指摘したリー・バクサンダールの論[1]を援用して、戦争行為を見世物的スペクタクルへと作り上げ、市民から然るべき反応を引き出そうとする政府の政治的操作能力に言及しつつ、「反戦運動が発見したのは政府の操作機構が対抗スペクタクルによって崩壊（または、少なくとも、その化けの皮を暴露）しうることだった」と論じている（Scharine 118）。[2]重要なことは、六〇年代ヴェトナム反戦劇がアメリカ政府の政治学を攪乱・転覆しうる現実参加の反体制的政治演劇装置として少なからぬ効果・成果をあげていたという点である。

アネット・J・サディックは、政治的批評メディアとしての演劇の力に着目し、言語と非言語を併せ持つ表現能力、観客を前に実演されるライヴ性、そして共同制作芸術という特質ゆえに、演劇が複雑な政治問題を他のメディアに先がけて問題化すると指摘する。我々が確実だと信じているものの根底を揺るがし、捏造されたものと現実のものとの数々の矛盾を明らかにする、そのような劇的な出来事を共通体験することがある。サディックは、演劇が文化的に共有されたそのような劇的体験の本質を見極める有効な手段であると言う。そして、一九七〇年代・八〇年代アメリカで捏造と現実の劇的矛盾がもっとも顕著であったのがヴェトナム戦争の余波をめぐる状況であり、いち早くヴェトナム戦争をめぐる両面価値的状況を作品化したのがニューヨーク演劇界だったと論じている (Saddik 174)。

事実、七〇年代になりヴェトナム反戦劇はしだいに焦点をヴェトナム戦争の余波をめぐる問題にシフトしていく。反戦運動という現実的政治参加を促す演劇から、ヴェトナム戦争がアメリカ国民の意識、価値観、自己認識にもたらした変化を見つめなおし、政府のみならずアメリカ国民と共同体自身の自己反省を促す方向へと向かう。その要因の一つがヴェトナムからの復員兵士の問題だった。

シャラインは、ヴェトナムに従軍した若者の大半が、大学教育を受けることのできない低所得者層の若者、あるいは／かつ人種的マイノリティだった点を指摘し、ヴェトナム復員兵として帰還した若者に対するアメリカ社会／市民の冷淡な態度として、復員兵が遭遇した四つの現実を挙げている。第一は、戦争反対派からは戦争を犯した者として非難され、賛成派からは負けたとして非難されるスケープゴート化。第二に、困難な社会復帰。第三は、社会的成功のためのヴェトナム戦争体験隠蔽の必要性。そして、四番目に挙げられたのが、社会からの追放処分や差別を引き起こすヴェトナム戦争従軍経験にかかわる恥辱と罪悪感から生じる心的外傷後ストレス障害である (Scharine 127)。

国家の戦争手段となって戦ったヴェトナム復員兵に対する社会的スケープゴート化・周縁化は、市民、共同体から国家レベルにいたるアメリカ社会全体に内在する問題として表面化する。七〇年代、こうしたヴェトナム復員兵問題を焦点化し、復員する前（兵役中）と後（退役後）の兵士個人をめぐる諸問題に焦点を当てたヴェトナム劇、『パブロ・ハメルの基礎訓練』（一九七一）、『棒切れと骨』（一九七一）、『ストリーマーズ』（一九七六）から成るデイヴィッド・レイブのヴェトナム三部作は、アメリカ人に反省と現実認識を促すものだった。この三部作で、『パブロ』と『ストリーマーズ』が戦時下兵役中の兵士の日常を描いたのに対し、『棒切れと骨』では盲目となって帰還した復員兵をめぐって、ヴェトナムに無関心なアメリカ市民の不毛で残酷な精神性が描かれる。しかし、それとともにもう一つ特筆すべき特徴が現れる。それは、『ストリーマーズ』の核となる兵士の同性愛問題である。六九年のストーンウォール暴動以来、七〇年代のレズビアン／ゲイ解放運動というクイア・アクティヴィズム活発化のなか、ヴェトナム戦争をクイアの視点から再検証しようとする演劇的試みが現れてくる。

レイブの三部作最終作『ストリーマーズ』から二年後、ヴェトナム戦争後の復員兵の日常と同性愛を中心にヴェトナム戦争と反戦運動のその後を描いた作品が登場する。七八年初演、ランフォード・ウィルソンの『七月五日』である。『七月五日』は、七九年の『タリーの愚行』、八五年の『タリーと息子』とともに「タリー家三部作」を形成する。後の二作が第二次大戦中一九四四年の独立記念日を舞台とするのに対し、三部作第一作となる『七月五日』はヴェトナム戦争後の七七年独立記念日夕刻から翌朝にかけて舞台が展開する。つまり、『七月五日』で描かれる七七年現在のタリー家にまつわる過去が、その三三年前に遡る二作、三作で映し出される形で三部作が構成されている。重要なことは、タリー家物語が戦争、人種、資本主義、ジェンダーなど多様な問題を孕むアメリカ史を反映する一族物語であるということ。そして、『七月五日』がヴェトナム戦争とその余波をタリー一族物語の枠組みを通して提示し、「ヴェトナム」を現在に至るアメリカの歴史的プロセスと類比的関係にある問題として捉え、七〇年代後半のアメリカのあり方を再考し、今後の一つの方向性・可能性を提示しうるものであるという点である。

こうした観点から、本章では、ヴェトナム反戦運動のその後とクイア・アクティヴィズムという二つの政治的志向性を併せ持つタリー家物語『七月五日』を、アメリカに対するクイアのポスト・ヴェトナム・ポリティクスとして読み解く。

ユートピア創造の夢と失楽園

『七月五日』の舞台は、ミズーリ州レバノンにあるタリー家農場。時は前述したように、七七年独立記念日夕刻から翌朝。農場売買をめぐって、隠遁生活を送るタリー家当主の同性愛者ケネス（ケン）・タリーの精神的再生プロセスとタリー農場に集う人々の過去から現在に至る関係性を中心に舞台が展開する。

ケンは、七年前、ヴェトナム戦争で両脚を失う。かつて、カリフォルニアのオークランドで高校教師として人気があったが、この身体損傷のため自信を喪失。故郷ミズーリ州レバノンのタリー家農場に帰り、教職に戻る勇気もなく、現実社会から逃避した生活を送っている。冬の間、ケンはセントルイスで酒浸りの生活を送る一方、恋人ジェドにタリー邸の庭の手入れを任せ、自分自身は二度ほど農場を訪れるだけだった。そのケンが今、さらなる現実逃避の生活資金調達を目的として農場売却を考えている。その売却相手がケンの幼馴染のジョンとグウェン夫婦。しかし、売却取引は不成立に終わる。その要因の一つが、ケン、彼の姉のジューン[3]、そしてジョンとグウェン四人にまつわる過去の関係性と裏切り行為の発覚である。

六〇年代、四人はバークレー在学中、ヴェトナム反戦運動の活動家だった。その当時の母親の活動を理解もせず、自分を非難する娘シャーリーに対して、ジューンは怒りを押させてこう語る。

あんたたちのために母さんらがどんな国を作ろうとしたか、あんたはわかってないのよ。今じゃ、ぜんぶ馬鹿みたいに思うけど、だからといって母さんたちがもう少しで成し遂げていたものの価値が下がるわけじゃないのよ。(41)

さらにグウェンはシャーリーに向かって反戦運動当時を次のように回想する。

(……)私たちはテレビに映ったし、『タイム』誌にだって載ったの。刺激的だった。本当はまったくのナンセンスだったけど。反戦・戦争終結集会に行くでしょう。ホワイト・ハウスに行進するの。(……)ともかく、そこに着くとね。五〇万もの人が集まってて、演壇で演説してるし、熱狂的ファンの集会さながらプラカードがいっぱい。みんな興奮、陶酔して、そこら中に群がって、芝のうえでシャツも脱いでさ、男の子も女の子も、チキンやタコス食べて。戦争終結、爆撃禁止、ブラック・パワー、ゲイ・パワー、ウーマン・リブのプラカード。ナチ党に、仕事を要求する組合団体、チカノ・パワーに、戦争捕虜解放、移民解放。アレン・ギンズバーグがラウドスピーカーで「オーム」を唱えて、コレッタ・キングだっている。よっぽど賢い人じゃなかったら、それから何も生まれてこないってわかる人はいなかったのよ。でも、あんたの母さんをけなすんじゃないよ。彼女はあの「パワー・トゥ・ザ・ピープル」って歌を本当に信じて、それで傷ついているんだから。(42)

グウェンの言葉が示すように、六〇年代対抗文化運動のなかで、ヴェトナム反戦運動は、ブラック・パワー、ゲイ・パワー、ウーマン・リブなど、ワスプ異性愛主義家父長制という国家的規範・権力に対する多様な人種的・性的マイノリティのエンパワメント運動と連動した動きだったのは言うまでもない。両者は、アメリカ国家権力の支配的イデオロギーに叛旗を翻す反体制勢力としてネットワーク状に脈動していたのである。また同時に、ジューンとグウェンが語る当時の回想は、六〇年代反戦運動にコミットしたフラワーチルドレンのユートピア思想と理想主義が後に収束・瓦解し、国家体制によって解体・吸収された無念さと郷愁を浮上させる。

しかし、グウェンが「人生最良の時」と呼ぶケン、ジューン、ジョン、グウェン四人の共同体＝コミューン(45)が崩壊する要因となったのは、体制による取締りでも圧力でもなかった。彼ら自身のなかに発生した摩擦と裏切りだった。その一つは、ジョンのジューンに対する仕打ちである。学生時代ケン、ジューン、ジョンは同じアパートで共同生活をしていたが、グウェンが加わった時、ジューンがアパートを出る。ジョンとの間にできた子をジューンが身ごもって六カ月の時だった。明らかにジョンが子供を認知しなかったことに起因する (Pauwells 159)。今一つは、ケンが現在になって直面する一五年前の裏切りである。学生時代、ケンはジョンに同性愛を抱いていた。しかし、ケンの徴兵回避を目的としてケン、グウェン、ジョン三人で計画したヨーロッパ逃亡旅行寸前、ジョンとグウェンはケンに黙って二人でヨーロッパに出奔する。ケンが突然旅行をやめたと偽って、ジョンはグウェンを欺き、彼女を連れ去ったのである (69–70)。その後ケンは徴兵されヴェトナムで両脚を喪失する。反戦運動にコミットした四人の若者が複雑に交錯した性的関係の軋轢によって彼ら自身のコミューン解体を引き起こす。しかもそれが異性愛主義者のジョンによる、女性（ジューン）とゲイ男性（ケン）双方に対する裏切りと、グウェンへの欺きであった点は、当時の対抗文化と性革命の関係性をめぐる問題点を浮上させる。

デイヴィッド・サヴランは、「原則的貧困」と「性的自由主義嗜好」を標榜した若者文化であった対抗文化の三本柱として、セックス、ドラッグ、ロックンロールを指摘し、意識革命を目指す対抗文化が開拓したものとして、反既成的共同社会空間 (alternative communal spaces) を挙げている (Savran 150–51)。ケンたちが形成したコミューンもこうした反既成的共同社会空間であったと考えられるが、ここで問題となるのは、政治化された対抗文化が扇動した性革命である。トッド・ギトリン著『六〇年代』を援用して、サヴランはその状況を明確に分析する。要約すると以下のようなものだ。

親世代の道徳観に対する若者の反抗によって性解放は高まり、「オルガニズムは永遠の革命」という言葉が広がった。しかし、皮肉にも彼らの性解放はある意味で保守的な性倫理と変わることはなかった。『六〇年代』によれば、過激な政治と男らしさは古い左翼の時と同じく学生運動において不可分で、ＳＤＳ（民主社会を目指す学生同盟）は家父長制と男らしさを信奉し、活動の中心メンバーは独占的に異性愛主義の男性、新左翼の過激派だった。女性は彼らの間では従属物であり、男性活動家に厳しく支配され、ＳＤＳを団結させるセメントのような役割をしていた。

女性だけが不利益を被ったのではない。大半のゲイ男性とレズビアンは家族に対してと同様、腕を組んだ同志たちにも自分が同性愛者であることを隠しておく必要があった。

対抗文化は多くの点で、新左翼同様、女性嫌いであり同性愛恐怖症だった。「自由恋愛」は自由なヘテロの愛に限定されていた。ジェンダーのモデルは、一九五〇年代の規範とほとんど変わらなかった。ゲイ解放戦線とゲイ活動家同盟はそれぞれ一九六九年と七〇年に創設されたが、共に文化革命を批判した。それが多くの点で自ら反逆している文化同様に女性嫌いで同性愛恐怖症的であるからだった。(Savran 152–53; Gitlin 108–9, 371–73)

サヴランの議論は、対抗文化運動そのものが抗議・反逆すべき体制の性的イデオロギーを信奉し、運動の旗印となった性革命、性の解放もヘテロセクシュアルの規制枠に限定されたものだったことを示している。

この意味で、身ごもったジューンを捨て、グウェンを欺き、自らに愛情を向けた同性愛者ケンの信頼・友情を裏切ったジョンの行為は、対抗文化が当初より孕む内部崩壊の誘引、対抗文化を内破する反・対抗文化的（＝体制的）エージェントの動きを映し出すものだと言える。ヴェトナム反戦と家父長制的異性愛主義からの性の解放、という国家的イデオロギーへの反逆によって目指した対抗文化のユートピア創造の夢はこうして破綻する。

それから一五年、タリー家農場に集う四人の再会は、失楽園を経験したかつての学生反戦運動活動家四人のその後の人生に、ヴェトナム戦争と反戦運動が及ぼした対照的な影響を明らかにする。

クイア隠遁者と企業家
——反戦活動家の二つのその後

タリー家農場の売買問題をめぐって『七月五日』の舞台が展開するのはすでに述べたが、ここで問題とするのは、売る側と買う側のヴェトナム戦争後から現在に至る生活、そして彼らの現在の関係性である。

発覚したジョンのかつての裏切りをめぐってケンとジョンが激しく応酬するなかで、徴兵を忌避せず、なぜヴェトナムに行ったのかとジョンに問い詰められ、ケンが言葉に詰まる場面がある。その答えを言い当てたのは姉のジューンである。ジューンは、徴兵される方がケンにとって簡単だったと指摘して、こう言う。「あんたは、尻をついて座り込んで、黙ったまま奴らに連れていかせた。自分の意思で行動するより、ずっと楽だったからよ。自分で取るべき責任を奴らに取らせたってわけ」(70)。自分のジューンが指摘するのは、信じてきたものに裏切られ、これまでの価値観・準拠枠の瓦解に見舞われ、もはやどうすべきかわからず途方にくれた者の姿、自らの意思を喪失した者の姿にほかならない。当時、ジョンの企みだとは知らなかったケンにとり、幼馴染みのジョンがグウェンとともに反戦の同志である自分を見捨てたという思いは、彼が二人とともにコミットしたヴェトナム反戦運動の理想の瓦解へとつながったに違いない。理想に幻滅し、反戦運動の意志はおろか、自らの意思を喪失し、無気力となったケンが、身の振り方を反戦運動の矛先であった国家権力と軍隊に委ねる。そして、反対していたヴェトナム戦争に従軍、両脚を撃ち落されて帰還する。結果から言えば、対抗文化・反戦運動の内部崩壊が、反戦活動家を政府に委ね、反対していたまさにその戦争に送り込み、両脚喪失という多大な身体的損傷を与えて帰国させたのである。

しかし、彼が受けたのは身体的損傷だけではない。「戦友がバラバラになって青い空を浮かんでいる夢からうなされて目がさめることもなくなったよ」(58) と語るケンは、次のように言葉を続けている。

ケン　(……) その夢っていうのは、なにか、いまいましい将軍みたいなのが、病院のベッドの間の通路を動いてきて、アスピリンみたいに勲章を手渡しているんだ。意識が戻ったとき、それが最初に見たことだ。
ジューン　英雄捜しに躍起になっていたのよ。(58)

ケンのトラウマとなっているのは、敵に殺されたアメリカ兵の姿、ヴェトナム兵の脅威、戦場の恐怖以上に、ヴェトナム戦争続行とその正当化を図るため、英雄生産に邁進する将軍、ひいてはアメリカ政府の姿だった。しかも、勲章はアスピリンと同じく、兵士の苦痛と恐怖を軽減し、栄誉・名誉心へと変換して、再び彼らを戦場へと送り込む。事実、「ケンおじさんは五つ勲章を持ってるの」(58) とシャーリーが言うように、ケン自身、五回は英雄的戦闘行為を示したと察せられる。ケンの場合、手柄・名誉を目指したというよりは、自暴自棄的な自殺願望、あるいは虚無的精神状態になって再三戦場に出たと考えたほうがいいかもしれない。いずれにせよ、負傷兵士への将軍による勲章授与（むしろ配布）で示されるのは、英雄化によって兵士を戦場に駆り立て、同時に英雄報道により、ヴェトナム戦争続行の国民的支持を得ようとするアメリカ政府の姿である。そして、アメリカ国家権力によるこうしたヴェトナム戦争の実態がケンに両脚喪失という身体損傷とともに強いトラウマ体験をもたらしたのである。

さらに、両脚のない帰還兵となったケンを待ち受けていたものは、高校生の前で義足故に無様な音を立てて転ぶ自分自身の不甲斐無い姿、そしてヴェトナムがどこにあるのかさえわからない無知な高校生の姿だった(33)。故郷ミズーリ州レバノンに帰郷後、今年の五月、ケンは母校の高校を訪問して、秋から教えることになるクラスに紹介された。しかし、高校生は顔をあげてケンを見ようとはしなかった(55)。明らかに彼の身体の問題が原因だった。

反戦運動の挫折とヴェトナム戦争体験は、ケンから反戦の理想と友人への信頼、さらに両脚と教師としての職と自信を奪い、アメリカ国家と人々への不信を植え付けた。こうしてケンは、ヴェトナム帰還兵、クイア、両脚義足の障害者、以上三重の周縁化を被る者としてタリー農場に引きこもり（あるいはセントルイスで酒に溺れ）、恋人ジェドを頼りに世間を避けた隠遁生活へと逃げ込んできたのである。

一方、タリー家の邸宅・農場を買取りにきたジョンとグウェンは、反戦運動当時とは異なり、企業経営者・資本家としての生活を送る。当初よりジョンがグウェンと二人でヨーロッパに出奔し結婚したのも、巨大な産銅企業経営者の娘である彼女の資産を目的としてのことだった。現在、妻とともに同企業の経営者となったジョンが、今回のタリー農場買取り話に乗ったのも、農場を音楽スタジオにすることで、カントリー・ウェスタン歌手を目指すグウェンの意識を会社経営から遠ざけ、経営の実権を握る目的があってのことである。[4] つまり、飽くなき企業経営と利潤追求を目指す野心家ジョン、そして企業所有者という裕福な特権的地位にあってショービジネスの世界進出を夢見るグウェンは、互いにアメリカ資本主義に取り込まれた成功者の道を歩んできたわけである。

以上、ヴェトナム戦争と反戦運動に人生を左右された、かつての反戦運動家の今を示す二つの対照的な姿がある。無論ここに、ジョンと別れて私生児となった娘シャーリーを叔母サリーに預け、戦闘的反戦活動を展開したかつての活動家ジューンも加わる。一方は、ヴェトナムで戦い、両脚を失い、国家の支配的イデオロギー社会から孤立した隠遁生活へと逃避する。あるいは過激な反戦運動を戦いぬき、現在も気骨を持ちながらもシングルマザーとして社会の周縁化を被る。そして今一方は、反戦運動を離脱、ヴェトナム戦争を忌避し、ヨーロッパへ逃走後、妻の親が残した巨大企業の遺産により、実業家という資本主義社会の成功者となる。

ヴェトナム戦争と反戦運動、この両者を戦ったものが、ヴェトナム後のアメリカ社会で逃亡者、隠遁者、あるいは社会の異端者として周縁化を被り、ヴェトナム戦争と反戦運動、いずれからも逃れたものが、資本主義に吸収され体制側に転じた転向者となって社会的成功を享受する。国家による戦争の常か、当初よりヴェトナム戦争は、兵士を戦争遂行の道具（駒）として戦場に送り、消耗品として消費し、国家権力に叛いて反戦運動を戦い抜いた者を排除・周縁化する。一方、アメリカニズム、資本主義という支配的イデオロギーの信奉者・体現者となる者には、さらなる富と権力をもたらす。それにより、国家・政府は、国家的威信と権力基盤の維持・強化を図ろうとしたのである。かつての学生反戦活動家四人が示すポスト・ヴェトナムは、一方で国家的イデオロギーと資本主義の支配、他方でそれらによって解体・吸収された反戦運動と対抗文化の理想主義が疲弊した姿、その両者を映しだしている。

排除の歴史
――身体化された異質性・周縁性

ケンにとり、ジョンが明かす過去の裏切りとの対峙、ジョンとの直接対決とともに、自己喪失者のごとく軍に身を委ね、ヴェトナムに送られた過去の自分を見つめなおすことが、精神的再生への一歩となるのは確かである。しかし、彼の再生を最終的に可能にしたのは、ジョンとの競りに勝って売却取引を破棄させ、タリー家農場を守りぬいた叔母サリー・フリードマン、農場のバラ園の造園・管理を引き受ける恋人ジェド、そしてケンを厳しく叱責し、彼が再生する最後のひと押しを与えたグウェンである。まず問題とすべきは、タリー農場維持にサリーとジェドがこだわる理由、そしてここに集う人々にとってのタリー農場が持つ意味・表象性の変化である。この問いを考える上で、タリー一族の過去と登場人物の身体性が重要な鍵となる。

サリーはキャンディー・ボックスに入れた亡き夫マットの遺灰を川に流そうと故郷レバノンのタリ

ー農場を訪れる。しかし、七月五日の早朝、彼女が最終的に遺灰を撒いたのは川ではなく、ジェドが育てたバラ園である。重要なことは、遺灰となったマットの身体がタリー家のバラ園の土になる意味である。それにはタリー一族と、マットとサリー夫婦との確執がかかわる。サリーは三三年前をこう振り返る。三一歳でマットと結婚した時、マットがユダヤ人であるという理由で、ケンの両親をはじめタリー家の人々、そして町中がマットを忌み嫌った。しかし、マットは気にも留めず、シャーリー、グウェン、ケンという若い世代のことだけを気にかけた。[5] 自らの意見を公言してはばからないマットを見て誰もが言うように、マットがアメリカという国を好きでないのはわかっていた。しかし、彼はこの田舎を愛していた。そう回想しながら、サリーは、ケンがタリー農場を売り払うつもりなら、「マットはここの人間ではなくなってしまうのよ」と怒りをこめてケンに言う (44)。[6] サリーがタリー農場を死守しようとしたのも、生前、異端者として排斥されたマットが死してタリー家のバラ園の土となることで、タリーの人間となれると考えたからである。しかしそれは、マット、そして彼と結婚したサリーを放逐したケンの父親をはじめとする企業家一族タリー家の一員になるという意味ではない。

　企業家一族タリー家の物語は、いずれも一九四四年七月四日を舞台とする第二作『タリーの愚行』と第三作『タリーと息子』で明らかにされていく。サリーの祖父カルヴィン・タリーは、第一次大戦中の戦時特需で成功し、縫製工場と銀行を創業。ここに家父長を頂点とした実業家・資本家一族が形成される。このワスプ家父長制一族のなかにあって異端とされたのが、二人の女性、カルヴィンの娘ロティーと孫娘（長男エルドンの娘）サリーである。『タリーと息子』では、タリー家の反逆者ロティーの姿が映し出される。彼女は、労働者の生活を無視し、物欲に駆られ利益優先の父カルヴィンに反対し、自ら貧しい労働者となって時計工場で働くが、そこで蛍光塗料によるラジウム感染により病いに冒される。しかし、その後、左翼思想の教育施設で黒人児童の教育に献身する日々を送る。そのロティーが家族の反対に対して擁護したのがサリーを訪ねてきたマットだった。彼女はサリーとマットの唯一の理解者・支持者だった。

一方、サリーとマットの求愛を描く『タリーの愚行』では、フランス、次いでドイツで迫害を受け、家族を失ってきたマットの過去とともに、「秘密にされたサリーの謎」が明かされる。それは、高校時代の結核がもとで、彼女が子供を産めない体になっているという事実である。結核菌が骨盤内感染症を引き起こし、それが彼女の子宮を侵したのである。しかし、彼女の不妊は、タリー家の家父長的経営戦略の犠牲者となった女性の痛ましい記憶を蘇らせる。かつて、タリー家は共同経営者キャンベルとの関係強化のため、キャンベルの息子ハーリーとサリーの政略結婚を画策する。しかし、サリーが不妊となると、ハーリーは彼女のもとを去る。跡継ぎを産めない女性は、両家にとり何の企業価値・資産価値も持たなかったからだ。つまり、サリーは、男社会の論理優先の企業戦略によって子を産む道具として期待され、その機能喪失によって破棄されたのである。[7] その後サリーは、男性社会の企業論理に屈するのではなく、進歩的な自由主義者として生きてきた。かつて教えていた日曜学校を三年前に突如、解雇されたのも、ソースタイン・ヴェブレを教材に日曜学校に来る工場労働者（母親たち）を教えたためである。折しも、タリー一族経営の縫製工場で組合結成の動きが進行中のことだった。

労働者の立場に立って、経営者側に抗議する二人の女性、ロティーとサリーの身体的損傷・障害は、タリー家の男たちに象徴される物欲的企業経営者・資本家に対抗する抵抗者・反逆者の傷であり、異端者を示すマーカーだと言える。それは、ワスプ家父長制異性愛主義・資本主義というアメリカの支配的イデオロギーに周縁化を受けたアウトキャスト、アウトサイダー、ミスフィットと共通項を持つ人々、そして支配的パラダイムに反逆する人々を表象する記号として機能する。サリーとマットが互いに惹かれ、ロティーが二人を祝福し、支援したのも当然のことである。

ここで話をマットに戻そう。マットの遺灰がタリー家のバラ園の土になることで、タリーの人間になれる、というその「タリー」が意味するものが何かという問題である。それは、物欲的企業経営者一族の古いタリーではなく、支配的イデオロギーに反逆するロティーやサリーという「異端的タリー」、旧世代の家父長的タリーとは決別した「新たなタリー」にほかならない。つまり、ヴェトナムで両脚を失った義足のクイア、ケンを当主とする新たな世代のタリー家ということになる。敷衍すれば、それは、アメリカ社会の規範・支配的イデオロギーから周縁化された女性、クイア、ヴェトナム帰還兵を含め、異端者やミスフィット、アウトキャストが自分らしく生きていける共生集団、あるいは一つの拡大家族と捉えることができるだろう。この意味からタリー邸とその農場は、これらの人々が息づく場所、ひとつのシェルター、理想郷という意味合い・表象性を帯びてくる。

事実、この農場に集う人々は、身体的、性的、あるいは精神的周縁性を表す異端者マーカー（社会的規範のなかで正常・通常として一般化されるものから逸脱した特徴）を有している。『タリーと息子』では父の物欲的経営方針に反逆したロティーがラジウム汚染による病いを患っていたが、マットとの結婚で家族から追放されたサリーは結核による生殖器障害で不妊となり、タリー一族から排斥されたユダヤ人マットは現在、遺灰となってタリー農場にいる。さらに、ヴェトナム帰還兵で両脚義足の同性愛者ケンと彼の同性愛パートナーのジェド、戦闘的反体制活動家からシングルマザーとなったジューンとジョンとの間にできた不義の子、自らを「私生児」と呼ぶシャーリー（一八）。作品で言及されるだけで舞台には登場しないが、誰にも話を理解されない自閉症の少年ジョニー・ヤング。そして、もう一人。タリー家農場を買取りにきたグウェンもまた、企業経営者・資産家という社会的成功者の顔とは裏腹に、周縁性を表す異端者マーカーとなる身体的特徴を有している。

グウェンは、「医学上画期的な手術の数々」によって「二五歳までに何もかも取られたわ」と言うほど多くの臓器を摘出され(31)、まさに「あなたは科学に身体を提供したのよ」とジューンが言うように(40)、サイボーグ的身体を持つ。[8] そのグウェンが両親や夫ジョンよりも、ケンやサリーに近い精神性を持つ。父がこの四年間、全身麻痺の体にチューブとワイアがつながれた姿になっているのも滑稽と一蹴し、航空機事故で弟とともに亡くなった母親を「ビッチ」だったと言う(32)。反戦運動当時、自社の爆破にも関与するほど過激な活動家だったのも、おそらくは産銅企業経営者の両親への反発・反逆と察せられるが、その点でロティーとの類似を想起させる。ロティーは労働者を搾取し利益優先の父カルヴィンに反対し自ら工場労働者となったが、労働者擁護という点ではグウェンも同じである。彼女は、母親が残した企業「ヘレーナ産銅」の労働者に、利益すべてを労働者が平等に支給されるボーナスにすると確約する。グウェンは、ジョンと彼の腹心シュワルツコフが同社の利益を不当に同族会社の設備改良につぎ込み、その隠蔽工作として収益ゼロを計上するという画策を阻止し、労働者への利益の均等分配を図るのである(62–63)。こうした精神性を持つグウェンを亡きマットがかつて心から気にかけていた(44)のは当然のことかもしれない。[9]また、母ジューンに対する娘シャーリーの誤解を解き、母娘の仲を修復しようとするものグウェンである。つまり、グウェンもまた多大な身体的傷＝周縁性を負いながら（負うからこそ）、他者への理解といたわりを有する個人として、タリー家農場に集う一人なのである。

前述したごとく、このグウェンこそケンに再生の最後のひと押しを与える人物にほかならない。最終場、コロンビアからの音楽契約に高揚するグウェンをめぐって、それがグウェンを経営から遠ざけるジョンの策略だと訴えるケンに腹をたて、ジョンが部屋を出ていく時に不用意にケンを押しのけ、ケンが倒れる場面がある。仰向けになったまま、みじめに泣きごとを言わんばかりのケンに向かって、ジョンのしていることはすべてお見通しと言うグウェンが厳しい叱責の言葉を投げかける。

くそ亀みたいに仰向けになってても耳は聞こえるだろう。あんたは、ジェドも必要ないし、自分が役に立つ必要もないって思ってんだろう。今住んでる家を売って自分ってものと向き合うことから逃げてごらん。そしたら、ベイビー、あんたは失敗する一歩手前にいるってことだよ。だから私の言うことをよく聞くんだ。私もずっと失敗してきたからさあ。さあ、働き始めるのか、負け犬になるのか、どっちだい？(72)

この後、ジェドに引き起こされて立ち上がったケンが、ジョニーのSFについて語りだす。新たな仕事のスタートを切る、覚醒したケンの姿である。

挿話、寓話、そしてSF
――物語化された異質性と再起への鍵

以上のように、ケンを中心にタリー家に集う人々は、古いタリーとは異なって、規範的モラル・世界観、支配的イデオロギーに依拠した社会から逸脱した周縁性、あるいは社会に対抗する異質性を共有する。一方、彼らによって語られるナラティヴは彼らの異質性・周縁性とともに、彼らの創造性を表し、同時に生存・再起へのヒントを提供する。サリーとマットがかつて見たとされるUFOのエピソードは信じがたい話である。UFO存在の是非が問題ではなく、二人が語るエピソードのエクセントリックさが、既存秩序の社会から排除される逸脱性とともに既存社会の価値基準では図りえない創造性・世界観を有する個人の異質性、特殊性を表す記号として機能する。

同様の話は、ウェストンが語るエスキモー家族の民話に認められる(37-38)。蓄えておいたカリブーの肉が凍りつき、それを溶かそうと勇者が肉に向かって大きく放屁する。しかし、解凍された肉のあまりの悪臭で、家族は食することもできず飢え死にした。道徳性もなく、聞く者に不快感、嫌悪感を与えたとして非難されるこの話も常識的価値観では理解しがたい。語り手ウェストンの言う「異質な文化」(39)を映すこの民話が反映しているのは、自国の文化で受け入れがたいことのなかに生存の可能性が秘められ、その可能性を見出し実践して生き抜くことの重要性を説くメッセージである。作者ウィルソンは、このエスキモー物語を「ヴェトナムのメタファーだと考えていた」と語っている (Williams 45)。事実、二幕で、ヴェトナム戦争の英雄作りに懸命な将軍による勲章授与の文脈から、ウェストンがエスキモーの話を引き合いに出してケンに尋ねる場面で、ケンは、「君のエスキモーの英雄を全面的に支持するよ。彼は男のなかの男だったと思うよ。完全に非難されるのは家族の方だ」と話す (59)。ケンの主張を要約すると、どれほど臭かろうと家族はカリブーの肉を食べていれば生き延びることができたはずで、生存することこそ重要であるという議論である。さらに、ヴェトナムとの関係性から敷衍すれば、このエスキモー民話は、ヴェトナムでの生存を賭けた戦い・生き方のメタファーから、さらにはイデオロギー／パラダイムの異なる「異質な文化」における／から学ぶ生存のあり方を示唆するアレゴリーだと考えられる。

さらに重要な物語が、ケンの再生の大きな鍵を握る一人、誰にも理解されない自閉症の少年ジョニー・ヤングがテープに吹き込んだSFフィクションである。彼の指導を頼まれたケンにとって当初解釈困難であったジョニーの話を、終幕時、自らの生き方に覚醒したケンが理解する。「とてもポジティヴでありながら、ネガティヴそして決定的にエクセントリックだ」とケンが評するジョニー少年によって、「とても難解に」語られる話はこうだ。壮大な宇宙にある太陽系すべてを探索した結果、地球以外に生命体を宿す惑星がないことがわかって、地球人は自分たちだけが自らの努力次第で求めるものになれると悟り幸福感につつまれた (73)。モーリス・メーテルリンクの童話劇『青い鳥』に似た教訓的結末を思わせる結末のSFである。自己信頼と自助の精神による自己実現というアメリカ精神の美徳がアメリカ社会において周縁化を受けてきた自閉症の天才少年によって語られる。その点で、周縁的人々がアメリカの支配的イデオロギー／パラダイムを解体しつつ、アメリカ精神の理想の新たなパイオニア・創造者となっていくことを示唆するメッセージとも解釈しうる。いずれにせよ、少なくともケンにとり自身の再生を促すメッセージとなったのは言うまでもない。

以上三つの話は、社会通念・既成概念では、容易に受け入れがたい不可思議性、異質性、不快性、意味不明性、不可解性など、社会による周縁化と排除を被る人々と共通項を持つナラティヴだと言える。しかし、これら社会の異端とされる周縁的人々が既存の価値体系・思考の枠組みを超えた創造性を有している点は注目に値する。植物学で修士号を持つジェドは絶滅種とされていたバラ、「スレイターズ・クリムソン・チャイナ・ローズ」(51) の再発見をナショナルトラストから正式に認められる。[10] マダム・キューリーが生涯を科学に捧げたように、自分は芸術に人生を捧げたい (40) とするシャーリーは、「ミズーリが生んだ最も偉大な芸術家になる」(42) ことを夢見る。[11] また自閉症の少年ジョニー・ヤングは、知能指数二〇〇の天才的数学能力を有し、人類のあり方を謳いあげる壮大なSF物語を創造する。そして最終場、誰も理解できなかったジョニー少年の物語に覚醒し、自閉症少年の可能性を見出し、「将来についてジョニー・ヤングと話さないと」と語って教職への復帰を予感させるケンの姿を残し舞台の照明が落ちてゆく (74)。

ケンと彼のまわりに集う人々の社会的異質性と精神的・身体的な傷は、同性愛者を含む多様なマイノリティの周縁性と彼らに向けられる社会的暴力を表象する。と同時に周縁化を被る人々が支配的イデオロギーあるいは既存の価値観では図りえない創造性によって新たな価値体系構築の可能性を示唆する記号でもある。そして、本作品で挿入される三つの話、すなわち、サリーとマットが見たUFO

エピソード、ウェストンの語るエスキモー家族の民話、そしてジョニー・ヤングのSFフィクションは、こうした表象性・記号性を、登場人物の異質性と精神的・身体的損傷とともに、相互補完的に映し出すテクスト内テクストとして機能しているのである。

クイアのポスト・ヴェトナム政治学

C・W・E・ビグスビーは、この作品が傷を癒し、ケンという個人とともにアメリカ国民全体に影響を及ぼしたトラウマを生き延びることを描いているとして、独立記念日という舞台設定について、「過去の否定の上に成り立った国家において、過去と直面することが未来に至る必要なステップとなる」と論じている (Bigsby 377)。未来に至る過去との直面は、ケンの叔母サリーによってもなされる。すでに見たように、サリーはジェドと二人で夫マットの遺灰をタリー農場のバラ園に撒く。独立記念日の翌朝七月五日早朝のことである。それにより、ヨーロッパでのホロコースト、タリー家の反ユダヤ主義を生き抜いたマットは、死して新たなタリー家一員としてこの農場の土になる。そして、タリー農場の売買取りやめと、ケアテーカーを引き受けたジェドによる農場の保存と維持。これらは、ケンを中心にしたタリー農場が、国家権力と資本主義に取り込まれることなく独自性をもった周縁的人々（クイアのみならず、人種、ジェンダー、宗教を含むあらゆる周縁化を被る人々）が集うことのできる場として育まれていくことを意味する。それが次の世代、最終場で「タリー家最後の人間」として一族の未来を一身に背負う覚悟をするシャーリー (74) によって継承されていくのは言うまでもない。反戦運動の瓦解とともに消滅したユートピアの夢の新たな一つの形として、タリー家農場の再生が示唆されて幕となる。

『七月五日』は、七〇年代、クイア・ポリティクスの立場から六〇年代ヴェトナム戦争と反戦運動を再考するクイア・アクティヴィズムのヴェトナム劇、あるいはヴェトナム反戦のクイア劇というレッテル付けが可能な政治劇としての特徴を持つ。事実、反響を呼んだ開幕当初のケンとジェドのキス・シーンが、当時の観客にクイア劇を強く印象づけたのは確かである（DiGaetani 291–92）。[12] しかし、『七月五日』が中西部ミズーリ州のワスプ旧家タリー家を描く三部作の第一作であり、両脚を喪失してヴェトナムから帰還したクイアがその当主となって一族物語が綴られている事実は、さらに広い歴史的社会的観点からアメリカとアメリカ人を検証・再考する視座を示す。つまり、歴史的に見れば、『タリーの愚行』の舞台なるボートハウスが建てられた南北戦争直後の時代から、カルヴィン・タリーが縫製工場と銀行を創業する契機となった第一次大戦中の戦時特需やその後の大恐慌の話題。『タリーの愚行』と同様、『タリーと息子』の舞台となる時代の第二次大戦では、戦死した亡霊テモシー（ケンの叔父）が語り手となって登場し、企業家タリー一族の問題がアメリカの状況とパラレルをなす形で描かれていく。そして、『七月五日』のヴェトナム戦争後の七〇年代。こうしたアメリカが経験した戦争を一つの歴史的縦軸とし、『七月五日』に至るタリー家三部作は、人種、ジェンダー、資本主義などアメリカが歴史のなかで孕んできた多様な問題がタリー家物語のなかで通時的共時的に相互に結びつき、ポスト・ヴェトナムの七〇年代後半のアメリカの状況を多層的に映し出す。ヴェトナム戦争と反戦運動そしてクイア・アクティヴィズムは、二〇世紀後半の大きな現代的問題としてだけでなく、現代に至るアメリカの歴史を照射し、再考を促し、今後の方向性を示唆する問題として提示されるのである。

『七月五日』では、クイアがクイア・エンパワメントのエージェントとしてではなく、むしろ、同じく周縁化を受けてきた女性、ユダヤ人、私生児、身体的障害者を含む多様なマイノリティと協調して、新たな価値体系を築いていくパイオニアとしての役割を担い始める。それがアメリカの支配的イデオロギーとパラダイムに対する一つの大きなアンチテーゼとなって示される。独立記念日七月四日に対峙した過去の真実とアメリカの支配的イデオロギーから、その翌朝七月五日に提示される新たな再生への道とそのフォーカル・ポイントとしてのクイアと女性、周縁化された人々の協調的コミュニティのあり方は、七〇年代後半のアメリカが今後歩むべき方向性、クイアのポスト・ヴェトナム・ポリティクスのあり方を示唆するものだった。その後、この方向に向かって多大な努力が払われてきた。しかし、二一世紀にはいった今もなお、この方向性が国家から地域にいたる政治と一般市民の認識のレベルで、十分な認知と支持を受けるものとは言い難い。今後、クイアとさまざまなマイノリティは、アメリカ社会のなかでどのような協調的ネットワークを形成し、社会と共同体の変化にかかわっていくのか。それをどうアメリカ演劇は反映し、問題提起をしていくのか、さらなら課題である。

第十章

もう一つのスモールタウン
――日系アメリカ演劇が映し出す「記憶の町」の妻たち

もう一つのスモールタウン

『アメリカン・スモールタウン――二〇世紀場所のイメージ』を著したジョン・A・ジェイクルは、その序文で、彼の関心が「理想化された場所としてのアメリカン・スモールタウン」であると述べ、「典型的なアメリカの町」の姿としてスモールタウンを位置付けている(Jakle 1)。個人主義と共同体意識、偏狭な閉鎖的画一性と共同体的相互扶助精神など相対する正負の要素を内包しつつも、アメリカン・スモールタウンは、アメリカ国民誰もが共有するステレオタイプ的イメージを持つ、アメリカの典型的町の姿にほかならない。それは、アメリカ史にしっかりと刻まれた開拓者精神を投影する場、アメリカ国民の精神的拠り所・故郷として、多くの人々の心に息づいている。ただし、忘れてはならないことがある。アメリカン・スモールタウンは、白人アメリカの町だという点である。そこに人種的マイノリティが入り込む余地はない。それは伝統的白人アメリカ共同体の呼び名であり、白人国家アメリカの歴史文化的アイデンティティと正当性を表象するイコンなのである。

白いアメリカのスモールタウンが発生した一九世紀末から二〇世紀初頭、もう一つ別のスモールタウンがカリフォルニアを中心に点在し始める。大西洋ではなく、太平洋を越えて来た中国人、日本人などアジアからの移民が身を寄せ合うようにできたアジア系スモールタウンである。彼らは目の形、髪の色、肌の色などアジア的身体の属性（Takaki 13）と、ヨーロッパ系アメリカ人の自民族優越主義的オリエンタリズムによって、人種差別と搾取の対象となり、周縁化され、排斥された。排斥的移民法と外国人土地法は、「市民権資格のない外国人」として彼らの市民権獲得と土地所有を禁止した（Takaki 14）。アメリカをヨーロッパ移民＝白人が築いた単一国家であると見なす伝統的考え方（Takaki 15）は、アメリカを共有する同胞として有色人種を許容するものではなかったのである。

アジアからの移民のうち、しだいにサンフランシスコなど大都市圏に集中し、「異国人の孤島《エスニック・アイランド》」（Takaki 230）と呼ばれるチャイナタウンで、洗濯業、中華レストラン、縫製工場、そして後に観光産業を中心に、独自のコミュニティを形成していった中国系移民と異なり、日本人移民は当初より、数多くが農村部に向かい、農業に従事した。[1] 移民開始当初、大半の日系移民の目的は「出稼ぎ」だった。しかし「出稼ぎ」意識では、白人による差別を助長し、アメリカ社会に根を下ろすことのない男性労働者社会に終わると考えた安孫子久太郎など日系移民指導者は、農業による永住思想を広め、日本から妻を迎え、農業という経済基盤に根ざした家庭生活をすることを奨励した。それにより、日系移民がアメリカという国に経済的社会的利害関係を持ち、アメリカ社会に貢献できるばかりか、排日論者の論拠も失わせ、アメリカ社会への同化の道が開けると確信したからである（イチオカ　一六五）。こうして、安孫子久太郎の理想を具現したヤマト・コロニーなどの日系農業共同体が誕生、発展していく。その後、一九一三年のカリフォルニア外国人土地法（別名「排日土地法」）など排日的法律による土地所有の禁止に苦しみながらも、一世は農業地帯に独自の日系スモールタウンを形成していく。そして、太平洋戦争（第二次世界大戦）は、日系スモールタウンを解体し、強制収容所という捕囚スモールタウンを出現させる。さらに戦後、日系戦争花嫁を集めた米国内の軍隊駐屯地という新たな収容スモールタウンの変奏が作り上げられる。しかし、これら日系移民のスモールタウンは、アメリカの歴史と文学、そしてメディアのなかで白人の「アメリカン・スモールタウン」のように扱われることはなかった。それは、黙殺、排除、歪曲、あるいは隠蔽された、白人アメリカ市民に知られることのない、もう一つのスモールタウンだった。

本章は、日系アメリカ人女性劇作家ワカコ・ヤマウチの『そして心は踊る』（一九七七）と『ミュージック・レッスン』（一九八〇）を取り上げ、舞台空間に再現される第二次世界大戦前の日系農業コミュニティを日系スモールタウンと措定し、そこに生きる日系農民の妻たちの姿をめぐって、人種、ジェンダー、歴史の関係性を照射する日系スモールタウンの社会・文化的表象性を考える。

記憶の町
——大戦前の日系農業スモールタウン

第二次世界大戦前の一九三〇年代、カリフォルニアにある日系農村の姿を描いた劇『そして心は踊る』と『ミュージック・レッスン』は、作者ワカコ・ヤマウチの記憶の劇である (Uno 57; Yamauchi 1990: 130)。いずれも舞台は、カリフォルニア州インペリアルヴァレイにある日系農業コミュニティ。

ヤマウチはここで二世として生まれ、育った。二作は、ヤマウチが幼き日に見た当時の日系農民の姿を、妻となった女性たちに焦点をあてて作品化したものである。

『そして心は踊る』
――封建制の犠牲となった夫と妻

『そして心は踊る』は、一一歳になるマサコの目を通して、彼女の両親ムラタ夫妻と同じ日系農家オカ家、この二つの家族の交わりを、オカ夫人エミコの姿を中心に描く。しだいに明かされていくエミコと夫オカの過去から現在にいたる物語は、日本の封建制度の犠牲になった男女の姿と家父長制的規範に対し自己の主体性を守ろうとする女性の姿を映し出す。そしてこの夫婦の物語と並行して、外国人土地法、外国人移民制限法など、白人アメリカの排日的法律と制度、人種差別を背景に、過酷な生活を生きる日系農民の夢と現実、絶望と希望、故国日本へのノスタルジアと葛藤が舞台に展開する。

自分のことは二の次に、夫に従順で家業を手伝い、家事・子育てに専念する。その伝統的日本女性の規範から逸脱し、酒を飲みタバコを吸うエミコの姿にマサコは困惑しながらも、しだいに惹かれていく。そのエミコと夫婦になった経緯を夫オカが語る。要約すれば次のようなものである。

オカの旧姓はサカキバラ。日本で鍛冶屋のオカ家に丁稚奉公に入り、長女シズエと結婚。男子のいなかったオカ家の養子となり、オカ姓を名乗る。そして、娘キヨコ誕生。しかし、結婚後、丁稚であった彼を見下したオカ家の人々の態度は、いっそう悪化する。シズエと話し合い、オカが渡米して金を稼ぎ、帰国後その資金を元手に都会でそば屋でも始めることを決心する。しかし、彼が渡米後、シズエが他界。その直後、シズエの父親は、オカと次女エミコの結婚を取り決め、移民局の手続きもすべて済まし、エミコをアメリカに送ってよこす。日本では、器量も頭もいいわけでもなかったシズエと違い、エミコは家族の自慢の娘だった。親は村の金持ちヤマトにエミコを嫁がせようと、踊り、お茶など習い事をさせていた。それがシズエ他界後、オカを忌み嫌っていたエミコの両親は、突然、エミコと彼の結婚を取り決め、それをオカはどうすることもできなかった。(161–162)

蔑んでいたオカと愛娘エミコの結婚というエミコの両親の心変わりは、彼女の許されぬ恋愛に起因する。オカは、エミコに「あの業突張のオヤジ［エミコの父親］が入賞した雌馬を俺のような鋤引き駄馬に送ってよこしたのはどうしてだい」と詰め寄り、理由はエミコの恋人が「コリアン」か「エタ」だったとしか考えられないと言う(178)。エミコは封建的日本社会で被差別民の男性と恋に落ち、世間体と家名の恥を憚った両親が、エミコを男と引き離し、厄介払いとばかりに亡き長女の夫であるオカの後妻としてアメリカに追放したのだった。エミコは、両親が家名を守るため義兄オカに供せられた身代わりの山羊、日本の封建的家柄社会の犠牲者だった。マサコが驚き、そして惹かれてゆくエミコの伝統的日本女性にあるまじき振る舞いは、彼女に足枷をはめ、女性を家と男の従属物にする日本の封建的家父長制へのエミコの反逆であり、一人の独立した女性の主体を生きる彼女の意志＝魂の現れである。

しかし、オカ夫妻の物語は、女性＝妻だけでなく、日本の封建制度の犠牲者となった移民男性の姿をも照射する。夫オカは、封建的徒弟制度と階級制、家柄意識による差別と束縛、その屈辱から脱却すべく渡米した。しかし、エミコの恋人を当時の被差別民と名指ししたオカの言葉は、アメリカ移住後もなお、彼自身が自らを苦しめた日本的差別意識を内在化していたことを示す。そして、その意識は彼の精神を縛るだけでなく、家名の恥辱を隠蔽、抹消しようとする日本のオカ家両親によるエミコとの強引な再婚取決めという形で、オカのアメリカ移住生活に新たな呪縛をかける。一方、日本のオカ家は、封建的日本の社会規範から逸脱した娘エミコと元丁稚奉公人のオカに次いで、オカとシズエとの娘、キヨコをもアメリカに追放する。それにより、家名の汚点となる要素を払拭し、オカ家の体面を保ち続けていくのである。

「出稼ぎの地」から「流刑地」へ

オカ夫婦物語が照射するもう一つの問題は、移住前と移住後の「アメリカ」の意味内容の変容である。オカは差別化・階級化する日本の封建社会からの離脱手段としてアメリカに移住した。出稼ぎによって故郷に錦を飾り、虐げられた身分から脱却する。アメリカはそれを可能にする「約束された大地」だった。しかし、強引な再婚取決めによりオカに送られたエミコをもって、アメリカはオカに帰国を許さぬ日本からの流刑地となる。日本の封建的階層社会からの離脱、封建社会内での隆盛を可能にする「出稼ぎの地」＝「約束された大地」アメリカは、日本社会のアウトキャスト、ミスフィットが流される「流刑地」へと変容するのである。[2]

オカならずとも日本への帰国を断念せざるを得ない多くの日本人移民がいた。一幕一場、ムラタは「金を貯め、国に帰り、王のように暮らす」ことが「誰もの夢だ」(160)と話す。しかし、それと対照的に、二幕二場、ムラタの妻ハナは「祈ることでうまく行くなら、今ごろ日本にいるでしょうよ。お金持ちになって」(190)と苦しいアメリカ生活を語る。そして二幕三場、嵐によってかなりの部分が水浸しになった農場の様子を見てきたムラタとハナが交わす言葉は、現実味が薄れてゆく錦衣行の夢にしがみつき、農業をやっていくしかない日系農民の過酷な状況を映し出す(198)。


ムラタ　心配せんでいいよ、ママ。だいじょうぶ。

ハナ（静かに）　パパ、どこで終わりがくるの。いつもこんな風になっていくの。いつだってお天気まかせ……物価まかせ……ずっと神様のなすがままっていうことなの。

ムラタ（ハナの背中をなでながら）　状況は変わるよ。様子を見ようじゃないか。日本に戻るさ……二年のうちには。保証する。ひょとしたらもっと早くなるかもしれない。(198)

排日法政と排日感情

しかし、天候と物価、そして神以上に日系農民の暮らしを過酷なものにし、彼らの日本帰国を阻むものがあった。白人アメリカ社会の排日法政と排日感情である。それらは、日本の封建制と異なる新たな人種差別と排斥の矛先を日系アメリカ人に向けた。二幕四場、オカは娘キヨコに来年には借地期限が切れ、土地を移らなければならないことを告げ、「アメリカじゃ、日本人は土地を持てない。土地を借りては、二年か、三年で別のところに移るんだ」(200)と説明する場面がある。オカが語っているのは、一九一三年に制定された「外国人土地法」(別名「排日土地法」)のことである。

日系移民をターゲットにした「外国人土地法」は、帰化不能、つまり市民権取得不可の外国人によるアメリカでの不動産所有の禁止と、三年の農地賃貸期間の制限を定めたものだった(Takaki 203; イチオカ 一七二)。そして、市民権取得不能外国人の入国禁止を定めた一九二四年の「外国人移民制限法」(別名「排日移民法」)は、事実上、日本人を帰化不能アジア人として差別・排斥することを目的とし(Takaki 209)、結果、日本人移民の土地所有禁止を決定的なものにしていた。これらの法律は、白人至上主義による人種差別と、東洋の脅威「黄禍」に対する恐怖がもたらしたものだと言える。事実、「外国人移民制限法」制定前、ハワイ在住日系移民一世の小沢孝雄の市民権取得をめぐる裁判は、白人の人種意識に支配された司法行政の実情を明確化する。最高裁まで持ち越された小沢裁判は、日本とのつながりを一切断ち、妻子ともどもアメリカで教育を受け、ゆるぎないアメリカへの忠誠心を訴えた小沢に対する最高裁の一言の判決「明らかに」「白人種でない」で決着する(Takaki 208)。さらに、ロナルド・タカキは、「外国人移民制限法」可決直前の議会でのカリフォルニアの議員V・S・マックラッチーの次のような議論を引用している。

市民権に適さないすべての人種のうちで、日本人はこの国に最も同化しにくく、かつ最も危険な存在です……自民族に強い誇りを持っている彼らは、人種の融合という意味で、同化するという概念を全く持ち合わせていないのです。彼らは人種や民族のアイデンティティを捨て去る望みも気持ちを全くないままこの国にやってきます。ここに彼らが来るのは、はっきりとした公然の目的があるからです。つまり、この地に入植し、誇り高い大和民族の植民地をつくろうとしているのです。(Takaki 209)

マックラッチーの明らかな黄禍論と小沢裁判の人種差別判決は、『そして心は躍る』に描かれる日系農民を囲む排日主義を投射する。排日土地法による借地移動の話に加え、オカは、キヨコをロサンゼルスから連れ帰る途中に立ち寄ったレストランで、長く待たされ、挙句の果てにウェイトレス（明らかに白人）に料理を投げつけられるように出されたと語る(185)。いずれの話も、白人至上の人種主義と黄禍論に根ざした排日主義が、白人アメリカ社会の法政と国民感情双方において支配的なものだったことを物語る。と同時に、それらは排日運動と日本人移民のジェンダー、この両者の関係性を導き出す。

排日に晒される日系農民のジェンダー

ユウコ・クラハシは、レストランでの出来事を語るオカの口調・態度に着目して、彼がアメリカでの人種階層を「しかたがない」[3]として受け入れる一方、そのことによる喪失感と屈辱感を女性に対する男性支配によって相殺しようとすると指摘する（Kurahashi 82）。さらに、白人社会に抑圧された男性が自らの鬱憤のはけ口を自分以上に弱く無力な妻と娘に求める「暴力のサイクル」に言及して、オカの妻エミコをこのサイクルの犠牲者だと捉えている（Kurahashi 83）。クラハシの議論は、「支配的ヨーロッパ系アメリカ人の政治・経済の犠牲者」を表象するオカ（Kurahashi 82）が、白人社会に傷つけられた自らの男性性の回復と自己顕示の手段を女性支配に見出すというものである。白人社会に周縁化された有色人男性による周縁化、という人種とジェンダーで二重の周縁化を被る有色人女性の姿は、人種的マイノリティのジェンダーをめぐる典型的命題である。ここで問題としたいのは、二重の周縁化を被る日系農民の妻たちが、どのような役割を担って渡米したかという点である。

ユウジ・イチオカは、一九〇〇年からの二〇年間に多くの日本人移民男性が日本から妻を呼び寄せた事実として、一九二〇年までに渡米した日本人妻の数が二万二一九三人にのぼったと報告している。そして、これらの日本人妻によって移民男性は落ち着いた家庭生活をできるようになり、それが永住の経済基盤を社会的に強化したと論じている（イチオカ 一八二）。これら渡米した妻のうち、多くが「写真花嫁」だった。アメリカから送られてきた男性の写真を両親または親類縁者に見せられ、花婿不在の写真結婚によって、実際にはまだ見ぬアメリカの夫のもとへ嫁いでいった女性たちである。重要なことは、これらの日本人妻は、移民男性のアメリカ定住のための手段・道具であった点である。[4]写真花嫁／日本人妻に期待されたのは、人格、意志、主体を有する個人の資質ではなく、夫とともに、あるいは夫に仕えて家族を作り、野良仕事をする妻・母としてのジェンダー・ロールにほかならなかった。

しかし、男たちからその性役割を担わされた妻たちは、アメリカでの農民生活をどう生きたのか。エミコとハナは、対照的な日系農民の妻の姿を見せてくれる。

女たちの移住農民生活
――日系農民の妻、エミコとハナ

エミコとオカの結婚が、二人を追放処分にした日本の封建社会のモーレスによるものであることはすでに論じた。オカは日本の封建的権力構造に心理的に縛られていたとしても、アメリカにいるのだから必要ならばエミコとの結婚を拒めたはずである。しかし、先妻のシズエ他界後、日本帰国の意味を失ったオカには、娘キヨコを引き取り、アメリカに定住する経済基盤を固めるために安定した家庭生活を営む必要があった。それには妻の役割を果たす女性の存在が不可欠だったのである。エミコの渡米は、彼女を社会的規範の逸脱者、家名の恥として追放処分にする日本の家父長制的封建意識と、アメリカ定住の基盤確立を望む移住農民男性の必要性、この両者の一致による結果だった。そこに彼女の主体と意志が反映する余地は残されてはいなかった。

エミコは、家父長制が定めた伝統的女性の規範・役割を拒絶、無効化することで、自己の意志・主体性を抑圧し蹂躙した日本の封建的家父長制に挑戦する。伝統的日本女性に許されない酒とタバコを嗜み、家父長制のダブル・スタンダードを揶揄し、その束縛からの離反を図る。そのようなエミコが自らの女性としての主体を表現し、託すのは歌と踊りである。作品タイトルとなった「そして心が踊る」は、エミコが口ずさむ歌である。この歌にあわせて彼女は踊る。恋人との別れの悲しみを酒でまぎらわし、酒によって蘇る過去の性的喜びに昂ぶる心を綴ったこの歌は、一人の「女」として生きるエミコのエロティシズムとセクシュアリティ、そして彼女に性的めざめをもたらした過去の記憶を呼び覚ます。それは日本の家父長制が定めた伝統的女性の役割・規範（良家の子女・妻の規範）と対峙する、女としてのエミコの主体を表現するものにほかならない。

エミコとは対照的に、ハナは夫に従い、野良仕事、家事、子供の世話という三重の仕事[5]を献身的にこなす日本人移民の妻・母としての典型的姿を見せる。エミコが、流刑生活を送る自分には夢だけが生きる糧だと考える（180）一方、ハナは「夢があるから生活が辛くなる」（182）と言う。ハナは、「あまりに寂しく、異質な」（192）アメリカの地で、日本への望郷の念と孤独感、そして二度と故国の肉親に会えないのではないかという絶望感に苛まれながら、自らが担うさまざまな責任、子供への思い故に耐え抜いて生きていく（193）。[6] クラハシは、このハナの姿に「選択の自由もなく、日本女性の伝統的な文化的価値観を内在化」した移民女性の姿を読み取りながら、「家族のために自らの生活を受け入れ、耐え、犠牲にする一世女性の気概を、弱さや無力さよりむしろ力強さ」と捉えるべきだと考える（Kurahashi 84）。敷衍すれば、ハナの力強さは、夫に黙従するだけの妻というジェンダー・ロールを超えた主体性を持つ。夫ムラタが、移住農民の妻に必要なものが「強い体［重荷に耐える力］だけ」だと言うのに対し、ハナは「強い意志」も必要であると言う（162）。主体的意志の強さを持ってはじめて日系移住農民の家族を守る妻・母として過酷な生活に耐えていける。この女性の主体性をハナは主張するのである。

エミコとハナは、日系移住農民一世の妻となった女性の対照的姿を映す。エミコは、日本の封建的家柄社会とアメリカの日系共同体に移植された家父長制に反旗を翻し、社会的逸脱者、抗議者、反逆者となって、男社会の従属物から、女として自らの意志＝心が命じるまま生きる主体であろうとする。それは「一世文化の家父長制規範と衝突」し、「伝統的役割と相容れない望みを実現しようと苦闘する一世女性」(Yogi 131) の姿にほかならない。一方、ハナは自らの「強い意志」で、夫とともに働く日系農民の妻・母として生きるなかで、家父長制的ジェンダー・ロールを超えた主体となっていく。重要なことは、家父長制に対し対照的な立場をとりながら、この二人の女性はいずれも、自己の明確な主体を生きる意志を持っている点である。確かに、日系一世の妻たちの渡米は、妻・母の性役割を望む移民男性との関係性によって始められ、そのジェンダー関係は妻たちの生活を縛る。しかしエミコとハナが現す女性の主体的精神は、日系農民共同体で妻たちが決して家父長制社会の従属物に甘んじたわけではないことを物語る。移民の地アメリカでの過酷な生活は、日系女性に「自らを生きる主体」になることを要求したのである。[7]

しかし、女性としての主体的生き方を犠牲にし、家長として生きざるを得なかった妻たちもいた。『そして心は踊る』と同じ日系農業共同体を舞台とする『ミュージック・レッスン』に登場するチズコは、そんな女性の姿を映し出す。

『ミュージック・レッスン』
——未亡人となった写真花嫁、チズコ

『ミュージック・レッスン』のヒロイン、チズコは、アメリカ定住を決意した日系農民の未亡人である。夫が七年前に酔っ払い、用水路に落ちて他界。その後、未亡人となったチズコは女手一つで夫が残した借金を返済し、三人の子供を抱えて畑仕事の重労働に耐え、爪に火をともすような耐乏生活を送っている(69)。舞台は、チズコが農場の手伝いとして雇った男性カオル、彼に恋心を抱くチズコの娘アキ、自らも密かにカオルへの思いを募らせるチズコ、この三人の関係をめぐって展開する。カオルがアキにヴァイオリンを教える「ミュージック・レッスン」の進行とともに舞台は進む。そして、娘アキと間違いを犯しかけたカオルをチズコが解雇。カオルが彼女の農場を去っていく場面で幕となる。

ジョセフィン・リーは、「チズコの悲劇は伝統的に男の役割であったものを彼女が領有したことと明確に結びついている」と指摘する。亡き夫の服を身に付け、懸命に農場をやりくりし、家族を扶養する生活で、チズコが「女性的なもの」を喪失したとリーは論じる(155)。また、トレイズ・ヤマモトも「重労働、貧困、不安がつきまとう生活が……彼女を脱ジェンダー化した」と指摘する(180)。確かに、チズコは写真花嫁として渡米する前、アメリカでの「生活がそれほど厳しいものになると夢にも思っておらず」(81)、ここでの生活は、「もう女性であることが……どういうことなのかわからない」(81)女性に彼女を変えた。夫の死にともない、過酷な経済状況のなかで家族の生存をかけて、

農場経営と家族扶養の家父長的責任を担うことで、チズコは女性としての主体を抑圧し、脱ジェンダー化した家母長としての責務に自らの女性性を従属させてきたのである。

チズコの物語が照射するのは、移民生活によって自らのセクシュアリティ充足の機会、女性として生きる人生を奪われた写真花嫁＝妻の姿である。「父さんを愛してなかったんだ！」と自分に向かって詰め寄るアキに、チズコは「どうして父さんを愛せたっていうの。何も父さんのことは知らなかったのに」と反論し、夫が存命中から、家族の切り盛りは自分が一人で行い、そのため「知らない間に年をとって、生きた実感もないまま死んでいく」人生の痛みを訴える(99)。そして今、カオルに呼び起こされたチズコの性の目覚めは、女性として生きることができない、という辛い現実の新たな目覚めを彼女にもたらす。家母長として、娘が愛する男性と生きることとは、これまで自分を犠牲にして守ってきた家族の瓦解を意味し、また、年のあまりに違うカオルについて行こうとする一五歳の娘アキを親として引き止めるためには、カオルへの愛、自らのセクシュアリティを再び押し殺すしかない。カオルの「ミュージック・レッスン」は、写真花嫁から家母長となったチズコの「女としての主体を生きることを許さぬ現実」に目覚めるレッスンとなる。しかし、忘れてはいけない。子供を育て上げ、農場を守っていくチズコの家母長としての生き方もまた、意を決した女性の強い意志に貫かれたものであることを。

「ノウバディ」
――本に書かれることのない日系移住農民物語

『そして心は踊る』のエミコとハナ、『ミュージック・レッスン』のチズコ、これら三人の女性の肖像は、彼女たちが生きた日系農業スモールタウンの素顔とそのコミュニティを取り巻く政治的社会的状況を映し出す。しかし、そこに現れた日系移民物語は、白人アメリカ社会で人目に触れることはなかった。

『そして心は踊る』の一幕三場、マサコがハナにアメリカ開拓者物語を描いたお気に入りの本の話をする場面がある。「さまざまな困難や洪水、そして旱魃」に見舞われながら、「家族以外にたよるものもなく」、大草原にたくましく生きる開拓民の姿に、マサコは心奪われる（181–182）。それが自分たち家族の姿と瓜二つだと思えたからである。しかし、ハナは、自分たちが暮らす荒地を白人家族の住む草原と同じだと思い込むマサコに、白人と日本人の歴然たる違いを語る。「どうして私たち……日本人の話は本に書いてくれないの」と尋ねるマサコに、「私たちはここじゃノウバディだから」とハナは答える（182）。アメリカでは、日本人は、名も無き、取るに足らぬ存在、「ノウバディ」であるがために、本にされない。その事実をハナはマサコに教える。「大草原の小さな家」の住人は日本人であってはならないのである。

この場面が映すのは、白人開拓民と日系移住農民の歴然とした差別化の現実である。白人開拓民は、幾多の困難に耐え抜き、国家の礎を築いた尊いパイオニアとしてアメリカ史にその名を刻む。そして開拓民物語は国民的美談、英雄物語として生産、流通、消費され、白人専有のフロンティア・スピリットはアメリカ精神の象徴として国内外に流布する。一方、日系農民は、「経済的政治的力を持たぬ、名も無き存在に貶められ、労働人口の統計としてのみ記憶される」(Lee 154)。彼らは、アメリカ社会と歴史のなかで、存在を可視化されることのない「ノウバディ」として排除されるのである。

本に書かれることのない日系移民物語は、白人社会に声を奪われた日本人移住者（そしてアジア人を含めた有色人種）の姿を照射する。しかし、この声なき人々の姿と声を記憶し、語り継ぐ役割を担うものがいる。日系二世のマサコは、エミコと母ハナという二人の女性の生き様を、夫たちの姿とともに記憶に留め、書かれることのなかった日系移住農民物語を記していく使命を担う。そしてそれは、マサコに自らの姿を投影した作者ワカコ・ヤマウチの姿にほかならない。

事実、ヤマウチは、『そして心は踊る』が「記憶に基づく劇」であり、マサコの家族同様、ヤマウチ家の近くには子供のいない夫婦が住んでおり、酒を飲み騒いでいた夫婦の話し声、笑い声が時おり畑を越えて聞こえてきた、と語っている(Yamauchi 1990: 130)。また、『ミュージック・レッスン』のチズコもヤマウチが子供時代に知っていた女性をモデルにしていた。その女性をヤマグチは子供心に「いつも立派だと思っていた。か弱い姿で、トラックの運転、農場の切り盛り、子育てと、一人でこなしていた」(Uno 57)とヤマウチは回想する。

幼き日に見たこうした女性（そして夫たち）の姿に、白人社会の差別と排斥、移植された封建的日本文化の呪縛、この日米の政治的・社会的・文化的な力に翻弄されながら、懸命に生きた日系移民女性のジェンダーと人種意識をめぐる問題を、ヤマウチは見出し、記憶し、作品へと昇華する。こうして舞台に蘇える、忘れ去られたもう一つのスモールタウン、日系農業スモールタウンの風景は、アメリカ社会の隠された実像を映し出す。

更新される記憶の劇
――コミュニティを作る力

ロナルド・タカキは、アジア系アメリカ人の共同体意識を育む上で歴史を語り継ぐことの重要性を説く。タカキはまず、歴史の見直しについてこう語る。

私たちは、歴史を「捉え―直し」、アジア人をアメリカ史のなかで可視化する必要があります。それも広範かつ相対的な方法でおこなわなければなりません。私たちが問わなければならないのは、中国人、日本人、韓国・朝鮮人、フィリピン人、アジア系インド人、その他東南アジアなど、アジアのさまざまな集団が体験してきた事柄が、どのように、そしてなぜ、共通性を持っていたり、異なったりしているのかということです。複数の民族を比較すると、ひとつの民族特有の体験が何であるのかわかります。そして、どの民族にも共通する体験も浮かび上がってくるのです。(Takaki 7)

次にタカキは、アジア系の若い世代がアジアから渡米した祖先の物語を聞き、自らのルーツを学んでいくなかで、「記憶の共同体」の一員であるという自負心が生まれると論じる (Takaki 10)。つまり、アジア系アメリカ人移民が共有する「記憶」によって結ばれる「共同体」が、歴史を次世代へと語り継ぐことによって生まれてくる、というのである。ジョセフィン・リーは、こうした汎アジア共同体への思いは、アジア系アメリカ歴史劇が歴史ナラティヴ（小説）と共通して持つものだと指摘する。アジア系民族間の違いを認めながらも、歴史劇と歴史ナラティヴは、ともに汎アジア共同体の理念を促し、アジア系民族の集団行動の必要性を訴える。そして、演劇化された歴史は、共通の過去を持つという意識を通じて、俳優と登場人物を結ぶ。このようにリーは論じる (Lee 146)。リーの議論を敷衍すれば、舞台に再現されるアジア系アメリカ人の移民体験を劇場という空間で共有することで、俳優―登場人物―観客は一つに結ばれる。そしてそこに、「記憶」を介して結ばれる共同体、「記憶の共同体」が生成されていく。

アジア系アメリカ演劇の先駆的劇団、イースト・ウェスト・プレイヤーズの創始者であり芸術監督のマコ・イワマツが、一九七五年刊行の記念碑的アジア系文学選集『アイイイー!』（一九七四）に掲載されたワカコ・ヤマウチの短編小説「そして心は踊る」に注目したのは必然のことだったのかもしれない。「文化と歴史の再検討によるアジア系アメリカ演劇の発展」(Kurahashi 17) を考えるマコにとり、それはアメリカの文化と歴史の再検討を要請する、日系アメリカ移民の隠された歴史が刻み込まれた作品だったからに違いない。そしてマコの勧めでこの短編を戯曲化した『そして心は踊る』[8]をはじめとして、次作『ミュージック・レッスン』など、ヤマウチは演劇作品を生み出していく。

ナラティヴから演劇への表現媒体の変化は、ヤマウチの日系移住農民物語に新たな力を付与する。

舞台空間に再現されるヤマウチの日系農業共同体＝日系スモールタウンとそこに生きる人々の姿（＝記憶）が、劇場空間で舞台（上演者）と観客によって共有される。舞台と観客は、上演される作品世界を介してコミュニオンを形成し、そこに過去の記憶を共有する新たなるコミュニティ＝スモールタウンが生成する。つまり、舞台に可視化される日系コミュニティの記憶が、劇場空間に形成されるコミュニティによって継承されるわけである。そしてさらに、作品世界（舞台化される日系コミュニティの記憶）をめぐる舞台と観客のコミュニオンは、日系コミュニティの新たな記憶として、記憶を共有する人々の心に刻み込まれていく。それは、過去の日系農業共同体の記憶がけっして現在と断絶した過去に隔離されたものでなく、現在の人々の記憶と意識を更新し続けることを意味する。そしてその「記憶」が、今に生きる観客自身が自らの人種的アイデンティティと、自らが生きる国アメリカの歴史と社会、この双方の読み直し・再考を常に要請し続ける。これが演劇作品となったヤマウチの日系移住農民物語に付与された「記憶の共同体」を生成・流布する力である。

ワカコ・ヤマウチの『そして心は踊る』と『ミュージック・レッスン』は、日系農業コミュニティ＝日系スモールタウンが、⑴日系移民を周縁化・排斥する白人アメリカ社会の白人至上主義＝人種主義と黄禍論的恐怖感、そして⑵日系農業コミュニティの人々を縛る日本の家父長制的封建制、これら二つの大きな力が交錯する「場」であることを示唆する。そして、この二つの力を受けて二重の周縁化を被る日系農場の妻たちの肖像は、支配的白人社会への移住・定住の戦略的手段となって渡米した彼女たちの姿とともに、人種とジェンダーの関係性を映し出す。しかし同時に、妻＝女性たちが示した主体的精神は、人種とジェンダーの二重の周縁化を含め、移民生活の辛苦を生き抜き、日系農業コミュニティ＝日系スモールタウンの礎を築いた日系女性たちの力強さを投射する。ただ、忘れてはならないことがある。こうした妻たちの姿を含め、日系男女が生きた日系スモールタウンは、アメリカ史にはなかったのである。

劇場で再現される日系農業スモールタウンという「記憶の町」とそこに生きた妻たちの「記憶」は、自由と平等、民主主義の移民国家を謳いながら、日系を含めアジア系アメリカ人の移民史を歴史から抹消してきた白人アメリカ社会の人種的独善性と有色人種排他主義を告発する。そして、日系を含めたアジア系演劇は、劇場空間に「記憶の共同体」という新たなスモールタウンを形成し、アメリカの歴史の歪みを捉え直す表象性を更新し続けていく。

第十一章
覚醒のヴィジョン
——オーガスト・ウィルソンの「二〇世紀サイクル」における「骨の町」／「骨の人々」

序

オーガスト・ウィルソンの「二〇世紀サイクル」一〇作中、「骨の町」あるいは「骨の人々」のヴィジョンを見る人物が登場するのは、一九〇四年を舞台とする『大洋の宝石』(二〇〇三)と一九一一年が舞台の『ジョー・ターナーが来て行ってしまった』(一九八六)の二作に限られる。一九二〇年代以降を舞台とするサイクル八作でこれらのヴィジョンは姿を消し、語られることはない。中間航路を航海中の奴隷船で命をなくし、大西洋に投棄されたアフリカ人の数は二〇〇〇万人に及ぶと推定される。大西洋海底に眠るこれらのアフリカ人の骨の堆積から生まれたとされる「骨の町」と、海面から突如姿を現す「骨の人々」は、当然ウィルソンの「二〇世紀サイクル」におけるアフリカ系アメリカ人のレガシーを探る上で重要な鍵となる。にもかかわらず、これらのヴィジョンが一九二〇年代以降を舞台とする残り八作の「サイクル」劇で話題に上ることはない。

本章では、「骨の町」、「骨の人々」の表象性をめぐって、これらのヴィジョンを目にし覚醒する者の資質、アーント・エスターが司る「骨の町」への幻想航海が可視化する問題系を検討する。そのうえで、サイクルが映し出す二〇世紀アフリカ系アメリカ人物語の展開にともなう「骨」のヴィジョン消失の意味を探り、今に至る同胞の姿を見るウィルソンのまなざしを再考する。

「骨の人々」に覚醒するルーミス
――『ジョー・ターナーが来て行ってしまった』

「サイクル」一〇作中、初めて「骨」にまつわる存在が登場するのは、創作順で言えば四作目、『ジョー・ターナー』である。かつてアバンダント・ライフ教会の執事をしていたヘラルド・ルーミスは、一九〇一年に突如テネシー州知事の弟である白人ジョー・ターナーに拉致され、七年間強制労働を強いられていた。解放後、妻マーサの姿はなく、妻の実家に預けられていた娘ゾニアを連れて、妻を探す旅に出る。舞台はルーミスが滞在する下宿屋での出来事を中心に、自らのアイデンティティに覚醒したルーミスが旅立つまでを描き出す。

一幕四場、日曜の夕食後、バイナムが主導するジューバの最中、ルーミスが乱入する。ト書きには、ジューバが「アフリカ奴隷のリング・シャウトを彷彿とさせ……コール・アンド・レスポンスの踊り」であり、「出来うる限りアフリカ的なものであり、パフォーマーは半狂乱になる程まで演じる」との指示がある(52)。アフリカの魂を揺さぶるジューバの最中に、叫ばれるキリスト教の精霊の名を聞いて乱入したルーミスが激昂のあまり突如倒れ、目にするのが祖先アフリカ人奴隷の幻影である。呪術師バイナムとのコール・アンド・レスポンスで、ルーミスが語り始めるのは、海上に現れた「骨の人々」の姿である。

ルーミス　海から骸骨が上がってくるのを見た。上がってきて、海を歩いてる。骸骨が海の上を歩いてるんだ。

バイナム　その骸骨の話をしてくれ、ハロルド・ルーミス。何を見たのか話してくれ。

ルーミス　俺はここにきた……全世界より大きなここの海に。それから見渡した……するとあの骸骨たちが海面から上がってくるのが見えた。上がってきて、海の上を歩き始めた。（……）沈みもしないで歩いてるんだ。海の上を歩いてる。（……）大勢の連中がさぁ。奴らは海から出てきて、行進し始めた。（……）ただ、海を歩いてた。（……）それから……沈んだ。（……）沈む時に、大きなしぶきをあげて、ここまで波が押し寄せてきた（……）。波は奴らを海から洗い出し、陸地に押し上げた。（……）すると奴らには肉がついてたんだ！　ちょうどあんたや俺みたいに！（……）奴らは黒人だ。ちょうどあんたや俺みたいに！　何の違いもねえ。（……）奴らはぴくりとも動かなかった。ただ、そこに横になってるんだ。（……）俺もそこに横になって……待ってる（……）。息が俺の体に吹き込まれるのを待ってる。（……）風が俺の体のなかに息を吹き込んでる。それを感じる。そして、また息をし始める。（……）俺は立ち上がろうとする。立ち上がらないといけない。もうここに横になってる訳にはいかないんだ。息が全部俺の体のなかに入ってきたから、立ち上がらないと。（……）地面が揺れはじめる。大揺れがくる。世界は真っ二つになる。空が裂ける。俺は立ち上がらないと。

(ルーミスは立ち上がろうとする。)

俺の足……俺の足が立たない。(……)俺の足が立たない。(……)

(ルーミスは立ち上がろうとする。)

俺の足が立たない！　俺の足が立たない！

(ルーミスは床に崩れ落ち、照明が落ちて暗くなる。)(53–56)


海面に大勢の骸骨が浮上して、立ち上がり、海の上を歩き始める。大しぶきを上げて彼らが水中に沈んだと思えば、大波が陸地に押し寄せ、彼らを陸地に打ち上げる。しかし、その姿はもはや骸骨ではなく、肉がつき、自分とバイナムのような黒人になっている。ただ、彼らは浜辺に横たわったまま、微動だにしない。やがて、ルーミスは自らが彼らの一人になったかのように一人称で語り始め、息が体内に吹き込まれるのを感じ、立ち上がろうとする。しかし、立ち上がることができない。ルーミスは現在形でそう語り、倒れこむ。照明が落ち、一幕が幕となる。ルーミスが見た幻影は、中間航路の奴隷船で命をなくし、大西洋に投棄され海中で骸骨となった祖先の姿である。アメリカの地を踏むことのなかった彼らの遺骨は、波で陸地に打ち上げられ、血肉のついた黒人の残像として蘇る。しかし、命をなくした肉体は立ち上がることはできない。この神秘体験でルーミスはアフリカから来た祖先との一体化を経験する。自身の体に吹き込まれる魂の息吹を感じながら、大西洋に散った祖先と同じく、アメリカの地で彼は立ち上がることができない。

オーウェン・シーダによれば、ジューバは西アフリカの祖先崇拝に起源を持つ (Seda 170)。また歴史家スターリング・スタッキーも、ジューバと関連を持つリング・シャウトがアフリカで祖先と神々に向けて時計と反対回りになって踊られる舞踏儀式であると指摘している (Stuckey 12; qtd. in Richards 97)。重要なことは、西アフリカ（ヨルバ）の祖先・神々を崇める舞踏儀式に由来するジューバ[1]が、ルーミスに「骨の人々」のヴィジョンをもたらした点である。[2] エルヴィラ・ジャンセン・カサドは、「骨の人々」が中間航路で命をなくした無名のアフリカ人を象徴しているとして、彼らのヴィジョンとジューバ・ダンスが、共同体の強力な自尊心の絆として機能すると論じている (Casado 104)。

しかし、祖先と同胞との完全な繋がりを持つには、ルーミスは失った自らの「歌」を取り戻す必要がある。その機会が訪れるのは最終場、二幕五場である。夫と再会したマーサは、「あなたのためにイエスは血を流した」とキリスト教への信仰回復をルーミスに訴える。これに対し、ルーミスはジョー・ターナーのもとで強制労働を強いられた七年間、イエスは救ってくれなかった (92) と言い、「俺のために誰にも血を流してもらうことはない！　自分で血を流せる」(93) として、自らの胸をナイフで切り裂き、その血を顔に塗る。その直後、自らの力で立っていることに気づく。コニー・ラプーは、ルーミスの儀式的流血行為を「アフリカの霊的知識と自由、行為主体性を再びアフリカ系アメリカ人の文化的記憶と遺産へと再構成する身体的刻印行為」だとして、ここに「アフリカ系アメリカ人の行為主体性」を認める (Rapoo 179)。言い換えれば、自らの行為主体性を自らの行為によって取り戻したルーミスは自身の「歌」に覚醒し、バイナムが言う「先に行き、道を指し示す者」("the One Who Goes Before and Shows the Way," *Joe Turner's Come and Gone* 10)、つまり「輝く男」(the "shiny man")

となって自分の道を歩んでいく。[3]

ここで敷衍すべきことがある。創作順で言えばサイクル劇四作目となる本作で、ウィルソンは前の三作を含め一〇作から成るピッツバーグ・サイクルの創作を着想する。本作で初めて海から現れた「骨の人々」がサイクル創作の決め手となる。ハリー・J・エラム・ジュニアは、「海上を歩く骸骨」を中間航路という「血の記憶」を表す強力な比喩表現と捉え、スーザン＝ロリ・パークスの『第三王国で感じられない変化』（一九八九）の「第三王国」と同じく、「骨の人々」が「アフリカとアメリカの間にある過渡期的ゾーンに存在する人々」を指す表現だと語る。さらに、「骨の人々」と「第三王国」で隠喩的に示される「中間航路」が、アフリカ系アメリカ人の集合的記憶に刻まれた（民族の）断裂の始まりを反映するとして、「骨の人々」がルーミスに憑依した中間航路のリメモリーとして、祖先の「苦闘と死、超越と生存」を映し出していると論じている (Elam 2006: 206–207)。

「骨の人々」の幻影は、南部奴隷制以前、中間航路の奴隷船に遡るアフリカ系アメリカ人の人種的分裂の記憶と人種意識の原風景としてピッツバーグ・サイクルの底流にある。しかし、「骨の人々」はどこから来たのか。それは、創作順で第九作『大洋の宝石』で明かされる。舞台は『ジョー・ターナー』の一九一一年をさらに遡る二〇世紀当初、サイクル始まりの時代である。

「骨の町」の地政学と中間航路の幻想航海
――『大洋の宝石』

一九〇四年、ピッツバーグ、ヒル地区のアーント・エスターの家を舞台に『大洋の宝石』は二つの物語軸を中心に展開する。一つは、黒人共同体を守る側と白人支配の法のエージェント黒人警官シーザーとの攻防である。そして今一つが、本章で問題とする物語軸。アーント・エスターの神秘的儀式によるシティズンの贖罪と人種的意識の目覚め、そしてアフリカ系アメリカ人の自由と遺産を守り戦う戦士としての覚醒のプロセスである。

ギャレット・ブラウンを自らの罪で死に追いやったシティズンは、霊的指導者アーント・エスターが司る神秘的儀式、「骨の町」への幻想航海で亡きブラウンに自らの罪を告白し、贖罪をはたす。注目すべきは、シティズンが「骨の町」を目にする前に、奴隷船の祖先の苦しみを背負うことである。その象徴的行為として彼は奴隷時代にソリーの足首を縛っていた鎖の一部であった鉄の輪をソリーから受け取る(Elam 2007: 85)。そして「骨の町」への幻想航海でヨーロッパ人の仮面をつけたソリーとイーライに鎖で縛られ、鞭打たれる。祖先の奴隷状況の追体験と罪の告白を経て、彼が目にする「骨の町」を、アーント・エスターは次のように説明する。

ほんの半マイル四方なんだがね、町なんだよ。骨でできた町だよ。真珠のように真っ白な骨さ。建物も全部、なにもかも骨でできてる。私は見たんだよ。そこに行ったからね、ミスター・シティズン。私の母親がそこで暮らしてるし、叔母や三人の叔父もそこの骨でできた町で暮らしてる。そこに行きたいかい、ミスター・シティズン？　行きたいなら、連れていってあげる。そこはこの世の中心だよ。しばらくしたらはっきりわかるよ。あの人たちは何もないところから王国を作ったんだ。海を渡れなかった人たちがね。(52)

この町の「骨」の表象性についてランディ・ジナーはウィルソンの以下の言葉を紹介している。

それらの人骨は（……）中間航路で命を失ったアフリカ人を象徴的に表すものです。（……）乗っている船が大洋に沈んだ人々、アメリカへ渡ってこられなかったアフリカ人たちです。作品中で明らかになるのは、何をシティズンがしたのか、そしてなぜ彼がそれをしたのかということです。アーント・エスターは彼を答えへと導きます。彼は自らの義務が何であるのかを見出さなくてはならないし、そうしてこそ、彼は贖われるのです。(qtd. in Gener 21)

『ジョー・ターナー』のルーミスが目にした「骨の人々」は、今シティズンが辿り着いた「骨の町」から海上に現れた祖先の姿である。中間航路で亡くなったアフリカ人を表象するイコンとして、大西洋海底に眠る骨のイメージは、アフリカ系アメリカ人のなかで比較的広く共有されている。アミリ・バラカは一九九五年の長編詩『ワイズ、ホワイズ、ワイズ』（一九九五）で、大西洋の海底を走る黒い象牙＝人骨で出来た鉄道 (“At the bottom of the Atlantic Ocean there’s a / Railroad made of human bones / Black ivory / Black ivory”）で亡き肉親と結ばれているイメージを謳っている。エラムはこの詩の一節に言及し、こうした骨の建造物のイメージが、過去と現代を結び、黒人集合体を再統一し、記憶し、生きたアフリカ系アメリカ人の歴史を回復し・維持する共同体であると捉えている（Elam 2007: 81）。

> バラカの詩（……）が示しているのは、地下鉄道のイメージを通して、亡くなった黒人家族の人々と結びつくことができるということである。歴史の跡は黒い象牙でできている。その建設は黒人集合体を再統合もしくは思い起こす行為であり、古い骨が統一的構造を作り上げていく姿、つまり、共同の場という、過去と現在を繋ぎ、生きたアフリカ系アメリカ人の歴史を回復し、積極的に維持することで、失ったものを克服する一つの町を作り上げることである。
>
> (Elam 2007: 79–80)

こうしてエスターに導かれたシティズンは、骨の町でイーライとブラック・メアリーが祖先の思いを込めて歌う「リメンバー・ミー！」(65, 66) のリフレインに促され、白骨の祖先の姿と向き合うのである。

この物語軸が照射する今一つの問題は、白人の奴隷貿易と黒人の歴史的支配のあり方である。「骨の町」への航海でアーント・エスターが用意した紙の船は、かつての奴隷船の名をとって「大洋の宝石」号と名付けられたが、それは奴隷時代のエスターの奴隷売買契約書でできていた。無論、「骨の町」の住人が三角貿易の交換対象だったアフリカ人奴隷であるのは言うまでもない。

この点で、「骨の町」は地政学的重要性を帯びる。中間航路は、大西洋の三角貿易でアフリカとアメリカ大陸を結ぶ白人植民地主義による奴隷貿易の大西洋横断の大動脈だった。しかし、二大陸の接続と同時に、中間航路はアフリカの民族をアフリカから分断する海路でもあった。「骨の町」は、まさに民族分断の海路の基点、大西洋を隔てて東西に分断され、いずれの地にも根を下すことのできない宙吊り状態となって海底に沈んだアフリカ人犠牲者の塚・霊廟としての様相を呈する。「骨の町」は、ヨーロッパ植民地主義とアメリカの奴隷貿易・奴隷制という新旧白人世界の人種的政治経済学の歴史的暴力と、その支配によって故国から引き離され隷属的生活を強いられてきたアフリカ系アメリカ人のルーツに遡る人種・民族の歴史とレガシーのイコンとして浮上する。

「骨の町」で祖先の声を聞き、祖先の白骨の姿を目にして初めてシティズンは人種的歴史と人種意識に目覚め、白い権力機構とその法を執行する黒人警官シーザーに対し、同胞を守るべくソリーとともに戦いを挑む。そしてシーザーの銃弾に倒れたソリーが身に着けていたコートを纏い、帽子をかぶり、彼の杖を持ち、ソリーに救いをもとめていた彼の妹の手紙をもって旅立つ。[4] ソリーの「戦士の魂」はシティズンに受け継がれ、シーザーとの対立を残したまま、『大洋の宝石』は幕を降ろす。

ルーミスが、「骨の人々」を契機に「輝く男」となり、今、シティズンは「骨の町」への幻想航海によって、同胞を守る戦士に覚醒する。両者とも自己存在のあり方（宗教あるいは信念）をめぐる極度の精神的葛藤と苦悩を経て、骨となった祖先の姿を目にし、アフリカからの分断と隷属という人種的記憶に根ざした人種意識と使命に覚醒する。民族と歴史・遺産の継承者、それらを守り伝える戦士として覚醒する潜在能力が、「骨の人々」「骨の町」を見る者の資質として浮上する。[5]

スーザン＝ロリ・パークスはエッセイ「ポゼッション」（一九九四）のなかで、「劇作家としての課題の一つは（……）先祖の墓地を突き止め、掘って骨を探し、骨が歌うのを聞き、書きとめること」だと語った（Parks 4）。桑原文子は、このパークスの考えにウィルソンの仕事は共振するとして、それが「まさに大西洋の海底の先祖の墓場を発掘し、彼らの声を聞き、人々に届けること」であると論じる（桑原 四五〇）。問題は、アメリカの奴隷制を担った中間航路の奴隷貿易と、アフリカとアメリカの間で、いずれの大陸にも根を下ろすことなく、奴隷船から投棄されたアフリカ人奴隷の姿である。海底に堆積した奴隷ディアスポラの亡骸から生まれた「骨の町」の住人は、埋葬されてもおらず、発掘されるわけでもない。彼らは自ら浮上し、人種的レガシーに覚醒する者の前に集団（＝コミュニティ）となって姿を現す。それは、アフリカ系アメリカ人の心の奥底にある民族の記憶が意識へと浮上する光景を思わせる。ヨーロッパ・アメリカの白人による大西洋横断の多国籍奴隷貿易の営為とその犠牲になったアフリカ人の亡骸「骨の人々」は、アフリカ系アメリカ人の人種的記憶が投影されたヴィジョンの様相を呈するのである。

アーント・エスター
——黒人共同体の精神的指導者

「骨の町」への幻想航海にシティズンを誘ったアーント・エスターの存在は、霊的指導者だけでなく、作者ウィルソンが以下の引用で「登場人物たちは彼女の子供たち」と語るように、「サイクル中最も重要な人物」としてクローズアップされる。

アーント・エスターは私にとってサイクルで最も重要な人物として現れてきました。つまるところ、登場人物たちは彼女の子供たちなのです。彼女が具現する知恵や伝統は、彼らが自分たちの個性を再構築するうえで貴重な道具になりますし、様々な矛盾が何十年にもわたって勢いを増してきた社会に対処したり、社会が美徳を欠いている全ての場所を明らかにすることにも役立つのです。

("Preface" to *King Hedley II*, x; Wilson "Aunt Ester's Children: A Century on Stage," 30)

一九〇四年を舞台とする『大洋の宝石』で彼女の年齢は二八五歳。つまり、オランダの奴隷船が初めてジェームズタウン（ヴァージニア州）にアフリカ人奴隷をつれてきた一六一九年に生まれ、現在まで生きながらえる存在として描かれる。[6] 神話的年齢と霊的能力を有するエスターは、エラムが指摘するように、アフリカ系アメリカ人の過去と現在、生者と死者の世界をつなぎ、その歴史と精神性を舞台上に再現・可視化する実体のある人物として、サイクルにおいて最も大きな存在感を示す (Elam 2006: 184)。

エラムは、アーント・エスターがアフリカ系アメリカ人の遺産を体現し、その身体に歴史と記憶を併せ持つ Aunt Ester = "ancestor" であると論じる (Elam 2007: 76; Elam 2006: 185)。過去の歴史を見据えなければ、現在、そして未来を切り拓く足場を築くことはできない。アーント・エスターが伝えるメッセージを、『二本の列車が走る』（一九九〇）のメンフィスは次のように伝えている。

彼女［アーント・エスター］は言うんだ。「ボールを落としたら、戻ってボールを拾わないといけない」（……）彼女はそれを言葉にして言ったんじゃなくて、そんなことを言わんとしてた。俺に言ったよ（……）「戻ってボールを拾わないといけない。」（*Two Trains Running* 109）

カサドは「戻ってボールを拾う」というエスターの言葉を、「彼らの過去、ルーツと再び関係を結び、自らのアイデンティティを再定義する必要性」を説くメッセージと捉え、エスターが「アフリカとアメリカを繋ぐ存在」であると指摘する（Casado 107）。[7]

エスターは『大洋の宝石』以前に執筆され、舞台の年代から言えば二〇世紀後半を描く二作ですでに登場人物によって言及されていた。一九六九年を舞台とする『二本の列車が走る』で三二二歳の霊的指導者として最初に彼女の存在が言及され、一九八五年を描く『キング・ヘドリー二世』（一九九九）で三六六歳で他界することが語られる。[8]そして、『大洋の宝石』の後に発表された最終作、二〇世紀末を舞台とする『ラジオ・ゴルフ』（二〇〇五）では、エスターの旧家は取り壊しの危機に瀕している。二〇世紀を一〇年単位一〇作で描くサイクルで、エスターは一九〇四年、一九六九年、一九八五年、そして一九九七年を描く四作で登場または語られる。注目すべきは、二〇世紀の時代の推移とともに、彼女の存在がアフリカ系アメリカ人共同体のなかで希薄化し、忘れ去られていく点である。それは二〇世紀初頭のピッツバーグで、祖先 (ancestor) に喩えられるアーント・エスター (Aunt Ester) に表象されるアフリカ系アメリカ人の歴史と精神性に対する人々の関心と意識が次第に失われていったことを示唆する。事実、『キング・ヘドリー二世』のプロローグで、ストゥール・ピジョンが語る雑草に覆われたエスターの家への通路は、そのことを物語る (7–8)。

本作で、ストゥール・ピジョンによって、エスターは悲しみのあまり三六六歳で亡くなったことが語られる。エラムは悲しみによるエスターの死が「自分の歌」から離れ続ける黒人たちの状況を示すと論じる (Elam 2007: 78)。彼らは、祖先を忘れ、気にとめることもない。それがコミュニティ内部に亀裂を生む。自分の「歌」の喪失は、「骨の人々」のヴィジョンを失うことであり、アーント・エスターの死はまさにアンセスター（祖先）の忘却・喪失を意味する。

「骨の町」・「骨の人々」のヴィジョンから一族の祖先の霊へ

二〇世紀前半には祖先の霊に思いを託し、祖先とのコミュニオンによって危機を乗り切る家族が登場する作品がある。一九三六年を舞台とする『ピアノ・レッスン』（一九九〇）である。最終場で黒人姉弟を救うのは、黒人家族チャールズ家の祖先の霊である。チャールズ家の姉バーニースと弟ボーイ・ウィリーは曽祖父が一族の姿を彫ったピアノの保存か売却かをめぐり反目する。そこにチャールズ一族を所有した白人農園主サターの亡霊が、かつての奴隷家族に奪われたピアノの奪還を図って現れる。サターの亡霊に対し、反目していた姉弟が共闘して戦うなか、バーニースがピアノを弾き、しだいに過去から甦る歌を歌い亡きチャールズ家の母と父の名をあげて「あたしを助けて」と懇願する。そのリフレインに呼応した祖先の霊が、サターの亡霊を追い払う。イエロー・ドッグの貨車もろとも白人の追っ手に焼き殺され、「イエロー・ドッグの幽霊」と呼ばれたなかの一人、父ボーイ・チャールズを含め、一族の父母たちの霊に感謝の思いを告げるバーニースの歌によって亡霊サターとの戦いは終わる（106–107）。

一族の物語を刻み込んだピアノを弾き続けることで、バーニースは家族の遺産を活かし、ボーイ・ウィリーとの絆を回復し、娘の世代へとチャールズ家物語を伝えていく。民族の歴史は、中間航路で亡くなった「骨の人々」から、アメリカの地で奴隷となった一族の霊に引き継がれる。しかし、これ以後のサイクルでアメリカ上陸以前の中間航路の歴史と記憶がもはや蘇ることはない。

喪失するルーツの記憶
——民族的記憶とレガシーから乖離するアフリカ系アメリカ人コミュニティ

祖先を忘れるアフリカ系アメリカ人の状況を嘆くあまりアーント・エスターは他界した。しかし、そうした彼らの姿は、早くも一九二七年のシカゴを舞台とする『マ・レイニーのブラック・ボトム』（一九八四）に窺われる。マ・レイニー専属バンドマン四人のなかでアフリカに根ざした「同族関係の絆」（32）の重要性を説くピアニストのトレドは、人種的アイデンティティを捨て、白人の模倣者となる黒人の問題を次のように指摘する。

俺たちゃアフリカを売ってトマトの代金にしてきたんだ。白人に自分を売って白人みたいになろうとしてきた。お前の格好見ろよ（……）。そりゃアフリカのじゃねぇ。白人のだ。俺たちゃ奴らみてぇになろうとしてるんだ。本当の自分を売って他の奴になろうとしてきたんだ。白人の真似なんだよ。(94)

しかし、そのトレドを白人社会での成功の夢が敗れ激昂するレヴィーが刺殺する。人種的レガシーを守り、伝える努力が二重意識の強迫観念に憑かれた黒人によって封殺されるのである。白人社会は、黒人に白人のようになれるという夢を与え、その夢を潰す。結果、黒人は白人ではなく、同じ黒人に怒りの矛先を向け、同族殺人を引き起こす。黒人コミュニティの内破による人種的歴史・遺産の喪失の一つの原因が浮かび上がる。

一九四〇年代以降を舞台とする作品では、人種的歴史・遺産に根ざした人種意識は認めがたい。一九四八年が舞台の『七本のギター』（一九九五）では、フロイドを鉈で殺害するヘドリーは、トゥーサン・ルヴェルチュール、マーカス・ガーヴィーという黒人指導者の男性性に憧れ、そうした男になるべくプランテーション獲得の夢に憑かれる(86–87)。しかし、そこに人種的歴史・遺産に根ざした思いはなく、あるのは男としての自己顕示欲だった。

一九五七年から五八年、そして一九六三年を舞台とする『フェンス』（一九八五）で、白人経済のもとで黒人ゆえに妻子を養う経済能力を阻害されてきたトロイは、男性性に固執し、妻子に苦渋の思いをさせながら、人種差別への怒りと不満はあっても、彼に人種的歴史への関心・意識・自負心は認めがたい。

「骨の町」、「骨の人々」に表象されるアフリカ系アメリカ人の祖先の姿が消えた後、二〇世紀サイクルの年代が下るにつれて、霊的指導者アーント・エスター、バイナムのような呪術師、『ピアノ・レッスン』の祖先の霊など、スピリテュアル、スーパーナチュラルな存在とともに、人種的遺産の継承者として覚醒する者も姿を消す。[9] 人種意識の漸次的喪失から言えば当然のことである。しかし、ウィルソンのサイクルは、果たしてアフリカ系アメリカ人の人種意識喪失の推移だけを描くものなのか？

人種的記憶・歴史を繋ぐ血族の邂逅と黒人共同体の新たなる継承者・戦士

一九九七年を舞台とするサイクル最終作『ラジオ・ゴルフ』は、市長候補者のアフリカ系アメリカ人実業家ハーモンド・ウィルクスが、人種的遺産と血族の結びつきに覚醒し、人種コミュニティの権利と遺産を守るべく、白人主導のビジネスに与した元ビジネス・パートナーに戦いを挑むドラマを描き出す。

ハーモンドに変化を引き起こす契機となったのは、取り壊しが決定したアーント・エスターの旧家を訪れた時の発見である。南北戦争当時の北部連盟支持派の家屋で、彼は踊り場まで続く巨大なステンドガラスを目にし、ブラジル産木材の手彫り彫刻の手すり階段に触れる(61)。その手すりには様々な顔が彫られていたと言う。この家の様子にハーモンドは感銘を受けるが、その理由を推測する一つのヒントとして、ウィルソンが語った祖先の力を芸術品や歌、舞踏に込めて自らの魂の拠り所としたアフリカ人奴隷の姿が考えられる。

奴隷部屋に閉じ込められていたアフリカ人は自らの精神に祖先の力を注ぎ込もうとして、自身の芸術や歌、舞踏のなかに、ある世界を作り上げた。その世界では、彼が霊的中心であり、彼の存在は生命の源流たる創造主の明らかな御業によって生まれたものだった。そのため、彼が創造しえた芸術は実用的であり、彼に人の資産という非人間的地位にも耐えて生き抜くに必要な霊的気質を与えるものだった。(Wilson 2001: 19–20)

シンシア・L・ケイウッドとカールトン・フロイドは、「命を肯定する祖先の力を宿した図象学的存在、資源、貯蔵庫（容器）の必要性」をウィルソンが主張していると解釈する (Caywood and Floyd 75–76)。ハーモンドがエスターがかつて暮らした家で目にし、手で触れたものは、祖先の力を宿す芸術品、工芸品であったと考えられる。さらに、オールド・ジョーという血族との邂逅と新たな家族の繋がりは、ハーモンドにアフリカ系アメリカ人の「血の記憶」[10]を蘇らせる。

二幕二場の終り、ハーモンドとオールド・ジョーは、互いの血のつながりを見出す。ハーモンドの曽祖父とオールド・ジョーの祖父が同一人物、ヘンリー・サミュエルズであったことを突き止める。オールド・ジョーは、『大洋の宝石』のブラック・メアリーとシティズン・バーロウの子であり、ハーモンドはブラック・メアリーの異母兄シーザー・ウィルクスの孫だったのである。[11]ハーモンドとオールド・ジョーの邂逅は、かつて対立し、離散した彼らの血族関係の目覚めに留まらず、四〇〇年に及ぼうとする人種的歴史と遺産、相互の絆を可視化する。そしてコミュニティを守る戦士としての覚醒をハーモンドにもたらす。
ハーモンドは市長となる夢と自社の経営権を捨て、[12] ビジネス・パートナーのローズヴェルトと袂を分かつ。そして、エスターの旧家の保存に立ち上がる人々の先頭に立つ「戦士」となって、人種共同体の歴史と遺産を継承していくことが予見される。[13]
一方、白人ビジネスに与するローズヴェルトに代表される黒人中産階級のなかには人種共同体から離れ、白人社会での成功に向かう者もいる。二分するコミュニティを背景に、アフリカ系アメリカ人が二一世紀を生きる方向性と課題を残し、サイクル最終作の幕が降りる。
ハーモンドは戦士へと目覚めるが、骨のヴィジョン、霊的存在を見ることはない。これは一見、アフリカとの繋がり、人種的意識の衰退とも解釈しうる。しかし、消えゆく霊的存在に代わって、祖先とのつながりは、祖先の想いが込められた創作物に、あるいはウィルソンの言葉を借りれば、「アーント・エスターの子供たち」に託される。人種的コミュニティを離脱し、白人社会での同化と成功を求める者は、人種共同体内部崩壊の深刻な危機であり続ける。そのなかで、人種的アイデンティティと過去から続く人種共同体の絆をどう担っていくのか。「骨の人々」「骨の町」のヴィジョンの消失は、その課題と可能性が今を生きるアフリカ系アメリカ人に託されていることを示している。[14]

第Ⅳ部

他者との遭遇とその行方

第十二章
解剖と越境
――パークス劇におけるポストコロニアル・スペクタクルとしての身体

パークス劇におけるポストコロニアル・スペクタクルとしての身体

スーザン＝ロリ・パークスの『ヴィーナス』（一九九六）と『アメリカ・プレイ』（一九九四）に対照的な主人公が登場する。巨大な臀部と特異な性器を持つアフリカ人ヴィーナスと、リンカーンに瓜二つの黒人墓堀り、ファウンドリング・ファーザーである。本章では、白人との身体的類似性と非類似性を特徴とする二人の身体を焦点化したパフォーマンス／まなざしをポストコロニアルなスペクタクルの視座から考察し、それにより、パークス劇に見られるポストコロニアル演劇性を検証する。

フリークショーから解剖劇場、そして博物館へ
――『ヴィーナス』

一九九六年初演の『ヴィーナス』は、コイコイ族の女性サールタイ・バートマンの半生を描く。一八一〇年南アフリカからロンドンに連れて来られたバートマンは、巨大な臀部と特異な生殖器を持つ

「ヴィーナス・ホッテントット」としてフリークショーの呼び物になる。[1] そして一八一四年、パリに移ったヴィーナスは医学アカデミーで好奇の目に曝され、解剖医集団が裸体のヴィーナスの身体細部を測定し、劣等な生物学的特徴を有する種族のサンプルとして西欧アーカイブのデータへと変換する。一八一五年に他界したヴィーナスの遺体は検死解剖によって、脳、性器とともにあらゆる臓器が分離、計測、分析された後、溶液に漬けられ、一九七四年に至るまでフランス人類博物館に展示された。彼女の断片化された身体の部位が南アフリカに返還されたのは二一世紀二〇〇二年のことである。

舞台は、ナレーターと登場人物を兼ね、死者を蘇らせ、歴史を発掘するエージェント、黒人復活人(または黒人死体盗掘者、The Negro Resurrectionist) がヴィーナスの死を告げる序曲から始まる。その直後の三一場、場面は過去の一八一〇年の南アフリカにタイムスリップし、三一場から一場へと場面順序を逆行する形で舞台は進行し、冒頭でアナウンスされたヴィーナスの死に至る彼女の半生を映し出していく。

開幕当初より、ヴィーナスの身体は他者を野蛮で劣等な種族・奇形と見る白人のまなざしに晒される。フリークショー最大の見世物「素晴らしいフリーク」(14)、「ミッシングリンク」(42) と評され、一大スペクタクルとしてヨーロッパ人の好奇の的なったヴィーナスの身体は、白人優越主義を分母としたフリークショーと医学・生物学・博物学との関係性を可視化するメディアとなる。フランス人医師バロン・ドクトゥールは、イギリスのフリークショーの興行主からヴィーナスを買い取り、パリのフランス医学会に彼女を衝撃的研究対象として紹介する。問題は、医学アカデミーが、フリークショーの観客と同じ、奇異・異常・劣等なものを見るまなざしを共有する点である。ヴィーナスの身体は、ヨーロッパの生物学的・人類学的優等性を科学的に裏付ける学術的データとして記録される。一八一五年、ヴィーナスの死後、彼女は検死解剖によって断片化され、劣等人種を表象する標本としてヨーロッパ人の好奇の目に晒され続けた。注目すべきは、解剖に伴う「四肢の切断」(dis-membering) と「記憶の喚起・再構成」(re-membering) の関係性である。デイヴィッド・サヴランによるインタビューで、パークスは次のように語っている。

『ヴィーナス』はまさに記憶の喚起と四肢の切断の話です。切断 (dis-memberment) はそのまさに中間で起こります。幕間のスピーチは「ヴィーナス・ホッテントットの身体〔記憶〕切断 (Dis(-re-)memberment)」と呼ばれます。（……）基本的に記憶の喚起とは必ずしも完全には合うことのないものを組み立てることです。(Savran 160–61)

ここで、「四肢［さらには身体・器官］の切断」行為は「記憶の喚起・再構成」行為の前提となっている。「記憶の喚起」は、「切断」されたものがあって初めて成りたつ。[2] そして、「切断」され、「記憶の喚起・再構成」が行われていない状態をパークスは「切断［状態］」(Dis-memberment) と呼ぶ。劇作家パークスにとり、「記憶の喚起・再構成」は、「切断」されたものを発掘・収集・修復し、歴史の再解釈を行う演劇・劇作行為なのである。

しかし、「幕間」第一六場の名称「現在から数年後――チュービンゲンの解剖劇場にて」に続く「ヴィーナス・ホッテントットの身体〔記憶〕切断」(91) の「身体〔記憶〕切断」のシニフィエの解釈には、さらなる考察が求められる。ここでバロン・ドクトゥールはヴィーナスの検死解剖後、多様な専門的医学用語を用いてヴィーナスの器官を詳述していく。その内容から「身体（記憶）切断」とは、「記憶」したものを、「切断する」行為と解釈される。「身体（記憶）切断」は、身体器官の切断と記憶の切断という二重の意味を持つ。ヴィーナスの身体は断片化によって西欧医学テクスト／データに変換され、彼女の人格と個性、精神を蓄えた記憶は、分断・破壊される。他者を解剖・データ化することで、西欧文明と白人優越論を強化するアーカイブを構築する。その一方で、人間存在としての他者の思考と人格を消去する。これは、ヨーロッパの植民地主義・帝国主義による歴史（正史）生成のあり方そのものにほかならない。バロン・ドクトゥールの呼び名「解剖学のコロンブス」(125) は、彼に投影されるヨーロッパ植民地主義と医学との潜在的共犯関係を示唆する。

黒人復活人が再表象する、スペクタクルとなるヴィーナスを見るまなざし

ここでヴィーナスを死者の国から蘇らせ、本作の主人公に据えて、物語のナレーター兼登場人物を務める黒人復活人に目を向けると、作者パークスの劇作家理念と劇作行為が浮上してくる。パークスは、歴史と演劇・劇場の関係について基本理念をエッセイ「ポゼッション」のなかで明らかにしている。パークスにとって、歴史は記録・記憶された出来事であるからこそ、「劇場は歴史を創り上げる完璧な場所」、「歴史的出来事創造の孵化器」となる。劇作家としての自分の務めは「記録されず、切断され、洗い流されたアフリカ系アメリカ人の歴史」を、「祖先が埋葬された場所を探し、骨を掘り

あて、骨の歌を聞き、書きとめる」ことで、「新たな歴史として創造する」ことだとパークスは語る。ヴィーナスの墓を掘り、その姿と声を復活させ、舞台で再表象させる黒人復活人は、文字通り作者パークスの劇作理念と行為をメタ的に再現するエージェントである ("Possession" 4–5)。

リンダ・シービンジャーは、一九世紀初頭までにホッテントットの生殖器に対するヨーロッパの関心は「グロテスクな窃視症・のぞき見趣味」にまで高まり、博物学者も例外ではなかったと報告している (Schiebinger 168)。[3] またリサ・M・アンダーソンも、バートマン（つまり、ヴィーナス）はその身体的特性がヨーロッパで特異・奇形とされた臀部脂肪蓄積 (Steatopygia) という臀部の巨大化と「ホッテントット・エプロン」として知られた細長く伸びた陰唇（バートマンの文化の習慣的行為）であると記している (Anderson 57–58)。問題は、舞台上のヴィーナスの身体が、本作を観る観客の視線を劇中のフリークショーの見物人、裁判の出席者、そして解剖医のまなざしと同化させる点にある。観客は特異なスペクタクルを見る当時のヨーロッパ人と同じまなざしをヴィーナスに向け、その視線の底流にある植民地主義と共犯関係を結ぶ。

今ひとつ注目すべきは、ヴィーナスに向けられるバロン・ドクトゥールのアンビヴァレントなまなざしである。ドクトゥールにとり、ヴィーナスは民俗学・博物学的関心の研究対象であり野心達成の手段だった (Anderson 58–59)。その一方、彼は当初よりヴィーナスに性的魅力を感じ、子を身ごもらせては堕胎させる。ハリー・J・エラムとアリス・レイナーによれば、前ヴィクトリア時代の科学は黒人性を動物性・異常なセクシュアリティと捉える一方、愛の象徴、欲望・誘惑を表すローマの女神神話と、淫らな未開のアフリカ人を記号化するホッテントット神話を結合したイメージで、ヴィーナス・ホッテントットの存在を流布した。つまり、ヴィーナスとその身体は西欧人の欲望と嫌悪を煽りながら、性的に特徴づけられた野蛮な他者への西欧の支配欲を映す表象として捉えられる（Elam and Rayner 2001: 265）。バロン・ドクトゥールが示すヴィーナスへのまなざしは、西欧植民地主義に内在する他者へのアンビヴァレントな思いを反映する。

ヴィーナスの身体とそこに注がれるまなざしは、医学・歴史をはじめとする西欧のテクスト生成の底流にある他者支配とセクシュアルな領有衝動の介在を炙り出すトポスとして浮上する。例えば、アンダーソンはドクトゥールとヴィーナスの恋愛が権力を持った白人男性と無力な黒人女性という歴史的な性的関係を表象すると指摘する（Anderson 59）。その上でアンダーソンは、黒人女性のセクシュアリティが規範から逸れた異常なものとしていかに表象され、「ヴィーナス・ホッテントット」のイメージで黒人女性の偶像化がどのように進み、それが現在の黒人女性の生活にどのような影響を与えているのか、といった問題をパークスが本作で提起し、探求していると主張する（Anderson 65）。

これまでの議論から、ヴィーナスは西欧コロニアリズムにスペクタクルとして搾取・領有・消費され、命を落とした犠牲者に映る。しかし、彼女が金を受け取り、自らの意志でショーに出演し、スペクタクルになったことはよく問題にされる（Elam and Rayner 2001: 268）。ロンドンのフリークショーで一番の呼び物となる自らの商品価値に目覚めた彼女は興行主に報酬増額と労働環境改善を要求し、将来自分の店を構え大金を稼ぐ夢を口にする。さらに、裸体を晒した猥褻行為の容疑をめぐる裁判で、被告席から次のように訴える。

　わたしに悪い印がついているなら、どうやったらそれをうまく洗い流せるのでしょう？
　わたしの罪深い姿を見せて、みなさんへの戒めにすることで、
　神の目には、悔い改めのようにも見えるでしょう。
　そしたら、わたしの闇の印も洗い流せます。
　わたしは黒人としてここに来ました。
　白人としてここを出るチャンスをください。(76)

黒い肌を洗い流し、白人として生まれ変わる。そう白人への変身願望を告白するヴィーナスは、後に高い報酬と新しい衣食住環境を条件に、バロン・ドクトゥールと肉体関係を結ぶ。そしてパリに移り、社交界のハイ・カルチャーの価値観とマナーを身につけ、フランス語を習得した彼女は、南アフリカ帰郷の思いは薄れ、バロン・ドクトゥールの妻になり、ヨーロッパ上流社会での暮らしを手にする夢を膨らませる。結果的に、人類博物館の展示品となるヴィーナスの人生は、彼女自身の意志と選択の帰結としても提示される。

　ただ、彼女が自立できるだけの資金を欠いていたからフリークとして舞台に立ち続ける道を選んだとするフィリップ・コリンとハーヴィー・ヤングの議論 (Kolin and Young 14)[4] と同じく、ジェニファー・ラーソンも経済的動機がヴィーナスの意思決定を左右したと考える (Larson 27)。彼らの議論は経済的に圧迫された被植民者を植民地言説の共犯に向かわせるヨーロッパ植民地主義の支配のあり方を示すものである。

ヴィーナスを演劇化し、コロニアル言説との共犯を非難されるパークス

コロニアル言説との共犯関係は、作者パークスについても提起される問題である。エラムとレイナーは、パークスがヴィーナスことバートマンを救おうとしているにせよ、彼女を繰り返しスペクタクル＝見世物にすることで、パークス自身が金を稼いでいるとする批判を取り上げる (Elam and Rayner 2001: 269)。これに対してパークスは、ヴィーナスの話を語ることが、彼女に対する正しい扱いになる、そうヴィーナスが語りかけてきた気がしたから (Chaudhuri 56)、彼女を舞台化したと話す。このパークスの話から、エラムとレイナーは、パークスがヴィーナス問題を正当に扱うために、権力と権威の問題を焦点化し、法廷場面を再現することでバートマンの自律性を試したと論じている (Elam and Rayner 2001: 269)。ただ、ラーソンが論じるように、この共犯性の問題はパークスの意図に関わらず、明快な解決が出るものではない。ラーソンによれば、「パークスと彼女が創作したヴィーナスが黒人女性の搾取を助長するものか」、あるいは「抑圧者や搾取者、植民者や白人性差別主義者、人種主義者の覇権とされるものの利益に資するものか、それらに反対するものか」が解釈上の中心問題となる。ラーソンは、批評家の見解は、パークスと彼女のヴィーナスに対する完全な告発と無罪放免という二つの立場に二分され、作品はいずれの解釈も同時に支持していると論じている (Larson 26)。

重要なことは、植民地主義とその犠牲となる被植民者の問題を舞台化によって再表象し、観客の再考を促す時、演じる俳優の身体を観客のまなざしに晒すことで、植民地主義と同じ搾取を被植民者に対して繰り返すリスクが伴うという点である。ヘレン・ギルバートとジョアン・トンプキンズは、身

体への注目がポストコロニアルの主観性を再構築する有効な戦略であるとしたうえで、「抵抗を刻む場」としてポストコロニアルな身体を位置づけ、いかに被植民化された身体を書き換え、再表象してパフォーマティヴ戦略に変換するかがポストコロニアル演劇の重要課題であると論じている (Gilbert and Tompkins 204)。一方、彼らは「女性の身体が帝国のまなざしによって調べ上げられ、女性は商品として位置づけられ、全ての主観性を否定される」状況を描くデニス・スコットの『エコー・イン・ザ・ボーン』(一九七一) のようなジャマイカ演劇を紹介し、また南アフリカ演劇の劇作家レザ・デ・ウェットの『深層』(一九八五) に言及して、「人種・ジェンダーの身体登録を決定し、被植民者の身体をさまざまな研究分野の対象とすることで望ましい権力階層を誘発・維持しようとする」帝国主義の姿を示している (Gilbert and Tompkins 216)。つまり、ポストコロニアル演劇はコロニアリズムの問題系を身体表象によって告発・問題化し、抵抗の手段とするためには、舞台上とはいえ、身体への植民地主義的搾取と暴力を反復し、コロニアリズムとの演劇的共犯関係を結ばざるをえない。植民地主義との共犯による植民地主義への抵抗。それが身体をメディアとしたポストコロニアル演劇のパラドックスであり、そのことをパークスの『ヴィーナス』創作は示しているように思われる。

しかし、このパラドックスに囚われないドラマツルギーもパークスは打ち出している。それが、彼女の演劇の代名詞となっている「レプ&レヴ」である。

シグニファイングから「レプ&レヴ」+「レフ&リフ」

パークスは、正史と権力への正面切った攻撃的抗議や反逆ではなく、誰もが知る正史と文学キャノンの歴史表象的人物=イコンを抽出し、反復的にデフォルメ・戯画化・パロディ化して白いテクストに改訂を繰り返し加えていく。それが、パークスが呼ぶ「レプ&レヴ」("Rep & Rev")、つまり「反復と改訂」である。

「レプ&レヴ」とわたしが呼ぶものがわたしの仕事の中心的要素です。それを使って創り出す演劇テクストは、伝統的な直線的ナラティヴ形式から離脱して、楽譜のように見えて聞こえるものです。("from Elements of Style" 9)

伝統的な直線的ナラティヴに代わる演劇テクストを創造する「反復と改訂」のプロセスで、白い正史や言説は、黒の歴史・黒のナラティヴへとすり替わっていく。そこでは、もはやアイデンティティは確固たる準拠枠と方向性を持たず、可変的・流動的で決定不可能なものとして、反復的更新に身をゆだねるほかない。重要なことは、常に新たな人種間、ジェンダー間の関係性と歴史意識の在り方をめぐって前に向かって進む志向性を持つということである。

パークスの「反復と改訂」はアフリカ系アメリカ文化に特徴的なコミュニケーション・ナラティヴ形式、「シグニファイング」(Signifyin(g)) の伝統をベースにしたものである (Savran 140–141)。パークス自身がこう語ったインタビューで話題にしたのはヘンリー・ルイス・ゲイツ・ジュニア著『シグニファイング・モンキー』（一九八八）である。ゲイツによれば、「シグニファイング」は、「反復と改訂、あるいは顕著な違いを持った反復」であり、「識別可能な黒人の意味付与の特徴」(Gates xxiv) である。また「予測もしくは予期された決まり文句や決まった出来事を創造的に配置する（取替える）こと ((re)placement) で、予期せぬ方法で新たに表現されたもの」(Gates 61) である。ゲイツに言及したデボラ・R・ガイスは「シグニファイ」を次のように述べている。

「シグニファイ」するとは支配的言説を真似る、あるいは繰り返すことで、その繰り返しを転覆的仕方で行うことである。それによって、聞き手や読み手は、その言説がどのように模倣され、攻撃され、書き換えられ、改訂され、再利用され、本来の権威主義的意図に反する目的のために使われていることを理解する。(Geis 15)

言い換えれば、シグニファイングとは、支配的言説を小馬鹿にした物真似あるいは繰り返しであり、固定化された言説のシニフィエを知る者が、そうされていることを容易に察知する言い換えである。それは、「支配的社会言説のなかの公式化・固定化された言説を予想もしない方法で、反復的にパロディ化・再表象化し、権威転覆的目的・効果を持った黒人固有の間テクスト的・対抗言説／表象形式である」（貴志 一〇）。パークスの「レプ&レヴ」（反復と改訂）はこのシグニファイングを巧みに応用・反復することで継続的改訂・更新をテクストに加えていく。ここで、「レプ&レヴ」に加え、ケヴィン・J・ウェトモア・ジュニアによるインタビューで口にされた言葉が新たな重要性を帯びる。それが、「レフ」(Ref)、つまり「言及」である。

KJW［ウェトモア］（……）「レプ&レヴ」について話されていますが、三番目に「レフ」を加えたいですね。単に改訂と反復ではなくて、参照でもありますよね。

SLP［パークス］　わあ、そうですね！「レプとレヴとレフ」ですね。(Wetmore 129–130)

「レプ&レヴ」の対象となるもの、誰もが知るシニフィアン・シニフィエ関係が社会的に固定化された言説／表象を言及（レフ）する必要がある。しかし、それをどのようにレプして、レヴするのか、その方法論を表す記号が必要となる。それが「リフ」(riff) である。「リフ」とは、ジャズやロックの反復音節やソロ演奏を指す一方、スピーチ・小説など主題についての短い痛烈なコメント、または主題からそれた脱線話という意味がある。[5] つまり、「シグニファイング」を継承・応用するパークスの言説は、「レプ&レヴ」+「レフ&リフ」で表現されうるものである。そして、この演劇戦略を主人公の身体と身体パフォーマンスを焦点化して実践した作品が、一九九四年初演『アメリカ・プレイ』である。

「歴史の大穴」レプリカの黒いリンカーン・スペクタクル
――『アメリカ・プレイ』

『アメリカ・プレイ』は、リンカーン暗殺場目をテーマパークのパフォーマンス・イベントへと戯画化・変換し、その権威を根底から覆す正史脱構築的作品である。舞台は「大穴」。主人公はリンカーンに瓜二つの黒人墓堀り、ファウンディング・ファーザー（建国の父）ならぬファウンドリング・ファーザー(Foundling Father)、つまり、捨てられた［拾われた］父（以下FFと略）である。彼が「歴史の大穴」テーマパークの「正確なレプリカ」を作ろうと、アメリカ西部の何処ともわからぬ地に「大穴」を掘り、そこでリンカーンを演じ、暗殺者ブース役の客にリンカーン＝自分を撃たせる暗殺再現ショーを繰り返す。

歴史上の偉人たちが日々壮麗なページェントを繰り返す。それが「歴史の大穴」の圧巻だった。過去の著名人・出来事を歴史表象的に複製化した歴史テーマパークが見せるのは、国家的意志を反映して人為的に作られた白いアメリカの「正史」、「黒人体験を除外したアメリカ史の偽造のリアリティ」(Fuchs 40)である。問題は、舞台となる「大穴」が「アメリカ史の偽造」のテーマパークのさらなる偽造という二重の偽造世界であり、ここでFFがリンカーン暗殺劇を演じる点である。

リンカーンが暗殺されたのは、一八六五年四月一四日、ワシントンD・Cのフォード劇場。トム・テイラー作、喜劇『我らがアメリカのいとこ』（一八五八）上演中のことである。第三幕二場、主人公エイサの滑稽極まる台詞に観客がどっと笑った瞬間、ボックス席に忍び込んだ暗殺者ジョン・ウィルクス・ブースがリンカーンの頭部めがけて発砲。その直後、ブースは二〇フィート（約六メートル）離れた舞台に飛び降り、観客を前に「これが暴君の報いなり！」(*The America Play* 165 n.8) と叫んで逃走する（巽　一四四―六五）。[6]

リンカーン暗殺劇のクライマックスこそ、ＦＦが「歴史の大穴」レプリカで日々繰り返すパフォーマンスである。注目すべきは、黒人の彼が白人大統領を演じる／真似る／偽装する意味・効果である。肌の色以外、リンカーンに瓜二つの彼の偽装で強化された身体的類似性は、[7]白黒の差異をいっそう際立たせる。白人性を黒人性で置換することで、ＦＦは「リンカーンという伝統的イメージと権威を再表象し」(Elam and Rayner 1999: 182)、白い正史を侵犯・攪乱する。[8]

一方、ブース役を演じる客は、暗殺で使われたデリンジャーだけでなく、数種類ある拳銃から好みのものを選び、リンカーン＝ＦＦの頭部目がけて発砲。その直後、ブースの言葉に限らず、さまざまな歴史的人物の「有名な（最後の）言葉」を発し、どの言葉も脚注で歴史上の発話者の名前が示される。客が発する交換可能な歴史的フレーズの反復につれ、暗殺ショーは滑稽で非現実的なものになる (Frank 15)。やがて、暗殺エンターテインメントのキャラクターにデフォルメされた歴史表象リンカーンとその暗殺という白いアメリカ正史のハイライトは、ＦＦの身体パフォーマンスを通して黒人歴史スペクタクルへと置換されていく。[9]彼のリンカーン暗殺ショーは、いつ何時にもオリジナルなき歴史表象が別のものと置換されうる恣意性と偽造性を暴露して、[10]歴史テクストの揺らぎを増幅し、不可視なアフリカ系アメリカ人の姿を可視化しつつ、白い正史に黒い歴史を刷り込んでいく。

ＦＦによるリンカーン物まねパフォーマンスを中心に、パークスの「反復と改訂」、そしてゲイツのシグニファイングと共振する「ミミクリー（物まね・擬態）」はポストコロニアル文学・演劇の観点からどう捉えられるのか。『ポストコロニアルの文学』（一九八九）を著したビル・アッシュクロフトらは、ポストコロニアル作家による模倣・物まねの問題を次のように論じている。本国（宗主国）の一定の経験のみが正典的な文学テクストの題材として特権化され、結果としてポストコロニアル的経験は文学に「値しない」ものにされる。ポストコロニアル作家はポストコロニアルな経験から距離を置いた題材について書くことを強いられ、正典テクストの模倣・物まねに向かう。こうしたポストコロニアル作家の板挟み状況を悲観的に見るトリニダード生まれのノーベル賞受賞作家V・S・ナイポールは、『ものまね人間』（一九六七）等の作品で、ポストコロニアル状況およびその文学テクストに内在する模倣性 (mimicry) を永遠に不毛な性格のものと考える。「現実の＝本物の」世界の真正な経験を持つ帝国の中心＝本国に対して、その周辺はつねに無秩序や非‐真正性を強いられているためである (Ashcroft et al. 87)。[11]

一方、ホミ・バーバはミミクリー（擬態・物まね）を植民地言説の権威を攪乱する強力な対抗言説だと考える。[12] バーバによれば、ミミクリー（擬態・物まね）「の反復を通して、植民地的権威のナルシスティックな要求を脅かすような文化的、人種的、歴史的差異の攪乱を表現」し、「植民者の実在について部分的な像を作りだすことによって、植民地における領有を『部分的に』逆転させ」、「周縁化された要素を解放し、人が支配力を拡大する際に用いる存在の統一性を打ち砕く」、そんな「他者性のまなざし」の行為である (Bhabha 126–27)。さらに、「ほとんど同じだが完全に同じではない」というミミクリーのアンビヴァレンスは、「フェティッシュ化された植民地文化が潜在的また戦略的に、秩序を脅かす抗告でありうることを示唆」する。ミミクリーは、「権威のさまざまな形態をまねるが、真似をするまさにその場に置いて、そのような形態から権威を奪い取る」フェティッシュと同じく、「人種、書かれたもの、歴史の優先順位についての規範的な知識を根本的に問い直す」(Bhabha 129–30)。こうしてバーバは、差異と抵抗の記号、「『規範化された』知識と規制力」双方に内在する脅威としてミミクリー（擬態）を論じている (Bhabha 122–23)。[13]

バーバが論じるミミクリー（擬態）に近いパフォーマンスを展開していたのがＦＦである。しかし、彼のパフォーマンスは先鋭的かつ演劇的・政治的なエンターテインメント・パロディにほかならない。ＦＦは、白人大統領リンカーンという最も顕著な白人国家表象的人物のミミクリー・暗殺スペクタクルを繰り返し、植民地的領有の「部分的逆転」どころか、アメリカの白人大統領と白い正史を全面的に書き換え、領有する。

ＦＦのミミクリーでは、周縁的で非‐真正とされてきたものが、帝国のコロニアル言説に浸透・侵入し、その中心・真正性と入れ替わる。コロニアル言説で周縁化されてきたものが、ポストコロニアル言説によって真正性を付与される。[14] 元来、コロニアル言説で非‐真正とされてきたものは、帝国によって支配・隷属化され、正史のなかで不可視のものとして埋められてきた存在と声である。ＦＦの身体スペクタクルは、非‐真正性のカテゴリーに埋没した真正性を発掘し、コロニアルの支配言説をアフリカ系アメリカ人のポストコロニアル言説に置換する営為と捉えられる。

作品テクストに人種についての言及がないことに着目したエラムとレイナーは、人種は演者の黒い身体によって即座に前景化されると指摘する。はっきりと黒人とわかる演者が白人大統領を演じることで「人種そのもののパフォーマティヴィティを実演し」、リンカーンの伝統的イメージと権威の再演によって、人種カテゴリーの再考を促す。さらに、劇中劇「我らがアメリカのいとこ」を演じるのも黒人俳優である。白人が黒塗りの顔で黒人ステレオタイプを領有する白いミンストレルショーに代わって、ここでは黒人俳優が白人の役柄を逆領有することで、歴史的白さを変質させ、人種境界線の越境を引き起こす (Elam and Rayner 1999: 190)。黒人ＦＦによるリンカーンの白人身体と所作の領有パフォーマンスは、黒い身体による白い身体の人種的置換が、歴史を超えてあらゆる領域に増幅的拡散をもたらす可能性を示唆するのである。

アッシュクロフトらは、ポストコロニアル作品によるヨーロッパ的白人正史の転覆・書き換えの営為を次のように論じている。

ポストコロニアル思考においては、（……）多くの作品は、ヨーロッパ的な「歴史」の観念や時間の順序を転覆する作業に意図的にとりくんでいる。（……）ヨーロッパの歴史そのものを、圧倒的な新しい空間のなかに座礁させ、時間や帝国的意図を粉砕する。公認の歴史は、その破壊的なプロセスの犠牲者の視点から、変更され、書きかえられ、再配列される。(Ashcroft *et al.* 33)

リンカーン暗殺をハイライトした白い正史の変更・書き換え・再配列は、日々リンカーン暗殺ミミクリー・エンターテイメントを上演するＦＦの黒い身体によって反復的に遂行されているのである。

ゴースト化する身体のポストコロニアル・スペクタクル
――支配言説の表象から脱構築のメディアへ

ヴィーナスとＦＦがともに「驚異」(“Wonder”) と言及されている点は注文に値する。ただし、そのシニフィエは対照的である。ヴィーナスは「九番目の不思議人間」、「ミッシングリンク」(43) と呼ばれ、人間ではありえない身体的フリークとしての「ヒューマン・ワンダー」のシニフィエを纏い、コロニアル・スペクタクルとして機能した。しかし今、墓場から掘り起こされ、舞台に蘇り、再び過去のコロニアル・スペクタクルとしてのヴィーナスを反復的に再現するヴィーナスは、西欧植民地主義の他者への暴力的支配を現在の問題として映すポストコロニアル・スペクタクルとしての記号性を纏う。一方、ＦＦも「驚異」となるが、そのシニフィエはヴィーナスと一八〇度の違いがある。知られてない方の者 (The Lesser Known) であったＦＦは、自らのリンカーン・ミミクリーによって、最後には驚異と呼べる「偉人たちの殿堂」(176) に新たに入った「我らが新たなる驚異の偉人」(199) として他界する。リンカーン暗殺ミミクリーを演じたＦＦは、まさに白人表象リンカーンを暗殺し、リンカーンの姿・言動を占有することで、新たな偉人＝黒人リンカーンとして白人正史の殿堂入りを果たしたのである。

ただ、最終場はさらに考察を要する。「あの世」のテレビでルーシーとブラジルが目にする「リンカーン芝居」の再放送に登場したＦＦは、墓からのメッセージを語り、最後のパフォーマンスののち、リンカーンの死を告げて息絶える。そしてブラジルが、新たな驚異となった父親の死を悼む国民の様子を伝え、別れを告げて幕となる。問題は、ＦＦが大穴を離脱し、現世と来世をつなぐテレビの電波空間に転送されるとともに、「リンカーン芝居」が再び再放送される可能性が残される点である。物理的身体を失ってなお、現世と来世を結ぶ電波空間に浮遊し、復活を遂げてはリンカーン暗殺ショーを繰り広げる。そんなゴーストとして、ポストコロニアル・スペクタクルを反復的・永続的にパフォームすることが予見される。

しかも、息子ブラジルが最後に強調するのは、ＦＦの頭蓋に開いた弾痕、「偉大な頭に開いた大いなるブラック・ホール」(199) である。彼の頭蓋に反復的に打ち込まれた銃弾でできた黒い弾痕は、墓掘りだったＦＦ自身が掘った「歴史の大穴」レプリカという過去の偉人たちの墓、今や彼自身の墓と相似形をなす。[15] そして、『ヴィーナス』の黒人復活人よろしく、死者を発掘・蘇らせ、再び黒い身体パフォーマンスによって、歴史に反復的改訂を加えていく。ただ、ＦＦの頭蓋に開いたブラック・ホールに打ち込まれた数知れぬ銃弾は、過去に向かうばかりではない。それらは、ＦＦのブラック・ホールを通過し、時空を超えて、二一世紀の黒人の兄弟殺しの銃弾となって再び姿を現す。

弟ブースによる兄リンカーンの射殺事件を描く二〇〇二年のピューリッツァー賞受賞作『トップドッグ／アンダードッグ』(二〇〇一) は、リンカーン暗殺事件を黒人の兄弟殺しとして再現する。もはや、暗殺再現ショーではすまない。キンバリー・Ｄ・ディクソンは、ポストモダン・ポストコロニアル言説において、「圧制者—被圧制者、自己—他者の関係性はもはや永久的なアイデンティティではない」と論じる (Dixon 216)。ロバート・フェイブルも、「犠牲者」と「抑圧者」の二項対立モデルが、人種の多様な問題理解には有効性を欠くとして、兄弟二人がブースのリンカーン殺害歴史ナラティヴを書き換えるチャンスがあったと指摘する。そして、黒人ブースによる黒人リンカーン殺しが、黒人間暴力の責任は黒人自身にある、という黒人個人の責任を問題化すると論じている (Faivre)。リンカーン暗殺という白い歴史表象の黒人兄弟殺しへの置換からは、レイシズムだけでない黒人自身の選択と意志を問題化した、新たな黒人のあり方・歴史を映す演劇テクストの姿が浮上する。それは白人からの抑圧と白人へのオブセッションという古い状況 ("that same old shit") と決別し、アフリカ系アメリカ人の劇的コンフリクトを描くドラマを目指すパークス自身の姿勢を示した「舞台上の黒人たちの等式」に現れている。

黒人＋x＝新たな劇的コンフリクト
（新領域）

ここではxは「白ンボ」に抑圧され、その強迫観念に駆られる状況以外の状況にいるアフリカ系アメリカ人を描く状況領域である。そこでは白人が存在しても抑圧者ではなく、観客はお決まりの古い戯言とは異なる見地から、これらのドラマを見て、理解し、議論するように促される。
("An Equation for Black People Onstage" 20)

黒人を白人の対立項、抑圧者＝白人に対する被抑圧者ではなく、黒人間の問題は黒人個人、黒人コミュニティが責任を負うべき問題として映す新たな劇的コンフリクト ("NEW DRAMATIC CONFLICT") を新たなアフリカ系アメリカ演劇の一つの在り方だとパークスは考える。無論、白人の支配言説は黒人の生活に多大な影響を及ぼす。それをパークスは「レプ&レヴ」+「レフ&リフ」によって、パロディ化・攪乱・改訂していく。しかし、また、白人の対ではない、黒人自身の新たな劇的葛藤の舞台化を目指す。それは、クリストファー・B・バームが詳述する混合主義（Balme 7–15）をとりつつも、植民者と被植民者関係を焦点化する傾向にあるポストコロニアル演劇の先を見据えたアフリカ系アメリカ演劇の方向性と考えられる。そして、いずれの場合にも、身体（Balme 167–200）は政治的社会的表象性を帯びた強力な演劇メディアとしてポストコロニアルあるいはポスト＝ポストコロニアル・スペクタクルを生み出していく。

第十三章
ポストヒューマン・エコロジーに向けて
――『海の風景』における種間遭遇

ヒューマンとノンヒューマンの遭遇

人間と、英語を話す海トカゲ、二組の夫婦が海辺で出会い、交流する。数あるオールビー作品のなかにあって、一九七五年初演、ピューリッツァー賞受賞作『海の風景』の際立つ特徴である。本作において、人間夫婦と海トカゲ夫婦の遭遇とコミュニケーションに見られるのは、ヒューマンとノンヒューマンの相互関連性である。この点で、ヒューマンとノンヒューマンとの関係性、異種生物（存在）間の種間関係／コミュニケーション（interspecies relationships/communication）に着目し、ポスト人間中心主義的（post-anthropocentric）立場に立ったポストヒューマニズムとエコクリティシズムは本作の新たな批評アプローチとしての有効性を帯びる。

本章では、両アプローチを理論的参照項に、『海の風景』における人間夫婦と海トカゲ夫婦との遭遇と交流のあり方、舞台となる海辺というドメインの特殊性を再検討し、本作当初のタイトルであった「生」（Roudané 98）に込められた生命観・世界観を探る。それにより、オールビー作品に底流する詩学を考える。

これまでの人間中心的前提に立った批評

チンイン・チャンは、『海の風景』に登場したノンヒューマンは人間中心主義に立った批評家を困惑させたと指摘する。チャンによれば、彼らによって海トカゲは愛や加齢、死、人間に至る進化プロセスなど人間にかかわる関心事を表す寓話的テクスト、主体である人間にとって教訓的解釈を表す二次的テクストとして扱われてきた。[1] 一方、ヒューマンとノンヒューマンの遭遇の分析・考察はなおざりにされてきた。このようにチャンは一九七〇年代から八〇年代にかけての人間中心主義的批評の問題を指摘する (Chang 397)。

しかし、こうした人間中心の考えを本作構想当時のオールビーも持っていた。メル・ガッソーによれば、オールビーは一九六七年に、本作が「進化論についてのもの」だと語り、本作執筆のため、人類学、社会学の専門書を読み、原始社会と魚類社会の社会構造研究もしていたという (Gussow 288)。問題は、人間を進化の頂点、異種生物を進化の下位に位置付け、進化のスケールで生物の優劣、ヒエラルキーを決定する進化論的思考が人間中心主義に根ざした二元論だという点である。地球上で最も進化を遂げた種である人間が、太古の昔に祖先が辿った進化の初期段階にある海トカゲと人間自らを対比させ、自身の進化プロセスを反芻し、進化の頂点にある現在の人間の姿を投影する。こうした人間主体の作品構想を当時のオールビーは持っていたと考えられる。事実、本作が「進化についての作品」であるとする議論は、現在も広く流布している。[2]

ポストヒューマニズムとエコクリティシズムの接点

こうした本作をめぐる批評動向に対して、近年、エコクリティシズムからヒューマンとノンヒューマンの関係性に着目したポスト人間中心主義的立場に立った新たな研究成果が発表されるようになってきた。その一つが、二〇一二年に発表されたチャンの「エドワード・オールビーの『海の風景』におけるる環境意識とヒューマン／ノンヒューマンの関係性」である。本論文は、西欧思想体系の家父長制主義的、二元論的、階層主義的考え方へ異議を唱え、揺さぶりをかけ、本作に見られる人間／ノンヒューマン／自然環境の関係性を相互関連性と相互依存の観点から再検討している。そして演劇が環境意識を高揚する有効なメディアになりうるとする環境批評の主張に『海の風景』が一致すると論じたものである (Chang 395)。

チャンの『海の風景』論に示されるエコクリティシズムは、人間を頂点とする生物ヒエラルキーという人文科学の基本前提に対する異議申し立てと、ヒューマンとノンヒューマンという異種生物（存在）間の種間関係、種間コミュニケーションの認識と新たな種間関係構築を目指すという点でポストヒューマニズムと問題意識を共有する。

例えば、『ポストヒューマン』（二〇一三）を著したロウジー・ブライドッティは、「現代の再構成版クリティカル・ポストヒューマニズム」を唱え、それが「生態学と環境主義」から着想を得たものだと論じる。ブライドッティによれば、生態学と環境主義はいずれも「自己と他者との相互関連性の拡大意識」に基づいており、この他者は「ノンヒューマン、つまり、『地球の』他者を含む」。他者との関わりを持つために必要となるのが、「自己中心的個人主義の拒絶」であり、自己中心的個人主義を拒絶することで他者との関わりが深まる。ブライドッティは、こうすることが自己の利益と、環境的相互関連性（environmental inter-connections）に根ざした拡大コミュニティの幸福を結びつける新たな方法になると考えている (Braidotti 47–48)。[3]

ブライドッティによれば、クリティカル・ポストヒューマニズムが重要視するのは、「全ての人間同士だけでなく、人間とノンヒューマンの相互関連性の世界的意識」(Braidotti 40) である。そして、この意識はポストヒューマニズムの信奉者に広く共通して見られる。アナ・バージは、ブルーノ・ラトゥール、ダナ・ハラウェイ、エヴァ・ドマンスカらの著作において、ポストヒューマニズムの問いが、ノンヒューマンと共有する世界に関わるものであるとした上で、動物と人間との関係性を主要テーマとしたキャリー・ウルフ著『ポストヒューマニズムとは何か』（二〇一〇）を論じている。バージによれば、本書でウルフは環境、文化、歴史における動物の存在に着目し、人間と動物の関係性を自身のポストヒューマニズム論の核に据える (Barcz 248–49)。そして「多種生物エコシステム」(multispecies ecosystem) のなかで「人間以外の生物種が担う文化形成の役割」に注目し、「人間と人間以外の動物が共有する世界」というポスト人間中心主義的ヴィジョンを明らかにする (Barcz 250, 252)。ウルフを含め、クリティカル・ポストヒューマニズムの推進者・研究者が共有する問題意識は、地球という同じ惑星・環境に共生するヒューマンとノンヒューマンの同胞意識そして異種生物間の非階層的相互関連性の認識と構築というポスト人間中心主義である。そして、前述の通り、この問題意識をポストヒューマニズムとエコクリティシズムは共有する。

人間夫婦と海トカゲ夫婦との出会いと交流

『海の風景』第一幕、ピクニックに来ていた海辺でランチを済ませたチャーリーとナンシーは、退職後の過ごし方を話し合う。水辺を好むナンシーは、ビーチからビーチを渡り歩く「海辺のノマド」のような暮らしを望む (372)。それに対して、チャーリーは、旅をするなどとは考えられず、ただ何もしないで過ごすことが幸福だと言う (374)。退職でようやく休めると言う夫に向かって、ナンシーはこれまでの人生がわずかな休みを取るためのものではないと抗議し、何もせず過ごすような生活を「煉獄の前の煉獄」("purgatory before purgatory") だと呼ぶ (375)。

退職後の生活をめぐる考え方の違いは夫婦の潜在的不和を浮上させる。マシュー・ルダネは、初期作品の多くで、劇的緊張を生むために対照的人物を組み合わせることがオールビーの常套手段であったと指摘している (Roudané 99)。受け身で無気力、不活発なチャーリーに対し、活動的で、活発、未知の世界への好奇心・冒険心に溢れるナンシーの対比[4]は、この夫婦間にある緊張関係を示す。それは、かつてチャーリーが鬱病を患った当時、夫の情事を疑い、離婚を考えたと言うナンシーの告白を引き起こす。やがて、良きパートナーとして互いの存在を認め合い、夫婦は落ち着きを取り戻したものの、依然として二人の志向・考え方の違いは、夫婦関係に影を落とす。

生き方の志向が異なるチャーリーとナンシーの今後の夫婦生活に内在する不和は、海トカゲ夫婦レスリーとサラとの出会いと交流によって、激変する。当初は遭遇した未知の生物に、ナンシーは興味を示し好奇の目を向けたのに対し、チャーリーは警戒心と恐怖心を持つ。それでも、チャーリーの無気力・無関心という精神的停滞状況は、突如、異種生物との遭遇によって揺さぶられる。

人間と海トカゲ夫婦互いにとって、未知のものとの出会いは、妻たちが示す相手への好奇心と夫たちの恐怖・不信感・警戒心に始まり、互いの文化・風俗習慣についての質疑応答、説明、学習、知識の獲得、理解、誤解、争い、和解、さらには協力、支援、相互扶助、同胞意識の芽生えへのプロセスを経ていく。この間、話題となるのは、恋愛、信頼、求愛、妊娠、出産、卵生と胎生、生殖、子育てに関わる問題、道具・死・言語の概念、求愛とパートナーを失うことへの恐怖と悲しみなど、社会学、生物学、心理学等を含む領域横断的問題である。こうした質疑応答を中心とした語らいを通じて、二組の夫婦は互いに相手＝他者の世界と考え方だけでなく、自身の世界のあり方を相互補完的に意識し始め、これが異種生物・異文化への関心と理解、ヒューマンとノンヒューマン相互の共生への意識の芽生えに繋がる。

この間、道具、芸術そして死の概念を、「ケダモノとは異なる」(*Seascape* 442) 優れた理性・知性を持つ人間の特質として語っていたナンシーとチャーリー (Roudané 102) の優越感は、しだいに海トカゲ夫婦への共感にシフトしていく。一方、チャーリーとナンシー二人の当初の志向の違いは、海トカゲ夫婦との交流を通じて、彼らとの相互理解と彼らに対する同胞意識から、人間と共存するよう彼らの陸地での生活をチャーリーとナンシー二人で援助するという協力関係へと変化していく。この変化を生むものこそ、人間と人間以外のもの＝ノンヒューマンを差異化する人間中心の二元論から脱却した意識、ヒューマンとノンヒューマンという異種生物間の相互関連性の意識である。海トカゲとの遭遇によって引き起こされるチャーリーとナンシーの協力関係を、ルダネは『動物園物語』(一九五九)

のジェリーの言葉を引用して、次のように語っている。

二人［チャーリーとナンシー］は相手と違う意見や動機を口にするが、海トカゲと遭遇している間は、二人の目的は最終的には一つになって、共通の意識に落ち着く。それは、『動物園物語』のジェリーの言葉に立ち返れば、「人間が動物とどうやっていっしょに暮らしているかってことと、どうやって動物がお互いに、そして人間たちと暮らしてるのかってこと」に関わる意識である。(Roudané 99)

人間夫婦と海トカゲ夫婦との出会いと交わりは、ジェリーが語る人間と動物との共存関係の意識の共有をもたらす。しかし、この共存関係獲得のために必要とされる力が愛と共有、そして気づきであり、これらの力を自らの内的リアリティへと統合することが求められるとルダネは語る(101)。敷衍すれば、異種の生物に対する人間の寛容性・理解の問題でもある。このように作られる人間と海トカゲ夫婦の共存関係は、「多種生物共生のエコシステム」というポストヒューマン・エコロジー、あるいは異種生物間交流・異種生物共生の考え方と共振するものである。

人間中心主義の進化論と自然のなかの異種共生

本作を進化についての作品だとする考え方の底流には、人間を人間以外の生物（ノンヒューマン）

と差別化する人間中心主義の階層的思考がある。トマス・アドラーは、サラとレスリーがナンシーとチャーリーの祖先のかつての姿を寓話的に表すキャラクターだとして、サラとレスリーが海の生活に違和感を覚え、海から陸地に上がってきた進化論的展開に着目する。そして、人間夫婦が教師役となり若きトカゲ夫婦に人間社会での必要事項を教えると論じているが、問題は、若きトカゲ夫婦が「動物から人間への変身を達成する」ため、チャーリーが人間的感情を彼らに体験させるとのアドラーの議論である (Adler 78)。つまり、人間が進化の頂点にあるとの認識から、異種生物の独自性を考慮せず、人間になることが進化につながると考える驕りである。これは、本作をかつて「進化プロセス高速検証」と呼び、それゆえに海トカゲが「進化プロセスを継続せねばならない」と語ったオールビー自身の考えにも窺われる (Bigsby 2000: 143)。この点から言えば、本作に作者オールビー自身の人間主体の二元論が内在していると思われる。しかし、チャーリーが回想する海に潜っていた少年の頃の記憶は、進化論に還元されない自然と人間、ヒューマンとノンヒューマンの共生関係を映し出す。

チャーリーは、子供時代のセンセーションを回想して、一二、一三歳の頃、海に潜り、海底に降りてじっとしていると、自分が侵入者ではなくなり、最後には、海底に居ついたもう一つの別の生き物になって、波のうねりと沈黙に溶け込んだと語る (378–79)。このチャーリーからは、しばし無気力・不活発な中年男性の姿は消える。チャンはチャーリーの回想を、「深い海で生物や無生物との身体的触れ合いへのチャーリーの憧れ」だとして、この「自然との繋がりを求める人間の原初的憧れ」が、成長して社会生活を営むなかで失われると指摘する (Chang 400)。一方、J・エレン・ゲイナーは、無気力に苦しむチャーリーが、もはや感じることのない活力と自身の居場所をこの回想に感じると指摘し、チャーリーが子供時代、「なんの矛盾も危険も感じずに原始の自己と進化した自己の両方を生きる」力に憧れを抱いていたと論じている (Gainor 202)。また、トビー・ジンマンはチャーリーの子供時代の試みを「人類出現以前の状態へ回帰する試み」と捉え、「進化プロセスの一時的反転」と呼んでいる (Zinman 81)。

彼らの議論は一様に人間の進化が背景にあることを認めながら、進化のプロセスで喪失した自然との原初的繋がりへの憧れ、自然回帰の願望がチャーリーという成人の人間に内在することに注目したものである。ここに、進化の進度によって、種の優劣、階層化を図る人間中心の意識はない。あるのは、自然に抱かれ、自然のなかに生きる多様な生物の一つとして、共生することへの憧れである。それは、自然への回帰と、同じ環境・惑星を共有するヒューマンとノンヒューマンが共生するポストヒューマン・エコロジー的な異種生物間相互関連性と共振する願望・意識である。

こうした願望、憧れを持つチャーリーが、レスリーとサラに進化の話をするなかで、人間の尻尾が落ちた理由として口にする言葉、「突然変異するか、死ぬかだ」(441) は、チャーリーが意図した以上の意味を持つ。

変化・突然変異・移動・遭遇

アドラーは、ピューリッツァー賞受賞三作、『デリケート・バランス』(一九六六)、『海の風景』、『三人の背の高い女』(一九九一) が「変化と未知なるもの」を探求した作品であるとして特筆してい

る (Adler 76)。そして、突然変異は、変化を駆動し、未知なるものとの遭遇へと導くエージェントとしての役割を担う。

クリティカル・ポストヒューマニズムの推進者ブライドッティによれば、社会文化的な転換という突然変異が起こり、多民族・多メディア社会へ動く方向に事態が向かえば、その変化の影響は他者に及ぶだけでは済まない。かつて中心にいたものの地位と特権も剥奪され、新たなポスト国家主義的ノマド的ヨーロッパのアイデンティティ構築の動きは、体制側の国家に結びついたアイデンティティからの脱同一化 (dis-identification) を求めるものになる (Braidotti 53–54)。

また、ウルフは、R・L・ラツキーの議論 (Rutsky 111) を引用して、転換＝突然変異が、「単なる人間の延長ではなく、支配と支配の欠如、超人とインヒューマンの弁証法を超えたポストヒューマンのあらゆる概念の前提となるもので、現在進行形で内在するもの」だと考える。その上で、ポストヒューマンになることの意味を、「模範や規範、慣例や情報に決して還元され得ることのないプロセス」に参加し、そのプロセスに適した思考様式を見出すことだと論じている (Wolfe xviii)。さらに、デリダの「動物を追う、ゆえに私は動物である」(Derrida 407) を援用し、ウルフは人間と動物の境界だけでなく、生物あるいは有機物と機械もしくは技術的なものとの境界を超え、囲い込む論理として「突然変異論理」を捉えている (Wolfe xviii)。なかでもデイヴィッド・ウィリス (Willis 3) を援用して、ウルフが突然変異についての考えを示している点は注目に値する。要約すれば、突然変異的、ウイルス的、パラサイト的思考形式は、現状を攪乱し、置き換え、崩壊させる、あらゆる自己過信的なる覇権的言説・慣行に抵抗し、構造そのものに寄生することで、特権的用語、権力的言説中枢に感染し、それらに突然変異を引き起こす、というものである (Wolfe xix)。

ブライドッティとウルフが示す突然変異についての見解から導き出せるのは、支配的イデオロギーやパラダイム、覇権的体制や支配システムを攪乱し、変容させ、解体・分裂させるエージェンシーとしての突然変異の力である。そして、重要なことは、突然変異があらゆる境界を超えて、領域横断的に稼働する柔軟な移動性、ノマド性を有する点である。

海辺のノマド
――ノマド的主体と海辺の地政学

ブライドッティは、「ノマド的主体」をポストヒューマンの非単一主体と位置付け、自己中心的個人主義という障害を除去することで、「ノンヒューマンあるいは地球の他者」をも含む、自己と他者の相互接続を司る主体であると捉えている (Braidotti 49)。敷衍すれば、あらゆる境界を超えて、異なるものを相互接続し、人間とノンヒューマン、あらゆる他者の区分を解体する主体がノマド的主体だと考えていいだろう。

さらに、ブライドッティはドゥルーズとガタリの『千のプラトー』(一九八七) を援用して、ポストヒューマン計画としてヨーロッパのノマド化計画を構想し、それが古い帝国ヨーロッパの国家主義、外国人恐怖症、人種主義や悪弊に対する抵抗を必要とするものであると語っている (Braidotti 53)。つまり、突然変異・転換とノマドは、異なるものを差別化する二元論体制を解体し、異なるものを相互に結ぶ両輪、あるいは同じコインの表と裏と考えられる。

ここで、ナンシーがなりたいと語っていた、海辺から海辺へ自由に移動する「海辺のノマド」に改めて目を向けよう。チャンは、ヒューマンとノンヒューマンの境界を横断するには、ノマド的主体が必要だとして、ノマド生活へのナンシーの関心が、他者との接触に備える冒険家の姿を予見させると語る。さらに、夫チャーリーに海に潜った少年の頃の記憶を呼び起こさせる点からも、ナンシーが自然環境へのゲートウェイとして描かれていると論じている (Chang 400)。注目すべきは、ノマドである彼女が、地理的移動によって境界を超え、多様な他者同士をつなぐだけでなく、記憶という時空の壁を超えて、自然回帰と異種生物との関係性を再び夫に持たせる点である。偏狭な差別意識と人間中心の支配的イデオロギーの障壁は、人と異種生物を含む他者とを分断するだけでなく、人間自身のなかに内在化される。心のなかの壁をも超えて、異なる他者とを結びつけるノマドの姿をナンシーは見せるのである。

ノマド性に密接にかかわるのが、ナンシーがノマドとしての思いを馳せるドメインである本作の舞台、海辺の特殊性である。チャンは、海辺を陸地と海の二つのドメインが重なり合うトワイライト・ゾーンであるとして、人間夫婦と海トカゲ夫婦双方が互いの生活環境から一時的に離れ、同じ身分になれる場所であると語る。そして、このゾーンで両者が遭遇したことに意味を見出す (Chang 399)。チャンの議論に加え、ノマド的主体がさまざまな境界線を超え、異なる種の生物＝他者を相互接続する点を思い起こそう。境界の越境により、境界と境界に隔てられていた異なるドメインの違いは曖昧になる。つまり、ヒューマンとノンヒューマンの邂逅と交流の場として、二つの世界が重なる海辺は、ヒューマンとノンヒューマン双方を一時的に別の世界の存在と遭遇するノマド的主体へと変容させるノマド的世界の様相を呈してくる。

そして、トワイライト・ゾーンであるこの海辺の上空に侵入するジェット機とその轟音は、ヒューマンとノンヒューマンの遭遇と交流に干渉し、彼らを分かつ障壁を築こうとする人間支配の文明による自然環境、ポストヒューマン・エコロジーへの介入である。ヒューマンとノンヒューマン、二つの種が出会う浜辺の上空から、異生物を劣等な種＝獣として排除する人間中心主義の脅威の表象としてジェット機とその轟音は不気味な影を舞台に落とすのである。

最終場面、「わかったよ。はじめてくれ。」

この海辺で交流を持ってきた人間夫婦と海イグアナ夫婦の物語の幕切れは意味深長である。海に戻るというレスリーとサラをナンシーが引き留め、自分たちが手伝うから、陸に上がるように言う。それを聞いたレスリーが、「わかったよ。はじめてくれ」（"All right. Begin."）とナンシーとチャーリーに言い、それを聞いた人間夫婦が顔を見合わせるところで幕となる。

ゲイナーはこの場面を次のように分析する。ナンシーが申し出る手伝いが二組の夫婦の友好関係を促す。そうした関係性が海トカゲに必要な進化に繋がるとチャーリーとナンシーは過信したのである。しかし、「手伝う」との申し出は、他者に対する彼らの人種差別主義者的な姿を示唆するとゲイナーは指摘する。そして、この場面が、周縁化された集団と遭遇した支配的文化側が、相手の知性、道徳性、価値観について内在的に持つ誤った前提を演劇化したものだと捉えている (Gainor 203)。

一方、オールビーは一九八一年のインタビューで、次のように述べている。

> 『海の風景』の終わりで、わたしたちが目にするのは、二匹のイグアナが進化の過程を続け、とうとう安全な海に引き返すことのできない地点に来てしまった姿です。彼らはもうわたしたち人間のなすがままの存在になっていくということです。わたしたちは二人を殺すでしょうか？ それはどれほど楽観的な考えでしょうか？ それは自分自身を見るわたしたちの見方に関わる問題です。つまるところ、本作の最後の台詞は、「あなたたちを手伝ってあげる」と言った人間夫婦の方を見たオスのイグアナの言葉です。そこで彼が言うのが、「わかったよ」「わかったよ」です。それは脅しです。わたしはト書きで、とてもはっきりと、脅しと問いかけとして、「わかったよ。はじめてくれ」と書いています。そこでの含意はこうです。「もし、ちゃんとそうしなかったら、あんたらを粉々に引き裂くからな。」どうでしょう。まあ、それは楽観的見方とも言えます。はっきりとはわかりませんが。でも、忘れてならないのは、楽観主義というのは、単に作品を書くことです。もし、悲観主義者なら、わたしは書いたりはしませんね。(*Stretching My Mind* 97–98)

「彼らはもうわたしたち人間のなすがままの存在になっていくということです。わたしたちは二人を殺すでしょうか？」とあるのは、海トカゲが人間に身を委ね、人間が彼らを殺すこともできるということである。このインタビューの時点では、オールビーは人間に主導権があるとする人間中心主義的とも思えるコメントをしている。しかし、自らそれを楽観的だとして、「あなたたちを手伝ってあげる」との約束をチャーリーとナンシーが違えた時には、海トカゲが人間を殺すこともありえるとして、それもまた楽観主義だとオールビーは言う。人間と海トカゲが対等な関係になりうるということが楽観主義だと捉え、それを想像する（夢みる）オールビーの心情の表れともとれる言葉である。

「生」に込められたオールビーの生命観・世界観

『海の風景』は当初、最終的に『臨終』（一九七一）となる作品『死』と対をなす一幕劇『生』として構想された（Gussow 288）。作品構想の初期段階では、オールビー自身が語ったように、進化をめぐる作品であった可能性が高い。人間夫婦と彼らの太古の祖先がたどった進化の段階にある海トカゲ夫婦の交流を描くことで、遠大な時間的スパンの生命の進化の営みを海辺の出来事に圧縮して舞台に表す。そこに、種の進化を連綿と引き継がれる種の生命の営みとして「生」を作品化した可能性が浮上する。さらに、当時のオールビーには、人間を進化の頂点として、人間と他者、多生物を差異化する人間中心の思想があった公算が高い。しかし、時とともに、「生」が纏うシニフィエが変化してきたように思われる。現代のポストヒューマニズムとエコクリティシズムは、人間を頂点とした生物の階層化を図る人間中心の二元論的イデオロギーに異議を唱え、ヒューマンとノンヒューマンを地球に共生する対等な存在としての異種生物（存在）間相互関連性の思考を流布している。そして、それは恣意的基準で他者を周縁化・差別化する人間中心主義、西欧中心主義、異性愛主義、家父長制など支配的イデオロギーやパラダイムの攪乱、脱構築、解体、脱臼をも引き起こす力となる。

　ブラドッティによれば、ポスト人間中心主義に立ったポストヒューマニズムが、弁証法的な対立構造に取って代わり、確立された二元論を人間・動物間の深い生命平等主義の認識で置換する。人間と動物の絆の強さの元には、この惑星、領土、環境を共有するという関係性があり、この関係は階層的なものでも自明のものでもない。人間と動物の相互関係は、種差別から離れ、様々な種の集団（人間、動物、その他）ができることを倫理的に評価する方向に向かう関係性の質的変化を前提とするものである (Braidotti 71–72)。この点から『海の風景』の人間と海トカゲ夫婦という種の異なる二組の夫婦の、互いにとっての他者との遭遇と交流は、この地球という惑星、環境を共有する生物同士としての平等主義の認識へ向かうチャンネルを開くものだと考えられる。そして、オールビーは、二〇〇二年度トニー賞受賞作『山羊――シルヴィアってだれ？』に至るいくつかの作品に見られるように、社会通念から逸脱したとして排除される他者の存在と排除のあり方を作品化することで、他者を作り上げる社会・個人の問題系を見極めようとしてきたと考えられる。この姿勢にオールビー作品の底流をなす詩学の一端が窺える。

第十四章
天界と人間界、災害を生き抜く政治学
——トニー・クシュナーの『エンジェルズ・イン・アメリカ』

災害としてのエイズから
——『エンジェルズ・イン・アメリカ』の問い

「エイズの流行は多くの局面で災害である」。国際赤十字・赤新月社連盟(International Federation of Red Cross and Red Crescent Societies)が、『世界災害報告二〇〇八年版——HIV／AIDSの脅威』(*World Disasters Report 2008: Focus of HIV and AIDS*)の「はじめに」(8)で表明した公式見解である。同報告書は「HIVという災害」と題された第二章で、HIVが国連による災害の定義「広範囲におよぶ人的、物的、環境的損害の原因となる社会機能の深刻な崩壊であり、社会が自らの資源だけで対処できる能力を超えるもの」[1]に当てはまるとして、二〇〇七年末の全世界のHIV感染者数三三〇〇万人を示し、HIVの流行が引き起こす「個人の悲劇の規模と範囲は甚大かつ容赦のないもの」と記載している(39)。

まぎれもない災害として世界的認知を受けるエイズ(後天性免疫不全症候群)の対策機関は国連、世界保健機関(WHO)、多数の国々に存在する。しかし、一九八一年、ロサンゼルスで初のエイズ発症者五人が現れて以降数年間にわたり、ロナルド・レーガン、次いでジョージ・H・ブッシュの両共和党政権は、有効なエイズ対策をとらず、[2]その結果、八〇年代から九〇年代初頭にかけて爆発的なエイズ感染拡大をもたらす。こうしたエイズ禍をめぐる状況を背景に、一九九二年一一月三日、アメリカ大統領選挙が戦われ、民衆党ビル・クリントンがブッシュを破り、エイズ問題をなおざりにしてきた一二年に及ぶ共和党政権に終止符を打つ。クリントンに期待をかけたのはエイズ対策の進展を待ち望むＨＩＶ感染者、エイズ患者・活動家、同性愛者だけではなかった。八六年ゴルバチョフのペレストロイカ、八九年ベルリンの壁崩壊から九〇年の冷戦終結、九一年のソ連崩壊という急速な世界的変化の流れのなかで、クリントン新政権の誕生は、新たな変革・変化への希望を示したのである。

この大統領選挙の二日前、一一月一日にアメリカ演劇界に一つの歴史的出来事が起こる。トニー・クシュナー作『エンジェルズ・イン・アメリカ――国家的テーマに関するゲイ・ファンタジア』の第一部『至福千年紀が近づく』、第二部『ペレストロイカ』の世界初同日公演である。場所は奇しくも八一年に初のエイズ症例報告がなされた都市ロサンゼルスのマーク・テーパー・フォーラム。一部・二部合わせて七時間を超える本作は、エイズ問題を中心に人種、宗教、政治、歴史にかかわる国家的テーマをめぐって、地上と天国、幻想空間を結ぶ壮大なスペクタクルで展開するアメリカ演劇史上類を見ない超大作ファンタジアである。八五年秋から八六年二月、そしてエピローグの九〇年二月に終わる舞台は、八〇年代アメリカ共和党政権下におけるエイズ禍の経緯と冷戦終結に至る世界的大転換期の状況を証言するとともに、新政権誕生による新たな変化の始まりを予見・期待させるものだった。本公演二日後のクリントンの勝利によって、アメリカの政治変化を予見し、その変化への一つの布石を敷いた政治的エージェンシーとして『エンジェルズ』に新たな注目が注がれたのも当然のことだった。[3]

本章で問題とするのは、八〇年代から九〇年代にかけてのアメリカと世界の政治的激変と世界的災害の間テクスト的関係性である。『エンジェルズ』では、エイズをはじめ、一三世紀と一七世紀のペスト、オゾン層の破壊、チェルノブイリ原発事故、地球温暖化、さらには天国の風景として一九〇六年のサンフランシスコ大地震が言及される。本章では天災、人災、疫病を含む地上と天国の災害と政治、歴史、人種、宗教をめぐる問題系の関係性が議論の焦点となる。そして、「エイズ問題、レーガン時代を探求する」作品とクシュナーが語る『エンジェルズ』について、彼が提起した問い、「歴史的規模の災難に直面したとき、どうするのか」(Vorlicky 16)、さらには「災害を私たちはどう生き抜くか」を本章で答えるべき最終的な問いとして論を進めていく。

エイズ患者ロイ・M・コーン
――パワー・ブローカーの最期

『エンジェルズ』に二人のエイズ患者が登場する。法曹界の大立者ロイ・M・コーンと預言者となるプライアー・ウォルターである。まずは二人をめぐる話からエイズが映し出す問題を検討していく。

本作のロイ・M・コーンは一九五〇年代の赤狩りでジョセフ・マッカーシーの右腕となり、エセル・ローゼンバーグ夫妻をソビエトへ核兵器の秘密情報を流したコミュニストとして逮捕・死刑にした張本人、実在のユダヤ系アメリカ人弁護士ロイ・M・コーンをモデルにした人物である。モデルと同様、八五年から八六年を舞台とする本作第一部『至福千年紀が近づく』でニューヨークの法曹界の黒幕として君臨してきたコーンは、マッカーシーやエドガー・フーヴァーとの父子に似た密接な師弟関係を口にし(*I*: 56)、ホワイト・ハウス、レーガン大統領との強い絆を豪語する(*I*: 46)。しかしエイズ発症後、コーンは第二部『ペレストロイカ』で顧客への借金による不祥事で弁護士資格を剥奪され、四幕で他界する(*II*: 114)。エイズにより死に至るコーンの姿が映し出すのは、ローゼンバーグ裁判への彼の不正関与とその延長線上にあるマッカーシズムの時代からのアメリカ政治・司法の腐敗と権力行使の在り方である。第一部でコーンはローゼンバーグ裁判に介入し、エセルと夫を電気椅子に送った当時を振り返り、反逆者・コミュニストであるエセルへの憎しみゆえのことだったと語る(*I*: 108)。しかしそれ以上にロイ・コーンにとってエセル抹殺は、彼女のユダヤ性とコミュニズムを断罪することでコーン自身のユダヤ人アイデンティティを葬り去り、同時にワスプ権力機構の中核に参入する絶好の手段だった。エセルの亡霊は、コーンの罪の告発にとどまらず、過去に犯された悪を含め、過去は常に現在に影響を及ぼし、過去の罪の贖いなくして現在は存在しないという世界観を可視化するエージェントとして出現する。

五〇年代赤狩り政治学を八〇年代に引きずるコーンの姿に、五〇年代マッカーシズムと八〇年代レーガン・ブッシュ共和党政権のパラレルを見出すのは容易である。デボラ・R・ガイスによれば、コーンを「八〇年代HIV感染者迫害を受ける冷戦政治学の象徴」と見る批評家は少なくない。エイズ患者となるコーンは自ら政治的キーマンとして関与した政権によってエイズ治療・研究資金の提供を拒絶され、自身の死期を早めるという皮肉な状況を映し出す (Geis 250)。一方、C・W・E・ビグスビーは、エセル・ローゼンバーグ裁判、HIV感染者・エイズ発症者への政府の冷淡な軽視、そして道徳的社会的配慮をやめた司法の腐敗、以上三者を結びつける人物としてロイ・コーンを論じている (Bigsby 116)。

事実、八六年エイズによるコーンの死はセンセーショナルなニュースとして全米に報道され、ローゼンバーグ裁判をはじめ五〇年代から政界・法曹界の黒幕として権力を振るったコーンの不正と政権とのつながり、そして表向きは同性愛者の権利拡大に反対しながら、隠れ同性愛者として送った私生活は社会の新たな注目を浴びた。エイズはコーンをめぐってアメリカの政権の在り方、政治司法機構の問題を過去と現在、現世と霊界を結ぶ形で映し出しているのである。

プライアー・ウォルター
――預言者となったエイズ患者

コーンとは対照的に、プライアー・ウォルターは政治権力と何のかかわりもなく、時にクラブのデザイナーやケイタリングの仕事をする以外は定職を持たず、わずかな信託財産でつつましい生活を送る同性愛者、いわば「レーガン政権が道徳的生活と定義するものの外部に」(Nielsen 39) 存在する周縁的人物である。『至福千年紀が近づく』でプライアーはエイズを発症し、それが原因で愛人ルイスが彼のもとを去り、悲嘆にくれる。しかし、この名もなき力なきゲイのエイズ患者こそ天使が預言者に指名した人物である。

天使が預言者プライアーに与えた使命は人間の移動と進歩の阻止である。その理由が『ペレストロイカ』二幕二場、三週間前の天使の来訪を再現するプライアーの回想場面で明らかになる。天使によれば神は人間を創造するときに変化・前進に向けた潜在能力を人間にプログラムし、それを起動した。「人類が進歩し始め、旅をし、互いに混ざり合うにつれ、あらゆるものが剥がれ出し、その最初の表れが天国での震動だった。」それはやがて天国の地震、いわゆる「天震 (heavenquake)」(*II*: 42) となった。人間の「移動、科学、前進運動」が天国を揺らし亀裂を入れ、その一方で人間の動きに魅了された神は天使に退屈し、最後には彼らを見捨て天国を去った。一九〇六年四月一八日、サンフランシスコ大地震の日のことである。以来、天国はサンフランシスコ大地震直後の廃墟の状態のままである。しかも、やがて人間の「進歩」によって「空の組織がほどけ」、「血の沸騰」、「皮膚の焼灼」が始まり、「地上の生命が最終的に存続できなくなる前に、隠されたカタストロフィーが起こる」(*II*: 44)。天使は人間を「ただ破壊し、向上せず、踏みにじるのみ」(*II*: 45) の存在として断罪し、神の帰還と天国の回復のために人間の永続的な動きと変化、進歩を停止・終了させるほかないとして、その役割をプライアーに命じる (*II*: 42–46)。

天使の話は天界と人間界との連動関係を、進歩に向かう人間の可変性・移動性に起因した神の失踪、地震と天震、天界と地上世界双方の崩壊をもたらす終末論的カタストロフィーとして示す。注目すべきは天使の政治学が、神が人間に与えた移動・前進・変化という進歩に向かう生来的潜在能力を停止させ、神の帰還と天界の秩序回復を図るスタティックな保守的政治学である点である。そこに神が人間になぜそうした潜在能力と志向性をプログラムしたかという意識はない。天使たちの姿は『ペレストロイカ』一幕一場で登場する世界最高齢のボルシェヴィキ、アレクシー・アンティディルーヴィアノヴィッチ・プレラプサリアノフの議論を想起させる。一九八六年一月、クレムリン人民代議員堂の演壇に上がったプレラプサリアノフは、未来の変革への望みと変革を望む上で不可欠な理論の必要性を語る。にもかかわらず、その理論の具体像を明確化できず、不安と恐怖に襲われ、変革への前進を拒む現状維持擁護の結論に至る。しかし東側ソ連の指導者だけでなく、西側アメリカのワスプもまた同様の精神性を継承する。ワスプである預言者プライアーの祖先にまつわる話は、変化を阻む政治意識に通じる人種的純血種神話とともに、天使がなぜプライアーを預言者に任じたかを明らかにする。

『至福千年紀が近づく』の二幕三場、ルイスが看護師のエミリーにプライアーの名前の由来を話す場面がある。プライアーのウォルター一族はメイフラワー号からノルマン征服にまで遡る古い家系で、その名がバイユー・タペストリーに織り込まれるワスプの純粋血統である (*I*: 51)。プライアーは「乗り越えることのできない一種の人種的、民族的な、独占集団っていうか、一枚岩」(*I*: 90) とルイスが呼ぶ固定化され変化することのない「ワスプ的アメリカの文化的モノリスを代表する」人物と看做され、同じ精神性を有する天使は彼を預言者に抜擢した (Frantzen 284)。しかし、アレン・J・フランツェンによれば、ノルマン人征服を刺繍したバイユー・タペストリーはアングロサクソンの隷属を証言したものにほかならず、アングロサクソン側に立った歴史家や作家はノルマン人到来を「純粋な人種的血統の汚染」と捉えた。言い換えれば、ワスプは征服者ノルマンの血が混淆したハイブリッドであり、プライアーもまたノルマン征服後イギリスに定住した一族の末裔、つまりハイブリッドであると考えられる（Frantzen 281-82）。ワスプの政治的覇権を歴史的に正当化する人種的純血性は変化を拒むスタティックな政治意識と連動し、ワスプ特権的な正史の生産・流通を生む。しかし、他人種・他民族を周縁化するワスプ特権的ナラティヴとは逆説的なワスプの周縁性と混淆性、移動性、可変性をバイユー・タペストリーは表象する。ワスプ正史の根幹を揺るがす人種的変化をワスプ自体が内在化する。天使はプライアーの古いワスプの家系にのみ注意を向け、変化を拒むワスプの精神性を継承する人物と誤解してプライアーを選んでいたのである。

しかし、天使の意図に反して、プライアーは人間の可変性を可視化し、現実のものとする方向に動いていく。フランツェンはワスプが共有する人種的血統の概念が変化に抵抗する静的文化に存在するのに対し、ワスプの他者はそうした安定性と永続性を否定し、迫害を受け移動生活を続けるなかで変化を受け入れ、変化に適応する移動・移行文化を発展させてきたと指摘する（Frantzen 280）。支配的ワスプに対して他者が持つ柔軟な変化・適応能力の指摘であるが、重要なことはプライアーもまた他者性を持つ点である。彼はワスプ異性愛主義の社会規範から逸脱した同性愛者であり、エイズ発症者である。さらに、プライアーに天使降臨を告げる祖先のゴースト、一三世紀のプライアー1と一七世紀のプライアー2はいずれも疫病（ペスト）で他界している。ペスト患者という周縁化される他者の血をプライアーは継ぐ。以上三重の他者性を有する点でプライアーはワスプの他者と同様の変化の潜在性を共有し、天使が察知しなかったワスプに内在するハイブリッド性、変化の潜在能力が彼のなかで活性化される。

フランツェンは新たな致命的要素であるエイズがプライアーに変化を引き起こしたとして、ＨＩＶ

を「変化と進歩の病い」と呼ぶ。そして「このウイルスが逆説的にワスプ伝統の抑圧的流れを反転させ、ワスプ自身が最終的に支持することになる新たな社会秩序の準備をする」(Frantzen 280) と論じ、変化を稼働する力としてエイズに着目している。天使が人間の移動・変化を阻止するエージェントとして選んだプライアーは、逆に新たな変化をもたらす人間本来の潜在性に目覚める預言者へと変容を遂げていく。

『ペレストロイカ』五幕二場、プライアーは『十戒』でチャールトン・ヘストン演じるモーセを髣髴とさせる預言者の衣装に身を包み、反移動の使徒書（聖簡）を持って、一九〇六年大地震後のサンフランシスコに酷似する天国に上る。そして五幕五場、大陸天使審議会へトランスポートして神不在の状況に混乱する天使に反移動の使徒書（聖簡）を差し出し、人間の「進歩、移動、運動」を止めるという天使の命令を退け、人間の本性を止めることはできないと宣言。失踪により多大な苦しみをもたらした神の責任を問題にし、さらなる生と恵みを求めて天国を後にする (*II*: 130–33)。

天使が予知するディザスターとベンヤミンの「歴史の天使」

ここで天使たちが天界から何を目にしていたのかについて触れておく必要がある。それが預言者を必要とした彼らの切実性とともに、人間の進歩がもたらす破壊的影響を明らかにするからである。プライアーが到着する直前、天国の大陸天使審議会の天使たちはラジオから流れるニュースに驚愕していた。その内容は六二日後の四月二六日に起きるチェルノブイリ原子力発電所事故に関するものだった。ＢＢＣラジオが事故後に伝える、いわば未来に流されるライブ放送を傍受した天国のラジオは詳細な情報を伝えた。チェルノブイリ四号炉で起きた爆発事故は、発生から一週間たっても火は燃え続け、五〇〇〇万キューリーの放射性ヨウ素、六〇〇〇万キューリーのセシウムとストロンチュウムを五〇〇マイル以上の上空に放出。風に乗った放射物質はウラルからソビエト国境を数千マイル超えた地域に及び、ロシア人三五〇〇万人の水瓶ドニエプル川に降り注いだ放射性物質は少なくとも三〇年以上にわたり三〇万ヘクタールの表土を汚染する（*II*: 126–27）。今後起こる惨事に天使たちは数十万、数百万の死者を予測するが、「人類の分裂した意識」がもたらした多岐にわたる甚大なカタストロフィーを前になす術もない（*II*: 128）。ここで、原発事故は科学的進歩に見合った精神的発達を遂げていない人間の無分別と傲慢、あるいは分裂した意識が直接的に引き起こす人為的カタストロフィーとして示される。

問題は人類の進歩が地球という惑星全体に甚大な被害をもたらす点にある。天使が「神の大いなる計画の緩やかな解体」（*II*: 132）と呼ぶ終末論的事態である。スティーヴン・Ｆ・クルーガーはそれがプレラプサリアノフの言う「激しく渦巻く惑星混乱」（*II*: 14, 43）であると指摘し、宇宙的な「皮膚の焼灼」と「血の沸騰」（*II*: 44）という外的・内的破壊がオゾン層の衰退に起因すると論じている（Kruger 160）。フロンガスなど塩素を含む化学物質の大気中への排出によるオゾン・ホールの拡大は人間の進歩がもたらす地球規模の人為的環境災害である。天使の危機感は神の不在による天国の荒廃状況だけでなく、人類の進歩が引き起こす地球そのものの破滅的カタストロフィーという終末論的状況によるものである。

進歩によるカタストロフィーを目にしながら、抗うことのできない天使たちの着想がヴァルター・ベンヤミンの「歴史哲学テーゼ」の第九テーゼ「歴史の天使」論からきていることはよく知られている。パウル・クレー (Paul Klee) の「新しい天使」("Angelus Novus") についてベンヤミンはこう記している。

天使は目をみはり、口は開き、翼を広げている。(……) 天使の顔は過去へと向けられ、我々が連綿とつながる出来事に気をとめるところ、天使はただ一つのカタストロフィーをみつめる。それは廃墟に廃墟を積みかさね、それを天使の足元へと投げつけてくる。天使はそこにとどまり、死者を起こし、粉々につぶされたものを集めて一つにしたいと思う。しかし、強風が楽園から吹きつけ、天使の翼に激しくあたり、もはや翼をたたむこともできない。この強風に抗うこともできず、天使は背を向けた未来に運ばれてゆく。その一方で、天使の前の瓦礫の山は空高く伸びてゆく。この強風こそ我々が進歩と呼ぶものである。(Benjamin 257–58)

ベンヤミンが描くのは、次々と廃墟の山を築き続けるカタストロフィーのみが存在する過去を、なす術もなく見つめながら、進歩という強風に抗えぬまま、さらなる廃墟が累々と重ねられる未来に流されてゆく無力な天使の姿である。ここには絶え間ない進歩の営みが残していく人為的カタストロフィーの集積として過去を見る歴史観が示される。そして、こうした歴史観は過去の過ちに学ぶことなく未来に向けた進歩を妄信し、新たなカタストロフィーを生み続ける人間の進歩の在り方に対する危惧・批判精神の表れである。

この「歴史の天使」の姿に『エンジェルズ』の天使たちは容易に重なる。彼／彼女らもまた、チェルノブイリ原発事故、オゾン層破壊に至る人間の進歩に伴うカタストロフィーの歴史を見てきたはずである。神不在の今、人間の進歩に歯止めをかける緊急性に迫られながら、預言者の助力なくして進歩を阻止できず、終末論的未来に怯えるほかない。しかしデイヴィッド・サヴランは、あらゆる進歩の概念に否定的と思われるベンヤミンと異なり、クシュナーが「啓蒙主義認識論の救済」を図っているとして、『エンジェルズ』が合理主義と進歩を擁護する作品であると論じている (Savran 21)。一方、ケン・ニールセンは、「痛ましくとも変化が不可欠であり、歴史を記憶せずして未来を描くことはできない」とする『エンジェルズ』の基本哲学がベンヤミンによるものだとし (Nielsen 50)、「歴史の天使」の姿にクシュナーが変化の必要性を見出したという見解を示す。二人とは対照的に、チャールズ・マクナルティはクシュナーがベンヤミンに倣い過去の惨事と記憶と教訓なくして未来はないとする歴史観を理解しながら、災難が長引く現実に向き合うのでなく、「進歩のおとぎ話」に走り、「人にやさしいミレニアムへの盲目的希望を選んだ」として、クシュナーの進歩擁護の作品展開を批判的に捉えている (McNulty 51)。研究者によりベンヤミンの「歴史の天使」に対するクシュナーの捉え方と『エンジェルズ』の評価は異なる。しかし共通するのは、『エンジェルズ』が、人間の進歩に伴うカタストロフィーを描き、その在り方に警鐘をならしながらもなお、人間の進歩を擁護し、新たなミレニアムに向けた変化に希望を託す作品であるという点である。そうしたヴィジョンを具現化する大きな役割を担うのがハーパー・ピットである。

オゾン層を修復する死者の魂、想像力、荒廃─移動─変化

同じモルモン教徒の夫ジョー・ピットの妻ハーパーは、孤独な夫婦生活からの慰めをヴァリウムが誘発する幻想に求める。しかし幻想を通して、ハーパーは天使が怯え、警鐘をならす終末論的状況を可視化する能力を身につける。第一部『至福千年紀が近づく』一幕三場、初めて舞台に登場するハーパーが語るのはオゾン層の話である。「外界からの危険」から地球を守る「酸素原子三個でできた分子の薄い層」、「神からの贈物」、「守護天使が手をつないで」作っている「生命そのものを守る安全の殻」とオゾン層を言及するハーパーが口にするのは、「どこへ行っても、いろんなものが崩壊し、嘘が表に出て、防衛システムが崩れていく」(*I*: 17) という世界的カタストロフィーの予感とミレニアムを前にした黙示録的ヴィジョンである。「感じるの……ただではすまないことが起こるって。一九八五年、第三の千年紀まで一五年。たぶんキリストが来臨するかも。(……) それともたぶん……たぶん災難が襲ってきて、終末がくるかも。そしたら空は崩れ、おそろしい雨と毒の光が降り注ぐのよ」(*I*: 18)。スタントン・B・ガーナーは、『エンジェルズ』が終末論特有の終息感と大変動のヴィジョン、絶滅とユートピア的変身という二元的展望を再現するとして、「ハーパーの修辞的表現が映し出すのは今世紀［二〇世紀］終焉に特有の終末論的不安、つまり、地球温暖化、核戦争、エイズである」と指摘する。そして、オゾン・ホールについてのハーパーの懸念が、[4] 地球的規模の生態系異変を表し、「崩れ行く防衛システム」という彼女の強迫観念は大気圏内核攻撃（スター・ウォーズ・パラノイア）をめぐる冷戦不安と身体の免疫システム崩壊のイメージとを合体させるものだと論じている

(Garner 177)。

第二部『ペレストロイカ』五幕一〇場、ニューヨークからサンフランシスコへのジャンボジェットの窓からハーパーは死者の魂が酸素原子三個からなる分子（オゾン）となって壊れたオゾン層の外縁へと吸収され、オゾン層を新たに修復するヴィジョンを目にする。クルーガーはこれを「身体の保全性を失くし、自らを守る肌を剥ぎ取られたものが、世界の皮膚であるオゾンを補充するという逆説的合体」の姿だと分析する (Kruger 160)。このヴィジョンからハーパーは「何も永遠に失われたりしない。この世にあるのは痛ましい進歩。過去に残してきたものを恋しく思い、そして未来を夢見るの」(*II*: 142) という世界観に目覚める。かつてクシュナーは『エンジェルズ』の重要テーマとして「想像力」を挙げ、「信じがたいほど強力な想像力を持つ」ハーパーを「このテーマを伝える人物」だと語った (McLeod 81)。彼女の想像力は、喪失したもの、犠牲にしたものを追慕しつつ、「痛ましい進歩」を追い求め続ける人間と人間社会のありようを地球の保護膜であるオゾン層のメタファーとして表象する。

クシュナーは愛すべきでなかった男性を愛し、その男性を失ったハーパーの物語から捉えれば、『エンジェルズ』は「荒廃と、荒廃に直面してもなお前進し続ける精神」を描くと語る (McLeod 82)。この精神が人間と人間社会の現実の問題性をコズミックなイメジャリーへと投射するハーパーの想像力を起動する。そして、このことに目覚めたハーパーは、『ペレストロイカ』五幕二場、天国で出会ったプライアーにこう語る。「すべてのモルモンの活力の秘密がとうとうわかったの。荒廃よ。それが、人々を移動させ、いろんなものを作らせる。傷心の人も、愛を失った人もそうするのよ」(*II*:

119)。「荒廃」・「喪失」が人々を「移動」＝「旅路」へ向かわせ、新たな時代を切り開く「変化」をもたらす「活力」を生む。この《荒廃―移動―変化》のシークエンスで稼動する活力と対極にあるのが、変革を恐れる旧ソ連のボルシェヴィキ世界最長老プレラプサリアノフ、アメリカのワスプ特権的正史の脅威となる変化を拒むワスプの政治意識、そして人間の移動と変化、進歩を阻止し天国の秩序回復を図ろうとする天使たち、という冷戦下の東西、そして地上と天国の硬直した支配体制である。ハーパーの言葉は荒廃・喪失を体験した者、周縁化された者が、支配的パラダイムを超えた新たな時代への扉を開く変化・変革、つまり「ペレストロイカ」を生む可能性を秘めていることを示唆する。

ここで「移動」＝「旅路」が、ユダヤ系アメリカ人ルイスの祖母サラ・アイアンソンの死去をもって開幕する『エンジェルズ』の一つのライトモチーフとして底流するのは重要である。葬儀でラビはサラの生涯を「旅路」にたとえ、歴史と共同体の概念のなかに脈絡化する。開幕当初より『エンジェルズ』は「旅路」を現在のアメリカ生成に至る移動の歴史プロセスとして問題化する (Román 203-04)。ユダヤの歴史的旅路を再現したサラの生涯に始まり、バイユー・タペストリーが綴るノルマンによるワスプ征服物語、大西洋上アイリッシュ移民の女・子供七〇人を海に投げ入れた船員の話、モルモン・ヴィジターズ・センターのジオラマに見るモルモンの大陸横断物語など、フランス・イギリス・アメリカ、さらに東部から西部へのアメリカ大陸横断という旅路のプロセスがアメリカを形成し続ける変化の歴史として語られ、再現される。そして、この移動＝旅路としての歴史物語は権力の犠牲となってきた人々の姿を映し出すとともに、ユダヤ、モルモン、ワスプ、アイリッシュを大きな時間・空間的変遷＝移動の歴史のなかで結びつけ、正史を築き上げてきた支配的パラダイムを脱構築する展開を示していく。このプロセスのなかで、「荒廃と、荒廃に直面してもなお前進し続ける精神」は、モルモンの活力だけでなく、ユダヤ人、黒人、同性愛者、女性、そしてエイズ発症者を含め、人間が持つ《荒廃—移動—変化》の潜在的力・精神性として映し出されていく。

新たな歴史の始まり
——ベテスダに集う多元多人種共同体

『エンジェルズ』全体の最終場となる『ペレストロイカ』のエピローグ、一九九〇年二月、セントラルパークのベテスダの噴水にプライアー、ルイス、ベリーズ、そしてハーパーの義母ハンナ四人が集う。ワスプ、ユダヤ人、黒人、そしてモルモン教徒の集いの冒頭で語られるのは、ベルリンの壁崩壊、チャウセスク退陣・処刑、新たな国際主義、レーニン以後の最高の政治思想家ゴルバチョフ、ペレストロイカ、冷戦の終結という世界的政治情勢の変化の波である。ここでプレラプサリアノフが不可欠だと感じながら、その具体像を見い出せなかった「理論」の必要性と、生きる根幹として必要な「人間相互の結びつき」(interconnectedness) を三人のゲイ男性に伝えるのが、預言者プライアーの力を見抜いたハンナである。ハンナは文化的多様性とともに人種・セクシュアリティを含め多様な違いを超えた人類全体の相互の結びつきというクシュナーの理念を具現する (Fisher 86; Wilmer 186)。重要なことはエピローグの四人の集いがマージナルな人々が生きるコミュニティの根幹的要素となる「人間相互の結びつき」を生み出す点である。彼らはマスター・ナラティヴという支配的な声ではなく、多様な声からなる対話的な新たな歴史を紡ぎ出し（Chaudhuri 261）、支配的政治権力の無力化と解体を促す力として、周縁的化された人々の協調と連帯、そしてコミュニオンを図る共同体として浮上する。

この意味で、エピローグ最後のプライアーの言葉は重要な意味を持つ。エイズで多数が命をなくすとしても、亡くなったものと生きているものが共に戦い続け、消え去ることはない。世界はただ前へ進み、僕らがみな市民になる。こう語るプライアーが「偉大なる業が始まる（The Great Work Begins）」（*II*: 146）と告げて『エンジェルズ』が幕となる。興味深いことに、同じ言葉を第一部『至福千年紀が近づく』最終場で降臨した天使がプライアーに宣言している。しかし天使が言う「偉大なる業」は人類の移動・変化阻止の計画であり、その遂行が預言者プライアーの使命だった。それに対して今、第二部『ペレストロイカ』最終場でプライアーが口にする「偉大なる業」は、新たな移動と変化、そして進化へとさらなる歩みを続ける人間の決意と行動の始まりの宣言である。さらにそれは、周縁化されてきた人々が、自らの生／性を隠すことなく、認知を受けた市民として新たな共同体とともに生きる時代の到来を告げる。もはや天使に任ぜられた預言者ではなく、「荒廃と、荒廃に直面してもなお前進し続ける精神」に目覚めた人間プライアーがミレニアムに向けて「人間相互の結びつき」の上に立った新たな共同体の誕生を謳う言葉である。

結び　――「災害を私たちはどう生き抜くか」

一九八〇年代から九〇年代に至るエイズ禍と冷戦体制終結に向けた世界的大転換期の政治状況を背景に、『エンジェルズ』は預言者にされたエイズ患者プライアーと天使の交渉を中心に人間界と天界に起こりつつある終末論的カタストロフィーの関係性を描き出す。そのプロセスで歴史、人種、宗教をめぐる問題が密接に絡み合いながら大きな歴史的旅路という脈絡のなかで再現されてゆく。一方、人間の進歩に通じる移動と変化の阻止を図る天使たちと変化を忌避する東西両陣営の指導階級という天界と人間界の政治学のパラレルが映し出される。この作品展開のなかで、ベンヤミンの「歴史の天使」のごとく、人間の進歩が天界と人間界双方に多大な災害と廃墟をもたらす営みの歴史であることが問題となる。それが神の失踪と天国の荒廃を招き、オゾン層の破壊、地球温暖化、原発事故に見られる終末論的破局に向かうカタストロフィーを引き起こしている。これが人間の進歩を阻止する天使たちの論拠であり、「歴史的規模の災難に直面したとき、どうするのか」(Vorlicky 16) というクシュナーの問いの背景だった。実はその答えをクシュナー自身がこの問いの直後で語っている。

重要なことは、私たちが今や非常に多くの点で新しい世界に生きているということです。私たちは私たち自身を全く新しく創り直さなくてはなりません。（……）登場人物たちは公的権限を自らが持つために彼ら自身の神話を創造する必要があります。それが解放の政治学というもの

だと思います。つまり、新しいシステムを創り上げようとすることです。(Vorlicky 16)

そしてクシュナーは、「コミュニティが必要な変革に動き出すとき、生(命)は意味を持つ」(Vorlicky 8)として、新しいシステムの創造が個人ではなくコミュニティによる変革であると語る。ハーパーが見た多数の死者の魂がオゾン層を修復するヴィジョンは、地球の保護膜になろうとする魂の集合体、つまりコミュニティの姿である。死してオゾンとなる亡き人々の姿に、人間にいまだ残された救いの可能性を見出し、後に残されたものはハーパーが悟ったように進歩の痛ましい足跡を見つめ、失われたもの、残してきたものを追慕し、同じ過ちを繰り返さないように未来を見つめ、新たな歩みを続けていくほかはない。それは人間の進歩に懐疑的・批判的と思われるベンヤミンに共感しつつも、なおミレニアムを迎える人間の新たな進歩と変化の可能性に希望を託すクシュナーの思いである。ただそれは政治権力と覇権の拡大・維持に執着し、新たな変化を忌避・阻止する政治的指導者に期待できることではない。人間の進歩が引き起こしたと天使が考える廃墟とカタストロフィーの山は、進歩そのものより、進歩を使う人間の政治学によってもたらされたものである。どれほどの進歩と科学革新を遂げようと、その使い方を誤れば益をなすどころか、多大な禍をもたらす。科学技術の進歩に見合った精神的知的成熟に達していない権力による進歩の誤用・乱用がカタストロフィーを引き起こす。つまり、進歩を使う人間の政治学の問題なのである。

歴史的規模の災難に直面したとき、クシュナー自身が語ったように、私たちは自らの価値観を根本的に見直し、変革と新たなシステムを創り上げなくてはならないし、その志向性を持ったコミュニティを築く必要がある。そして、そのためには災害と廃墟をもたらしてきた人間の進歩の爪痕を見つめなおし、過去の過ちを再び犯さないという揺るぎない決意と進歩が孕む危険性に対する十分な理解と意識をもって変革とコミュニティ創りに取り組んでいく。これが本章初めに掲げた問い「災害を私たちはどう生き抜くか」に対して『エンジェルズ』が示唆する一つの答えであるように思われる。そして『エンジェルズ』は、こうした取り組みの意識と志向性が《荒廃―移動―変化》のプロセスのなかで育まれてきたことを物語る。それは変化を忌避し支配体制の維持に執着しながら、進歩の成果を使い、災害・カタストロフィーをもたらせてきた権力の政治学と対峙する意識・志向性である。それは災害を身をもって体験し、荒廃に直面し、見慣れぬ地に移動し、新たな生活・生き方への変化に対応し、変化を生み出してきた人々の持つ精神性である。『エンジェルズ』最終場、ベテスダの泉に集う四人の姿は、災害・周縁化を生き抜いた人々が変革と新たなシステムを創り上げる精神性と、そうした精神性を持つ人々が集うコミュニティ形成の可能性を示唆している。

新たなミレニアムを迎えたのちも、9・11以後の世界はさらなる混迷と対立を重ねながら、『エンジェルズ』が舞台に残した希望を託すことのできる進歩へは向かってはいない。日本では二〇一一年三月一一日の東日本大震災と福島第一原発事故というカタストロフィーの爪痕はあまりに深い。いまだ多数の被災者が避難生活をし、チェルノブイリと同じレベル7の事故となった福島第一原発の廃炉には、原子炉施設解体に三〇年から四〇年、その後に廃棄物処理・処分の開始という膨大な時間と労力がかかる。そして、この震災と原発事故のカタストロフィーに日本の政治と企業は何を学び、その教訓をどう生かし、新たな変化・変革への道を歩んでいるのか。多くの国民がその疑問を共有する。

私たちは共に災害をどう生き抜くのか。そして、何をすべきか。『エンジェルズ』は改めてこの問いを投げかけてくる。

第十五章
タブーを犯した成功者
——『山羊——シルヴィアってだれ？』における幸福の追求と破壊

「幸福の追求」、その社会的理想像の破壊

エドワード・オールビーは劇作家の道を歩み始めた当初より、アメリカ人が抱くアメリカン・ドリームと「幸福の追求」願望の歪みを夫婦、家族の姿を通して描いてきた。『アメリカン・ドリーム』（一九六一）では、大量消費文化のなかで本物を見る目を失い、表面的な美しさと豊かさに幸福を追い求める現代人の精神的不毛性が描かれた。一方、『ヴァージニア・ウルフなんかこわくない』（一九六二）は、存在しない息子の幻想を唯一のかすがいに生きてきた夫婦が、息子の死を自ら宣告して幻想を砕きながら、現実世界を直視する恐怖に怯える姿を映し出す。それから四〇年、二〇〇二年度トニー賞受賞作『山羊——シルヴィアってだれ？』は、獣姦というショッキングな問題を軸に一人の男の幸福の追求がもたらす「悲劇」を描く問題作である。

幸せな家庭を持つ著名な建築家が山羊に恋して獣姦を犯す。それにより夫婦・家庭生活の破壊を招き、自身の名声と地位を危うくし、最後には妻に山羊を殺される。これが『山羊』の顛末である。本章では、獣姦という禁忌行為を社会的規範の侵犯、その行為者を異常者・変質者と見る社会通念を取

り上げ、社会的経済的成功というアメリカン・ドリームの達成に「幸福の追求」のあり方を見いだす精神性、イデオロギーを検討していく。アメリカン・ドリームを実現したロール・モデルと言える主人公が自らの幸福追求の為に犯した禁忌行為によって、「幸福の追求」の社会的理想像を破壊する。一方、彼の動きを阻止すべく外在的力が作用する。この両者の関係性を中心に、ゲイの息子と主人公との疑似近親相姦的同性愛場面、夫の獣姦告白を受けた妻による山羊の惨殺について考察する。最終的に、本作の副題「悲劇の定義に向けた覚書」("Notes toward a definition of tragedy") に示された現代の「悲劇」の意味とオールビーが本作の主題の一つに挙げた「寛容性の限界」を検討し、本作に見られる「幸福の追求と破壊」を二一世紀アメリカの個人と社会が孕む一つの問題として提示する。

ユートピアの化身を愛（犯）した建築家
――自然の領有による自然の喪失

第一場、建築家マーティン・グレイは、アメリカン・ドリームを実現した成功者として舞台に登場する。そのマーティンの姿をテレビ放映しようと、グレイ宅を訪れた長年の友人でテレビ・パーソナリティのロスは、カメラの前で次のようにマーティンを紹介する。

（……）（アナウンサーの声で）マーティン、三つのことが今週あなたに起こりましたね。建築界のノーベル賞であるプリッツカー賞の最年少受賞者になられた。また今週、ワールド・シティの設計家に選ばれました。二〇〇〇億ドルの夢の未来都市、USエレクトロニクス・テクノロジー出資で、中西部の小麦畑にそびえ立つという代物ですね。そのうえ今週は、五〇歳の誕生日を祝われた。ハッピー・バースデイ、マーティン、おめでとう！(24)

メディア関係者ならずとも、時の人マーティンを特集した番組の高視聴率は容易に想像がつく。独立宣言書で約束された幸福の追求の権利を活かし、アメリカン・ドリームを実現した彼に、人々は現代の理想像を見いだす。それにより、幸福の追求＝アメリカン・ドリームの実現の夢はアメリカ的価値観、アメリカの理想像としてさらに共有、信奉されていく。

この文化的コンテクストのなかで、マーティンの獣姦スキャンダルが社会と大衆に与えるインパクトは計り知れない。ロスがマーティンと山羊との関係を彼の妻スティーヴィーに暴露したことを思えば、彼の獣姦がロスによって格好のスキャンダルとしてメディアに流れ、一大センセーションとなるのは確実である。そうなれば、マーティンという偶像の破綻とともに、幸福の追求というアメリカ的価値観・理想と社会秩序の転覆にも繋がる。理想化された男の幸福追求の行為が、アメリカの理想と、その理想への人々の信奉・信仰を破壊する社会不安を引き起こす事態になる。獣姦という社会的インパクトの強い禁忌行為を犯すのが、アメリカ国民憧れの成功者である。なぜ、オールビーはこのような設定にしたのか。

マーティンが山羊のシルヴィアと出会ったのは緑豊かな田園だった。その様子を彼と山羊との関係を知って激怒する妻スティーヴィーにマーティンは次のように説明する。鉄や石でなく、「花と緑の葉が青々とした新緑」の「ユートピア」、そんな田舎に家を持ちたいというスティーヴィーの願いを叶えようと郊外に出て、一時間ほどで着いた田園地帯で出会ったのがシルヴィアだった (64–65)。こう話すマーティンにとって、山羊のシルビアが新緑の自然のユートピアを象徴する存在に映ったと考える研究者は少なくない。その一人ジョン・クーンはシルヴィアを「森の」を意味する形容詞 "sylvan" と結びつけ、「森の神」("a sylvan deity") と評している (14–15)。一方、シルヴィアの名がシェイクスピアの喜劇『ヴェローナの二紳士』第四幕の挿入歌に由来するのはよく知られる。エレン・J・ゲイナーは『ヴェローナの二紳士』が「緑の世界」を描き、テーマは「荒野に対する生と愛の勝利」だとするノースロップ・フライの論[1]に言及して、シェイクスピアのシルヴィアを寛容の精神と貞節の愛を映す特別な登場人物、田園生活の理想像だと指摘する。そして、このシルヴィアを投影した本作の山羊のシルヴィアが、現代田園地帯の牧歌的風景、遠くはなれた肥沃で神話的な場所を想起させる存在であると論じている (208)。さらにゲイナーはマーティンを「アメリカの田園的理想というエデンの夢の待ち主」だと捉え (206)、トマス・P・アドラーは田舎に家を求める都会人マーティンの姿に、自然との関係回復を求めるユートピア希求の精神性を認めている (12)。

　これらの研究者は、マーティンのなかにハイテク都市に暮らす都会人が持つ、パストラルな自然への憧憬を認め、そのエピトミーとして彼の目に映ったのが山羊シルヴィアだと捉えている。問題は山羊との獣姦が、自然との一体化よりむしろ自然を犯す・穢す可能性を孕む点である。マーティンは一方で山羊に自然のユートピアを見ながら、他方で山羊を擬人化・ジェンダー化し、獣姦する。彼の行為によってシルヴィアは緑のユートピアの化身から、人間の情欲に穢された一頭の家畜となる。

ゲイナーは、環境学的視点から、マーティンがシルヴィアと関係し、アメリカのハートランド＝大農業地帯を鉄と石のワールド・シティに作り変える電子産業に手を貸すことで、自然を侵犯すると論じる。しかも「現代の資本主義文化にとって、ユートピア的未来を意味する」(209) ワールド・シティ建設は、資本主義国家アメリカが国家的繁栄と豊かな国民生活を〈世界の幸福〉に置き換え、世界を幸福に導く盟主としての地位を刻む国家的プロジェクトである。それは科学技術と経済力を過信し、自然の支配、破壊を顧みないハイテク資本主義国家の国家的傲慢の現れにほかならない。マーティンの問題は、一方で自然との一体感を切望しながら、シルヴィアを性的に領有（獣姦）し、エレクトロニクス産業の世界都市建設計画への参画という自然侵犯行為を行いながら、その自覚がない点にある。自然とのコミュニオンに求める幸福な生活の追求は、マーティンを無自覚のまま自然侵犯・冒瀆へと向かわせるのである。

崩落する家族の幸せ
――妻子への暴力を認知できないマーティン

自然の侵犯とアメリカ的理想像の破壊以上に、マーティンの獣姦によって直接的衝撃と苦痛を被るのは彼の妻スティーヴィーと息子ビリーである。二人は彼の獣姦発覚と告白によって、突如、幸福の頂点から不幸の淵に突き落とされる。

最終場、マーティン、ロス、ビリーの前にスティーヴィーが、服と腕から血をたらし、喉を切り裂かれた山羊の惨殺死体を引きずって舞台に登場する。茫然自失のロスとビリーの傍らで、絶望と悲しみのあまり苦悩の叫びをあげるマーティンに、感情のない声で「シルヴィアを見つけて、殺して、連れてきたわ」と答えるスティーヴィー。「あなたを愛したから殺した」と言うスティーヴィーの言葉に、うつろに「すまない」と妻と息子、そして恐らくはシルヴィアの亡骸に謝罪するマーティン。父と母に呼びかけるビリーの言葉が舞台に虚しく響き、登場人物全員のタブローを残し舞台は終演する。

フィリス・ダークスは、この「悲劇的場面」がエウリピデスの『メディア』の最終場面を思い起こさせると指摘する。血痕にまみれた冷徹な物腰で、自ら手にかけた息子たちの亡骸を夫にみせつけ、自分を裏切った夫への復讐を遂げる。そのメディアの姿は、確かにスティーヴィーに重なりはする(63)。しかし、ギリシア悲劇との類似的イメージ以上に注目すべきことがある。二場で、マーティンはスティーヴィーを前に、感情を高ぶらせ、シルヴィアとの交わりを想像しがたいエクスタシー、純潔な愛だと形容し、シルヴィアとの出会いをエピファニーだと語っていた(81–82)。その一方、マーティンは利己的欲望から山羊に陶酔しながら、シルヴィアへの盲目的愛着と妻スティーヴィーに抱く愛情に何の不一致・矛盾も感じていない(Dircks 90)。妻の傷心と苦悩、怒りを目にしても、マーティンはただ途方にくれるだけである。スティーヴィーは、信頼してきた夫の異常な裏切りに衝撃を受け、復讐に向かう妻の姿を表わす。「あなた言ったわ。どれほど私を愛してる、他の女なんて欲しくない、こんな完璧な結婚なんて偶然じゃ生まれないってね。（……）この山羊ぐるい《ファッカー》が、最愛の愛人《ひと》だなんて！（……）ばかっー！　道連れにしてやる！」(88–89)。

ダークスは失ったものの大きさを悟るスティーヴィーの姿から彼女が悲劇の中心にあると捉える

(63)。本作を「二重の悲劇」と指摘するクーンもスティーヴィーの悲劇がマーティンの悲劇以上に痛ましいと評し、彼女の「悲劇的欠点」が常軌を逸した行動を許せない不寛容さにあると論じている(10)。しかし、人間、妻、そして女性であるスティーヴィーが、動物（家畜）のメスによって妻の座を簒奪される。それは彼女の人間・女性・妻としての存在の否定である。マーティンはスティーヴィーを幸福から不幸のどん底へ突き落とし「悲劇的」痛みを彼女にもたらしながら、それに気づくことはない。

第二場冒頭、マーティンの獣姦が発覚し、家族三人が険悪な雰囲気のなか、息子ビリーがマーティンの山羊との獣姦を非難し、「山羊とやってるの？（……）山羊ファッカーかよ！」と毒づく。それに呼応したマーティンが息子を「くそホモ野郎！」となじる場面が展開する(47–48)。マーティンは即座に息子に謝罪し、ゲイの息子に理解を示すが、気持ちの収まらないビリーにスティーヴィーが追い打ちをかける。「（冷淡に）言ったでしょ。父さんはあなたをくそホモ野郎って呼んですまないと思ってるの。そんな人じゃないからね。父さんは上品で、リベラル、考え方も正しくて、才能あって、有名で優しい人（冷徹に）今だってヤギをファックしてるみたいに見えるでしょ」(49)。

第三場、ビリーはすべてがノーマルだった昨日から事態は一変し、今日になって父親と山羊とのセックスが発覚して、素晴らしい両親を持った幸せが突如崩れたことに絶望し、取り返しのつかないダメージを家族に与えた父親を非難する。しかし、そんな父親でも愛しているとして、ビリーはマーティンの口に泣きながら濃厚でセクシュアルなキスをして「父さん！　愛してるよ！　抱いてよ！　お願い！」と悲壮な思いを訴える(101–02)。ここでビリーが示したのは父親に対する疑似近親相姦的同性愛の行為に映る。しかし、その行為は同性愛者ゆえに社会から疎まれると自覚するビリーが、獣姦を犯した父への共感と愛情、父なら自分を理解してくれるという願いの現れである。この一部始終を隠れて見ていたロスをマーティンは「ユダ！」と呼び、今度は息子までもテレビでスキャンダルの種にしようとするロスを非難し、父親に傷つけられながらも、父を愛する息子の痛みと孤独を訴える(103)。

マーティンのシルヴィアとの獣姦は、妻子に多大な精神的苦痛を与え、幸せの急激な崩落をもたらす。しかし、その状況に直面しながら、マーティンには問題の核心がわからない。

山羊と悲劇
——身代わりの山羊

本作のメイン・タイトルとなっている「山羊」の多義的表象性は、括弧付きのサブタイトル「悲劇の定義に向けた覚書」のキーワード「悲劇」との関係性からよく論じられてきた。テリー・ホジソンは『西洋演劇用語辞典』で悲劇と犠牲について次のように説明している。

悲劇 (tragedy) の語源は、山羊をいけにえにするときの歌を意味するギリシャ語の tragoidia である。ここから悲劇的ヒーローとスケープゴート、すなわち地域共同体を救い、神と人とのあいだの和解をもたらす犠牲者であるという考えが生まれた。（一一四）

山羊はスケープゴートの語源として悲劇に接続される。ホジソンと同様の指摘をしたトビー・ジンマン(147)は、悲劇と山羊の関係をアドラーが示した次の三点から論じている。①悲劇コンテストのあったディオニュソス祭ではディオニュソス神の従者が山羊の耳をつけていた、②そこで悲劇のパロディとして上演されたサチュロス劇の名称は半人半獣（山羊）の神サチュロスに由来する、そして③ディオニュソス祭で勝者となった悲劇作家に贈られる賞は供物とされた山羊だった(Adler 14)。ジンマンは、山羊のシルヴィアがマーティンの異常な愛欲とスティーヴィーの血の復讐の犠牲になったスケープゴートだとし、スケープゴートの由来をユダヤ教の贖罪の日の儀式にたどり、旧約聖書第三の書レビ記の内容を次のように記している。

旧約聖書の第三の書レビ記では、二頭の雄山羊と雄牛が供犠に捧げられることを命じている。高僧がくじをひき、一頭の羊が選ばれ、雄牛とともに焼かれ、供えられた。二頭目の山羊が贖罪の山羊とされた。高僧は贖罪の山羊の頭に手をあて、イスラエルの民の罪を懺悔・告白した。そして山羊は人々の罪を背負って荒野に連れて行かれ、断崖から突き落とされ、堕落天使アザゼルのものとなり、国から邪悪な罪・不正が取り除かれた。(Zinman 141)

山羊が民の罪を背負い、身代わりとなって殺されることで邪悪な罪・不正が浄化され、国家・共同体の安寧が回復する。厄難の除去による社会秩序の回復と安定という図式は、王が自ら気づくことなくタブーを犯し、その過ちが国家の災いとして取り除かれるソポクレスの『オイディプス王』に窺える。テーバイの王オイディプスは、都を突如襲った疫病が先王ライオス殺害の汚れであると知り、その殺害者を捕らえて追放せよというアポロンの信託にしたがう。しかし、最後には自分が父親ライオスを殺害し、母イオカステを妻にしていたことを知る。自ら災いの元凶だと悟ったオイディプスは、都を汚れから救うべく、自分で目をつき盲目となり、自身をテーバイから追放し、放浪の旅にでる。

問題は、このギリシア悲劇が社会不安の原因となる疫病の根絶を描いている点である。疫病の元凶となる人物が、邪悪な悪人ではなく、名家の優れた人間であり、その人物が意図せず犯した過ちのため疫病として社会から排除される対象となる。その過ちが社会の禁忌を犯す行為であるのは注目に値する。タブーを犯す人間が疫病の元凶として共同体浄化のために暴力的に犠牲にされる「身代わりの山羊」となるのである。興味深いことに、『オイディプス王』に描かれる状況の変奏が、俳優のキャスティングによって『山羊』で再現される。初演に続く一連の公演でのことである。

二〇〇二年三月一〇日、ニューヨーク、ゴールドマン劇場での『山羊――シルヴィアってだれ？』初演でマーティンを演じたビル・プルマンは、一九九六年の映画『インデペンデンス・デイ』では大統領を演じていた。この映画で、人類を圧倒する宇宙人の巨大円盤に反撃すべく、大統領自らが戦闘機を率いて出撃する。その出撃の直前、大統領は民間人を含むアメリカ軍兵士を前に感動的なスピーチを行う。地球を侵略する宇宙人を撃退し、人類の独立を再び勝ち取る。奇しくもその日がアメリカ独立記念日となった。そう言ってプルマン演じる大統領は、アメリカ独立記念日の今日が世界の独立記念日になると宣言し、兵士たちは奮い立つ。アメリカ独立記念日を世界の独立記念日に同一化することで、『インデペンデンス・デイ』は世界を独立に導く国アメリカのイメージを鮮烈に前景化する。

この映画と同様、『山羊』でマーヴィンが設計者に抜擢されたワールド・シティ建設は世界の盟主アメリカを表象するプロパガンダ効果を放つ。また、その効果を高めるようにオールビーは意図的に登場人物にワールド・シティ建設とマーヴィンの関係性を語らせている。しかし、それ以上に注目すべきは、映画『インデペンデンス・デイ』で勇敢な大統領を演じたプルマンが、『山羊』では山羊との獣姦に走り、家族とアメリカ的理想像を破壊し、自らに破滅を招き、絶望に喘ぐ著名な建築家を演じている点である。

この点で、マーヴィン・カールソンが演劇亡霊論のなかでゴーースティングと呼んだ現象は注目に値する。観客の目には、舞台で演じる俳優が、これまで演じてきた数々の役柄のゴースト的アウラを身に纏うように見える。言い換えれば、今演じている役のほかに俳優がかつて演じた役のイメージが蘇り、今の役と重なって見える。これがカールソンの言うゴースティングである。カールソンによれば、記憶された人物・事象と同一のものでありながら、どことなく異なる属性が付与された人物・事象の出現、つまり亡霊もしくは亡霊的存在との遭遇を生む現象がゴースティングと解釈されるものである(6–7)。[2]

かつて映画『インデペンデンス・デイ』でプルマンが演じたアメリカの若き大統領は、『山羊』で獣姦を犯した男マーヴィンと二重写しのように重なって観客の目に映る（脳裏に浮かぶ）。アメリカの国家・社会を統治する合衆国大統領と国家・社会が疫病として排斥する異常者（獣姦男）が一人の人間の身体に可視化される。国家を統治する為政者が、国家が禁じるタブーを犯す潜在性を内在化する。『オイディプス』状況の二一世紀の変奏がここに見られる。

疫病のパラダイム
――支配的イデオロギーとメディアの暴力

獣姦を犯かすマーティンは、第一場冒頭から、最近顕著になった自身の物忘れをスティーヴィーに話す。さらには、味覚、聴覚、触覚を含め、五感も鈍くなってきたと訴え、五〇歳にしてアルツハイマーを疑い始める。マーティンの症状は、健忘症・記憶喪失・アルツハイマーの病名を連想させる。彼が山羊に恋したとスティーヴィーに打ち明けるのはこの直後である。ここでスティーヴィーは夫の告白を悪ふざけとして取り合わないが、マーティンの症状が山羊との獣姦に及ぶ彼の極度の動物性愛の進行と連動して語られているのは注目に値する。記憶障害・感覚障害という心身の機能不全は医療機関で治療される、普通の人間がかかりうる疾患・病いである。一方、動物性愛という「パラフィリア障害」（性嗜好異常）は、病理的な精神疾患でありながら、疾患・病いの範疇を超えて、まともな人間存在から根本的に逸脱した異常者＝変異体の記号に映る。記憶障害・感覚障害と「パラフィリア障害」は、いずれも病いでありながら、正常と異常を差異化する社会通念・社会規範上の境界線を炙り出す。ここで差異化の決め手となるのがタブー侵犯行為にほかならない。

マーティンの「パラフィリア障害」の症状は別の形でも現れる。最終三場、彼は息子とのキスを目撃したロスに対して、自己弁護するかのように自分の赤ん坊を膝の上にのせて勃起した男の話をする。それが性欲と関係のないアクシデントだったと説明し、息子とのことも同様だと弁明するが、ロスには「やばいよ、君は病気だ」(105) としか思えない。この後、自分は「病んでる」("sick") とマーティンは連発し，最後にはロスに「間違ってる！　ひどく、破壊的に間違ってる！」と言い放たれる(107)。山羊への動物性愛に加え、小児性愛 (pedophilia) を口にするマーティンは、タブーを犯す病んだ人間、性的ミュータントから、社会に害をなす疫病としての記号性を纏っていく。

しかし、本作品は動物性愛の原因について一つのヒントを示している。第二場、マーティンはある動物セラピー療養所に行った話をする。療養者は、癒しを求めて、豚、犬、ガチョウ、あるいはジャーマン・シェパードなど、それぞれが特定の動物と性的に交わっていた。彼らはみな問題を抱え、恥辱を感じ、葛藤に苦しみ、動物と愛し合いながらも、あまりに不幸な人々だった。豚といる男は田舎育ちで、兄弟と子供の時にただ自然に豚と交わり、シェパードといた女性は、一二歳の時に父親と兄弟に犯された経験を持ち、ガチョウと一緒の男は、女も男も誰も自分とセックスするとは思っていなかった。マーティンは彼らがみな不幸だったから、自分も不幸だったと回想する (70–73)。彼らは社会に適応できず、不幸なトラウマ、あるいは生まれついての性的嗜好から、動物との性的交わりに癒しを求めながら癒されない人々である。動物との交わりは、いっそう彼らに異常者としての意識と恥辱、罪悪感を植え付け、彼らは出口の見いだせないまま療養所に留まるほかない。療養所は彼らを社会から隔離し、動物性愛という疫病の拡散を阻止する施設に映る。彼らは災い除去による社会保全のため追放・隔離される「身代わりの山羊」なのである。

獣姦を犯す動物性愛者や同性愛者を異常者・変質者と見る社会の目と態度を表象するのがロスである。テレビのパーソナリティーである彼は、二〇年来の友人マーティンの信頼を裏切り、山羊との関係をスティーヴィーに密告する。さらには、マーティンの息子ビリーの同性愛、近親相姦衝動をもマスコミ向けのスキャンダルに仕立てようとする。マーティンはロスを「ユダ！」(103, 105) と呼ぶ。ロスこそオールビーが非難するアメリカの国家的伝染病、本作が癒そうとする社会的病いと評されるゆえんである (Kuhn 28)。

ロスに表象される社会の態度・見方こそ、人種と性に関わる国家秩序保全を管理するアメリカの支配的イデオロギーとメディアの作用を表すものにほかならない。国家的パラダイムに反した言動・思想は、異常、異端、狂気、危険分子として国家の合法的暴力により排除される。この支配システムは人々が共有する「常識」という社会文化的にプログラムされた概念によって作動する。この点で、オールビー自身が興味深い体験談を伝えている。簡単に言えば、常識から逸脱した行動がもたらす憎悪と糾弾を検証する目的で構想された作品の企画そのものが、憎悪と非難を呼んだというエピソードである。

彼が着想した話はこうである。幸せな結婚生活を送り、キャリアの絶頂にある著名な医師が、患者の苦しみを理解しようとHIVウイルスを自らに注射する。つまり間接的には合衆国で違法とされる自殺行為を行う医師の話である。オールビーはAIDS禍の最中に本作を着想した。目的は医師の行動がどのような憎悪と糾弾をもたらすか、家族、友人にどんな効果をもたらし、人が許容できる行動とはどこまでか、それを問うものだった。

しかし、この作品構想を尊敬する知人たちに話したところ、即座に彼らの憎悪と非難をかい、オールビーはショックを受けた。そのような作品を考えること自体が、憎悪と非難を招いたのである。それでもこのテーマ追究の思いは強く、オールビーは一年の内に『山羊』の作品プランをまとめあげる。再び信頼できる知人らに話すと、またもや、そのような事柄を考え、書いているということだけで、憎悪と非難を浴び、再びショックを受けた (Albee 2005: 260)。これが『山羊』創作に至るエピソードである。オールビーによれば、友人に話した作品構想とは、「社会的、道徳的許容範囲を越えた、受け入れがたい他者の行動に対する寛容の限界」と「自分が受け入れがたい行動をとっているとは想像したくはないという拒絶感」、その二つが絡み合い、人間・社会の寛容性の限界を探る作品だった (Albee 2005: 259)。

『山羊』最終場でのマーティンが言う「僕はひとり……まったく……ひとりぼっちだ！」(109) は、社会の寛容の限界を越えた、受け入れがたい行動を取った者を襲う社会と同胞からの暴力的拒絶と非難に苛まれる孤独の叫びである。社会が共有する常識、正常・正気の範囲を越える行為は、憎悪と非難、排除、排斥、処罰を受ける。では、社会の常識からの逸脱者を決定づけるものとは何か。

「悲劇の定義に向けた覚書」
――再定義の試み、寛容性の限界

本作のタイトルをめぐり山羊と悲劇の関係性とともに必ず指摘されるのが、副題「シルヴィアってだれ？」が前述したシェイクスピアの喜劇『ヴェローナの二紳士』の四幕二場の挿入歌から取られたものであるという点である。アドラーは、この喜劇が「欺瞞と裏切りののちの許しと再生」に終わるとしながらも、この挿入歌の終わりの歌詞「地上に暮らす／生きとし生けるものすべてに彼女は勝る」

(IV. ii, 51–2) が示唆するのは、俗世間とシルヴィアに示される理想像との間にある克服困難な違いであると指摘する (12)。オールビーの『山羊』で、マーティンは俗世間と彼が理想化する自然のエピトミーであるシルヴィアとの違いを越える行動をとる。しかし、彼の行為はタブー侵犯の反社会的行為として許されず、「復讐の女神」と化したスティーヴィーによってシルヴィアは惨殺され、彼自身も厳しい社会的非難と制裁の的になることが予期される。一方、『ヴェローナの二紳士』では、プローテュースによる欺瞞と裏切りがありながら、ヴァレンタインは最後に彼を赦し、プローテュースはジュリアと、ヴァレンタインはシルヴィアと結ばれ、再生のテーマに至る。ジンマンは、贖い・救いの行為である赦しが『ヴェローナの二紳士』のテーマであるとし、『山羊』ではスティーヴィーがマーティンを赦せなかったことが破壊と悲劇をもたらしたと論じている (145)。しかし、見方を変えれば、友人の裏切りをも赦すヴァレンタインの寛容さがあったからこそ、欺瞞と裏切りは赦され、新たな友情と愛情が生まれた。寛容さが『ヴェローナの二紳士』と『山羊』の結末の違いを解く鍵となる。

オールビーの『山羊』創作の狙いは、人はどこまで他者の言動に寛容でいられるかを見極めることだった。ゆえに、同性愛、小児性愛を越えた、動物性愛と獣姦を作品の中心事件に据えたのである。ゲイの息子ビリーがマーティンに対してとった疑似近親相姦的同性愛の行動は、マーティンの獣姦と比べれば許容できるスケールは広がる。親子が示した疑似近親相姦行為は、一つには見る者の許容・寛容の基準のぶれを示すものだと言える。

オールビーは『ストレッチング・マイ・マインド』のなかで、本作が「獣姦ではなく、愛、喪失、寛容の限界、自分は誰であるのか」をテーマにし、登場人物と同じ状況に置かれたとき、観客にどうするのかを真剣に考えて欲しいと語っている (262, 284)。また、スティーヴン・ボトムズによるインタビューでは『山羊』の副題「悲劇の定義に向けた覚書」について、定義ではなく再定義を意図したものだと述べている (239)。これを受け、アドラーは本作の悲劇が、タブーを犯し高い地位から転落する個人の姿にあるのではなく、社会の規範から逸脱した行為を受け入れようとしない社会の偏狭さにあるとして、ここにオールビーが言う再定義の意味を見いだす (12)。アリストテレスが『詩学』で記した悲劇のあり方とは異なる悲劇観である。アリストテレスは次のように悲劇を定義している。

悲劇とは、一定の大きさを備え完結した高貴な行為、の再現（ミーメーシス）であり、快い効果を与える言葉を使用し、しかも作品の部分部分によってそれぞれの媒体を別々に用い、呪術によってではなく、行為する人物たちによっておこなわれ、あわれみとおそれを通じて、そのような感情の浄化（カタルシス）を達成するものである。（第六章　三四）

アリストテレスは、オイディプスのような名家の生まれの著名で優れた人物が、「卑劣さや邪悪さのゆえに（幸福から）不幸になるのではなく、なんらかのあやまちのゆえに不幸になる」のが、カタルシスに必要な「おそれとあわれみ」を引き起こす優れた悲劇の筋（ミュートス）であるとして、「あわれみは、不幸に値しないにもかかわらず不幸におちいる人に対して起こるのであり、おそれは、わたしたちに似た人が不幸になるときに生じる」と説いている（一三章　五二―五三）。アリストテレスが悲劇の筋とした「幸福から不幸への転落」のベクトルは『山羊』に認められはするものの、両作品には重要な違いがある。そのベクトルをもたらすものが『詩学』では個人の悲劇的あやまち（ハマルティアー：hamartia）[3]であるのに対し、『山羊』では欲望ゆえの獣姦というタブー侵犯行為とその問題性への個人の無自覚、そして社会秩序の保全の名の下で他者（タブー侵犯者）に振舞われる支配的イデオロギーの社会的暴力である。しかし、これでは主人公の姿にアリストテレスの言う憐れみも恐れも喚起されず、カタルシスも達成されるとは言いがたい。少なくとも、それが今の社会に暮らす大半の人々の自然なレスポンスである。

『山羊』で再定義された悲劇性とは、アリストテレス的意味とは異なるシニフィエを持つ。それは欲望に駆られ獣姦を犯す個人が社会によって異常な疫病保菌者として破滅に追い込まれるカタルシスなき悲劇に見えなくはない。しかしそれ以上に、異常とされる他者をも受け入れる寛容な心の重要性を理解したとしても、舞台上の他者にさえ拒否反応を示してしまう大半の人々に見られる悲劇性である。社会通念が引き起こす様々な摩擦や矛盾、苦悩や痛みと不条理を感じながら、自ら社会通念の虜となり、どうすることもできない無力感。他者を嫌悪・拒絶し、他者排除を行う社会に迎合する自分への自己嫌悪。このフラストレーションの閉塞状況に恒常的に囚われる、あるいはそれすら感じられない個人と社会のあり方こそ、オールビーが『山羊』で問いかけた現代の悲劇性、再定義された悲劇性であると思われる。人間・社会の寛容性の限界を探るとするオールビーの意図がそこにある。

人は自覚的以上に無自覚的に幼い頃より社会の支配的イデオロギーを内在化していく。憐れみ、恐れ、カタルシス、そして悲劇性の概念は、生きる社会と時代の社会通念、支配的イデオロギーによって多分に影響される。善悪、正常・異常の判断基準をなす社会規範の偏狭性の強度と影響範囲は、社会と時代、文化によって恣意的に構築された支配的イデオロギーと同様に揺らぐ。その揺らぎによって規範からの逸脱者を識別・拒絶する基準も変動する。

オールビーは、観客に登場人物と同じ状況に置かれたとき、どうするのかを真剣に考えて欲しいと語る。それは他者の身になることで他者を理解するに留まらず、自らのなかに異質な他者を見いだすことである。そのプロセスを経て、オールビーが語っていた本作品のテーマ「獣姦ではなく、愛、喪失、寛容の限界、自分は誰であるのか」が見えてくる。そのためにオールビーは他者への寛容の心を広げていくことを求める。

オールビーは自身の演劇観をこう語っている。自分自身をより深く見つめ直し、お決まりの態度で物事を判断するのでなく熟考する。そうすることで、より賢明な票を投じる、つまり、政治的行動をとることができる。それを促すゆえに「すべての演劇作品は政治的である」(2006: 285–86)。オールビーによれば、「いい演劇作品」とは「心理学的、哲学的、道徳的、政治的現状――という現状に対する侵犯・攻撃行為」であり、「わたしたちを目覚めさせ、物事について異なった考え方をする可能性について熟慮させるもの」である (Strong 9)。

動物性愛・獣姦に至ったマーティンの幸福の追求は、彼の幸福とスティーヴィー、ビリーの幸福の破壊に繋がる。それは、アメリカの幸福追求の夢＝アメリカン・ドリームの達成という支配的イデオロギーが生み出した幸福の図式をも覆す脅威ともなる。しかし、タブーを犯す行為以上に、幸福を深層から破壊するものがある。無意識理に内在化した支配的イデオロギーによる価値観・先入観・常識と、それに起因する他者への暴力である。それが他者を受け入れる心を蝕む潜在的疫病であることを本作は示唆する。獣姦というタブーを題材にしながら、本作は人の心・考えに影響を及ぼし、ある種のものを異常・病的として拒絶するイデオロギーの影響力を見極め、異質なものを寛容の眼で捉えることを促す。個人としての他者の幸福の追求と社会的規範の許容点、この両者のインターフェイスは、他者へのさらなる寛容性を持つことで広がりを見せる。その困難な道を本作は示唆しているように思われる。

結論
新たなチャンネルを開くポリティクスに向けて
——わたしのなかの他者、他者のなかのわたし

十五章にわたって、アメリカ演劇の劇作家たちのポリティクスを二〇世紀を中心に、「他者との遭遇とその行方」に着目して探ってきた今、実感することがある。ヨーロッパがアメリカ大陸を発見し、互いに他者であるヨーロッパ人とネイティヴ・アメリカンの出会いに始まり、植民地化と西漸運動、奴隷貿易から奴隷解放を経て二〇世紀に向かう歴史的展開のなかで、数知れない他者との遭遇とかかわり、交流と交渉、戦いと領有、支配と被支配、そして、共存に向けての試みと努力が繰り返されてきた。ネイティヴ・アメリカン、そして奴隷の子孫であるアフリカ系アメリカ人に加え、移民国家として急成長するアメリカには、大西洋と太平洋を隔てた両岸、そして中南米やカナダから、生まれた国、民族、人種、宗教、階級の異なる多数の移民が他者となって移り住んできた。膨大な数の他者との遭遇が常にアメリカで生まれてきたのである。しかし、ワスプを中心とする人種集団は、自らを他者とはせず、国家・社会の中核を占め、領域横断的に他者を治める支配体制を維持・強化してきた。膨大な数の他者との遭遇の累積によって成長してきた国家において、中心に位置する集団は、ワスプ至上の人種主義・異性愛主義によって、自らの支配の安定と他の集団の他者化を進める。体制の中心集団は他者を差別化・周縁化し、支配的パラダイムから逸脱するものにさらなる他者化・差別化

を行う。これが民主主義の名のもと、帝国化し続けるアメリカが見せるもう一つの素顔である。

　この国家にあって、アメリカ演劇の劇作家は体制との協調・共犯か、体制への対抗・抗議か、あるいは大衆迎合の興行成績か、社会性・芸術性の追求かの二者択一のなかで、いずれかに与し、あるいは時流に合わせて与する相手を変えながら、劇作の舵をとってきた。本書で扱った劇作家は、結果はどうあれ、真摯な思いからアメリカの姿を直視し、疑問を呈し、告発し、警鐘を鳴らし、観客にどうあるべきか、どうすべきかを考える契機を与える作品を創作してきた作家たちである。その姿勢には、他者との遭遇とそのあり方によって、この国が歩んできたこれまでの道と、今後歩む道の方向性が決まるという思いが窺われる。

　以上のような見方が、アメリカ演劇の劇作家のポリティクスを、「他者との遭遇とその行方」の観点から探求するという本書の問題意識に繋がった。ゆえに、本書第一部が帝国化するアメリカの政治学を信奉し、それに与したワイルダーの『わが町』と、その政治学を告発したウィリアムズ作品を比較対照的に併置したのは当然のことだった。ワイルダーは古き良きアメリカの美徳を表すニューイングランドのスモールタウンを、過去の偉大な文学的遺産、神話、歴史をすべて踏襲し、一つの偉大なアメリカ神話を集約した町へと作り上げた。と同時に、第二次大戦へのアメリカ参戦の大義を国民に感じさせ、麗しき町グローバーズ・コーナーズに代表されるアメリカを守るための戦いへと国民意識を向上させた。それは、愛国心の名の下に、アメリカ政府・企業に与する作品『わが町』の政治メディアとしての姿を明らかにするものだった（第一章）。一方、ウィリアムズは、ヴェトナム戦争を背景にアメリカの帝国化とヴェトナム戦争続行によって国家を動かし、巨大な利潤を追求する軍産複合体の国家的陰謀と、その陰謀に戦いを挑むクイア＝他者の姿を描く六〇年代中編小説『ナイトリー・クエスト』と、七〇年代の演劇作品『レッド・デヴィル・バッテリー・サイン』を発表する。帝国への道と反逆への道、二つのアメリカン・ロードが交錯するアメリカの姿を作品化した二作は、帝国化するアメリカに抵抗する反逆の劇作家ウィリアムズのポリティカルな劇作営為を映し出した（第二章）。そして第三章で、アーサー・ミラー、ユージーン・オニール、アミリ・バラカ、スーザン＝ロリ・パークス、ヴェリーナ・ハス・ヒューストンらの作品を取り上げ、アメリカ大陸発見・征服から現在ポストコロニアリズムへの歴史的時間の流れを舞台に、アメリカ演劇が映し出す帝国支配の一つの表象として「銃／大砲」を捉え、同時に「他者からの逆襲」のメディアとして正史解体・書き直しを要請する「銃」の記号性を浮上させた。

第二部「亡霊のドラマトゥルギー」では、帝国化する資本主義国家アメリカの姿を他者の眼で告発してきた劇作家自身が、作品そのものに憑かれ、作品構想を未完に終える、あるいは自らがゴーストとなって作品世界に浮遊する状況を明らかにした。オニールは自らの作品対象である国家をも動かす実業家一族の物語を描く、一一の劇からなる連作劇構想「自己を喪失した所有者の物語」に憑かれ、その構想の肥大化に飲み込まれ、完成することはできなかった（第四章）。一方、テネシー・ウィリアムズは、晩年の亡霊劇で劇作と私生（性）活をめぐる自己内省の劇中世界のなかに没入し、過去の亡霊との反復的交わりを通して亡霊化する。そのクイア劇作家ウィリアムズのドラマトゥルギーを明らかにした（第五章・第六章）。そして、五〇年代からポスト冷戦に至るアメリカ演劇に浮遊する亡霊の政治学を、ウィリアムズの『やけたトタン屋根の上の猫』、デイヴィッド・レイブの『ストリーマーズ』、そしてクシュナーの『エンジェルズ』に焦点を当てて、読み解いていった（第七章）。

第三部「他者の共同体」では、支配的パラダイムから周縁化された女性、クイア、民族・人種のマイノリティ共同体のあり方を四人の劇作家の作品を通して検証し、アメリカが孕む中心と周縁の二極構造において、体制と支配的イデオロギーの統治に抗う、もう一つの共同体として他者の共同体の政治学を浮上させた。こうして、マリア・アイリーン・フォルネスの『フェフとその友人たち』におけるジェンダーをめぐる観客意識／パラダイムの攪乱を図るフォルネスの演劇戦略（第八章）、ランフォード・ウィルソンの『七月五日』をめぐるクイアのポスト・ヴェトナム・ポリティクス（第九章）を検証した。さらに、ワカコ・ヤマウチの『そして心は踊る』と『ミュージック・レッスン』における第二次大戦前の日系農業コミュニティの妻たちに認められる日系スモールタウンの社会・文化的表象性（第十章）、そしてオーガスト・ウィルソンの二〇世紀サイクルにおける「骨」のヴィジョン消失の意味と、今に至るアフリカ系アメリカ人の姿を見るウィルソンのまなざし（第十一章）を再考した。

第四部は「他者との遭遇とその行方」をめぐる政治学を三作の作品を介して検討した。第十二章はスーザン＝ロリ・パークスの『アメリカ・プレイ』と『ヴィーナス』を取り上げ、白人との身体的類似性と非類似性を特徴とする二人の主人公の身体を焦点化したパフォーマンス／まなざしをポストコロニアルなスペクタクルという点から考察した。第十三章では、エドワード・オールビー作品の『海の風景』における人間夫婦と海トカゲ夫婦との遭遇と交流を中心にポストヒューマニズムとエコクリティシズムの観点から、オールビーの生命観・世界観を探った。第十四章では、トニー・クシュナーの『エンジェルズ・イン・アメリカ』における天界と人間界の古い政治機構に代わって、多様なマイノリティが未曾有の災害を生き抜く政治学を検討した。そして、最終第十五章で、エドワード・オールビーの『山羊——シルヴィアってだれ?』を取り上げ、人間が本来持つ他者を許容する心を蝕む疾病として支配的イデオロギーと暴力を可視化し、二一世紀アメリカの個人と社会が直面する重要課題として、寛容性の涵養が他者の幸福の追求と社会的パラダイムのインターフェイス拡大につながる可能性を論じた。

以上の考察から、帝国化するアメリカの支配的イデオロギーと他者支配のパラダイムを可視化するとともに告発し、脱構築する劇作家の営為が、アメリカと他者との遭遇と交わりについての分析と考察の集積に基づくものであると考えられる。そして、本書で考察した劇作家たちが、他者の眼を持ってアメリカの支配的イデオロギーと権力機構の政治学を見極め、それらを攪乱し、脱構築する力として周縁化された他者の潜在性を捉えている。それは、第二章で見た軍産複合体に挑むクイア戦士の姿に、あるいは第三章で『アメリカ・プレイ』のファウンドリング・ファーザーの黒い肌が白い正史を侵犯・攪乱し、歴史の再表象化を促すなかに見て取れる。また同じく第三章で総括したように、地球を西回りに進む帝国のスパイラルが、アフリカを目指すアフリカ系アメリカ人の動きやアジアからアメリカに来た戦争花嫁物語に示されるように、逆に回る他者の力で反撃され、内側から揺さぶられる。そして、西と東へ向かう二つのベクトルがぶつかり合うなかで、支配と被支配、抑圧者と被抑圧者の二極構造の枠組みを出た、新たな人種のテクストが編まれようとする。そのなかに、既存の支配秩序を解体する新たな他者の波が現れていた。

さらに第三部の四つの章で見られた、支配的イデオロギーの統治に抗うオールターナティヴな他者の共同体の生き抜く姿は、第四部第十四章で論じた『エンジェルス』の終幕、ベテスダの泉に集う他者四人の繋がりとともに、古い硬直した価値観とイデオロギーの支配に代わる、新たな相互の結びつきに根ざした共同体のあり方を可視化する。それは他者の共同体の姿を模索する劇作家のポリティクスの現れだと言える。そうした共同体の始まりの予感と可能性を、第十三章、オールビーの『海の風景』の人間夫婦と海イグアナ夫婦の種間遭遇に見いだすことができた。そして、第十二章、パークスの『ヴィーナス』はヴィーナスと名付けられたアフリカ人女性に振るわれた帝国の植民地主義イデオロギーの暴力とヴィーナス個人の責任と意志の問題を交差させつつ、ヨーロッパと他者との遭遇とその行方をポストコロニアルの視点から映し出す。このヴィーナスをめぐる他者との遭遇の顚末は、時代が下ったのちの世代の他者たちの団結によるコミュニティ形成を、変化を引き起こす他者の力の漸次的拡大と連帯の広がりの証左としていっそう際立たせるものになる。

『エンジェルズ・イン・アメリカ』から『山羊——シルヴィアってだれ?』へ

第十四章で取り上げた『エンジェルズ・イン・アメリカ』において、他者化・周縁化されてきた人種、宗教、文化、ジェンダー、セクシュアリティ、さらにはエイズ＝疫病感染の有無を含め多様な違いを超えた人々が、《荒廃—移動—変化》のプロセスを経て、「人間相互の結びつき」によるコミュニティを形成する。権力の政治学に対峙・対抗する意識と志向性を共有するこのコミュニティは、支配的な声ではなく、バフチンの言う対話性、ポリフォニー、ヘテログロシア (Bakhtin 67) という多様な声からなる新たな歴史を紡ぎ出し、支配的政治権力の無力化と解体を促す力となる。これが、冷戦終結という世界的政治情勢の激変を背景に、ベテスダの泉に集う四人に代表される周縁化された人々の協調と連帯、そしてコミュニオンよって成り立つ多人種多元文化共同体の姿である。ここに『エンジェルズ』が映し出す災害を生き抜く他者の政治学が認められた。

しかし、その後の世界的テロの脅威と天災・人災のカタストロフィーに対する国家、社会、巨大企業の対応のあり方、そしてここ数年拡大を続けるアメリカをはじめとする一国中心主義の脅威と国家間の軋轢は、『エンジェルズ』に描かれた多様な声で相互に結ばれた他者のコミュニティが実現困難なものであることを物語る。そして、この状況は、多数と異なる個人を許容することのない社会と一般市民のメンタリティが孕む問題とも通底する。

第十五章で論じた二〇〇二年度トニー賞受賞作、オールビーの『山羊――シルヴィアってだれ？』は、アメリカ社会と一般市民に蔓延する特定の個人に対する嫌悪と差別意識の問題を世に問いかけた問題作だった。幸せな家庭を持つ著名な建築家が山羊に恋して獣姦を犯す。それにより夫婦・家庭生活の破壊を招き、自身の名声と地位を危うくし、最後には妻に山羊を殺される。獣姦という禁忌行為を社会的規範の侵犯、獣姦者を異常者・変質者と認め、排斥する社会通念と慣習が根強い社会にあって、山羊への動物性愛に加え、小児性愛を口にするマーティンは、タブーを犯す病んだ人間から、社会に害をなす疫病としての記号性を纏っていく。一方、マーティンの二〇年来の友人であり、テレビ・パーソナリティーのロスは、山羊との関係をマーティンの妻スティーヴィーに密告し、さらにはマーティンの息子ビリーの同性愛と近親相姦衝動をもマスコミ向けのスキャンダルに仕立てようとする。

動物性愛者や同性愛者を異常者・変質者と見るロスに表象される社会の目と態度こそ、人種と性に関わる国家秩序保全を管理するアメリカの支配的イデオロギーとメディアの作用を表すものだった。国家的パラダイムにそぐわない言動・思想は、異常、異端、狂気、危険分子として合法的暴力により排除される。『山羊』最終場、マーティンが言う「僕はひとり……まったく……ひとりぼっちだ!」(109)は、社会の寛容の限界を越えた、受け入れがたい行動を取った者を襲う社会と同胞からの暴力的拒絶と非難に苛まれる孤独の叫びである。

オールビーは『山羊』の副題「悲劇の定義に向けた覚書」について、定義ではなく再定義を意図したものだと述べていた(Bottoms 239)。『山羊』で再定義された悲劇性とは、多数と異なる他者をも受け入れる寛容性を理解したとしても、そうした他者に拒否反応を示す大半の人間に見られる悲劇性である。社会通念が引き起こす諸々の摩擦や矛盾、苦悩や不条理を感じながら、社会通念の虜となり、抗うこともできず、他者を嫌悪・拒絶し、他者排除を行う社会に迎合する自分自身を嫌悪する。この心理的閉塞状況に常に囚われる、あるいは囚われながらそれすら感じることのできない個人と社会のあり方こそ、オールビーが『山羊』で問いかけた現代の悲劇性、他者を許容する心を蝕む疫病=支配的イデオロギーに囚われた人間の悲劇性であると思われる。

オールビーは、観客に登場人物と同じ状況に置かれたとき、どうするのかを考えて欲しいと語る。それは他者の身になることで他者を理解するに留まらず、自らのなかに異質な他者を見いだすことである。そのプロセスを経て、オールビーが語っていた本作品のテーマ「獣姦ではなく、愛、喪失、寛容の限界、自分は誰であるのか」が見えてくる。そのためにオールビーは他者への寛容の心を広げていくことを求める。

ある種のものを異常・病的として拒絶するイデオロギーの影響力を見極め、異質なものを寛容の眼で捉える。この寛容性の涵養が他者の幸福の追求と社会的パラダイムの許容点、両者のインターフェイス拡大につながる可能性を持つ。その困難な道を本作は示唆しているのである。

他者化との遭遇

二一世紀に入り、政治的社会的にデリケートな問題を扱った、他者を主人公に据えた作品が注目を浴びて、高い評価を得ている。その一つが二〇一三年のピューリッツァー賞受賞作、『ディスグレイスド』である。著者はイスラム系アメリカ人アヤド・アクタール。二〇〇一年九月一一日のアメリカ同時多発テロにより、ムスリムはテロリストの可能性が高いとして、警戒のまなざしに晒され、排斥的扱いをアメリカで受けるようになる。舞台は二〇一一年、弁護士であるパキスタン系アメリカ人アミールの失職と私生活の崩壊を描く。自分がムスリムであることを隠して弁護士事務所に就職していたアミールは、無実の罪で裁判にかけられているイスラム教指導者の弁護を引き受け、自身の人種的ルーツが明らかになる。自らの経歴詐称疑惑と不倫を犯した白人の妻エミリーへの怒りに我を忘れた暴力によって、弁護士というエリート職と妻を失い、イスラム的価値観・アイデンティティとアメリカ人のそれとの間で為す術もないアミールの姿で幕となる。アメリカでイスラム系二世として育ち、アメリカのエリート階層の法曹界に身を置くことのできたアミールの問題は、アメリカに暮らす市民を民族的ルーツゆえにオリエンタルとして他者化し、排斥するアメリカ社会と一般市民による他者生産のあり方と、他者化される人物のアイデンティティ・クライシスを核とする問題を映し出す。かつての他者との遭遇は、現代のアメリカで、他者化される自らとの遭遇、友人・知人、親愛なる人が突如他者になる、他者に仕立て上げられる姿との遭遇へと変容するのである。

心の病い、その脱スティグマ化に向けた舞台へ
――二一世紀アメリカ演劇の一つの方向性

ただ、他者化の問題に新たな角度から光をあてる舞台が今、活発化している。精神疾患は誰にでも起きうる可能性がありながら、スティグマ化・他者化される。この心の病いの問題を舞台化し、相互に脱スティグマ化を図ろうとする演劇を展開しているのが、ミュージカルである。

全米そして世界で、精神疾患、心の病いはこれまでになく大きな社会問題として注目され、精神衛生の改善に向けた取り組みが行われている。にもかかわらず、双極性障害・鬱病・社交不安障害・統合失調症に対する社会の無理解と、精神疾患をスティグマと同一視する社会的偏見は依然として根強い。こうした態度と意識・無意識は、病いに苦しむ個人と家族、親しい関係にある人々をさらなる苦境へと追い込む。それは人と人との関係を蝕み、共同体と社会からヒューマニティを奪う脅威となる。

こうした状況のなか、二一世紀に入り、アメリカ演劇の世界で、心の病いを中心的テーマとしたミュージカル作品がこれまで以上に上演され、ピューリッツァー賞、トニー賞をはじめとする賞を受賞

する作品が現れている。心の病いに苦しむ個人と家族、彼らに関わる人々をめぐるミュージカルが人々の心を打ち、大きなヒットとなって高い評価を産んでいるのである。二〇〇九年度トニー賞、二〇一〇年度ピューリッツァー賞受賞作品『ネクスト・トゥ・ノーマル』(作詞・脚本ブライアン・ヨーキー、作曲トム・キット)と二〇一七年度トニー賞受賞作品『ディア・エヴァン・ハンセン』(脚本スティーヴン・ラベンソン、作詞作曲ベンジ・パセック&ジャスティン・ポール)をはじめとするミュージカルである。『ネクスト・トゥ・ノーマル』は、夭逝した息子の幻影に囚われ続け、双極性障害を病むダイアナと家族を描く。一方、『ディア・エヴァン・ハンセン』が描くのは、社交不安障害を抱え、同級生の自殺を機に自らの嘘によってさらなる苦境へと追い込まれていく高校生エヴァンの姿である。いずれの病いも、社会的スティグマが容易に付きまとい、周囲から他者化される可能性を孕む精神疾患である。無論、こうした病いを患う個人は自身の病状を公にはしずらい。しかし、これらのミュージカルはあえて、この心の病いをミュージカル化することで、病いに苦しむ個人と家族に対する理解と共感の輪を広げ、脱他者化のコミュニティを形成し、それが多数のコミュニティと連携・交流を持って、心の病いに苦しむ人々を支えていく。こうした運動が、アメリカさらには世界へと広がりを見せている。

本書で論じたアメリカ演劇の劇作家たちのポリティクスの延長線上には、権力機構による支配的イデオロギーの影響力に直面してもなお、他者との遭遇から、脱他者化によって多様な個人との繋がりを持つコミュニティ構築の理想が垣間見える。それは、自らのなかに他者を見いだし、他者のなかに自らを見いだすことで、互いをつなぐ新たなチャンネルを開くポリティクスのように思われる。しかし、その一方で、現職の第四五代合衆国大統領ドナルド・トランプは、二〇一七年一月に就任以来、アメリカ第一主義の名のもと、アメリカと世界に分断と差別、混乱をもたらし続けている。二〇一九年一二月、外交私物化を露呈したウクライナ疑惑をめぐり下院での弾劾訴追の決議を受けながら、トランプは二〇二〇年一月、米国に対する「差し迫った脅威」を理由に、イラン革命防衛隊のソレイマニ司令官殺害を実行させ、イランの報復攻撃を招き、新たな戦争の火種を播く。この司令官殺害に関して、関係各国と組織、メディアからの非難が相次ぎ、「差し迫った脅威」の具体的情報はないとして共和党議員二人と民主党議員からも批判を受ける。そして、トランプはイランとの大規模衝突回避の演説を行い、事態収拾を図らざるをえない状況を迎えた。しかし、大統領選挙の年の初め、イランを攻撃し、新たな戦争の危機と不安を招きながら、国益より再選を目標に米国内に分断を深め続けるトランプの支持率は依然として四〇パーセントを超え、上院での弾劾裁判で無罪となり、共和党はトランプ党の様相を呈している。トランプ政権のアメリカ第一主義のもと、多様な違いを許容することのない排斥主義、権力闘争、帝国主義的イデオロギー、人種・宗教・ジェンダー・セクシュアリティ・階級を横断する多様な差別意識と偏見はとどまるところを知らない。このアメリカの状況を前にして、他者のなかに自らを見いだし、互いをつなぐ新たなチャンネルを開くポリティクスは実行・実現の見込みのない理想論に響くかもしれない。しかし、それでもなお、アメリカの劇作家たちが、権力に抗いながら、そうしたポリティクスを実践し続ける姿を真摯に見ていく。それが、アメリカ演劇研究者の仕事であるように思われる。

あとがき

I

一月初旬に本書の原稿を入稿。二月下旬、初校を校正。この時までは「あとがき」は入稿していなかった。アメリカ大統領選に向けてトランプと戦う民主党候補者選びの行方とトランプ政権の動きをもう少し見たいという思いがあったからである。しかし、三月初旬、「あとがき」を執筆しようという頃には、アメリカの政治状況以上に、日本を含む世界全体を席巻するニュースが日々メディアで報道されるようになる。新型コロナウイルス感染症の世界的広がりである。

昨年一二月、中国湖北省武漢で確認された新型コロナウイルス感染症は、中国で多数の死者を出しながら、今年にはいり世界へと急速な感染の広がりを見せている。そして、多数の国が感染確認国や地域に対して渡航制限や入国拒否・入国制限を行い、感染者そして感染者と濃厚接触のあった人を一定期間隔離する措置をとっている。その一方、感染の拡大を受けて、欧州を中心にシノフォビア（中国人嫌悪）、アジア人に対するゼノフォビア（外国人恐怖症）による差別や暴行事件が発生し、人種・民族単位でヘイトスピーチが拡散している。

こうした状況で思い出されるのは、第十五章『山羊――シルヴィアってだれ？』論で、オイディプスの悲劇に言及して述べた「タブーを犯す人間が疫病の元凶として共同体浄化のために暴力的に犠牲にされる『身代わりの山羊』となる」状況である。新型コロナウイルスに感染した人々は、タブーを犯してはいない。この疫病に感染した、あるいは感染の疑いありとされて公衆衛生の保全のために隔離された人々である。にもかかわらず、「疫病の元凶として共同体浄化のために」犠牲にされる「身代わりの山羊」のイメージがこの人々に重なって見えてくる。

同じ第十五章で、獣姦者を異常者として排斥する社会慣習に言及して、「人間が本来持つ他者を許容する心を蝕む疫病」が「支配的イデオロギー」であると指摘し、「寛容性の涵養が他者の幸福の追求と社会的パラダイムのインターフェイス拡大につながる可能性」を論じた。新型コロナウイルスに感染しても、感染者は疫病ではない。感染した人々を疫病かのように見る個人・集団の心理こそ、わたしたちの心を蝕む疫病となる可能性を持つ。

感染者を他者化、差別化するのでなく、寛容と思いやりの心を持って、彼らの治療と回復を見守り、支援する。そして、国や自治体は、感染者の人権と心のケア、社会生活復帰への十分な配慮を払いながら、感染の拡大阻止と早期の収束に向けた実効性のある対策を講じていく。それは困難なミッションである。しかし、新型コロナウイルス感染症という災害に直面している今、その対処のあり方が今後のわたしたち一人一人の、社会の、国の、そして世界の国々の共生に向けた営みを左右するように思われる。

ここで、第十四章の「災害を私たちはどう生き抜くか」と問いが改めて浮上してくる。本章では、この問いをめぐって『エンジェルズ』が映し出す災害を生き抜いて築かれるコミュニティ形成のあり方を論じた。そして、その議論を本書「結論」で次のような言葉で要約した。「他者化・周縁化されてきた人種、宗教、文化、ジェンダー、セクシュアリティ、さらにはエイズ＝疫病の有無を含め多様な違いを超えた人々が、《荒廃─移動─変化》のプロセスを経て、「人間相互の結びつき」によるコミュニティを形成する。」新型コロナウイルス感染症はエイズではない。重要なことは、二つの病いが感染する疫病だという点である。疫病の感染のあるなしにかかわらず、多様な違いを超えて、疫病がもたらす「荒廃」にともに立ち向かう。その時、物理的移動でなくとも、既成概念、先入観、利己主義から自らを解き放ち、自分と異なる他者、疫病に感染した人の痛みを察し、思いやり、寛容と同胞意識の人道主義、ヒューマニズムへとメンタルな「移動」を果たす。そうすることで、新たな志向（思考）性と精神性という「変化」が生まれる。このプロセスを経ていくなかで、互いの違いを認め、尊重しあう「人間相互の結びつき」によるコミュニティ形成への道が開かれていく。

言うのはたやすく、実現はこの上なくむずかしい。それは歴史が物語っている。しかし、この夢物語にも似た理想を持ち続けるなかに、本書で論じた劇作家たちのポリティクスに流れる共通の思いがあると感じずにはいられない。

ＷＨＯが三月一一日にパンデミックと認定した新型コロナウイルスは、三月下旬には、世界的感染スピードを加速させ、イタリアを中心にヨーロッパでオーバーシュートと呼ばれる爆発的患者急増を引き起こしている。そのため、ロックダウン（都市封鎖や移動・外出の禁止・制限）を実行する国や都市が増えている。「身代わりの山羊」に見えた感染者隔離は、感染者の回復を含め、国民・市民を守る必要不可欠な緊急対策であり、各国医療従事者は日々懸命な努力を重ねている。こうした状況下で、しっかりとした意識と責任感を持って、感染拡大を引さ起こさない行動をとることが求められる。そのなかには、集会・イベントの開催や参加など、不要不急の外出等の自粛、制限、禁止が含まれる。これは一見して人と人との交流を遮断し、コミュニティ活動を阻害する状況に映る。しかし、新型コロナウイルスという大きな災害に協力して立ち向かい、その克服のために、各国の国民、市民ひとりひとりがこうした努力を払うことが重要である。ともに努力しているという自覚がコロナウイルス対策で封鎖された国境を超えた「人間相互の結びつき」意識をもたらす。そして、そうした意識を共有する新たなコミュニティを生み出していく。そんな夢が現実となることを願いたい。

三月下旬にこう書いてから時は飛び、日本時間五月五日早朝。スマートニュースは、この日に発表されたロイターの集計を伝えていた。「米国の新型コロナウイルス感染症による死者が五日、七万人を突破した。米国内の感染者数は累計約一二〇万人で、欧州で深刻なスペイン、イタリア、英国、フランス、ドイツの感染者の総計を上回っている。」五月を迎えても私の願いは変わることはなかった。

II

いつの頃からか、年に一度、授業で同じ話をするようになった。次のような話である。

みなさんは、生きていくなかで本当に魅力的だと思える人に出会います。人によって、その回数は異なります。二回、三回の人もいれば、六回、七回、あるいはもっと多くの機会を得る人もいるでしょう。見た目のよさや、能力の高さ、性格のよさ、そのほかいろいろ魅力的と呼べるものはあります。ここで言う魅力的な人とは、その人の話を聞いているだけで、自分まで何かをしてみよう、してみたいと思えるようになる。その人の話を聞いていると、何か幸福感に似た感情とともに、胸が高なり、心が動き、自分でも知らない、意識したことのない力が湧き出るような思いがする。自分の道を探して、歩き出したい衝動にかられる。人にそのような思いをさせる、言わば光り輝くような人です。その人は相手にそう思ってもらおうとはしていませんし、そんな意識もありません。ただ、その人の話を聞いてる人がかってにそう思ってしまう。そんな魅力を持った人です。

往々にして、こうした魅力を持つ人には一つの共通点があります。それは仕事であれ、趣味であれ、何らかの活動でも、自分が本気で好きで、真剣に取り組んでいるものを持っている人、心から何かに打ち込んでいる人であるように思います。そういう人は、人真似ではない、その人にしかない魅力が自然と現れてきます。そのような人を見て、その人の言葉に触れて、わたしたちは自分まで何かをしてみようという幸せな衝動を感じるようになるのです。

みなさんが、そんな魅力的な人と出遭い、みなさん自身が本当にしたいと思えるものを見つけて、それに心から打ち込む。それを続けていけば、いつの日か、自分にしかない魅力が出てきます。そうなったみなさんの話を聞いて、自分も何かをしてみようという次の人が現れてくるかもしれません。

本当に好きなこと、持って生まれた自分の才能を一番に発揮できるものを見出して、それを仕事や生きがいとして生活できる。それはとても幸せなことです。ただ、どれだけの人がそれをできるでしょう。いろいろな事情で、好きなこと、本当にしたいことができずに人生を送る場合が多いかもしれません。でも、もし、そうできるチャンスがあるなら、自分の可能性を試すに足りる、心からやってみたいと思うことを探して、チャレンジしてみる価値はあると思います。

自分探しを奨励するような、たわいもない話である。しかし、学生たちに話しながら、この話のようにあって欲しいといつも心で願っている。正直なところ、魅力が出るか出ないかは、わからない。それは他人が感じることだろう。しかし、自分の好きなことをして生きていけるのは、やはり幸せなことである。そして、わたしはその幸運な人間のひとりだと思う。先進的研究を展開する刺激的な同僚たち、意識の高い素晴らしい学生たち。彼らがいる大学で、好きな研究をして、好きなことも教えられて、人並みの生活はできている。ありがたいことである。ただ、こうした生き方ができているのは、人とのめぐり合わせに恵まれた故のことのように思われる。これまで、どれほど多くの人に支えられ、どれほどお世話になってきたことか。そのなかには、わたしが人生の節目節目で出遭うことのできた「魅力的な人」たちがいた。穴があったら入りたい。後からそう思う失敗を何度もしては後悔してきたわたしの前に、あの魅力的な人々が姿を現し、後悔する自分自身を笑い飛ばし、次に歩みを進めることを、その人たちは自らの姿と言葉で示してくれた。こうした方々がいたからこそ、わたしは自分に合った、本気で打ち込めるものを見つけ、それを仕事として日々過ごすことができている。

この方々とのめぐり合わせの幸運を今更ながらありがたく思う。

本書を上梓するにあたって、これまでお世話になった多くの方々に心から御礼申し上げたい。大阪外国語大学での私の前任者、故田川弘雄先生は、学会を通じて他大学の院生に過ぎなかった頃から私を暖かく見守り、アメリカ演劇研究の道に誘ってくださった恩人である。初めて専任教員となった金蘭短期大学時代、内田克孝氏と森田勝昭氏には学問・研究への真摯な姿勢と、研究者として自分に適した領域と方法論を示唆していただいた。故内田憲男先生には大阪外国語大学で教鞭を執る契機を作っていただき、公私共にお世話になった。そして、大阪外国語大学から大阪大学となった現在も変わらず懇意の間柄である同僚・友人の渡邉克昭氏とは、かつて日本アメリカ文学会本部事務局幹事の仕事にともに携わり、常日頃から良き話し相手として自己研鑽の糧となる刺激をいただいている。渡邉氏の励ましがなければ、本書の上梓は叶わなかったかもしれない。シンポジウムそして共著の仕事で折に触れてお世話になった花岡秀氏、黒田絵美子氏、古木圭子氏との長年の交友関係は、学会や研究活動の一つの励みになってきた。そして、圧倒的な研究業績と刺激的話題が尽きない友人、行政学者・政治学者の真渕勝氏には、四半世紀を越える夫婦どうしのお付き合いと友情に感謝申し上げるとともに、約束の期日から何年も遅れた本書の上梓をようやくお伝えできる思いがしている。

さらに、日本アメリカ文学会、日本英文学会、日本アメリカ演劇学会でお世話になった諸先生方、大阪外国語大学、大阪大学の同僚の先生方、大学院と学部ゼミで、アメリカ演劇を学び、研究に励んでくれた大学院生、ゼミ生のみなさんに心から感謝したい。特に、日本アメリカ演劇学会の事務局幹事を担ってくれている二人の教え子、九州大学大学院言語文化研究院准教授の岡本太助君と広島経済大学教養教育部准教授の森瑞樹君には、同じく事務局幹事の大阪大学大学院文学研究科准教授の森本道孝君とともに、日頃の学会運営の尽力に対して改めて謝意を表するとともに、学会を牽引する今後のさらなる飛躍を期待したい。そして、本書の校正のお手伝いをしてくれた大阪大学大学院言語文化研究科言語社会専攻、博士後期課程の田所朱莉さんと西村瑠里子さんに心から感謝したい。

そして、本書の出版を快く引き受けてくださった金星堂代表取締役社長、福岡正人氏、編著『アメリカ文学における幸福の追求とその行方』(二〇一八)に引き続き、編集の労をとってくださった金星堂出版部の倉林勇雄氏に、心より御礼申し上げる。

最後に、わたし自身とわたしの仕事を深い理解を持って見守り、長年にわたって支え、思い出に残る時間をいくつも作ってくれている妻、法子に、改めて心からの感謝の意を表したい。そして、ここに感謝のしるしとして本書を贈る。

二〇二〇年五月

貴志　雅之

初出一覧

各章の基盤となった論考の初出は、以下の通りである。本書に収めるにあたって、かなりの章に加筆修正・改訂を施した。

序　章　アメリカ、劇作家たちのポリティクス（書き下ろし）

第Ⅰ部　帝国への政治学

第一章「グローヴァーズ・コーナーズの地政学――『わが町』に見るサブリミナル・ポリティクス」『アメリカ演劇』第二二号、全国アメリカ演劇研究者会議、二〇一〇年。

全国アメリカ演劇研究者会議第二五回大会シンポジウム「*Our Town* を読み解く――歴史と普遍、固体と永遠」（司会・パネリスト：長田光展氏、パネリスト：久保田文氏、戸谷陽子氏、貴志雅之）、二〇〇八年、エスカル横浜。

第二章「帝国化するアメリカ、反逆する他者――テネシー・ウィリアムズ、SF、黙示録的政治劇」花岡秀編『アメリカン・ロード――光と陰のネットワーク』、英宝社、二〇一三年。

日本アメリカ文学会関西支部二〇一一年度九月例会研究発表「国家的陰謀への反逆――テネシー・ウィリアムズ、SF、黙示録的政治劇」、二〇一一年、京都産業大学。

第三章「帝国支配の記号学――舞台の上の銃と他者」花岡秀編『神話のスパイラル――アメリカ文学と銃』、英宝社、二〇〇七年。

日本アメリカ文学会第四三回全国大会シンポジウム「神話のスパイラル——アメリカ文学と銃」(司会・講師：花岡秀氏、講師：中良子氏、貴志雅之、辻本庸子氏、渡辺克昭氏)、二〇〇四年、甲南大学。

第Ⅱ部　亡霊のドラマトゥルギー

第四章「ユージーン・オニール、反逆の演劇の軌跡——詩人、所有者、憑かれた者たちの弁証法」『アメリカ演劇』第二六号、日本アメリカ演劇学会、二〇一五年。
日本アメリカ演劇学会第三回大会シンポジウム「オニールのアメリカ」(司会・パネリスト：黒田絵美子氏、パネリスト：天野貴史氏、大森裕二氏、竹島達也氏、貴志雅之)、二〇一三年、ザ・ホテルベルグランデ。

第五章「エクリチュールと私生活をめぐるウィリアムズ晩年の亡霊劇——亡霊・狂気・罪悪感」、『アメリカ演劇』第二四号、日本アメリカ演劇学会、二〇一三年。
日本アメリカ演劇学会第一回大会シンポジウム「テネシー・ウィリアムズ研究の現在」(司会・パネリスト：舌津智之氏、パネリスト：常山菜穂子氏、原恵理子氏、古木圭子氏、貴志雅之)、二〇一一年、浅草ビューホテル。

第六章「テネシー・ウィリアムズ、亡霊のドラマトゥルギー——記憶、時間、エクリチュール」『英米研究』第三八号、大阪大学英米学会、二〇一四年。
日本アメリカ文学会関西支部第五六回大会フォーラム「アメリカ文学と亡霊」(司会・講師：中川優子氏、講師：高村峰生氏、若島正氏、浅井千晶氏、貴志雅之)、二〇一二年、近畿大学会館。

第七章「アメリカ演劇、亡霊の政治学——冷戦・クイア・ポスト冷戦」貴志雅之編『二〇世紀アメリカ文学のポリティクス』世界思想社、二〇一〇年。

日本アメリカ文学会関西支部第五一回大会フォーラム「二〇世紀アメリカ文学の政治学」（司会・講師：貴志雅之、講師：大井浩二氏、辻本庸子氏、岡本太助氏、川村亜樹氏）、二〇〇七年一二月八日、京大会館。

第Ⅲ部　他者の共同体

第八章「パラダイムの逆襲――『フェフとその友人たち』に見るポリフォニーの幻影」，『アメリカ演劇』第一八号、全国アメリカ演劇研究者会議、二〇〇六年。

第九章「クイアのポスト・ヴェトナム――ランフォード・ウィルソンの『七月五日』をめぐって」、『アメリカ演劇』第二〇号、全国アメリカ演劇研究者会議、二〇〇九年。

第十章「もう一つのスモールタウン――日系アメリカ演劇が映し出す「記憶の町」の妻たち」大井浩二監修『スモールタウン・アメリカ』英宝社、二〇〇三年。

第十一章「覚醒のヴィジョン――August Wilson の「20世紀サイクル」における「骨の町」／「骨の人々」『EX ORIENTE』第二六号、大阪大学言語社会学会、二〇一九年。

日本英文学会関西支部第一三回大会の招待発表、二〇一八年一二月八日、神戸女学院大学。

第Ⅳ部　他者との遭遇とその行方

第十二章「解剖と越境――パークス劇におけるポストコロニアル・スペクタクルとしての身体」『アメリカ演劇』二八・二九号、日本アメリカ演劇学会、二〇一八年。

日本英文学会第八九回全国大会のシンポジア第八室「ポスト・コロニアリズム以後の演劇」（司

会・講師：松田智穂子氏、講師：貴志雅之、佐和田敬司氏、岸本佳子氏）、二〇一七年五月二一日、静岡大学静岡キャンパス。

第十三章　「ポストヒューマン・エコロジーに向けて——『海の風景』における種間遭遇」『アメリカ演劇』三一号、日本アメリカ演劇学会、二〇二〇年。

日本アメリカ演劇学会第八回大会シンポジウム「Edward Albee の詩学」（司会・講師：岡本太助氏、講師：村上陽香氏、森本道孝氏、貴志雅之）、二〇一八年八月二六日、HOTELルブラ王山。

第十四章　「天界と人間界、災害を生き抜く政治学——トニー・クシュナーの『エンジェルズ・イン・アメリカ』」中良子編『災害の物語学』世界思想社、二〇一四年。

第十五章　「タブーを犯した成功者——『山羊——シルヴィアってだれ？』における幸福の追求と破壊」貴志雅之編『アメリカ文学における幸福の追求とその行方』金星堂、二〇一八年。

日本アメリカ文会第五四回全国大会シンポジウム「アメリカン文学における幸福の追求とその行方」（司会・講師：貴志雅之、講師：白川恵子氏、新田玲子氏、竹本憲昭氏）、二〇一五年一〇月十一日、京都大学。

結　論　新たなチャンネルを開くポリティクスに向けて——わたしのなかの他者、他者のなかのわたし（書き下ろし）

註

序章

1 ヘラーはこれらの劇団として労働者演劇リーグ、新劇作家劇団、グループ・シアター、連邦演劇プロジェクトから、後のリヴィング・シアター、サンフランシスコ・マイム一座のほか、オフ・ブロードウェイや地域劇団を挙げている (Heller 230–31)。

2 例えば、南北戦争をテーマとしたブロンソン・ハワードの『シェナンドア』（一八八八）、奴隷制問題を扱ったジョージ・エイケンの『アンクル・トムの小屋』（一八五二）、ディオン・ブーシコーの『オクトルーン』（一八五九）、そしてネイティヴ・アメリカンと白人との交流と関係性をテーマとしたバーカーの『インディアン・プリンセス』（一八〇八）、ジョン・オーガスタス・ストーンの『メタモーラ――ワンパノアグ族最後のもの』（一八二九）、ジョージ・ワシントン・パーク・カスティスの『ポカホンタス、あるいはヴァージニアの入植者たち』（一八三〇）が挙げられる。このほか、ヨーロッパかぶれ・贔屓の虚栄と偽善に対するアメリカ的価値観と美徳を描くアナ・コーラ・モワットの『ファッション――ニューヨークの生活』（一八四五）、妻・母である女性の主体性を描くジェームズ・A・ハーンの『マーガレット・フレミング』（一八九〇）等の作品もまたアメリカ的主題・題材を扱った一九世紀アメリカ演劇の特徴的作品として言及される。

第一章

1 トマス・E・ポーターは、ワイルダーの演劇作品および劇作論のなかで「神話」、「寓話」、「儀式」という用語が頻出する点に着目。ワイルダーが演劇表象としてパターン（原型）、普遍的特性・型に関心を寄せていたと論じている (205–06)。

2 ジェイクルに言及し、アメリカン・スモールタウンを以下のように論じることは可能である。「個人主義と共同体意識、偏狭な閉鎖的画一性と共同体的相互扶助精神など相対する正負の要素を内包しつつも、アメリカン・スモールタウンは、アメリカ国民誰もが共有するステレオタイプ的イメージを持つ、アメリカの典型的町の姿にほかならない。それは、アメリカ史に刻まれた開拓精神を投影する場、アメリカ国民の精神的拠り所・故郷として、多くの人々の心に息づいている」場である（貴志　二八〇）。

3　ポーターによれば、『わが町』に登場する二つの典型的家族のそれぞれに二人の子供（男子と女子）があり、大人のアイデンティティが子供をしつけ、愛情を注ぐ母親と父親であることで示される。ポーターはジョージとレベッカというギブス家の兄妹を例にあげ、息子と娘が親の世界を受容し、兄妹親子の典型的相互関係を表していると論じ、さらに、ジョージとエミリーについて、英雄的スポーツ選手で男らしく、思いやりのあるアメリカ人少年と、どこにでもいる、となりの女の子という、典型的な男女のタイプを描いているとしている(204)。敷衍すれば、学力優秀な秀才であるエミリーが、最高学年クラス委員を務めるジョージを支えて書記・会計を行っているのも、スモールタウンで結ばれるべき男女の一つの典型的設定と言える。

4　また、墓地について舞台監督は、グローヴァーズ・コーナーズにとって丘の上の墓地が最重要の場所であると解説する(195)。それは、この町がメイフラワー号の時代に遡る何世代にもわたる人々が暮らし、その祖先の遺産を継承し続ける町であることを明らかにするだけでなく、三幕、すでに亡くなったギブス夫人、サイモン・スティムソンがエミリーを迎える場面で明かされるように、墓地に眠る歴代の祖先＝死者と現在を生きる住人＝生者が共存する関係にあることが示されるためである。

5　アンティータムは、「アンティータムの戦い」(The Battle of Antietam)の戦場であり、現在は、「アンティータム国定古戦場跡」(Antietam National Battlefield)となっている。一八六二年九月一七日にあったこの戦いで、リー将軍率いる南軍を北軍（連邦軍）が奇襲。リー将軍はポロマック川を下って退散した。死者は南軍が一万三〇〇〇、北軍一万二〇〇〇と伝えられている。

　また、ゲティスバーグ(Gettysburg)は南北戦争の激戦地として知られ、一八六三年一〇月リンカーンが演説した場所として有名。

6　モンロー・ドクトリンは、一八六三年一二月二日、第五代大統領ジェームズ・モンローが宣言した欧米両大陸相互不干渉論で、アメリカ外交政策の原則となった。

ルイジアナ購入は、一八〇三年五月、八〇〇〇万フラン（一五〇〇万ドル）で、アメリカがジェファーソンの指示した範囲をこえミシシッピ川からロッキー山脈に至る全ルイジアナ地域をナポレオン治下のフランスより買収した歴史的出来事を指す。これにより、アメリカの領土は二倍になり、西部開拓への道が開ける。ルイジアナ購入はアメリカ史上で最も買い得なものだったといわれている。

7 一八九九年創立の独立戦争の精神を長く伝えようとする愛国婦人団体で、会員は独立戦争で戦った父祖の子孫に限る。

8 ビグスビーによれば、ワイルダーは「同時代人たちの強迫観念となった都市生活の屈辱的現実から目を背け」、「アメリカ的経験」のなかに、変わることのない田園風景を背に「自らを創造すべく努力する人間の古典的モデル」を見出していた。この「アメリカ的経験」を描き出した作品として、ビグスビーは『わが町』を「決定的に白人、アングロサクソン・プロテスタント版のアメリカ史・神話」だと論じている (272)。

9 このハーバーマンによる引用箇所の出典は、一九五三年一月一日出版の『タイム』誌に掲載されたエッセイ「親切な人」("An Obliging Man," *Time*, LXI [January 12, 1953] m 46)。

10 この点に関して、下條信輔が『サブリミナル・マインド—潜在的人間観のゆくえ』のなかで引用した社会学者ウィルソン・B・キイの『メディア・セックス』の以下の箇所は注目に値する。

……アメリカの文化は「自由意志」という基底的な概念の上に成立している。それは、すべての個人がそれぞれの関心に従って意識的に自分の道徳観、政治・経済的立場、および社会的環境を決定することができるという信条である。実際のところ、自由意志とはすべての西洋の民主主義的かつ共和主義的な哲学的思考の根底をなすものである。それ故、アメリカ人にとって、この自由意志という銘記すべき概念が無効とされ、生産—消費の効果的な経済システムにとりこまれつつあると信じることは、特に困難である。(Key 1［下條『マインド』二一六で引用］)

つまり、ニモとコムズの言うように、大衆は政治的操作装置の影響下にあることを意識していないのと同様に、経済システムに自らが取り込まれている状況を自覚することもない。いずれも大衆に対するメディアによるサブリミナルな政治的経済的操作を論じたものである。

なお、キイ著『メディア・セックス』の引用箇所の出典を下條は（同書 p. 22）と記載しているが、原書では一頁、植島訳で二〇頁に記載されている。ここでは、原書のページと下條『マインド』における引用ページを（ ）内に記載した。

11 この点に関連して、ニモとコムズは「政治的指導者は大衆文化を利用し、自分自身と自分が代表する制度についてさらに神話を促進しようとすることが予想される」(Nimmo & Combs 139) と語り、その具体例として、ジミー・カーター第三九代大統領とロナルド・レーガン第四〇代大統領の選挙選に触れている。つまり、一九七六年の大統領選挙当時、全国的政治舞台で無名であったジミー・カーターが民主党の大統領候補を勝ち取り、ロナルド・レーガンがフォード第三八代大統領から共和党大統領候補の座をすんでのところで勝ち取るまでに肉薄した要因の一つは、両者が古きよき時代の価値観、過去の美徳、そしてわかりやすい解決策への郷愁を表象していたからであるとニモとコムズは論じている (141–142)。

12 ニモとコムズはこの「アメリカ単一神話」という用語をロバート・ジュエットとジョン・シェルトン・ロレンス共著『アメリカ単一神話』（一九七七）より取っている。その基本概念として、「映画、テレビのシリーズもの、まんが、小説というような多様な大衆娯楽に底流するものに、悪に脅かされながら英雄の行動を通して救われる共同体」の姿があり、顕著な例としてローンレンジャー、スーパーマン、そしてルーク・スカイウォーカーによってもたらされる平和と秩序が挙げられる。そして、ニモとコムズはジュエットとロレンスの提示する「アメリカ単一神話はエデンに始まりエデンに終わる」(Jewett and Lawrence 169) という基本概念の点で、彼ら自身が考える政治神話がアメリカ単一神話と著しい類似を見ると論じている (Nimmo & Combs 226–227)。

13 一七世紀末までには、バーバラ・キーファー・ルワルスキーによれば、聖書神話に根差した神話によって、神が荒野に蘇らせた新たなエデン、新たなイスラエル、新たなカナン、新たなエルサレムとしてのアメリカの聖なる使命を入植者たちに実感させる無数の説教が行われていた」(17)。つまり、インクリースとコットン・マザー親子の時代から聖書に根差したアメリカン・エデン神話は原型的アメリカ神話として今日までアメリカ社会・文化に底流している。

14 ヒトラーは三六年三月ベルサイユ条約に違反し、ラインラントを占領。ムッソリーニは、三七年、日独の防共協定に参加。ドイツ・イタリアは三六年に勃発したスペイン内乱に干渉する。三八年三月、ヒトラーはオーストリアを併合し、翌三九年チェコスロバキアを分割。また極東アジアでは三七年以来日中戦争を展開し、ハワイ時間四一年一二月七日（日本時間八日）の真珠湾攻撃によってアメリカとの太平洋戦争が勃発する。

15 下條は情動を「『感情』という日常のことばに近い意味です。専門的には、感情の主観経験をもたらす神経過程や身体生理反応などを含めて情動系と呼ぶことが多いので『身体的な情動』とわざわざ断った」と言い（『インパクト』一二）、また「情動とは主に潜在的な過程なのです。自働的で反射的なメカニズムなのです。それが潜在認知の本性であり、ひいてはヒトというものの本性なのです」とも説明している（『インパクト』二三四）。

16 「暗黙知」について、下條は『サブリミナル・マインド』でも、「潜在的な認知過程」にもっとも近いものとして、伝統技能・芸術、武道で熟達者がある種の技術を実演できても、言葉で客観的に説明できないことを例に挙げ、「ある事柄を知っているという自覚なしに知っている」という「潜在的で無意識的で無自覚的な技術や知識（知恵）をまとめて『暗黙知』」であると説明している（『マインド』一〇）。

17 下條はまた「一九九一年一月勃発の湾岸戦争以降、CNNをはじめとする米国のネットワークや新聞などのメディアが、政府またはネオコンよりの資本によって次々に買収されていった経緯」、初のリアルタイム戦闘実況がなされたイラク戦争が、「まるでテレビゲームのようにミサイルが正確に目標に命中する映像が繰り返しながされ（……）『TVゲームウォー』『ニンテンドー（任天堂）ウォー』」と呼ばれた事実を伝え、「ITの発達と資本や政治権力の介在によって」複雑化する「情報操作のメカニズム」の分析の必要性を感じている（『インパクト』二〇五）。

18 たとえば、チョムスキーは八〇年代アメリカのニカラグアに対する攻撃は、数万人を殺し国土を破壊し、9・11よりはるかに悲惨なものであったと言い、国際司法裁判所がアメリカの行為を国際テロと糾弾した事実を挙げている。国連安全保障理事会もその判断を支持し、国際法規遵守をするよう全国家に求める安保理決議を提出したが、この決議に対しアメリカは拒否権を使い、イギリスが棄権した。また、国際司法裁判所はアメリカに国際テロ犯罪をやめ、多額の賠償金の支払いを命じたが、アメリカは即座に攻撃をエスカレートさせる超党派の決断をした(86)。また、チョムスキーは、二〇〇〇年一〇月のアメリカとイスラエルによる非武装パレスチナ人へのミサイル攻撃を問題とし、軍用ヘリコプターをイスラエルに供与したクリントンのイスラエル支援とその報道を拒んだアメリカのメディアの政府加担を指摘している。同攻撃に対する国際監視団派遣を求める安保理決議にアメリカは拒否権を行使。その後、ただちに国連総会にもちこまれた決議案はアメリカとイスラエルの反対により消滅した(95–96)。

第二章

1　ウィリアムズに関する代表的な社会政治的批評としては、デイヴィッド・サヴラン(一九九二)、トマス・P・アドラー(一九九四)、ジャームズ・シュラター(一九九八)、アネット・J・サディック(一九九九)、C・W・E・ビグスビー(二〇〇〇)、ブレンダ・マーフィー(二〇〇二)、ジョージ・W・クランデル(二〇〇二)らが挙げられる。

2　本作の邦訳は西田実訳『夜のドン・キホーテ』(白水社　一九八一)があるが、ここでは原題を反映させ『ナイトリー・クエスト』と表記する。

3　ブレンダ・マーフィーはこの作品の出版背景について、ヴェトナム戦争に反対する「新左翼」の抵抗拡大と非米活動委員会の勢力減退、そして対抗文化運動の高まりという文化的状況のなかで、これまで以上にウィリアムズは自らの問題意識・関心をより直接的に表現できるようになった、と説明している(Murphy 41)。

4　この点で興味深いのは、同性愛者のしるしとして彼が首にまく白いシルクのスカーフを目的地に持っていく許可を操縦士(あきらかに宇宙人)に求めたところ、若いナビゲーターはそれを許可して、スカーフが「遠のきつつある銀河の悲しき魅惑博物館の歴史品として受け入れられ、高く評価されるだろう」(一〇〇)と答える点である。自らの同性愛が別の星で許容されるかどうかを案じるゲウィナーの懸念は、六〇年代アメリカでクロゼットの同性愛者であったウィリアムズ自身の思いを投影したものと察せられる。

5　コルビー・H・カルマンは本作の舞台をケネディ暗殺と同時期のダラスとしているが(Kullman 195)、暗殺直後が同時期か断定はしがたい。

6 本作品がウォーターゲート事件公聴会の一九七二年に着想されたという意見もある (Schlatter 94–95)。

7 スポウトウは本作品を薬の過剰服用に起因するウィリアムズのパラノイア治療の産物であり、それが作品中の国家的パラノイアによって映し出されていると論じる (Spoto 312)。なお、スポウトウの言う国家的パラノイアは、冷戦当初の五〇年代マッカーシズムから、朝鮮戦争、キューバ危機、JFK暗殺から、ヴェトナム、そして、ウォーターゲート事件という七〇年代にいたる時代の反共ヒステリア、核の傘（核抑止論）を含む国家的スキャンダルをめぐるパラノイア状況であると考えられる。

8 アネット・J・サディックもレッド・デヴィルが一九七〇年代に点滅するネオン広告で人気のあった電池の名称であると共に、セコナールを表すスラングであると指摘し、セコナールをウィリアムズが晩年を通し他界するまで服用していたと語っている (Saddik 124)。この点で、作品中キングが脳腫瘍による頭痛を鎮めようと必要とする鎮痛剤デメロールは、ウィリアムズ自身のセコナール服用とパラレルをなすものとも考えられる。

第三章

1 本作品を収録した『アーサー・ミラー選集第四巻』の「序文」で、ミラーは「プレスコットで読んだモンテスマの生涯」と記している (vii)。ミラーが参照したのはスペイン帝国史及びラテン・アメリカ史の泰斗、ウィリアム・H・プレスコット（一七九六—一八五九）著『メキシコ征服史』(William H. Prescott, *History of the Conquest of Mexico.* [1843. New York: The Modern Library, 2001]) だと考えられる。スペイン帝国の興亡・栄枯盛衰の研究に生涯を捧げたプレスコットの仕事は、スペインによるアステカおよびインカの征服、搾取のプロセスと状況を詳細かつ劇的に記述し、ヨーロッパが他者としてアステカとインカをどう見たのか、そのまなざしと姿勢を鮮明に映し出す。メキシコ征服史の決定版テクストとしての本書の高い認知と評価は現在もなお衰えてはいない。

しかし、若きミラーの想像力と創作意欲を喚起した大きな要因が、プレスコットの研究成果の規模と実証性とともに、同書のドラマティックな語り口調＝文体にあったと考えられる。『メキシコ征服史』の「序文」を記したジェームズ・ロックハートは、この点についてダニエル・J・ブアスティンの興味深い言葉を引用している。ブアスティンは「科学的」歴史家であるプレスコットの偉業の一つが、スペイン、メキシコ、ペルーという現地を訪れずして、生き生きと「彼のドラマ」を描き出した点にあると指摘し、次のように述べているのである。

　プレスコットは原典中の原典から、身体障害［視覚障害］を抱えながら懸命な努力をし、ひたむきな勇気を示して、文学史上、類のない［歴史ドラマを］創造した。（……）同氏はその［歴史的］風景を発見し、新たな英雄の姿を捉え、時間を超えて彼らの歩んだ道を記さなければならなかった。同氏が自らの歴史物語をいかに作っていったか、それ自体が一つの叙事詩だった。(Lockhart vii)

ミラーは歴史家プレスコットの歴史ナラティヴに過去を発掘・再創造し、現代に警鐘を鳴らす演劇的魅力と効果を見出したのではないだろうか。しかも、プレスコット同様、西洋植民地主義の暴力と侵略行為が、現在もなお新たな変奏となって世界を蝕んでいる。その危機的状況に対するミラーの認識とその状況を世界に伝えなくてはならないという使命感が、若きミラーを同作品創作へと導いていったと考えられる。

ただし、ミラーの構想はあまりに大きすぎた。本作品は一九三九年から執筆され四〇年に完成した。しかし、一九八七年のBBCラジオ・スリーによるラジオ・ドラマとしての制作、そしてその後のチャンネル・フォーでのテレビ放映を迎えるまで、数十年もの間、上演されることはなかった。ミラー自身が述べているように、一九四〇年創作当時、大学を出たての若き無名の劇作家が書いた、壮大な規模のキャストと舞台を要する本作品を上演しようとするプロデューサーはいなかったのである (Miller 2000b: viii)。さらにまた、一九八七年の初のプロダクションがラジオ・ドラマであり、その後も舞台ではなくテレビ放映ドラマとならざるを得なかった事実も、舞台化するには困難なほど本作品が巨大な演劇構想であったことを物語っている。

2　アッシュクロフト他は、ヨーロッパの文字言語が植民地支配に果たした役割について、「植民者は、彼らが植民化する文化に、文字文化がすでに存在しているといないとにかかわらず、つねに〈文書記述〉のシステムの権威を強要することによって、その支配力を誇示するのである」(Ashcroft et all. 78) と指摘し、文字を持たないアステカの問題および文字文化による口承文化への侵略を次のように説明している。

モンテスマの問題は、征服者《コンキスタドール》について入手した情報を適切に理解するための基盤が、彼の文化には欠けていたという点であった。というのもアステカ的な現実には、彼らの存在を受け入れるべき場所など、そもそも存在していなかったからである——〈他者〉とはつねに、予測し得る存在なのだ。したがって、このものたちは神にちがいないという説明だけが唯一残され、もしそれが事実なら、抵抗しても無駄だということになる。根本的な〈他者〉の侵入に対するこのような反応には、書き言葉が口承文化の世界に侵入する瞬間の状況が典型的にあらわされている (Ashcroft et al. 78)。

3 ミラーは、著しい反ユダヤ主義運動、強い管理支配を切望する声の増大、一〇年にわたる恐慌によってもたらされた無力なアメリカという雰囲気、そして、国民的英雄チャールズ・リンドバーグのような大衆運動指導者によるナチズムとヒットラーへの好意的寛容、さらには賞賛など、ニューヨークの表情を経験しなかったら、これらの作品を執筆するまでには、ファシズムの問題に心を動かされることはなかったと述懐している (Miller 2000b: ix)。

4 白人の支配システムを映す記号とは対照的に、銃を持った黒人が、好戦的な新しいタイプの黒人集団のイメージとなっていたのも事実である。その意味で、一九一〇年代後期アメリカで「新ニグロ」と呼ばれた黒人たちの姿は注目に値する。ジョエル・フィスターは、当時の古いタイプと新しいタイプの黒人集団を対比して次のように論じている。

黒人の社会主義月刊誌『メッセンジャー』は一九一九年九月、相反する黒人の姿を表す二つの漫画を掲載した。悦に入った「古い群衆ニグロ」(“Old Crowd Negroes”) はりっぱなビジネススーツを身につけ、人種問題改善の鍵として「もう一方の頬を向ける」ように勧める。対照的に、好戦的な「新群衆ニグロ」(“New Crowd Negroes”) は (……) 突き出た、男根状の形状の銃を搭載した戦車にも見える車に乗る。その旗に記されているのは人種暴動に揺れる都市リスト。恐怖に怯える群集はその前を四散する。(Pfister 126)

フィスターが言及したヘンリー・ルイス・ゲイツによれば、これら二つの黒人集団を対比的に戯画化した漫画が『メッセンジャー誌』の「編集者」によって書かれた「人種暴動の原因と治療」と題する記事のなかで現れた。編集者たちは、奴隷制の歴史、経済的、階級的、政治的不平等を原因に挙げるとともに、「舞台とスクリーン」によって広められ、強化された人種偏見を論じている (Gates 147–48; Pfister 261 n60)。注目されるのは、好戦的な「新群衆ニグロ」の人種運動の表象として銃が機能している点である。この意味で、彼らと皇帝ジョーンズとの類似性は当然、指摘されるが、フィスターは両者の違いを次のように説明している。つまり、皇帝ジョーンズが、西インド諸島の黒人島民を搾取しようとしたのに対し、好戦的「新ニグロ」は、資本主義と植民地主義の転覆と黒人労働者の解放を目指していた (Pfister 128) というわけである。しかし、目的の違いにもかかわらず、当時流通した銃で武装した「新ニグロ」の視覚的イメージから、リボルバーを携えた皇帝ジョーンズの姿が「新ニグロ」の表象的形と見られる傾向は多分にあったと考えられる。

5 エラムによれば、同作品で「バラカは、当初の奴隷場面のアンクル・トム的奴隷と後の同化主義者の黒人牧師を同じ俳優に演じさせることによって、公民権運動の聖職者マーティン・ルター・キング・ジュニア牧師の遺産を視覚的に［黒人への］裏切りと［白人との］共犯と連想するように描いている」(Elam 87)。

6 マシュー・C・ルダネは、「ブラッドフォード・イーズリーを殺すことで、ウォーカーは彼の白人圧制者と簒奪者だけでなく、何の抑制もないまま、自ら認める以上の白人の価値観を取り入れてきた自分の一部を抹消する」(Roudané 65) と指摘している。

7 ブラジルの言葉によれば、「歴史の大穴」のパレードでは、黒人マーカス・ガーヴィーも登場する。ただし、ガーヴィーが言及されるからといって、白人と同様の偉人として黒人が扱われているとは言いがたい。「黒人皇帝の「銀の弾丸」神話―『皇帝ジョーンズ』(一九二〇)」で論じたように、皇帝もどきの軍服姿のガーヴィーは、少なくとも白人の目から見れば、ミンストレル・ショーで戯画化される黒人イメージを髣髴とさせはしないか。ここでは、「歴史の大穴」のパレードのもう一人のキャラクター、冒険フィクションの主人公である類人猿の王ターザンに対応する黒人カウンターパートとしてもガーヴィーは捉えられる。ターザンが未開のジャングルの王者として正義を表象する白人英雄、あるいは文明化されない野生を統治する白人文化が生んだ自然児だとすれば、ガーヴィーはその黒人版のパロディ、非文明社会、未開民族の種族長と映る。白人の視点からは、白の優越性・英雄性と対照をなす黒の劣等性・滑稽性をハイライトするキャラクターとして機能する。つまり、「黒人体験を除外した」白人によって作り上げられたイメージに組み込まれた黒人表象として、ガーヴィーはパレードのラインアップに登場すると考えられる。

8 リンカーン暗殺の顛末と暗殺事件に付随した社会現象は巽孝之著『リンカーンの世紀―アメリカ大統領たちの文学思想史』(青土社、二〇〇二)に詳述されている。

9 たとえば、歴史上の人物の声として発せられる「これが暴君の報いなり!」は、註で「報道では、リンカーンを殺害し、大統領ボックス席からワシントンDCにあるフォード劇場の舞台に飛び降りた後のブースの言葉とされており、ブースは大統領を殺害しただけでなく、ローラ・キーン嬢主演の『我らがアメリカのいとこ』公演を中断した」(165 n8)と解説され、「南部のあだは討たれた!」は、「伝えられるところでは、ブースの言葉」と註がつけられている(165 n8)。そのほか、ロバート・E・リー将軍、陸軍長官エドウィン・スタントン、そしてリンカーンの妻、メアリー・トッド・リンカーンらの言葉が使われ、註で誰がいつ発した言葉であるのか記載されている。

10 ウナ・チャウドゥリーは、「アメリカ的暴力の儀式が断片的テクストとして歴史に縫いこまれ、一方テクストの断片は市民をアメリカ人としてテクスト化する」と語っている(Chaudhuri 264)。

11 舞台上女性たちが夫に変身し、男同士の狩猟キャンプを再現する場面がある。この時、ライフルを手入れしながら男たちが語るのは、日本人との戦争と日本女性との結婚の話である。夫の一人(カーティス＝テルコ)は、狩猟を「ジャップ」への銃撃にたとえ、日本人を狩りの獲物と同一化する。銃は、アメリカが勝利したジャップ狩り戦争の道具として語られる。

12 現在は第二四歩兵師団の駐屯地(McKale and Young 132)。

13 エミリー・オコーナーはジャンクション・シティとフォート・ライリーの関係性を以下のように記している。「ジャンクション・シティは主として砦[フォート・ライリー]の支援共同体として発展した(……)初期の入植者の多くが軍隊と生活し、そのため常に駐屯地とジャンクション・シティの間には親密な関係が結ばれてきた。両者は手を携えて成長してきたのである」(O'Connor)。

14 ロナルド・タカキによれば、「内なる植民地」は社会学者ロバート・ブラウナーの造語で、人種的従属集団を意味する。アメリカでは白人移民とは異なり、中国人(そして日本人)は、渡り鳥労働者として一時的に使える低い階級の工業労働者として扱われ、彼らを言及する名称として「内なる植民地」が使われている(Takaki 99)。本章では、植民地化したアジアからの戦利品＝日本人戦争花嫁をアメリカ国内に収容する軍事基地共同体を「内なる植民地」の変奏として捉える。つまり、アメリカ内部に移植されたアジア植民地を指す。

第四章

1 ただ、アンドリューを物質主義者のビジネスマンであると単純化するのは問題がある。生れついての農夫であるアンドリューは物欲に動かされる人間ではない。彼はロバートのように詩人気質は持たないが、弟思いの、素朴な人間である。ロバートは兄が投機的商売に走ったと非難する。しかし、予期しなかったルースと弟ロバートの結婚によって、やむなく農場を去ったアンドリューが意図せず就いた職業では、こうした投機行為も常だった。ロバートの非難は、ルースを愛したアンドリューへの自らの仕打ちに気づくことも無い身勝手なものである。それは、理想主義に心を奪われ、他者の幸福と思いへの配慮が欠落した、精神的に未熟な詩人志望の若者の姿であると考えられる。

2 フロイドは、『長者マルコ』を『楡の木陰の欲望』と『偉大なる神ブラウン』とともに、アメリカ物質主義を批判する一九二〇年代中期の三部作の最後に来る作品と位置づけている(Floyd 1985: 301)。

3 一方、オニール中期の作品では、詩人と物質主義者の葛藤とともに、焦点が後者の物欲・愛欲・所有欲に置かれる作品が登場する。『マルコ』を棚上げにしてオニールが執筆した『楡の木陰の欲望』では、ニューイングランド・ピューリタンのキャボット家の強欲さが、人間の精神に破壊的効果をもたらす(Floyd 1985: 291)。

4 一九一九年、ジェイムズはオニールとアグネスの結婚祝いに、プロヴィンスタウンの郊外にメイベル・ドッジが所有していた、かつての水難救助隊詰所、ピークト・ヒル・バーズ(Peaked Hill Bars)を贈った(Black 230, 234)。

5 『旅路』の四幕、ティロウンが息子エドモンドと同じ詩人気質を持つことが示唆される場面がある。アーネスト・ダウスンの詩を引用し、霧と海の話をするエドモンドの詩人気質に感じいりながらも、それを「病的」とティロウンは吐き捨てる。エドモンドがボードレールの詩「エピローグ」を朗唱すれば、その文学趣味を貶したうえ、彼の傾倒するヴォルテール、ルソー、ショーペンハウアー、ニーチェ、イプセンを「無神論者や愚か者、狂人」と呼び、ボードレール、スウィンバーン、オスカー・ワイルド、ホイットマン、ポーらの詩人はみな「好色男や変質者」だと一蹴する。その一方、ティロウンが唯一崇拝するシェイクスピアの『マクベス』をエドモンドが一週間で暗唱できるかどうかの賭けに見事勝った話を持ち出すと、ティロウンは息子の努力と才能を認め、気をよくする (*III*: 795–99)。息子の詩人趣味を貶しはしても、その才能と詩人気質に感じ入るティロウンもまた、同様の詩人気質を持つ役者だったと察せられる。

さらに、息子オニールの方でも父ジェイムズと親子喧嘩が絶えない時代にも、無意識のうちに父を英雄崇拝し、父と自分を同一視するほどの類似性を感じていたことをスティーヴン・A・ブラックは報告している (Black 87)。

6 当時のグリニッチ・ヴィレッジの対抗文化状況については、アデル・ヘラーとロイス・ラドニックの共編著『1915年、文化の瞬間――「新しい」政治・女性・心理学・芸術・演劇』を参照されたい。同書収録の多数の論考が多面的に詳述している。

7 この「背後の力」について、オニールはアメリカ演劇史研究の泰斗アーサー・ホブソン・クインに宛てた一九二五年四月三日付の書簡で以下のように記している。

私が常に強く意識しているのは背後の力です――（運命、神、われわれの現在を創る生物学的過去、それを何と呼ぼうと――神秘、確かにそうです）――そしてまた、動物のように、その力が表すものの微小な出来事にすぎない存在ではなく、その力に自らを表現させようとする輝かしくも、自己破壊的な苦闘のなかにある人間の永遠の悲劇なのです。(*Selected Letters* 195)

8 神の代替物の模索というテーマは『ダイナモ』（一九二九）、『終りなき日々』（一九三三）、未完の「ベシー・バウエンの生涯」からなる三部作「神に見捨てられし者たちの神話」で特に追究されたが、完結することはなかった。

9 マタイによる福音書第一六章（欽定訳）二六節。

10 リーダ (Leda) はギリシア神話に登場するスパルタの女王の名前。ゼウスが白鳥の姿でリーダに言い寄り、妻にした。二人の間にアガメムノンの不貞の妻でエレクトラの母となるクリュタイムネストラ、カストル、ポリユデウケス、トロイのヘレンが生まれる。

11 アメリカのイエール大学バイネッケ稀覯書・稀覯稿本図書館 (Beinecke Rare Book and Manuscript Library, Yale University) には、オニールと彼の三番目で最後の妻となったカーロッタが寄贈したサイクル草稿が所蔵されている。これらの草稿は相当数のフォルダーに分けられ保管されている。ここで引用・参考文献として記載した<Za/O'Neill/99>はオニール稿本フォルダー名、<Cycle, "Last Play">と同じフォルダーに収められた草稿タイトルである。

12 この女系一族物語の着想をオニールにもたらせた要因として、家父長制社会で抑圧されてきた女性、特に娼婦から、男根ロゴス中心主義の脱構築を目的としたグリニッチ・ヴィレッジの急進的新女性のフェミニズム運動、さらにはオニールがルー・バウエンのモデルとした二人の女性の鮮烈な姿があった。一人は独立戦争を背景に女であることを武器に権力の中枢にある男たちを翻弄した「したたかな女性」、マダム・ステファン・ジュメルで知られるイライザ・バウエン・ジュメル。彼女は少女時代はベシー［ベッツー］・バウエン (Bessie [Betsy] Bowen) と呼ばれており、この名前からサイクル最終作のヒロイン、ルー・バウエンの前身となるベシー・バウエン (Bessie Bowen) の名が取られたと考えられる。なお、イライザ・ジュメルは、一八三二年にステファンが他界した後、アーロン・バーと再婚し、その後、バーとも離婚している。なお、フロイドはマダム・ジュメルがジョージ・ワシントンとロードアイランドの娼婦の間に生まれた私生児である可能性についても伝えている (Floyd 1981: 83–84)。

もう一人は、一九世紀末から二〇世紀初頭にかけて自動車産業の形成期を舞台に産業界の頂点にまでのし上がった「女性のしたたかさ」と「実業の才」を合わせ持つ「女帝」ケイト・グリーソンである。

彼女たちは、家父長制度のもと女性の地位と活動を制限する社会的因習に反逆しつつ、家父長制社会の中枢において男を動かし、男と対等に渡り合う政治・経済能力を発揮した。ルー・バウエンの原型としてのマダム・ジュメルとグリーソンに関する議論は、トラヴィス・ボガード (Bogard 372–74) 及びバウアー (Bower 147–48) に加え、右記のフロイド (Floyd 1981: 83–84) を参照されたい。

13 オニール作品に見られる小説的規模と特徴については、カート・アイゼンがメロドラマ性と小説的演劇の関係性からオニール作品の包括的研究を行っている。たとえば、そのなかで、オニールが「生涯にわたってメロドラマを多面的な心理的葛藤を表現するための新たな方法を発見しようという相当な精力を示していた」として、こうした努力が『奇妙な幕間狂言』という「小説的演劇作品」の創作努力に顕著に見られたとし、同作品をバフチンの言う「小説化」の典型であると論じている (Eisen 26–27)。また、マシュー・H・ウィカンダーは、アイゼンの上記の引用に言及し、「長いト書きと、観客の忍耐力に重い負担をかける長い作品に窺われるオニールの小説的衝動」に着目している (Wikander 226)。

14 読み物（出版物）としてオニール作品がよく売れた例としては、『ダイナモ』が平均的小説の三倍にあたる一万七〇〇〇部 (Sheaffer 416)、『奇妙な幕間狂言』は、当時二万部を売り上げて全米ベストセラーとなり (Winchester 67)、一九二八年一月から二九年六月までの売上部数は一〇万部にのぼった (Robinson 74)。この印税と映画化による収益、四〇一回のブロードウェイ公演、三シーズンの地方公演を合わせ、三度目のピューリッツァー賞をオニールにもたらせた本作の総収益は二七万五〇〇〇ドルにもなった (Sheaffer 289)。また、『喪服の似合うエレクトラ』も六〇〇〇部以上の売上があった (Sheaffer 396)。

15 主にウェインスコットを中心に、他の研究情報も参考にすると、顕著に上演時間の長い作品は以下のとおりである。

『奇妙な幕間狂言』上演時間は四時間三〇分。午後五時一五分に開演、一一時終演。五幕のあとに七五分間の夕食休憩をはさむ (Wainscott 233)。

『喪服の似合うエレクトラ』上演時間五時間強。初演時の六時間から一週間で五時間強に上演時間を短縮。この上演時間には「追われる者たち」("The Hunted") と「憑かれた者たち」("The Haunted") の間の一五分休憩が含まれる。なお、五時間強の上演時間は、開演五時一五分、終演一一時二〇分の公演時間から、一時間の夕食休憩（八時~九時）を除いた時間である (Wainscott 262)。

『氷人来たる』上演時間四時間弱。開演七時三〇分、終演一一時二〇分 (Sheaffer 585)。『さらに大いなる館』の推定上演時間は九時間以上だった (Sheaffer 480)。

上演上の問題で場面転換に時間がかかりすぎた例としては、『地平線の彼方』(Wainscott 9, 15, 18, 20) のほか、

『ゴールド』(一九二一)では三時間二五分の上演時間の内、場面転換に一時間二五分を要している (Wainscott 72)。『長者マルコ』では、場面転換の遅れに加え、舞台上の小道具が多すぎたことも問題とされる (Wainscott 210–11)。

さらにウェインスコットの報告では、作品原稿のカット、リバイズに対してオニールが嫌悪、ためらいを示すとともに、俳優・演出家に対する嫌悪を露にすることもあり (Wainscott 72–73)、自身のスクリプトに固執し、舞台上演に携わる者を軽視していたことが伺われる。また、極度に長い上演時間を気にかけない姿勢は観客の受容能力と観劇持続許容時間に対するオニールの配慮の欠如を示すものと解釈される。

第五章

1 トマス・P・アドラーは、『ガラスの動物園』が自己のあるべき姿を見出すため姉と母親を見捨てたトムの罪悪感、究極的には作家ウィリアムズの罪悪感を焦点化する告白劇であると論じている (Adler 1987: 7)。

2 プロッサーによれば、第一場でスコットがハリウッドからノース・カロライナ、アッシュヴィル近郊のゼルダが入院する精神病院を訪れるのは彼が逝去した一九四〇年である。実際にはフィッツジェラルドが同年ハリウッドで他界した時点では、ゼルダは彼と一年半会っていない。二人が現実に最後に会ったのは一九三九年二月。その時、結婚生活を立て直そうと、二人はキューバ旅行に向かったが、結局はそれも悲惨な結果に終わる最後のあがきとなった (Prosser 160)。

本作品で言及された時期について補足すべきことがある。「舞台セット」の説明書きで、ウィリアムズはゼルダが火事で焼死したのが一九四七年秋と記載しているが、これは誤り。ナンシー・ミルフォードによれば、ゼルダがハイランド病院に再入院したのが一九四七年一一月二日。病院火災で焼死したのは、四八年三月一〇日のことである (Milford 382)。

3 一幕二場後半(一九二六年または一九二四年)から二幕一場前半(一九二四年)にかけて、フランス人飛行士エドワール(精神病院のインターン役と同じ俳優が演じる)とのゼルダの初めての情事が再現される。なお、二幕一場前半でジョゼフ・コンラッド他界のニュースがスコットによって話される。コンラッドが他界したのは一九二四年八月三日であることから、この場面は少なくとも二四年、おそらくは八月に設定されていると思われる。

一方、ミルフォードの伝記『ゼルダ』では、ゼルダとエドワール・ジョーザンの情事は一九二四年六月から七月中旬くらいまで続いたと推測される (Milford 108–10)。なお、ゼルダは『ワルツはわたしと』のなかでエドワールをジャック・シューヴル・フーユという青年将校として登場させている (Milford 109–110)。

4 短編「僕たち自身の映画の女王」(一九二五) は、その三分の二をゼルダが書き、クライマックスと校正をスコットが行ったとスコット自身が台帳に記している。にもかかわらず、出版されたときには作者名はスコット一人になっていた (Milford 102)。同様のことは、一九二九年出版のゼルダ六作目の短編小説「百万ドルの女の子」(一九二九) でも繰り返される (Milford 150)。

5 この点に関連して、リンダ・ドーフは、スコットがゼルダを火のなかで生きながらえる神話上の生物として描こうとしたが、それ以上にゼルダはウィリアムズが描いた別のトカゲ、つまり、ロープの端にくくりつけられ、殺され食される運命にあるイグアナに酷似すると指摘している (Dorff 166)。

6 こうして、ゼルダは一九四〇年一二月二一日のスコットの死から七年三ヶ月後、サラマンダーではなく、生身の女性ゼルダとして火のなかで命絶える。自らの焼死を別の場面でもゼルダは以下のように予言している。
ゼルダ　木々の葉が私を燃やして識別もできない灰にしてしまう気がする。わかるでしょ、狂った人っていうのはカッサンドラの才能を持つことがあるの、その才能は——
スコット　その才能は——?
ゼルダ　予感よ!　私は炎のなかで死ぬんだわ!　(*Clothes for a Summer Hotel* 15)

7 ミルフォードの伝記『ゼルダ』にもゼルダがスコットとヘミングウェイの同性愛関係を現実に非難した記載がある (Milford 153)。

8 このウィリアムズの言葉は、『夏ホテルへの装い』のなかでヘミングウェイの言葉として以下のように語られている。
ヘミングウェイ　僕は「海の変化」という話も書いた。若者と彼より目上の若いカップルがヨーロッパへの航海に向かう話だ。そこで最初——若い方がショックを受ける、というかショックを受けたふりをする。年上の男が——夜中に言い寄ってきたからだ。なあ、スコット、僕の仕事っていうのは、あらゆる人間関係を観察して解釈することだ。真摯な作家はそうするのが仕事なんだ。たぶん、きつい、この仕事っていうのは。だが、我々はこの仕事に敬意を払っている。我々が観察し、解釈する真実を描き出すことでね。そしていつの日か、きっと僕は自分じゃない、まったく自分とは関係のない男の話を書くつもりだ。それは完全に君の話になるんだ、スコット。(67)

9 プロッサーによれば、自分を鷹と言及するゼルダの叙述はヘミングウェイ生前の未発表作品『移動祝祭日』(一九六四)から取られたものである(Prosser 184)。

10 ドーフは、ウィリアムズがヨハン・アウグスト・ストリンドベルイの『死の舞踏』(一九〇一)のヴァンパイア・メタファーからヒントを得て、題材となる人々を食い物にするヘミングウェイやマーフィー夫妻と同じく、ゼルダを犠牲にしたスコットの執筆行為への告発を描いたと論じている(Dorff 165)。ドーフによれば、『死の舞踏』でアリスは夫を「他者の心の動揺を吸いながら、彼らの生活に介入し、その運命を操る(……)ヴァンパイア」(*The Dance of Death* 143)だと非難するが、それは家庭内での不満にすぎなかった。ウィリアムズはこのアリスの非難を転じて、ゼルダを題材として搾取したスコットの執筆プロセスに対する告発へと変えた(Dorff 165)。これがドーフの分析である。なお、ドーフが参照した『死の舞踏』のテクストは、August Strindberg, *The Dance of Death, Parts I and II. In Strindberg: Five Plays*. Trans. Harry G. Carlson (New York: Signet, 1984), 103–208.

11 またオコナーは、初期作品と『夏ホテルへの装い』の違いに言及し、ウィリアムズ作品で、唯一『夏ホテルへの装い』だけが精神病院を舞台とし、病院に入院中の妻を見舞う夫の訪問をめぐって話が展開するとし、それが実在のスコットとゼルダのフィッツジェラルド夫妻である点を挙げている(O'Connor 56)。

12 本作品中、ゼルダはスコットに向かって繰り返し、「監禁」という言葉を口にし、スコットが彼女を精神病院の監禁状態に追い込んだ点を訴える。それはスコットの暴力とその罪の告発にほかならない。

13 『回想録』のなかで、ウィリアムズはかつてローズを「姉さんの醜い顔を見るのはゴメンだ!」と罵ったことを自分の最も残酷な行いだったと記しているが (Memoirs 122)、アドラーはこの事件が自らの同性愛あるいは彼がローズをロボトミーから救えなかったこと以上にウィリアムズに深い罪悪感を持たせたと論じている (Adler 1987: 8)。

14 アドラーは『ガラスの動物園』が主人公の罪悪感を焦点化した告白劇であると論じている (Adler 1987: 7)。

15 ウィリアムズは『回想録』で自らの同性愛を赤裸々に語っているように、彼の飽くなき同性愛は相手を吸いつくし、貪り食った。まさしくゼルダを自分の作品のために領有し、使い切ったスコットに対するゼルダの非難を思わせる。

ゼルダ　(激しく非難して) あなたにとって大切なのは、吸い尽し、食い　尽すことだったのよ!
(*Clothes for a Summer Hotel* 11)

パートナーは貪欲なウィリアムズに消費され、新たな恋人に取って代わられ、捨て去られることが多々あった。一九四七年に出会い、四八年秋再会後、同棲生活を始め、六三年他界するまで連れ添ったフランク・マーローですら、六〇年から六二年にかけ度重なる不貞を犯すウィリアムズに捨て去られた。フランクのもとにウィリアムズが戻ったのはマーローがなくなるわずか数カ月前のことである。

16 そして、次作『曇ったもの、澄んだもの』は、さらなる自己内省をウィリアムズにもたらす。そこでウィリアムズは、自らが批判・告発する支配的権力の暴力と道徳的退廃を見るヴィジョンと、自らのエクリチュールが同じ暴力を他者にふるい、同じ退廃性を持つ自己のヴィジョン、その両者を見つめる「曇った目と澄んだ目」、つまり、自らのなかに存在するプレデターとその犠牲者、ふたつの存在を見る「ダブル・ヴィジョン」を持つに至る。

第六章

1 女優タルラ・バンクヘッドは、一九六五年の『欲望という名の電車』リバイバル公演でブランチを演じ、またわずか四回の公演で幕を閉じた一九六四年の『牛乳列車はもう止まらない』でフローラ・ゴーフォースを演じて酷評されている (Kolin ed., 2004: 12–13)。

2 モーリス・フィドラーとセレストは、一九四〇年の『天使の戦い』ボストン公演を共同製作したシアター・ギルドのローレンス・ラングナーとアーミナ・マーシャルをモデルにした人物。また、彼らとともに登場する女優キャロライン・ウェールズのモデルは映画スターのミリアム・ホプキンス。上記ボストン公演で、彼女はマイラ・トランスを演じている（Smith-Howard and Heintzelman 252-53）。

3 二重写しによる現在と過去の時間の同時発生状況の具体例として、以下の場面が挙げられる。ここでは一九四〇年の回想場面に一九八〇年のオーガストの感情が挿入され、二つの時間が混在する。

オーガスト　大した金額はくれない。正式なオプションもないし、僕の代理人や劇作家ギルドが承認したものもない。半額の契約、月に五〇ドル、法的に決められた一〇〇ドルもないんだ。（オーガストは郵便を調べる。）もちろん、ある意味じゃ、それでも利点はあるんだ。大した義務はないってこと！

キップ（意味を考えるように、独り言）二人だって？　ニューヨーク？　五〇ドル？

オーガスト　彼らは最終幕の書き直しを望んでる、でも正規の一〇〇ドル・オプションをかれらが持ち出すまで、一言も書いたりしないよ。今は肝が据わったんだ。でも、あの時だって肝は据わってた。

キップ　今は？　あの時？

オーガスト　現在と過去、そう二重写しみたいなもの。

キップ　わからないよ。

オーガスト　わかるはずはないよ、キップ。僕に電報が来てる！（電報の封を開いて。）ああ、彼らからだ。今日来るんだ。（*Something Cloudy, Something Clear* 37-38）

4 たとえば、『曇ったもの、澄んだもの』に亡霊として登場するフランク・マーローに対してウィリアムズは不実な態度をとり、またマーローが不治の病いに伏せった時にウィリアムズは彼のもとを去り、二人の関係は終わりを告げる。さらに同じく亡霊となって姿を現すヘーゼル・クラマーについても、ウィリアムズは彼女が自分を必要としているときにヘーゼルを見捨てている（Mann 147）。

5 この点に関して、カールソンはさらに具体的な説明を加えている。演劇テクストから劇場での物理的上演に移行すると、受容能力に対する記憶の作用がいっそう顕著になる。観客は公演を見れば見るほど、前の公演の記憶を持って新しい公演に向かう機会が増える。こうした記憶は演劇文化によって意識的に利用されてきたものだが、そうでない場合でも、記憶は作用し続け、強力かつ予想外の方法で受容側に影響を及ぼす。この現象の最も顕著な例は、役者の容貌／印象である。役者が以前演じた役柄の記憶が新しい役柄に持ち込まれる。役者の再利用される身体は、すでに複雑な記号論的メッセージを運び、新しい役柄においてほぼ不可避的に以前の役柄の亡霊を喚起する。役者が懸命に役柄を変えようとしたときでさえ、評判が大きくなるにつれて、役者は観客の記憶の虜となる。そして、新たな役柄で現れるたびに、こうした記憶と折り合いをつけることが求められるのである (Carlson 8–9)。

6 クロノロジーの時の流れが存在しない記憶世界では、多様な記憶の断片が別の断片と結びつき、物理的時間に支配される現実と異なる意味やヴィジョンが生まれる。

7 特にコリンは、『曇ったもの、澄んだもの』が記憶と時間、フィクションの表象と自己暴露、作家と作品の相互関係、芸術と文化の創造をめぐるポストモダン的問題意識と作家の内的世界を探究した優れた作品であるとして、「一九七〇年代・一九八〇年代から見れば、実験的劇作家ウィリアムズはポストモダンの芸術家であり、『曇ったもの』は劇作家と彼の芸術をポストモダン的に探求した成果である」と語り、「ウィリアムズはクローゼットのポストモダニストだった」と評している (Kolin 1998: 38, 40)。

第七章

1 サヴランはモルモン教を、個人主義的社会・経済機構に異を唱え、「集団の多数の利益のために経済を規制していた伝統的社会の回復を目指す」福音主義的・共同社会主義的宗派であるとして、モルモン教がジャクソニアン・デモクラシーの市場原理を支える個人主義を否定し、祝福された過去と至福千年紀の未来の場としてアメリカを概念化すると語り、本作品の世界観・歴史観と共有する概念を有していると論じている (Savran 1997: 24–26)。

2 初版テクストに付けられた「作者の弁明」に記載の書き換え要求箇所は以下の三点。(1) ビッグ・ダディを三幕に登場させる。(2) 前幕での父親との話し合いという劇的体験の結果として、三幕ではブリックの性格に変化を生じさせる必要がある。(3) マギーの性格をより観客の共感を呼ぶ、受け入れやすいものに修正する(167–68)。

3 カザンがマッカーシズムの非米活動委員会に屈した転向者（内通者）となったのは五二年四月。ジョセフ・マッカーシーは、上院の非難決議を受け五四年一二月に失脚している。しかし、後に国内治安委員会として改称され、六〇年代後半からその活動が事実上消滅するまで非米活動委員会は存続した。つまり、『やけたトタン屋根の上の猫』のブロードウェイ初演の五五年でも、同委員会の影響力は同性愛者と共産主義者にたいする社会的偏見・抑圧とともに、働いていたと思われる。

4 このエッセイは、一九五五年三月二〇日の『ニューヨーク・タイムズ』紙の日曜版演劇欄で最初に掲載された。

5 シャラインは、この具体例として、一九六七年のワシントンD・C一〇万人抗議デモ行進、あるいは一九六九年一月二〇日ニクソン大統領就任式に反対するワシントンの通りで上演された就任反対劇を挙げている(Scharine 118)。

6 ローゼンバーグ夫妻の無実を信じる人々は多く、二人のスパイ事件の有罪判決の是非をめぐって、処刑後も議論は続いた。しかし、九五年、旧ソ連暗号解読作戦「ベノナ作戦」の情報公開により、エセルの夫ジュリアスがKGBのエージェントとしてスパイ活動をしていたことが明らかになった。(McCrann)。

第八章

「註」なし。

第九章

1 Lee Baxandall, “Spectacles and Scenarios: Dramaturgy of Radical Activity,” *The Drama Review* 13, no. 4 (Summer 1969): 54.

2 第七章の註5を参照。

3 本章では『七月五日』の内容およびテクストページを言及する場合、*Lanford Wilson: The Talley Trilogy* (1999) 所収の同作品テクストを言及する。なお、三部作の他の二作『タリーの愚行』と『タリーと息子』についても九九年版所収のテクストを参照する。『七月五日』九九年版テクストでは、ケンが三二歳、ジューンが三四歳であり、ジューンがケンの姉にあたる。しかし、七八年出版の *5th of July* では、ケンが三五歳、ジューンが三三歳であり、姉弟の関係が逆転して兄妹になっている。

4 ただ、この点だけに着目すると、物欲だけに憑かれた企業家のイメージだが、ケンを励まして、ケンが故郷の高校で教職につけるようグウェンとともに教育長とかけあったのはジョンであり、また利己的理由であるにせよ、娘シャーリーを今後養育したいという父親の姿は見せている。

5 この点に関してサリーは、次のように語っている。「シャーリーは彼［マット］にとって喜びだったし、グウェンのことはひどく心配していたのよ。ケニーがヴェトナムへ行って両脚を吹き飛ばされたのにはとても狼狽していたしね」(44)。またグウェンはマットについてこう述べている。「マット・フリードマンは私にはとっても大切な人だった。彼が私をまっとうな人間にしてくれたの。（……）私には重い責任があるってことをずっと教えようってしてくれてたの」(14)。そして、後述するように、マットが気にかけたこうした若い世代が、既存社会の周縁化を被る要素を持ちながら、既存の準拠枠を超えた新たな価値体系を築く方向へと向かう。この意味から、ホロコーストをはじめ、自ら迫害と差別を生き抜いてきたユダヤ人マットが支配的イデオロギーを覆す新たな世界観と価値体系を次の世代に植え付ける役割を担ったと言える。

6 七八年度版テクストでは、ここのサリーの台詞は「もしグウェンとジョンがタリーの屋敷を買い取るなら、マットはここの人間ではなくなってしまうのよ」(66) だった。つまり、買い取る側の行為が問題となっていたが、本章で参照する九九年度版は、農場を売り払う側であるケンの責任、意志、主体性がサリーによって問題とされている。

7 『七月五日』の第二幕は、ハーリー・キャンベルの葬儀の話から始まる。サリーに象徴される女性の周縁化を行った家父長制社会とその企業論理の一つの終焉を表象する出来事として解釈される。つまり、独立記念日の翌日に行われるハーリーの葬儀は、古い価値体系の周縁と新たなものの始まりを予感させる予兆となる。なお、タリー家とキャンベル家の男性論理の犠牲となったサリーをめぐる詳細な議論は長田光展（一五〇—五一）が展開している。

8　七八年度版テクストでは、グウェンは誤って除去された性感帯神経のために皮肉にも通常の人の五倍セックスを感じる（59）という台詞がある。しかし、この九九年度版では削除されている。九九年度版の同作品の「序文」のなかで、ウィルソンは、フォーカスをよりケンに合わせるために、グウェンの興味深い台詞を犠牲にしなければならなかったと述べているが（7）、除去された性感帯神経をめぐる台詞の削除はこうした変更によるものだと考えられる。

9　註5に引用したように、グウェンはマットが自分を「まっとうな人間にしてくれたの。（……）私には重い責任があるってことをずっと教えようってしてくれてたの」（14）と語っているが、グウェンが示した労働者への共感と配慮は、マットに教えられた人の上に立つ者の責任感と人間性によるものだと考えられる。

10　ローレンス・ダグラス・マイヤーズは、ジェドによる稀有なバラの発見が、過去から貴重なものを回復するというこの作品の主筋の展開と関連したものであると指摘している（Myers 221）。

11　マイヤーズは、シャーリーについて、「将来の希望となる創造的衝動を表象し、旧友たちのかつての快活なエネルギーを反映するとともに、初めて登場したとき祖先の古い服を身にまとった過去からの亡霊のように見える」と論じている（Myers 222）。つまり、過去と未来を結ぶ継承者の役割を担う人物だと考えられる。事実、後述するように「タリー家最後の人間」として一族の将来をシャーリーが担う決意をする。過去の価値あるものが、新たな価値観と合わせられ更新され未来に向かう、その期待を表象する人物としてシャーリーが捉えられる。

12　ジョン・L・ディゲタニによるインタヴューで、『七月五日』が二人の男性による有名なキスのオープニング・シーンで始まるというディゲタニの言葉に対して、ウィルソンは当初このオープニングがそれほど驚かせるようなものになるとは思わなかったが、結果として観客の注目を大いに惹くことになったと語っている。また、当初、ケンとジェドのキス・シーンは一幕の半ばに置かれていたが、その後、上演五分後の場面に入れられ、最終的に開幕当初に移されたと説明している（DiGaetani 291–92）。

第十章

1 ロナルド・タカキによれば、一九〇九年の日本人就業状況は、「農業労働者四万人、鉄道人夫一万人、缶詰工四〇〇〇人と、ほとんどが移動労働者だった」(186)。農業労働者も移動労働者だったわけである。さらに農業労働者だけでなく都会で商売した日本人も多くいたことも事実である。ジャパン・タウン、リトル・トウキョウでの商店の数も増え、一九〇九年の移民局の記録によれば、「西部諸州に三〇〇〇から三五〇〇の日本人経営の事業所があった。大半がサンフランシスコ、シアトル、ロサンゼルス、サクラメントに集中し」、そのなかにはホテル、下宿屋、レストラン、理髪店、ビリヤード、洋服屋・染物屋、雑貨店、洗濯屋、靴屋があり、日本人経済が雇用を産み、特にサービス業には約一万二〇〇〇人が従事していた」(Takaki 186)。

2 モモコ・イコウの『ゴールド・ウォッチ』(一九七二)で、日系一世のマス(マサル・ムラカミ)は、息子タダオに向かって自分も含めて移民した日系一世についてこう語っている。「わしは家族の厄介者だった。ここに来る連中はみんな家族や、仲間、お国の厄介者なんだ。昔いたところじゃ、お呼びでなかった連中なんだよ」(134)。アメリカに移住した多くの日本人男性が、家の跡取りとなる長男ではなく、次男、三男など家から出て行くとされた人々だった。そんな日系移民一世の身の上を語ったマスの言葉「厄介者」は、日本の封建社会のなかで居場所を見出せず、必要とされていると実感できなかった移民男性の心情を表している。日本社会のアウトキャスト、ミスフィットという思いは彼らの多くが共有したコンプレックスであったと考えられる。「故郷に錦を飾る」というフレーズは、そうした劣等意識・身分を払拭したいとする彼らの共通した願いを表した言葉にほかならない。

3 「しかたがない」は、日系移民の間で、どうすることもできない状況、苦境を表す言葉・考え方として使われた。K・モーガン・ヤマナカはこの概念が「どうすることもできなければ、ただそれに合わせるしかない」という「日本人の重要な価値観」であると論じ、「しかたがない」の後に人々が互いに口にした言葉として、「頑張る」「辛抱」を意味する「がまん」を挙げ、それが「私たちの文化だった」と記している (Yamanaka 89; Cf. Takaki 211, 212)。日系アメリカ移民が苦難の生活を生き抜く哲学として「しかたがない」と「がまん」は、アメリカの日系社会、日系農業共同体＝スモールタウンに移植された文化的価値観だと考えられる。

4 イレーン・H・キムは「写真花嫁の到着は、日本人男性がアメリカ社会に根を下ろすことを促し、女性、そして後に子供の存在は男性に家族型農場と小規模事業を考えることを可能にした」と論じている (Kim 124)。

5 イチオカは、日本女性の理想像は家庭に籠もる「良妻賢母」の二つの役割を果たせばよかったが、移民女性の大半が、労働者としての第三の役割を担い、それが労働者キャンプ、農場、小規模事業の運営に不可欠だったと論じている（イチオカ 一八八）。

6 ハナの言葉「人生ってやさしくないのよ、キヨコさん。耐えて。耐え抜いて」(193) は移民した多くの日本人女性の人生観を表している。

7 主体的精神を持つ妻たちに関連して、付言すべきことがある。彼女たちの夫、オカとムラタは、家父長制的気質を引きずりながらも、妻を隷属的に扱う専横的な夫ではないという点である。亡き先妻シズエへの思いを語るオカ、水浸しの畑を前に愕然とするハナの背をなでながら、妻をいたわるムラタの姿は、愛する妻との生活を生き抜こうとする夫の思いを映し出す。

確かにオカはエミコとの争いが絶えず、最後にはエミコが恋人のもとへ行こうと帰国のため密かに貯めた金を、娘キヨコの買い物、食事、映画に使い切る。しかし、そのオカも、日本の封建制の犠牲となり、年の離れた自分の後妻となったエミコを不憫に思い、彼女と新たな生活を始めようと懸命な努力を重ねてきた (179-180)。一方、引き離された恋人への思いから、エミコはオカに心を開かず、逆に彼の教育のなさ (171)、現在の移住農民の貧しい身分を愚弄する。オカのエミコへの思いは、彼を寄せ付けず、侮蔑する彼女の態度に砕けていく。しかし、エミコの夫オカへの態度と、険悪化する二人の夫婦生活を引き起こしたものは、家名のため二人の結婚を画策・決定し、エミコをアメリカへと追放処分としたオカ家に代表される日本の封建的家父長制の家柄意識／制度にほかならない。エミコとオカはともに日本の封建社会の犠牲者だったのである。

ただし、エミコとオカの関係が当時の日系一世夫婦の典型的問題を照射するのも事実である。メイ・ナカノは見合い結婚で結ばれた日系一世夫婦の問題点として、一〇歳から一五歳の夫と妻の年齢差、夫を上回る妻の教養を挙げ、これらが貧困と不断の労働とあいまって、夫婦の衝突、幻滅を引き起こしたと論じている (Nakano 37)。

8 二〇〇〇語の短編小説「そして心は躍る」は当初、一九六六年『羅府新報休日付録』に載せられ、その後一九七五年、アジア系アメリカ文学選集『アイイイー！』に掲載。これによりヤマウチの作品はアジア系アメリカ人読者の注目を引く。そして、本文で記したように、イースト・ウェスト・プレイヤーズの芸術監督マコ・イワマツの目にとまり、マコから作品の戯曲化を勧められる。劇作経験のなかったヤマウチは、こうして劇作家への道を歩みだす。『そして心は躍る』はイースト・ウェスト・プレイヤーズにより一九七七年に初演。異例の好評を博し、興行的成功を収める (Kurahashi 79–80; Hongo 5)。また、短編「天国とこの世で」を原作とした『ミュージック・レッスン』は、ジョセフ・パップによってニューヨーク・パブリック・シアターで一九八〇年に初演を迎えている (Hongo 5)。

第十一章

1 サンドラ・L・リチャーズは、「ジューバ・ダンスを通じて、アフリカの精霊が、キリスト教の言説で偽装し、ルーミスに意識の危機を引き起こす」(97) として、即興で、打楽器のポリリズムと円運動のジューバダンスと、かつて奴隷によって行われていたリング・シャウトとの関連性を指摘する。そして歴史家スターリング・スタッキーの以下の言葉を引用している。

アフリカで時計と反対回りになって踊る舞踏儀式は、北アメリカでリング・シャウトと呼ばれるが、この儀式が行われる所はどこでも、踊りと歌はアフリカの祖先と神々に向けられ、円のテンポと回転は踊りが進むにつれて速まった。アフリカ人が踊り歌う際に作るリング（輪）は彼らがアメリカで統一性を達成する手段を理解する鍵となるものである。(Stuckey 12; qtd. in Richards 97)

2 ハリー・J・エラム・ジュニアは、精霊が憑依するジューバ・ダンスが奴隷のリング・シャウトを彷彿とさせ、本作で人種の「血の記憶」を伝えるとして、「プロテスタントを装いながら、アフリカの聖なる踊りの特徴を持ち続けていたリング・シャウト」の特徴を挙げている。そしてジューバ・ダンスとヨルバの憑依舞踏との類似を特筆している (Elam 2006: 203)。

3 C・パトリック・ティンダルによれば、ヨルバに起源を持つジューバによって、ルーミスは中間航路で犠牲になった祖先の血を継ぐアイデンティティに覚醒する。キリストの血ではなく、自身の流血によって、自分の「歌」と人種的記憶を見失った同胞の魂の回復を図り、彼らに道を示す「輝く男」(the "shiny man") となる (Tyndall 61)。

4 そのシティズンに、イーライは祝杯のグラスを掲げ、ソリーが口にしていたW・C・ブライアント (W. C. Bryant) の詩「死への瞑想」の一節、「さらば生きよ」("So live") を送り、幕となる。

5 この資質は、ルーミスとシティズンだけでなく、「骨の町」の体験を持つエスターの従者・友であるソリー、イーライ、ブラック・メアリーも有している。

6 ただし、アーント・エスターは、『大洋の宝石』で、育ての親エスター・タイラーの名を譲り受けたと語っていた (43)。つまり、アーント・エスターという存在＝イコンはその名を連綿と受け継いできた女性たちである可能性が浮上する。それは『大洋の宝石』のアーント・エスターの後をブラック・メアリーが自身の名をエスター・タイラーに改名して引き継いでいる点にも窺われる。

7 カサドはまた、アーント・エスターとの関連から、アフリカの精霊の機能の一つが「団結の絆、共同体の安定性、そして個人と共同体との絆を結ぶ際の自尊心としての役割を担う」ことであるとするR・E・フードの言葉を紹介している (Hood 305; qtd. in Casado 107)。なお、カサドが参照したフードの論文は次の通り。

Hood, R. E. 1991. "Ghosts and Spirits in Afro Culture: Morrison and Wilson." *Anglican Theological Review* 73, Summer: 298–309.

8 一九六九年を舞台とする『二本の列車が走る』では、エスターの年齢は三二二歳だとホロウェイは語っている (24)。しかし、一九八五年を描く『キング・ヘドリー二世』で他界した年齢が三六六歳であることから換算すれば、エスターの年齢は三五〇歳になる。なお、この年齢は『大洋の宝石』での彼女の年齢二八六歳から換算した場合も同じである。また、一九九七年を舞台とする『ラジオ・ゴルフ』でスターリングは二九年前（つまり一九六八年あるいは『二本の列車が走る』の舞台一九六九年）にエスターと会った時、三四九歳と彼女が語ったと述べている (54)。以上のように、『二本の列車が走る』でのエスターの年齢は、三二二歳、三五〇歳、三四九歳と三つの説が浮上するが、先行研究では三四九歳が有力であると考えられる。

9 ジーナーは「二〇世紀サイクル」の年代が下るにつれて進行するアフリカ的遺産の喪失を以下のように論じている。

アフリカ系アメリカ人の美学を鍛造する問題の一つは、黒人が持っていた西アフリカの遺産の重要な要素が、奴隷制によって、後に奴隷解放、次いで大都市への大移動によって歪められてきたことである。こうした断裂は「サイクル」作品群の物語の目的論に反映している。西アフリカのヨルバやイボ族の宗教に根ざした神秘主義や儀式の力への信仰は、サイクルでは二〇世紀初頭の数十年が最も強いが、一九六〇年代までには、アフリカの遺産というアーント・エスターが表象する概念そのものが集合的無意識へと後退し、一九八〇年代までには、記憶喪失状態に陥った。(Gener 66–67)

10 ラプーは、「血の記憶」(“Blood memory”) を、「人々を繋ぎ、彼らの集合的経験と帰属化を強化する身体知」と捉えている (Rapoo 179)。一方、エラムは、「血の記憶」がウィルソンの演劇において、「彼の中心的再想像の歴史のメタファーとして、そして、どのようにアフリカとアフリカ系アメリカ人の過去が現在と関係してくるのかを解釈するメタファーとして作動する」ものであるとしている (Elam 2006: xviii)。

11 シーザーは黒人を弾圧しながら、家族の絆は重んじていた。シーザーが殺害したソリーの後を継いだシティズンとブラック・メアリーが結ばれ、彼女が相続したのがアーント・エスターの家屋である。シーザーは妹が引き継いだ家の税金を支払い続け、それを息子(ハーモンドの父)に引き継がせた。シーザーによるブラック・メアリーへの家族愛がアーント・エスターの家を法的に守る形となっていた。シーザーの白人への従属を彼のアフリカ系アメリカ人の家族愛が凌駕したのである。

12 ハーモンドは、ワイリー通り一八三九番地の家(アーント・エスターの旧家)の売買の不法性を新聞社に公表したことで、市長選の民主党候補者指名とヒル地区再開発プロジェクト責任者の地位を捨て、自社の経営権を失う。

13 『大洋の宝石』のソリーの後を、シティズン・バーロウが引継ぎ、シティズンとブラック・メアリーの子であるオールド・ジョウとの邂逅によって黒人共同体の戦士に覚醒したハーモンドは、シーザーを祖父に、ブラック・メアリーを大叔母に持つ。かつての対立を越えた血族の繋がりは、黒人共同体の新たなる戦士を生むのである。さらにハーモンドに戦士のマーキングを見せたスターリング・ジョンソンは、一九六九年を舞台とする『二本の列車が走る』で、エスターのイニシエーションを受け、亡きハムボーンのために肉屋のガラスを割り、流血しながらハムボーンの棺にいれるハムを持ち帰った男である。彼もまたハーモンドと同様に戦士だったわけである。

14 ウィルソンは、ビグスビーにインタヴューを受けた一九九一年、現在のアフリカ系アメリカ人が南部にいる同胞のことも、彼らとの関係も、共通の人種的過去を知らないことが、彼らの文化の欠陥だとして、共通の過去を分からなければ、共通の現在も未来もないと断言している (Bigsby 212)。

第十二章

1 その年の秋（一八一〇年一一月）、バートマンは裸体を客に見せた猥褻行為の容疑で裁判にかかり、奴隷貿易廃止後三年の当時のロンドンでセンセーションを巻き起こす (Gordon-Chipembere 9)。

2 記憶を呼び起こすとは、必ずしも完全には原形通りには収まらないパーツを（繰り返し）組み合わせる回復・修復作業である。切断されたパーツを集め、復元しようとしても必ずしも完全には原形通りに収まらない。この点について、おそらく二通りの解釈が成り立つ。一つは、パーツを集め復元する行為主体の推測と解釈が働き、原形（ここでは人格を含めた個人としてのヴィーナスの全体）すべてを修復することは不可能であるということ。今一つは、原形＝ヴィーナスを切断した主体（フランス医学会）がデータ化したテクスト通りには、原形のパーツを再び組み立てることはできない点である。後者は、原形を切断・解体した支配言説の恣意性と暴力を可視化し、前者は失われた原形の記憶を完全に修復することの不可能性を孕みながら回復・解釈し、今の世に原形の存在の意味を問い直そうとする「記憶の喚起・再構成」行為 ("re-membering") の意義を示す。そして、それが支配言説の恣意性と暴力の可視化という後者の解釈をも包含する。

3 事実、本作でバロン・ドクトゥールとして登場する、当時フランス最高の比較解剖医ジョルジュ・キュヴィエは「ホッテントット・ヴィーナス」の解剖を行い、「肉垂」("apron") と呼ばれた彼女の（長く伸びた）陰唇の謎を解明したとき、報告書に「自然史においてこれほど名高いものはない」と報告書に記している

(Schiebinger 168)。

4　同様の議論は、「彼女は金を稼がないとならなかった。彼女は人間であって、動物ではありませんでした」と述べたグリカ族会議事務局長のケイト・クルータからも出されている (qtd. Elam and Rayner 2001: 269)。

5　パークスがウェトモアに語ったところでは、カヌーの後部に乗っているとき、読んだこともなかったホーソーンの『緋文字』の「リフ」を書こうと思いついた。それが『ファッキングA』(二〇〇三) だった (Wetmore 124)。つまり、パークスはホーソーンの名作をもじって、オリジナルの主題から大きく脱線した全く異なる痛烈なメッセージ性を持つ作品を書こうと思いついたのである。

6　南部出身の名優ブースが大統領暗殺劇という一大パフォーマンスを喜劇上演中の劇場で実行し、舞台で大見得を切って出奔。この暗殺事件は、鮮烈な歴史的演劇スペクタクルとなって流布し、新聞の挿絵に加え、リンカーン暗殺場面を描く夥しい絵画が出回り、暗殺者ブースを名乗る者も複数現れる。劇場で実行(=上演)された国家的人物の演劇的暗殺が、シミュラークル的自己増殖と逸話・伝説化を経て、国家的歴史ナラティヴへと生成される。(本書第三章九六頁参照)

7　FFは人種越境的類似性をさらに強調して、顎に付け髭、頬に付けイボ、フロックコートを身にまとい、「リンカーンが帽子なしじゃみんな喜ばなかった」(168) として、シルクハットをかぶる。(本書第三章九六頁参照)

8　リンカーンとの容姿の類似と肌の違いを併せ持つFFは、黒人の世界と非黒人(=白人)の世界、二つの世界を越境的に表す二重の表象性を備えた「ハイブリッド」、または「ノマド(遊牧民)的主体」(Dixon 217–218) だと言える。キンバリー・D・ディクソンは、「黒人の移動の歴史の産物であり、移動、流浪、可変的アイデンティティをめぐるポストモダン的関心の表現」としてパークスのノマド主義を捉え、ノマド的主体が想像力を稼動させ、既存の思考の枠組みに反逆して新たな認識論を演劇的かつパフォーマティヴに展開すると指摘。ノマド的意識の根幹が「思考とアイデンティティの超移動性」だと論じる (Dixon 214)。つまりFFによるリンカーン暗殺再現劇は、黒人と非黒人(=白人)世界／歴史の枠組みを越境・解体・侵犯しつつ、白いアメリカ正史に自らの新たな認識論を埋め込んでいくノマド的行為なのである。(本書第三章九六―九七頁参照)

9　後に、父に「生き写し」のブラジルによるリンカーン暗殺ショーの継承が示唆され、白人大統領に酷似する身

体的類似性を持つ黒人の父から子への偽装の連鎖が次世代に続くことが示唆される。（本書第三章九八頁参照）

10 二幕、ＦＦの痕跡を求めて「大穴」発掘を試みるブラジルとルーシーが遺跡を掘る考古学者と発掘品から歴史を再構築する歴史家の役回りとなる。浮上する過去の「ささやき」、「こだま」、「驚異」を前にルーシーが問題とするのは「本物」と「本物でないもの」の見極めである。歴史が偽装・偽造・模倣で作られ、いつ何時にもオリジナルなき歴史表象と置換されうる恣意性と偽造性を示している。（本書第三章九九頁参照）

11 アッシュクロフトらが言うように、周縁の経験が完全な有効性を持つためには、中心の支配と経験の認可を破棄しなければならない (Ashcroft et al. 87)。

12 バーバは、ミミクリー（擬態）の脅威を特筆し、「擬態の脅威は、植民地言説のアンビヴァレンスを暴くことによって、その言説の権威をも攪乱するという、二重の視覚」だと指摘する (Bhabha 126)。なお、「植民地言説のアンビヴァレンス」について、バーバは以下のように説明している。

植民地言説の権威に対して擬態は、深刻な攪乱的効果を持つ。なぜなら植民地状態や植民地的従属主体を「規範化する」とき、啓蒙主義以後の市民社会の夢は、自由を語る自らの言語を疎外し、規範をめぐる別の認識を生み出すからだ。こうしてこの戦略が帯びるアンビヴァレンスは、たとえば「奴隷」という語の二重の用法によってロックの『統治論』第二部が二つに分裂し、自由の限界を露呈しているところに看取できる。ここで奴隷は単純に合法的な所有形態の例を記述する語である一方、権力の許し難い非合法な行使を表す比喩でもある。二つの用法の、この隔たりのなかで分節化されているのは、〈カロライナの「植民地」状態〉と〈原初の自然状態〉との間に想定された絶対的差異である。(Bhabha 123)

13 この点に関して、バーバは以下のように論じている。

擬態はそれ自体が否認のプロセスであるような差異の表象として現れる。二重の分節化の記号としての擬態。権力を視覚化する〈他者〉を「領有する」、改良と規制と規律との複合的戦略。しかしそれはまた不適切なものの記号、つまり植民地権力の支配的な戦略作用を首尾一貫させ、監視を強化し、「規範化された」知識と規制力との両方に対して内在的な脅威になるという、差異あるいは抵抗の記号でもあるのだ。(Bhabha 122–23)

その他、ミミクリーは差異と欲望の反復的ずれを通して権威を破壊し、植民地的表象の権威づけに疑問を呈し、それは人種・文化・国民表象の主体としての植民地人という概念の歴史的危機にまで及ぶ (Bhabha 129)。

14 ウォレ・ショインカなどの著述家たちは、真正の経験という観念が、それを正当化している「中心」の概念と同じく誤った概念であると論じ、さらには非‐真正な事象や周辺的な事象こそが「現実」であると主張している (Ashcroft et al. 40)。

15 エラムとレイナーによれば、リンカーンの頭部に開いた弾丸の穴が彼の身体を貫通するとともに、意味の言説層と経験の情動層をも貫通する (Elam and Rayner 1999: 185)。

第十三章

1 この他、海トカゲは単にファンタジー的エンターテインメントの仕掛け、人間の行動の原始性・不合理性の表象、あるいは海からもたらされる生命力の象徴や原始的な悪、人間の無意識に潜む心霊エネルギーと解釈されていたとチャンは指摘する (Chang 397)。

2 これらの議論については、以下の文献を参照。Bigsby 1984: 316; Gussow 288–89; Zinman 80.

3 サーピル・オパーマンは、アイリーン・ジョイとクリスティーン・M・ニューフェルドのポストヒューマニズムの概念が、ブライドッティに現代の再構成版クリティカル・ポストヒューマニズムの着想を与えたと論じる。ポストヒューマニズムが、「人間のアイデンティティを概念化し規定する方法を複雑にし」、「生物学的、社会的、政治的諸相における人間というカテゴリー」を不安定化してきたと論じたジョイとニューフェルド (Joy & Neufeld 171) に言及して、オパーマンは「この複雑性こそ、社会的、文化的、政治的、生物学的、生態学的慣例の全ての面において、支配的な人間中心主義的言説と慣例からの離脱を可能にさせた」と論じ、これがブライドッティの言う「現代［の再構成］版クリティカル・ポストヒューマニズム」(Braidotti 47) である点を特筆している (Oppermann 2016: 26)。

4 ルダネは、「海辺のノマド」として世界の海岸線を旅することに新しい自由時間を使いたいとするナンシーに、移動性、好奇心、新たなものへの探求心、寛容性を認めているが (Roudané 99)、移動ではなく、静的な休息を望む夫チャーリーの特徴として、恐怖、自尊心、優越感を挙げることができる。また本作品にとってジェンダー・ロールは決定的重要性を持つと言うトビー・ジンマンも、本作によれば、どの種においても、雌（＝女性）が雄を「はるかに超える寛容性と好奇心と想像力を持つ」のに対し、「どんな種の雄（＝男性）も、オールビーによれば、競争心が強く、尊大であり、危険を伴うどのような交渉においても女性＝雌に依存する」と指摘している (Zinman 82)。

第十四章

1 『世界災害報告二〇〇八年版――ＨＩＶ／ＡＩＤＳの脅威』によれば、同定義の出典は、UN Office for the Coordination of Humanitarian Affairs. *Model agreement on customs facilitations in humanitarian assistance*. Geneva: OCHA, 1996.

2 この要因として、多数のエイズ患者がゲイであったため、八〇年代にはエイズはゲイ特有の疫病で、罪深き同性愛行為に対する天罰あるいは当然の報いと見るモラル・マジョリティの見解とそれに同調するレーガンのホモフォビアがあったと考えられる。

3 デイヴィッド・ロマンは九二年大統領選直前、一一月一日の『エンジェルズ』マーク・テーパー・フォーラム公演初演日の持つ政治的重要性をエイズ・アクティヴィズムの点から論じている。同選挙でのクリントンの勝利に言及し、エイズをめぐるアクティヴィズムがアメリカの政治状況に変化を生み、正史構築にかかわる問題が可視化され、歴史の再考と再構築が要請されるとして、この状況をもたらし、反映するクイア・アクティヴィズムのエージェンシーとしてロマンは『エンジェルズ』を論じている (Román 204–05)。またデイヴィッド・サヴランは『エンジェルズ』を「アメリカ演劇における決定的な歴史的転換点を記す記念碑」と位置づけ、その成功の要因が「アメリカ政治劇の美学全体の綿密かつ過激な再考」だというフランク・リッチの言葉を引用して、本作で多様なレベルで作用する「政治的無意識」を問題としている (Savran 13–15)。（本書第七章一七二頁参照）

4 『至福千年紀が近づく』一幕五場、ハーパーは、ラジオで聞いたオゾン・ホールのことに触れ、「南極大陸の上、皮膚は焼けて、鳥は目が見えなくなって、氷山が溶けたの。世界の終りがくるのよ」(*I*: 28) と語っている。

5　ここでの災害は圧政、差別、搾取、植民地化など、人間が他者に対して振るう多様な支配と周縁化を含む。

第十五章

1　Northrop Frye, *Anatomy of Criticism* (Princeton: Princeton UP, 1957), 182.

2　貴志（一三六—三七）及び本書第六章一六六—六七頁を参照。

3　『詩学』第一三章（五二、一六五—六六注9）およびホジソン（三三八—三九）参照のこと。ハマルティアーとはギリシア語における「過ち」の意味。「何らかの人間の脆さ、判断の誤り、堕落を早める無知」で、「古代悲劇の形式では、過ちは神によって天上から課せられていた。ハマルティアーの概念は、心理学的世界観と神学的世界観とのあいだを行きさし、自由、責任、運命についての悲劇の中心的問題を生じさせる」（ホジソン三三八—三九）。オイディプス王の場合は、自らの出生・素性の無知から生じた父殺しと母との結婚が彼の過ちと考えられる。

7–222 頁。

貴志雅之「テネシー・ウィリアムズ、亡霊のドラマトゥルギー——記憶、時間、エクリチュール」『英米研究』（大阪大学英米学会誌）第 38 号、2014 年 3 月 25 日。125–143 四三頁。

ソポクレスの『オイディプス王』高津春繁訳、『ギリシャ悲劇全集　第二巻』呉茂一、高津春繁、田中美知太郎、松平千秋編、人文書院、1984 年。223–270 頁。

ホジソン、テリー『西洋演劇用語辞典』鈴木龍一、真正節子、森美栄、佐藤雅子訳、研究社出版、1996 年。

結論

Albee, Edward. *The Goat, or Who Is Sylvia? (Notes toward a definition of tragedy)*. Woodstock: Overlook Press, 2003.
Bakhtin, M. M. *The Dialogic Imagination: Four Essays by M.M. Bakhtin*. Ed. Michael Holquist. Translated by Caryl Emerson and Michael Holquist. Austin: U of Texas P, 2004.
Bottoms, Stephen. "Borrowed Time: An Interview with Edward Albee." *The Cambridge Companion to Edward Albee*. Ed. Stephen Bottoms. Cambridge UP, 2005. 231–50.

Vorlicky, Robert, ed. *Tony Kushner in Conversation*. 1998. U of Michigan P, 2001.
Wilmer, S. E. *Theatre, Society and the Nation: Staging American Identities*. Cambridge UP, 2002.

第十五章

Adler, Thomas P. "Edward Albee." *The Methuen Drama Guide to Contemporary American Playwrights*. Ed. Martin Middeke, Peter Paul Schnierer, Christo-pher Innes, and Matthew C. Roudané. Bloomsbury, 2014. 1–19.
Albee, Edward. *The Goat, or Who Is Sylvia? (Notes toward a definition of tragedy)*. Overlook Press, 2003.
——. *Stretching My Mind*. Carroll & Graf, 2006.
Bottoms, Stephen. "Borrowed Time: An Interview with Edward Albee." *The Cambridge Companion to Edward Albee*. Ed. Stephen Bottoms. Cambridge UP, 2005. 231–50.
Carlson, Marvin. *The Haunted Stage: The Theatre as Memory Machine*. U of Michigan P, 2003.
Dircks, Phyllis. *Edward Albee: A Literary Companion*. McFarland, 2010.
Frye, Northrop. *Anatomy of Criticism: Four Essays*. Princeton UP, 1957.
Gainor, J. Ellen. "Albee's *The Goat*: Rethinking Tragedy for the 21st Century." *The Cambridge Companion to Edward Albee*. Ed. Stephen Bottoms. Cambridge UP, 2005. 199–216.
Independence Day. Dir. Roland Emmerich. 20th Century Fox, 1996. DVD.
Kuhn, John. "Getting Albee's Goat: 'Notes toward a Definition of Tragedy.'" *American Drama* 13.2 (Summer 2004): 1–32.
Shakespeare, William. *The Two Gentleman of Verona. The Complete Works of Shakespeare*. Revised Edition. Ed. Hardin Craig and David Bevington. Scott, Foresman and Company, 1973. 130–54.
Strong, Lester. "Lester Strong Talks with a Playwright: Aggressing Against the Status Quo; Edward Albee." *The Harvard Gay and Lesbian Review* 4. 1 (Jan. 31 1997): 7–9. ProQuest Research Library. Osaka Univ. Library. Accessed 4 Sept. 2015.
Zinman, Toby. *Edward Albee*. U of Michigan P, 2008.
アリストテレース『詩学』松本仁助、岡道男訳、『アリストテレース　詩学・ホラーティウス　詩論』松本仁助、岡道男訳、岩波書店、2015 年。

Frantzen, Allen J. *Before the Closet: Same-Sex Love from Beowulf to Angels in America*. U of Chicago P, 1998.

Garner, Stanton B. Jr. "*Angels in America*: The Millennium and Postmodern Memory." *Approaching the Millennium: Essays on Angels in America*. Ed. Deborah R. Geis and Steven F. Kruger. U of Michigan P, 1997. 173–84.

Geis, Deborah R. "Not 'Very Steven Spielberg'?: *Angels in America* on Film." *Interrogating America through Theatre and Performance*. Ed. William W. Demastes and Iris Smith Fischer. Palgrave, 2007. 243–55.

Geis, Deborah R. and Steven F. Kruger, eds. *Approaching the Millennium: Essays on Angels in America*. U of Michigan P, 1997.

International Federation of Red Cross and Red Crescent Societies. *World Disasters Report 2008: Focus of HIV and AIDS*. PDF. http://www.preventionweb.net/files/2928_WDR2008full20reportLR.pdf. Accessed 1 Feb. 2013.

Kruger, Steven F. "Identity and Conversion in *Angels in America*." *Approaching the Millennium: Essays on Angels in America*. Ed. Deborah R. Geis and Steven F. Kruger. U of Michigan P, 1997. 151–69.

Kushner, Tony. *Angels in America: A Gay Fantasia on National Themes. Part One: Millennium Approaches*. Theatre Communications Group, 1992.

——. *Angels in America: A Gay Fantasia on National Themes. Part Two: Perestroika*. Theatre Communications Group, 1994.

McLeod, Bruce. "The Oddest Phenomena in Modern History." *Tony Kushner in Conversation*. Ed. Robert Vorlicky. 1997. U of Michigan P, 2001. 77–84.

McNulty, Charles. "*Angels in America*: Tony Kushner's Theses on the Philosophy of History." Ed. Harold Bloom. *Tony Kushner*. Chelsea, 2005. 43–57.

Nielsen, Ken. *Tony Kushner's Angels in America*. Continuum, 2008.

Román, David. *Acts of Intervention: Performance, Gay Culture, and AIDS*. Indiana UP, 1998.

Savran, David. "Ambivalence, Utopia, and a Queer Sort of Materialism: How *Angels in America* Reconstructs the Nation." *Approaching the Millennium: Essays on Angels in America*. Ed. Deborah R. Geis and Steven F. Kruger. U of Michigan P, 1997. 13–39.

Derrida, Jacques. "The Animal That Therefore I Am (More to Follow)." Trans. David Willis. *Critical Inquiry* 28, 2 (2002) 2: 369–418.

Gainor, J. Ellen. "Albee's *The Goat*: Rethinking Tragedy for the 21st Century." *The Cambridge Companion to Edward Albee*. Ed. Stephen Bottoms. Cam-bridge UP, 2005. 199–216.

Gussow, Mel. *Edward Albee: A Singular Journey*. Simon & Schuster, 1999.

Joy, Eileen, and Christine M. Neufeld. "Confession of Faith: Notes toward a New Humanism." *Journal of Narrative Theory* 37.2 (2007): 161–90. PDF. ProQuest Research Library. Osaka Univ. Library. Accessed 5 May 2018.

Oppermann, Serpil. "From Posthumanism to Posthuman Ecocriticism." *Relations* 4.1 (June 2016): 23–37. PDF. http://www.ledonline.it/index.php/Relations/article/viewFile/990/794.

——. "Seeking Environmental Awareness in Postmodern Fictions." *Ctitique* 49.3 (Spring 2008): 243–253, 333. Taylor & Francis Inc. PDF. ProQuest Research Library. Osaka Univ. Library. Accessed 5 May 2018.

Roudané, Matthew, C. *Edward Albee: A Critical Introduction*. Cambridge UP, 2017.

Rutsky, R. L. "Mutation, History, and Fantasy in the Posthuman." *Subject Matters: A Journal of Communication and the Self* [special issue on "Posthuman Conditions"], 3: 2/4:1 (August 2007): 99–112.

Willis, David. "Jaded in America." *Matchbook: Essays in Deconstruction*. Stanford UP, 2005. 1–21.

Wolfe, Cary. *What Is Posthumanism?* U of Minnesota P, 2010.

Zinman, Toby. *Edward Albee*. U of Michigan P, 2008.

第十四章

Benjamin, Walter. "Theses on the Philosophy of History." *Illuminations*. Ed. Hannah Arendt. Trans. Harry Zohn. Schoken Books, 1969. 253–64.

Bigsby, C. W. E. *Contemporary American Playwrights*. Cambridge UP. 1999.

Bloom, Harold, ed. *Tony Kushner*. Chelsea, 2005.

Chaudhuri, Una. *Staging Place: The Geography of Modern Drama*. 1995. U of Michigan P, 2000.

Demastes, William W. and Iris Smith Fischer, eds. *Interrogating America through Theatre and Performance*. Palgrave, 2007.

Fisher, James. *The Theater of Tony Kushner: Living Past Hope*. 2001. Routledge, 2002.

——. *Topdog/Underdog*. Theatre Communications Group, 2001.
——. *Venus*. Theatre Communications Group, 1997.
Savran, David, ed. *Playwright's Voice: American Dramatists on Memory, Writing and the Politics of Culture*. Theatre Communications Group, 1999.
Schiebinger, Londa. *Nature's Body: Gender in the Making of Modern Science*. Rutgers UP, 2010.
Wetmore, Kevin J. Jr. "It's an Oberammergau Thing: An interview with Suzan-Lori Parks." *Suzan-Lori Parks: A Casebook*. Ed. Kevin J. Wetmore, Jr. and Alycia Smith-Howard. Routledge, 2007. 124–40.
貴志雅之「歴史・キャノンのトランスフォーマー——劇作家 Suzan-Lori Parks の "Rep & Rev" + "Ref & Riff"」『EX ORIENTE』(大阪大学言語社会学会誌) 第 17 巻、2010 年、1–28 頁。
巽孝之『リンカーンの世紀——アメリカ大統領たちの文学思想史』青土社、2002 年。

第十三章

Adler, Thomas. "Albee's 3 1/2: The Pulitzer Plays." *The Cambridge Companion to Edward Albee*. Ed. Stephen Bottoms. Cambridge UP, 2005. 75–90.
Albee, Edward. *Seascape. The Collected Plays of Edward Albee: 1966–1977*. Overlook Books, 2008. 367–448.
——. *Stretching My Mind*. Carroll & Graf Publishers, 2005.
Barcz, Anna. "Posthumanism and Its Animal Voices in Literature." *Teksty Drugie* Vol. 1. Special Issue—English Edition (2015): 248–69. http://rcin.org.pl/Content/59984/WA248_79781_P-I-2524_barcz-posthuman_o.pdf. Accessed 2 May 2018.
Bigsby, C. W. E. *A Critical Introduction to Twentieth-century American Drama*, Volume 2: *Williams/Miller/Albee*. Cambridge UP,1984.
——. *Modern American Drama: 1945–2000*. Cambridge UP, 2000.
Braidotti, Rosi. *The Posthuman*. Polity P, 2013.
Chang, Chin-ying. "Ecological Consciousness and human/nonhuman relationship in Edward Albee's *Seascape*." *Neohelicon* 39.2 (2012): 395–406. 30 Aug. 2014. PDF. ProQuest Research Library. Osaka Univ. Library. Accessed 2 May 2018.
Deleuze, Gilles, and Félix Guattari, *A Thousand Plateaus: Capitalism and Schizophrenia*. Trans. Brian Massumi. U of Minnesota P, 1987.

Theater. Ed. Jeanne Colleran and Jenny S. Spencer. U of Michigan P, 2001. 265–82.

——. "Echoes from the Black (W)hole: An Examination of The America Play by Suzan-Lori Parks." *Performing America: Cultural Nationalism in American Theater*. Ed. Jeffrey D. Mason and J. Ellen Gainor. U of Michigan P, 1999. 178–92.

Faivre, Robert. "Review: *Topdog/Underdog* by Suzan-Lori Parks." *THE RED CRITIQUE* 5 (July/August 2002). Web. 24 July 2009.

Frank, Haike. "The Instability of Meaning in Suzan-Lori Parks's *The America Play*." *American Drama* II.2 (Summer 2002): 4–20.

Fuchs, Elinor. "Reading for Landscape: The Case of American Drama." *Land/Scape/Theater*. Ed. Elinor Fuchs and Una Chaudhuri. U of Michigan P, 2002. 30–50.

Gates, Henry Louis, Jr. *The Signifying Monkey: A Theory of African-American Literary Criticism*. Oxford UP, 1988.

Geis, Deborah R. *Suzan-Lori Parks*. U of Michigan P, 2008.

Gilbert, Helen and Joanne Tompkins. *Post-Colonial Drama: Theory, Practice, Politics*. Routledge, 1996.

Gordon-Chipembere, Natasha. "Introduction: Claiming Sarah Baartman, a Legacy to Grasp." *Representation and Black Womanhood: The Legacy of Sarah Baartman*. Ed. Natasha Gordon-Chipembere. Palgrave Macmillan, 2011. 1–16.

Kolin, Philip C, and Harvey Young. "'Watch Me Work': Reflections on Suzan-Lori Parks and her Canon." *Suzan-Lori Parks in Person: Interviews and Commentaries*. Ed. Philip C. Kolin and Harvey Young. Routledge, 2014. 1–25.

Larson, Jennifer. *Understanding Suzan-Lori Parks*. U of South Carolina P, 2012.

Parks, Suzan-Lori. *The America Play. The American Play and Other Plays*. Theatre Communications Group, 1995. 157–99.

——. "An Equation for Black People Onstage." *The American Play and Other Plays*. Theatre Communications Group, 1995. 19–22.

——. "from Elements of Style." *The American Play and Other Plays*. New York: Theatre Communications Group, 1995. 6–18.

——. "Possession." *The American Play and Other Plays*. New York: Theatre Communications Group, 1995. 3–5.

——. *Two Trains Running*. Plume, 1993.
——. *Seven Guitars*. Plume, 1997.
——. *The Ground on Which I Stand*. Theatre Communications Group, 2001.
——. "Aunt Ester's Children: A Century on Stage." *American Theatre* 22:9 (Nov. 2005): 26–31.
——. *King Hedley II*. Theatre Communications Group, 2005.
——. **Gem of the Ocean**. Theatre Communications Group, 2006.
——. *Radio Golf*. Theatre Communications Group, 2007.
桑原文子『オーガスト・ウィルソン——アメリカの黒人シェイクスピア』白水社、2014 年。

第十二章

Anderson, Lisa M. *Black Feminism in Contemporary Drama*. U of Illinois P, 2008.
Ashcroft, Bill, Gareth Griffiths, and Helen Tiffin. *The Empire Writes Back: Theory and Practice in Post-Colonial Literatures*. 1989. 2nd ed. Routledge, 2008.　木村茂雄訳『ポストコロニアルの文学』青土社、1998 年。[本文中の訳文は本書に準拠した。なお、引用頁は原書に拠る。]
Balme, Christopher B. *Decolonizing the Stage: Theatrical Syncretism and Post-Colonial Drama*. 1999. Clarendon Press, 2006.
Bhabha, Homi K. *The Location of Culture*. London: Routledge, 1994.　本橋哲也、正木恒夫、外岡尚美、阪元留美訳、『文化の場所——ポストコロニアリズムの位相』法政大学出版局、2005 年。[本文中の訳文は本書に準拠した。なお、引用頁は原書に拠る。]
Chaudhuri, Una. "For Posterior's Sake." *Suzan-Lori Parks in Person: Interviews and Commentaries*. Ed. Philip C. Kolin and Harvey Young. Routledge, 2014. 55–57.
Dixon, Kimberly D. "Uh Tiny Land Mass Just Outside of My Vocabulary: Expression of Creative Nomadism and Contemporary African American Playwrights." *African American Performance and Theater History: A Critical Reader*. Ed. Harry J. Elam and David Krasner, Oxford UP, 2001. 212–34.
Elam, Harry J. and Alice Rayner. "Body Parts: Between Story and Spectacle in Venus by Suzan-Lori Parks." *Staging Resistance: Essays on Political

Yourself': Aunt Ester, Masculine Loss and Cultural Redemption in August Wilson's Cycle Plays." *College Literature* (Spring 2009): 36.2. 74–95. PDF. ProQuest Research Library. Osaka Univ. Library. Accessed 10 Oct. 2018.

Elam, Harry J. Jr. "*Gem of the Ocean* and the Redemptive Power of History." *The Cambridge Companion to August Wilson*. Ed. Christopher Bigsby. Cambridge UP, 2007. 75–88.

——. *The Past as Present in the Drama of August Wilson*. U of Michigan P, 2006.

Gener, Randy. "Salvation in the City of Bones: Ma Rainey and Aunt Ester Sing Their Own Songs in August Wilson's Grand Cycle of Blues Dramas." *American Theatre* 20: 5 (May/June 2003): 20–24, 64–67.

Parks, Suzan-Lori. "Possession." *The American Play and Other Plays*. Theatre Communications Group, 1995. 3–5.

Rapoo, Connie. "Conjuring Africa in August Wilson's plays." *August Wilson's Pittsburgh Cycle: Critical Perspectives on the Plays*. Ed. Sandra G. Shannon. McFarland & Company, 2016. 175–86.

Richards, Sandra L. "Yoruba Gods on the American Stage: August Wilson's *Joe Turner Come and Gone*." *Research in African Literature* 30.4 (Winter 1999): 92–105. PDF. ProQuest Research Library. Osaka Univ. Library. Accessed 12 Oct. 2018.

Seda, Owen. "Epiphany and the "Drama of Souls." *August Wilson's Pittsburgh Cycle: Critical Perspectives on the Plays*. Ed. Sandra G. Shannon. McFarland & Company, 2016. 164–74.

Stuckey, Sterling. *Going Through the Storm: The Influence of African American Art in History*. Oxford UP, 1994.

Tyndall, C. Patrick. "Celebrating African-American Music and Spirituality in August Wilson's *Joe Turner's Come and Gone*, *Ma Rainey's Black Bottom*, and *The Piano Lesson*." *Baylor Journal of Theatre and Performance* 3.1 (Spring 2006): 57–72. PDF. ProQuest Research Library. Osaka Univ. Library. Accessed 1 Oct. 2018.

Wilson, August. *Ma Rainey's Black Bottom: A Play in Two Acts*. Plume, 1985.

——. *Fences*. Plume, 1986.

——. *Joe Turner's Come and Gone: A Play in Two Acts*. Plume, 1988.

——. *The Piano Lesson*. Plume, 1990.

つのアメリカン・ドリーム――アジア系アメリカ人の挑戦』、岩波書店、1996年。［本文中の訳文は本書を一部参考にした拙訳である。なお、引用頁は原書に拠る。］

Uno, Roberta, ed. *Unbroken Thread: An Anthology of Plays by Asian American Women*. U of Massachusetts P, 1993.

Yamanaka, K. Morgan. "Japanese American Life in the Twentieth Century: A Personal Journey." *The Asian Pacific American Heritage: A Companion to Literature and Arts*. Ed. George Leonard. Garland Publishing, 1999. 85–112.

Yamamoto, Traise. *Masking Selves, Making Subjects: Japanese American Women, Identity, and the Body*. U of California P, 1999.

Yamauchi, Wakako. "Wakako Yamauchi." *Between Worlds: Contemporary Asian-American Plays*. Ed. Misha Berson. Theatre Communications Group, 1990. 128–31.

——. *The Music Lessons*. *Unbroken Thread: An Anthology of Plays by Asian American Women*. Ed. Roberta Uno. U of Massachusetts P, 1993. 59–109.

——. *And the Soul Shall Dance*. *Songs My Mother Taught Me: Stories, Plays, and a Memoir*. Ed. Garret Hongo. Feminist Press at CUNY, 1994. 153–208.

Yogi, Stan. "Rebels and Heroines: Subversive Narratives in the Stories of Wakako Yamauchi and Hisaye Yamamoto." *Reading the Literatures of Asian American*. Ed. Shirley Geok-Lin Lim and Amy Ling. Temple UP, 1992. 131–50.

ユウジ・イチオカ『一世　黎明期アメリカ移民の物語り』富田虎男他訳、刀水書房、1992年。

第十一章

Bigsby, Christopher. "An Interviews with August Wilson." *The Cambridge Companion to August Wilson*. Ed. Christopher Bigsby. Cambridge UP, 2007. 202–13.

Casado, Elvira Jensen. "Transgressing and Transcending the American Identity with August Wilson's "Bone People," Ghosts and Aunt Ester." *Odisea* 8 (2007): 101–08. http://ojs.ual.es/ojs/index.php/ODISEA/article/viewFile/100/89. Accessed 21 Oct. 2018.

Caywood, Cynthia L. and Carlton Floyd. "'She Make You Right with

and Social Themes Since the 1930s. Greenwood Press, 1991.
Williams, Philip Middleton. *A Comfortable House: Lanford Wilson, Marshall W. Mason and the Circle Repertory Theatre*. McFarland & Company, 1993.
Wilson, Lanford. *5th of July*. Hill and Wang, 1978.
——. *5th of July. Lanford Wilson: The Talley Trilogy*. Smith and Kraus, 1999. 1–74.
——. *Talley's Folly. Lanford Wilson: The Talley Trilogy*. Smith and Kraus, 1999. 75–122.
——. *Tally & Son. Lanford Wilson: The Talley Trilogy*. Smith and Kraus, 1999. 123–90.
長田光展『内と外の再生　ウィリアムズ、シェパード、ウィルソン、マメット——60年代からのアメリカ演劇』鼎書房、2003年。

第十章

Chin, Frank, Jeffrey Paul Chan, Lawson Fusada, and Shawn Wong, eds. *Aiiieeeee!: An Anthology of Asian American Writers*. Howard UP, 1974.
Hongo, Garret. "Introduction." *Songs My Mother Taught Me: Stories, Plays, and a Memoir*. Wakako Yamauchi. New York: Feminist Press at CUNY, 1994. 1–16.
Iko, Momoko. *Gold Watch. Unbroken Thread: An Anthology of Plays by Asian American Women*. Ed. Roberta Uno. U of Massachusetts P, 1993. 111–53.
Jakle, John A. *The American Small Town: The Twentieth-Century Place Images*. Archon Books, 1982.
Kim,Elaine. *Asian American Literature: An Introduction to the Writings and Their Social Context*. Temple UP, 1982.
Kurahashi, Yuko. *Asian American Culture on Stage: The History of the East West Players*. Garland Publishing, 1999.
Lee, Josephine. *Performing Asian America: Race and Ethnicity on Contemporary Stage*. Temple UP, 1997.
Nakano, Mei T. *Japanese American Women: Three Generations 1890–1990*. Mina Press, 1990.
Takaki, Ronald. *Strangers from a Different Shore: A History of Asian Americans*. Back Bay Books, 1998. (Originally published in hardcover by Little, Brown and Company, 1989). 阿部紀子・石松久幸訳『もう一

33.
Lee, Josephine. "Pity and Terror as Public Acts: Reading Feminist Politics in the Plays of Maria Irene Fornes." *Staging Resistance: Essays on Political Theater*. Ed. Jeanne Colleran and Jenny S. Spencer. 1998. U of Michigan P 2001. 166–85.
Robinson, Marc. *The Other American Drama*. Cambridge UP, 1994.
Savran, David. *In Their Own Words: Contemporary American Playwrights*. Theatre Communications Group. 1988.
Sontag, Susan. "Preface" to *Maria Irene Fones Plays*. PAJ Publications, 1986. 1–10.
Zinman, Toby Silverman. "Hen in a Foxhouse: The Absurdist Plays of Maria Irene Fornes." *Around the Absurd: Essays on Modern and Postmodern Drama*. Ed. Enoch Brater and Ruby Cohn. 1990. U of Michigan P 1993. 203–20.
Worthen, W. B. *Modern Drama and the Rhetoric of Theater*. U of California P, 1992.
バフチン、ミハイル『ドストエフスキイ論――創作方法の諸問題』新谷敬三郎訳、冬樹木社、1988 年。
ロッジ、デイヴィッド『バフチン以後――〈ポリフォニー〉としての小説』伊藤誓訳、法政大学出版局、1992 年。

第九章

Bigsby, C. W. E. *Modern American Drama: 1945–2000*. Cambridge UP, 2000.
DiGaetani, John L. *A Search for a Postmodern Theater: Interviews with Contemporary Playwrights*. Greenwood Press, 1991.
Gitlin, Todd. *The Sixties: Years of Hope, Days of Rage*. Bantam, 1989.
Myers, Laurence Douglas. *Characterization in Lanford Wilson's Plays*. U Microfilms International, 1984.
Pauwells, Genard W. *A Critical Analysis of the Plays of Lanford Wilson*. U Microfilms International, 1986.
Savran, David. *Communists, Cowboys, and Queers: The Politics of Masculinity in the Work of Arthur Miller and Tennessee Williams*. U of Minnesota P, 1992.
Saddik, Annette J. *Contemporary American Drama*. Edinburgh UP, 2007.
Scharine, Richard G. *From Class to Caste in American Drama: Political*

Roudané, Matthew, C. *American Drama Since 1960: A Critical History*. Twayne, 1996.

Savran, David. "Ambivalence, Utopia, and a Queer Sort of Materialism: How *Angels in America* Reconstructs the Nation." *Approaching the Millennium: Essays on Angels in America*. Ed. Deborah R. Geis and Steven F. Kruger. U of Michigan P, 1997. 13–39.

——. *In Their Own Words: Contemporary American Playwrights*. Theatre Communications Group, 1988.

——. *A Queer Sort of Materialism: Recontextualizing American Theater*. U of Michigan P, 2003.

Scharine, Richard G. *From Class to Caste in American Drama: Political and Social Themes Since the 1930s*. Greenwood Press, 1991.

Sontag, Susan. "Notes on 'Camp.'" *Against Interpretation*. Eyre & Spottiswoode, 1967. 275–92.

Stimpson, Catharine R. "Literature as Radical Statement." *Columbia Literary History of the United States*. Ed. Emory Elliott, et al. Columbia UP, 1988. 1060–76.

Vorlicky, Robert. *Act Like a Man: Challenging Masculinities in American Drama*. U of Michigan P, 1995.

——, ed. *Tony Kushner in Conversation*. U of Michigan P, 2001.

Williams, Tennessee. *Cat on a Hot Tin Roof*. *The Theatre of Tennessee Williams*. Vol. 3. New Directions, 1971. 1–215.

第八章

Austin, Gayle. "The Madwoman in the Spotlight: Plays of Maria Irene Fornes." *Making a Spectacle: Feminist Essays on Contemporary Women's Theatre*. Ed. Linda Hart. 1989. U of Michigan P, 1998. 76–85.

Bakhtin, M. M. *The Dialogic Imagination: Four Essays by M. M. Bakhtin*. Ed. Michael Holquist. Translated by Caryl Emerson and Michael Holquist. U of Texas P, 2004.

Fornes, Maria Irene. *Fefu and Her Friends*. 1978. PAJ Publications, 1990.

Keyssar, Helene. "Feminist Theatre of the Seventies in the United States." *The Cambridge Companion to American Women Playwrights*. Ed. Brenda Murphy. Cambridge UP, 1999. 173–94.

Kushner, Tony. "Some Thought about Maria Irene Fornes." *The Theater of Maria Irene Fornes*. Ed. Marc Robinson. Johns Hopkins UP, 1999. 130–

Gerzon, Mark. *A Choice of Heroes: The Changing Face of American Manhood*. Houghton Mifflin, 1982.

Hutcheon, Linda. *The Politics of Postmodernism*. Routledge, 2002. 川口喬一訳『ポストモダニズムの政治学』、法政大学出版局、1991 年。

Jameson, Fredric. *The Political Unconscious: Narrative as a Socially Symbolic Act*. Cornell UP, 1981. 大橋洋一・木村茂雄・太田耕人訳『政治的無意識』、平凡社、1998 年。

Kruger, Steven F. "Identity and Conversion in *Angels in America*." *Approaching the Millennium: Essays on Angels in America*. Ed. Deborah R. Geis and Steven F. Kruger. U of Michigan P, 1997. 151–69.

Kushner, Tony. *Angels in America: A Gay Fantasia on National Themes. Part One: Millennium Approaches*. Theatre Communications Group, 1992.

——. *Angels in America: A Gay Fantasia on National Themes. Part Two: Perestroika*. Theatre Communications Group, 1994.

McCrann, Grace-Ellen. "Government Views of the Rosenberg Spy Case." The City College of New York Libraries: Research and References. Vers. 11 September 2003. Path: The Rosenberg Spy Case. http://www.ccny.cuny.edu/library/Divisions/Government/rosenbergs.html. Accessed 20 Dec. 2009.

McDonough, Carla J. *Staging Masculinity: Male Identity in Contemporary American Drama*. McFarland & Company, 1997.

McLeod, Bruce. "The Oddest Phenomena in Modern History." *Tony Kushner in Conversation*. Ed. Robert Vorlicky. 1997. U of Michigan P, 2001. 77–84.

Modleski, Tania. *Feminism without Women: Culture and Criticism in a "Postfeminist" Age*. Routledge, 1991.

Murphy, Brenda. *Tennessee Williams and Elia Kazan: A Collaboration in the Theatre*. Cambridge UP, 1992.

Pacheco, Patrick R. "AIDS, Angels, Activism, and Sex in the Nineties." *Tony Kushner in Conversation*. Ed. Robert Vorlicky. U of Michigan P, 2001. 51–61.

Rabe, David. *Streamers. The Vietnam Plays Volume Two: Streamers; The Orphan*. Grove Press, 1993. 1–84.

Román, David. *Acts of Intervention: Performance, Gay Culture, and AIDS*. Indiana UP, 1998.

2009.

Rader, Dotson. "The Art of Theatre V: Tennessee Williams." *Conversations with Tennessee Williams*. Ed. Albert J. Devlin. UP of Mississippi, 1986. 325–60.

Smith-Howard, Alycia and Creta Heintzelman. *Critical Companion to Tennessee Williams*. Checkmark Books, 2005.

Williams, Tennessee. "I Am Widely Regarded as the Ghost of a Writer." *The New York Times on the Web*. May 8, 1977. Reprinted in *Newly Selected Essays: Where I live*. Ed. John S. Bak. New Directions, 2009. 184–86.

——. *Clothes for a Summer Hotel*. New Directions, 1983.

——. *Newly Selected Essays: Where I live*. Ed. John S. Bak. New Directions, 2009.

——. *Something Cloudy, Something Clear*. New Directions, 1995.

——. "The Timeless World of a Play." *Newly Selected Essays: Where I live*. Ed. John S. Bak. New Directions, 2009. 184–86.

——. *Vieux Carré*. New Directions, 1979.

第七章

Bakhtin, M. M. *The Dialogic Imagination: Four Essays by M.M. Bakhtin*. Ed. Michael Holquist. Translated by Caryl Emerson and Michael Holquist. U of Texas P, 2004.

Benjamin, Walter. "Theses on the Philosophy of History." *Illuminations*. Ed. Hannah Arendt. Trans. Harry Zohn. Schoken Books, 1969. 253–64.

Bigsby, C. W. E. *Contemporary American Playwrights*. Cambridge UP, 1999.

——. *Modern American Drama: 1945–2000*. Cambridge UP, 2000.

Chaudhuri, Una. *Staging Place: The Geography of Modern Drama*. 1995. U of Michigan P, 2000.

Clum, John M. *Still Acting Gay: Male Homosexuality in Modern Drama*. St. Matin's Griffin, 2000.

Fisher, James. *The Theater of Tony Kushner: Living Past Hope*. Routledge, 2002.

Garner, Stanton B. Jr. "*Angels in America*: the Millennium and Postmodern Memory." *Approaching the Millennium: Essays on Angels in America*. Ed. Deborah R. Geis and Steven F. Kruger. U of Michigan P, 1997. 173–84.

Milford, Nancy. *Zelda*. Harper & Row, 1970.

O'Connor, Jacqueline. *Dramatizing Dementia: Madness in the Plays of Tennessee Williams*. Bowling Green State U Popular P, 1997.

Prosser, William. *The Late Plays of Tennessee Williams*. Scarecrow Press, 2009.

Rader, Dotson. "The Art of Theatre V: Tennessee Williams." *Conversations with Tennessee Williams*. Ed. Albert J. Devlin. UP of Mississippi, 1986. 325–60.

Smith-Howard, Alycia and Creta Heintzelman. *Critical Companion to Tennessee Williams*. Checkmark Books, 2005.

Spoto, Donald. *The Kindness of Strangers: The Life of Tennessee Williams*. Da Capo Press, 1997.

Williams, Tennessee. *Clothes for a Summer Hotel*. New Directions, 1983.

——. *Memoirs*. Doubleday & Company, 1975.

——. *Something Cloudy, Something Clear*. New Directions, 1995.

——. *Vieux Carré*. New Directions, 1979.

第六章

Adamson, Eve. "Introduction." *Something Cloudy, Something Clear*. New Directions, 1995. v–viii.

Carlson, Marvin. *The Haunted Stage: The Theatre as Memory Machine*. U of Michigan P, 2003.

Crandell, George W. "'I Can't Imagine Tomorrow': Tennessee Williams and the Representations of Time in *Clothes for a Summer Hotel*." *The Undiscovered Country: The Later Plays of Tennessee Williams*. Ed. Philip C. Kolin. Peter Lang, 2002. 168–80.

Delvin, Albert J., ed. *Conversations with Tennessee Williams*. UP of Mississippi, 1986.

Kolin, Philip C. "*Something Cloudy, Something Clear*: Tennessee Williams's Postmodern Memory Play." *Journal of Dramatic Theory and Criticism* XII, 2 (1998 Spring): 35–55.

——, ed. *The Tennessee Williams Encyclopedia*. Greenwood, 2004.

Mann, Bruce J. "Memories and Muses: Vieux Carré and *Something Cloudy, Something Clear*." *Tennessee Williams: A Casebook*. Ed. Robert F. Gross. Routledge, 2002. 139–52.

Prosser, William. *The Late Plays of Tennessee Williams*. Scarecrow Press,

Sheaffer, Louis. *O'Neill: Son and Artist*. Paul Elek, 1974.

Wainscott, Ronald H. *Staging O'Neill: The Experimental Years, 1920–1934*. Yale UP, 1988.

Wikander, Matthew H. "O'Neill and the Cult of Sincerity." *The Cambridge Companion to Eugene O'Neill*. Ed. Michael Manheim. Cambridge UP, 1998. 217–35.

Wilson, John S. "O'Neill on the World and *The Iceman*." *Conversations with Eugene O'Neill*. Ed. Mark W. Estrin. UP of Mississippi, 1990. 164–166.

Winchester, Otis W. "Eugene O'Neill's *Strange Interlude* as a Transcript of America in the 1920's." *Eugene O'Neill: A Collection of Criticism*. Ed. Ernest G. Griffin. McGraw-Hill, 1976. 67–80.

第五章

Adler, Thomas P. *American Drama, 1940–1960: A Critical History*. Twayne, 1994.

——. "When Ghosts Supplant Memories: Tennessee Williams' Clothes for a Summer Hotel." *Southern Literary Journal* 19:2 (Spring 1987): 5–19.

Cohn, Ruby. "Late Tennessee Williams," *Modern Drama* 27 (September 1984): 336–44.

——. "Tennessee Williams: The Last Two Decades." *The Cambridge Companion to Tennessee Williams*. Ed. Matthew, C. Roudané. Cambridge UP, 1997. 232–43.

Crandell, George W. "'I Can't Imagine Tomorrow": Tennessee Williams and the Representations of Time in *Clothes for a Summer Hotel*." *The Undiscovered Country: The Later Plays of Tennessee Williams*. Ed. Philip C. Kolin. Peter Lang, 2002. 168–80.

Delvin, Albert J., ed. *Conversations with Tennessee Williams*. UP of Mississippi, 1986.

Dorff, Linda. "Collapsing Resurrection Mythologies: Theatricalist Discourses of Fire and Ash in *Clothes for a Summer Hotel*." *Tennessee Williams: A Casebook*. Ed. Robert F. Gross. Routledge, 2002. 153–72.

Hicks, John. "Bard of Duncan Street: Scene Four." *Conversations with Tennessee Williams*. Ed. Albert J. Devlin. UP of Mississippi, 1986. 318–24.

Kolin, Philip C. *The Undiscovered Country: The Later Plays of Tennessee Williams*. Peter Lang, 2002.

Basso, Hamilton. "Profiles: The Tragic Sense." *Conversations with Eugene O'Neill*. Ed. Mark W. Estrin. UP of Mississippi, 1990. 224–36.

Black, Stephen A. *Eugene O'Neill: Beyond Mourning and Tragedy*. Yale UP, 1999.

Bogard, Travis. *Contour in Time: The Plays of Eugene O'Neill*. Revised ed., Oxford UP, 1988.

Bower, Martha Gilman. *Eugene O'Neill's Unfinished Threnody and Process of Invention in Four Cycle Plays*. Edwin Mellen Press, 1992.

Brietzke, Zander. *The Aesthetics of Failure: Dynamic Structure in the Plays of Eugene O'Neill*. McFarland & Company, 2001.

Eisen, Kurt. *The Inner Strength of Opposites: O'Neill's Novelistic Drama and the Melodramatic Imagination*. U of Georgia P, 1994.

Floyd, Virginia, ed. *Eugene O'Neill at Work: Newly Released Ideas for Plays*. Frederick Ungar, 1981.

——. *The Plays of Eugene O'Neill: A New Assessment*. Frederick Ungar, 1985.

Gelb, Arthur and Barbara. *O'Neill*. Harper & Row, 1973.

Heller, Adele and Lois Rudnick, eds., 1915, *The Cultural Moment: The New Politics, the New Women, the New Psychology, the New Art, and the New Theatre in America*. Rutgers UP, 1991.　山本俊一訳『1915 年　アメリカ文化の瞬間——「新しい」政治・女性・心理学・芸術・演劇』論創社、2019 年。

O'Neill, Eugene. *The Calms of Capricorn: A Play Developed from O'Neill's Scenario by Donald Gallup*. Ticknor & Fields, 1982.

——. *Long Day's Journey into Night. Complete Plays of Eugene O'Neill III: 1932–1943*. Ed. Travis Bogard. Library of America, 1988. 713–828.

——. *More Stately Mansions. Complete Plays of Eugene O'Neill III: 1932–1943*. Ed. Travis Bogard. Library of America, 1988. 283–559.

——. *Selected Letters of Eugene O'Neill*. Ed. Travis Bogard and Jackson R. Bryer. Yale UP, 1988.

——. *A Touch of the Poet. Complete Plays of Eugene O'Neill III: 1932–1943*. Ed. Travis Bogard. Library of America, 1988. 181–281.

——. "Za/O'Neill/99: 'Last Play.'" Beinecke Rare Book and Manuscript Library, Yale University.

Robinson, James A. "The Middle Plays." *The Cambridge Companion to Eugene O'Neill*. Ed. Manheim, Michael. Cambridge UP, 1998. 69–81.

——. *Topdog/Underdog*. New York: Theatre Communications Group, 2001.
Pfister, Joel. *Staging Depth: Eugene O'Neill and the Politics of Psychological Discourse*. U of North Carolina P, 1995.
Poole, Gabriele. "'Blarsted Niggers!': *The Emperor Jones* and Modernism's Encounter with Afirca." *The Eugene O'Neill Review* 18:1–2 (1994): 21–37.
Prescott, William H. *History of the Conquest of Mexico*. 1843. Modern Library, 2001.
Reilly, Charlie, ed. *Conversations with Amiri Baraka*. UP of Mississippi, 1994.
Roudané, Matthew, C. *American Drama Since 1960: A Critical History*. Twayne, 1996.
Savran, David, ed. *Playwright's Voice: American Dramatists on Memory, Writing and the Politics of Culture*. Theatre Communications Group, 1999.
Smith, Stewart and Peter Thorn. "An Interview with LeRoi Jones: Stewart Smith and Peter Thorn/1966." *Conversations with Amiri Baraka*. Ed. Charlie Reilly. UP of Mississippi, 1994. 12–19.
Takaki, Ronald. *Strangers from a Different Shore: A History of Asian Americans*. 1989. Back Bay Books, 1998.
Trinh, T. Minh-ha. *Women, Native, Other: Writing Postcoloniality and Feminism*. Bloomington: Indianapolis UP, 1989.　竹村和子訳『女性・ネイティヴ・他者——ポストコロニアリズムとフェミニズム』、岩波書店、1995 年。［本文中の訳文は本書に準拠した。なお、引用頁は原書に拠る。］
Uno, Roberta, ed. *Unbroken Thread: An Anthology of Plays by Asian American Women*. U of Massachusetts P, 1993.
巽孝之『リンカーンの世紀——アメリカ大統領たちの文学思想史』青土社、2002 年。
ツヴェタン・トドロフ『他者の記号学——アメリカ大陸の征服』及川馥・大谷尚文・菊地良夫訳、法政大学出版局、1986 年。

第四章

Alexander, Doris. *Eugene O'Neill's Last Plays: Separating Art from Autobiography*. U of Georgia P, 2005.
Berlin, Normand. *O'Neill's Shakespeare*. U of Michigan P, 1993.

Play." American Drama II.2 (Summer 2002): 4–20.

Frost, David. "David Frost Interviews LeRoi Jones." *Conversations with Amiri Baraka*. Ed. Charlie Reilly. UP of Mississippi, 1994. 62–70.

Fuchs, Elinor. "Reading for Landscape: The Case of American Drama." *Land/Scape/Theater*. Ed. Elinor Fuchs and Una Chaudhuri. U of Michigan P, 2002. 30–50.

Gates, Henry Louis, Jr. "The Trope of a New Negro and the Reconstruction of the Black." *Representation* 23 (Fall 1988): 129–55.

Hill, Errol, and James V. Hatch. *A History of African American Theatre*. Cambridge UP, 2003.

Houston, Velina Hasu. *Tea. Unbroken Thread: An Anthology of Plays by Asian American Women*. Ed. Roberta Uno. U of Massachusetts P, 1993. 161–200.

Lockhart, James. "William H. Prescott." *History of the Conquest of Mexico*. William H. Prescott. 1843. Modern Library, 2001. v–vii.

McKale, William, and William D. Young. *Fort Riley: Citadel of the Frontier West*. Kansa State Historical Society, 2000.

Miller, Arthur. *The Golden Years. Arthur Miller Plays: Four*. 1994. Methuen, 2000a. 1–96.

——. "Introduction." *Arthur Miller Plays: Four*. 1994. Methuen, 2000b. vi–xii.

O'Connor, Emily. "Post Contributes to Local Community Development." *Fort Riley Post Special Editions*. America's Warfighting Center. http://www.riley.army.mil/newspaper/Specials/150/index8.htm. Accessed 12 Dec. 2003.

Olaniyan, Tejumoka. *Scars of Conquest/ Masks of Resistance: The Invention of Cultural Identities in African, African-American and Caribbean Drama*. Oxford UP, 1995.

O'Neill, Eugene. *The Emperor Jones. Complete Plays of Eugene O'Neill I: 1913–1920*. Ed. Travis Bogard. Library of America, 1988. 1029–64.

Parks, Suzan-Lori. *The America Play. The America Play and Other Plays*. Theatre Communications Group, 1995. 157–99.

——. "An Equation for Black People Onstage." *The America Play and Other Plays*. Theatre Communications Group, 1995. 19–22.

——. "Possession." *The America Play and Other Plays*. Theatre Communica-tions Group, 1995. 3–5.

http://www.riley.army.mil/newspaper/Specials/150/index6.htm. Accessed 11 January 2004.

Anadolu-Okur, Nilgun. *Contemporary African American Theater: Afrocentricity in the Works of Larry Neal, Amiri Baraka, and Charles Fuller*. Garland Publishing, 1997.

Ashcroft, Bill, Gareth Griffiths, and Helen Tiffin. *The Empire Writes Back: Theory and practice in post-colonial literatures*. 1989. Routledge, 2002. 木村茂雄訳『ポストコロニアルの文学』、青土社、1998 年。［本文中の訳文は本書に準拠した。なお、引用頁は原書に拠る。］

Baraka, Amiri (LeRoi Jones). *The Autobiography of LeRoi Jones*. Freundlich, 1984.

——. *The Slave. Dutchman and the Slave*. William Morrow, 1964. 39–88.

——. *Slave Ship. The Motion of History and Other Plays*. William Morrow., 1978. 129–45.

Bigsby, C. W. E. *Modern American Drama: 1945–2000*. Cambridge UP, 2000.

Chaudhuri, Una. *Staging Place: The Geography of Modern Drama*. 1995. U of Michigan P, 2000.

Dixon, Kimberly D. "Uh Tiny Land Mass Just Outside of My Vocabulary: Expression of Creative Nomadism and Contemporary African American Playwrights." *African American Performance and Theater History: A Critical Reader*. Ed. Harry J. Elam and David Krasner. Oxford UP, 2001. 212–34.

Elam, Harry J. *Taking It to the Streets: The Social Protest Theater of Luis Valdez & Amiri Baraka*. U of Michigan P, 2001.

Elam, Harry J, and Alice Rayner. "Echoes from the Black (W)hole: An Examination of The America Play by Suzan-Lori Parks." *Performing America: Cultural Nationalism in American Theater*. Ed. Jeffrey D. Mason and J. Ellen Gainor. U of Michigan P, 1999. 179–91.

Faivre, Robert. "Review: Topdog/Underdog by Suzan-Lori Parks." *The Red Critique* 5 (July/August 2002), Redcritique.Org. http://www.redcritique.org/JulyAugust02/reviewtopdogunderdog.htm. Accessed 4 Nov. 2019.

Floyd, Virginia. *The Plays of Eugene O'Neill: A New Assessment*. Frederick Ungar, 1985.

Frank, Haike. "The Instability of Meaning in Suzan-Lori Parks's *The America*

speeches/dwightdeisenhowerfarewell.html. Accessed 10 October 2012.
Kolin, Philip C. "Compañero Tenn—The Hispanic Presence in the Plays of Tennessee Williams." *Tennessee Williams Annual Review* 2 (1999): 35–52.
Kullman, Colby H. "*The Red Devil Battery Sign*." *Tennessee Williams: A Guide to Research and Performance*. Ed. Philip C. Kolin. Greenwood Press, 1998. 194–203.
Murphy, Brenda. "Tennessee Williams and Cold-War Politics." *Staging a Cultural Paradigm: The Political and the Personal in American Drama*. Eds. Barbara Ozieblo and Miriam López-Rodriguez. Peter Lang, 2002. 33–50.
Prosser, William. *The Late Plays of Tennessee Williams*. Scarecrow Press, 2009.
Raus, Charles. "Tennessee Williams." *Conversations with Tennessee Williams*. Ed. Albert J. Delvin. UP of Mississippi, 1986. 284–95.
Saddik, Annette, J. *The Politics of Reputation: The Critical Reception of Tennessee Williams' Later Plays*. Associated UP, 1999.
Savran, David. *Communists, Cowboys, and Queers: The Politics of Masculinity in the Work of Arthur Miller and Tennessee Williams*. U of Minnesota P, 1992.
Schlatter, James. "*Red Devil Battery Sign*: An Approach to a Mytho-Political Theatre." *Tennessee Williams Annual Review* 1 (1998): 93–101.
Smith-Howard, Alycia and Creta Heintzelman. *Critical Companion to Tennessee Williams*. Checkmark Books, 2005.
Spoto, Donald. *The Kindness of Strangers: The Life of Tennessee Williams*. Da Capo Press, 1997.
Williams, Tennessee. *The Knightly Quest. The Knightly Quest and Other Stories by Tennessee Williams*. New Directions, 1966. 1–101.
——. *The Red Devil Battery Sign. The Theater of Tennessee William, Vol. 8*. New Directions, 1992. 281–378.
——. *Where I Live: Selected Essays by Tennessee Williams*. Ed. Christine R. Day and Bob Woods. New Directions, 1978.

第三章

Alford, Summer. "The Cavalry: 100 Years of Cavalry Soldiers Trained in Kansas." *Fort Riley Post Special Editions*. America's Warfighting Center.

Writings on Theater. Library of America, 2007. 694–703.
——. *Thornton Wilder: Collected Plays & Writings on Theater*. Library of America, 2007.
Wilmeth, Don B. and Christopher Bigsby, eds. *The Cambridge History of American Theatre: Volume 2: 1870–1945*. Cambridge UP, 1999.
貴志雅之「もう一つのスモールタウン——日系アメリカ演劇が映し出す『記憶の町』の妻たち」大井浩二監修、森岡裕一・花岡秀・中良子・貴志雅之他著『スモールタウン・アメリカ』英宝社、2003 年、280–309 頁。
下條信輔『サブリミナル・インパクト——情動と潜在認知の現代』中公新書、2008 年。
——『サブリミナル・マインド——潜在的人間観のゆくえ』中公新書、1996 年。
マイケル・ポランニー『暗黙知の次元』高橋勇夫訳、ちくま学芸文庫、2003 年。

第二章

Adler, Thomas P. *American Drama, 1940–1960: A Critical History*. Twayne, 1994.
——. “Culture, Power, and the (En)gendering of Community: Tennessee Williams and Politics.” *Mississippi Quarterly* 48.4 (Fall 1995): 649–65.
Bigsby, C. W. E. *Modern American Drama: 1945–2000*. Cambridge UP, 2000.
Brown, Cecil. “Interview with Tennessee Williams.” *Conversations with Tennessee Williams*. Ed. Albert J. Delvin. UP of Mississippi, 1986. 251–83.
Cohn, Ruby. “Tennessee Williams: The Last Two Decades.” *The Cambridge Companion to Tennessee Williams*. Ed. Matthew C. Roudané. Cambridge UP, 1997. 232–43.
Crandell, George W. “Tennessee Williams Scholarship at the Turn of the Century.” *Millennial Essays on Tennessee Williams: Magical Muse*. Ed. Ralph F. Voss. U of Alabama P, 2002. 8–34.
Delvin, Albert J., ed. *Conversations with Tennessee Williams*. UP of Mississippi, 1986.
Eisenhower, Dwight D. “Farewell Address.” *American Rhetoric: Top 100 Speeches*. AmericanRhetoric.com. http://www.americanrhetoric.com/

Crowell, 1972.
Lewalski, Barbara Kiefer. "English Literature at the American Moment." *Columbia Literary History of the United States*. Ed. Emory Elliott el al. Columbia UP, 1988. 24–32. コロンビア米文学史翻訳刊行会訳『コロンビア米文学史』同山口書店、1997 年。[本文中の訳文は本書に準拠した。なお、引用頁は原書に拠る。]
Miller, Jordan Y. & Winifred L. Frazer. *American Drama between the Wars: A Critical History*. Twayne, 1991.
Murphy, Brenda. "Plays and Playwrights: 1915–1945." *The Cambridge History of American Theatre, Vol. Two: 870–1945*. Ed. Don B. Wilmeth and Christopher Bigsby. Cambridge UP, 1999. 289–342.
Nimmo, Dan D. & James E. Combs. *Subliminal Politics: Myths and Mythmakers in America*. Prentice Hall, 1980.
Porter, Thomas E. *Myth and Modern American Drama*. Wayne State U, 1969.
Stein, Gertrude. *The Geographical History of America or the Relation of Human Nature to the Human Mind*. 1936. Johns Hopkins UP., 1995.
Wertheim, Albert. *Staging the War: American Drama and World War II*. Indiana UP, 2004.
Wheatley, Christopher J. "Thornton Wilder, the Real, and Theatrical Realism." *Realism and the American Dramatic Tradition*. Ed. William, W. Demastes. U of Alabama P, 1996. 139–55.
Wilder, Thornton. *The Long Christmas Dinner & Other Plays in One Act. Our Town. Thornton Wilder: Collected Plays & Writings on Theater*. Library of America, 2007. 61–143.
——. *Our Town. Thornton Wilder: Collected Plays & Writings on Theater*. Library of America, 2007. 145–209.
——. "'*Our Town*'—From Stage to Screen." *Thornton Wilder: Collected Plays & Writings on Theater*. Library of America, 2007. 663–81.
——. "'*Our Town*': Some Suggestions for the Director." *Thornton Wilder: Collected Plays & Writings on Theater*. Library of America, 2007. 661–62.
——. "Preface to *Our Town*." *Thornton Wilder: Collected Plays & Writings on Theater*. Library of America, 2007.657–29.
——. "Preface to Three Plays." *Thornton Wilder: Collected Plays & Writings on Theater*. Library of America, 2007. 682–88.
——. "Some Thoughts on Playwriting." *Thornton Wilder: Collected Plays &*

Heller and Rudnick. Rutgers UP, 1991. 233–49.
Leach, Eugene E. "The Radicals of The Masses." *The Cultural Moment*. Ed. Heller and Rudnick. Rutgers UP, 1991. 27–47.
Prevots, Naima. *American Pageantry: A Movement for Art and Democracy*. UMI Research Press, 1990.
Ranald, Margaret Loftus. *The Eugene O'Neill Companion*. Greenwood Press, 1984.
Rudnick, Lois. "The New Woman." *The Cultural Moment*. Ed. Heller and Rudnick. Rutgers UP, 1991. 69–81.
Sarlós, Robert K. "Jig Cook and Susan Glaspell: Rule Makers and Rule Breakers." *The Cultural Moment*. Ed. Heller and Rudnick. Rutgers UP, 1991. 250–59.

第一章

Bigsby, C. W. E. *A Critical Introduction to Twentieth-century American Drama, Volume I: 1900–1940*. Cambridge UP, 1982.
Chomsky, Noam. *Media Control: The Spectacular Achievements of Propaganda*. 2nd Ed. Seven Stories Press, 2002. 鈴木主税訳『メディア・コントロール――正義なき民主主義と国際社会』集英社新書、2003 年。[本文中の訳文は本書に準拠した。なお、引用頁は原書に拠る。]
Demastes, William, W. ed. *Realism and the American Dramatic Tradition*. U of Alabama P, 1996.
Dukore, Bernard F. *American Dramatists 1918–1945*. Macmillan, 1984.
Gaster, Theodor H. *Thespis*. Harper & Row, 1950.
Haberman, Donald. *The Plays of Thornton Wilder: A Critical Study*. Wesleyan UP, 1967.
Jakle, John A. *The American Small Town: The Twentieth-Century Place Images*. Archon Books, 1982.
Jewett, Robert and John Shelton Lawrence. *The American Monomyth*. Doubleday, 1977.
Key, Wilson B. *Media Sexploitation*. Prentice-Hall, 1976. 植島啓司訳『メディア・セックス』リブロポート、1989 年。[本文中の訳文は本書に準拠し、下條が『マインド』216 頁で引用したもの。なお、引用頁は原書に拠る。]
Kuner, M. C. *Thornton Wilder: The Bright and the Dark*. Thomas Y.

引用・参考文献

＊作品、並びに文献の訳出に当たって、準拠もしくは参考にした翻訳書がある場合は、その旨［　］内に記載した。本文中の表記の整合性に鑑み、筆者の判断で表現を調整したところもなる。なお、引用頁は原書に拠る。

序章

Blanchard, Bob. "Playwright of Pain and Hope." *Progressive* 58/10 (October 1994): 42–44.

Bogard, Travis. "The American Drama: Its Range of Contexts." *The Revels History of Drama in English: Volume VIII American Drama*. Bogard, Moody and Meserve. Methuen, 1977. 1–76.

Bogard, Travis, Richard Moody and Walter J. Meserve. *The Revels History of Drama in English: Volume VIII American Drama*. Methuen, 1977.

Dodge, Mabel Luhan. *Movers and Shakers*. U of New Mexico P, 1985.

Edmiston, Susan and Linda D Cirino. *Literary New York: A History and Guide*. Gibbs-Smith, 1991.

Egan, Leona Rust. *Provincetown as a Stage: Provincetown, The Provincetown P layers, and the Discovery of Eugene O'Neill*. Parnassus Imprints, 1994.

Fearnow, Mark. "Theatre Groups and Their Playwrights." *The Cambridge History of American Theatre, Volume Two: 1870–1945*. Ed. Don B. Wilmeth and Christopher Bigsby. Cambridge UP, 1999. 343–77.

Green, Martin. "The New Art." *The Cultural Moment*. Ed. Heller and Rudnick. Rutgers UP, 1991. 157–63.

Heller, Adele. "The New Theatre." *The Cultural Moment*. Ed. Heller and Rudnick. Rutgers UP, 1991. 217–32.

Heller, Adele and Lois Rudnick, eds. 1915, *The Cultural Moment: The New Politics, the New Woman, the New Psychology, the New Art, and the New Theatre in America*. Rutgers UP, 1991.　山本俊一訳『1915年　アメリカ文化の瞬間――「新しい」政治・女性・心理学・芸術・演劇』論創社、2019年。［本文中の訳文は本書を一部参考にした拙訳である。なお、引用頁は原書に拠る。］

Henderson, Mary C. "Against Broadway: The Rise of the Art Theatre in America (1900–1920) A Photographic Essay." *The Cultural Moment*. Ed.

マ行

ハ行

ナ行

タ行

索　引

著者紹介

貴志　雅之（きし　まさゆき）

大阪大学大学院言語文化研究科教授

1955 年生まれ。関西大学文学部独逸文学科卒業。

ノースウェスト・ミズーリ州立大学大学院コミュニケーションズ研究科修士課程修了。

関西大学大学院文学研究科博士課程後期課程単位取得退学。

専門はアメリカ演劇。

著書：

『アメリカ文学における幸福の追求とその行方』（編著，金星堂，2018 年）

『災害の物語学』（共著，世界思想社，2014 年）

『アメリカン・ロード――光と影のネットワーク』（共著，英宝社，2013 年）

『二〇世紀アメリカ文学のポリティクス』（編著，英宝社，2010 年）

『神話のスパイラル――アメリカ文学と銃』（共著，英宝社，2007 年）

『二〇世紀アメリカ文学を学ぶ人のために』（共著，世界思想社，2006 年）

『共和国の振り子――アメリカ文学のダイナミズム』（共編著，英宝社，2003 年）

『スモールタウン・アメリカ』（共著，英宝社，2003 年）

『ジェンダーとアメリカ文学』（共著，勁草書房，2002 年）

アメリカ演劇、劇作家たちのポリティクス
――他者との遭遇とその行方

2020年6月30日　初版第1刷発行

著　者　　貴志　雅之

発行者　　福岡　正人

発行所　　株式会社 **金 星 堂**

（〒101-0051）東京都千代田区神田神保町 3-21
Tel. (03)3263-3828（営業部）
(03)3263-3997（編集部）
Fax (03)3263-0716
http://www.kinsei-do.co.jp

組版／ほんのしろ
装丁デザイン／森　瑞樹
印刷所／モリモト印刷　製本所／牧製本

ISBN978-4-7647-1203-4 C1098